LE PORT DE LA TRAHISON

DU MÊME AUTEUR
CHEZ POCKET

MAÎTRE À BORD
CAPITAINE DE VAISSEAU
LA « SURPRISE »
EXPÉDITION À L'ÎLE MAURICE
L'ÎLE DE LA DÉSOLATION
FORTUNE DE GUERRE
LA CITADELLE DE LA BALTIQUE

PATRICK O'BRIAN

LE PORT DE LA TRAHISON

PRESSES DE LA CITÉ

Titre original :
TREASON'S HARBOUR

Traduit par Florence Herbulot

ISBN : 2-266-11293-7

Mariae Sacrum

« L'eau coule sans bruit où le ruisseau est profond,
Et cet homme, sous un air loyal, cache la trahison. »

Henri VI, 2e partie
William Shakespeare

Chapitre premier

Douce brise de nord-est après une nuit de pluie : sous le ciel lavé de Malte, une lumière particulière avivait les lignes des nobles bâtiments, rehaussant toute la vertu de la pierre ; l'air était un délice à respirer, et la cité de La Valette aussi allègre que si elle était heureuse en amour ou venait d'apprendre quelque bonne nouvelle.

C'était tout spécialement visible chez un groupe d'officiers de marine installés sous les tonnelles de l'hôtel Searle : il est vrai qu'ils avaient vue sur les arcades d'Upper Barrakka, où soldats, marins et civils se promenaient doucement sous un soleil si brillant qu'il parvenait à égayer jusqu'aux capuchons noirs des Maltaises, tandis que les uniformes des officiers chatoyaient comme des fleurs superbes — foule cosmopolite, car si l'écarlate et l'or de l'armée anglaise dominaient, bon nombre des nations engagées dans la guerre contre Napoléon étaient ici représentées et le rose corail des Croates de Kresimir, par exemple, faisait un délicieux contraste avec le bleu à dentelles d'argent des hussards napolitains. Et puis, derrière et sous la Barrakka, c'était la vaste étendue du Grand Port, d'un saphir pur aujourd'hui, moucheté des voiles d'innombrables petits bateaux circulant entre La Valette et les grands caps fortifiés de l'autre côté, Saint-Ange et Isola, avec les vaisseaux de guerre, transports et avitailleurs, vision enchanteresse pour le cœur d'un marin.

Pourtant, tous ces messieurs étaient des capitaines sans navire, catégorie d'êtres silencieux, mélancoliques en général et plus encore actuellement, où la longue, longue guerre semblait atteindre un point culminant, où la concurrence était plus forte que jamais, où distinctions et commandements intéressants, sans même parler de parts de prise et de promotion, dépendaient des exploits accomplis en mer. Certains étaient totalement dépourvus, soit que leur vaisseau ait coulé sous leurs pieds comme l'archaïque *Aeolus* d'Edward Long, soit qu'une promotion ou une malheureuse cour martiale les ait mis à terre. La plupart n'étaient débarqués que temporairement ; leurs navires, détériorés par des années de blocus devant Toulon par tous les temps, avaient été envoyés en réparation. Les arsenaux étant surchargés et les réparations souvent graves, nombreuses et toujours très lentes, les capitaines voyaient s'écouler les précieux jours de mer, et ne pouvaient que maudire ces retards. Certains des plus riches avaient envoyé chercher leurs épouses, qui sans aucun doute leur apportaient grand réconfort, mais la plupart étaient condamnés au triste célibat ou à ce qu'ils pouvaient découvrir de consolations locales. Le capitaine Aubrey était de ceux-là, car sa jolie petite prise récente, capturée en mer Ionienne, n'avait pas encore été rachetée par les tribunaux de l'Amirauté, et, de toute façon, ses affaires domestiques étaient horriblement compliquées, avec des difficultés juridiques de toutes sortes ; par ailleurs, le prix du logement à Malte avait augmenté de manière effrayante et, l'âge venant, il n'osait plus dépenser de fortes sommes qu'il ne possédait pas encore ; il vivait donc comme un célibataire, aussi modestement qu'un capitaine de vaisseau pouvait décemment se le permettre, au troisième étage de l'hôtel Searle, avec l'opéra pour seul amusement. Il était peut-être même le plus malheureux de ceux dont les navires étaient aux mains des charpentiers, car c'était deux navires, pas moins, qu'il avait réussi à envoyer à l'arsenal, de sorte qu'il avait affaire à une double série d'artificiers, de marchands et d'officiels incompétents, corrompus, stupides, retors et ralentis : d'abord le *Worcester*, vaisseau de ligne de soixante-quatorze canons, terriblement usé, qui s'était presque détruit dans une longue et vaine chasse de la flotte française par mauvais temps, et ensuite la *Surprise*, une jolie petite frégate de bonne compagnie, commandement temporaire, sur laquelle on l'avait envoyé en mer Ionienne pendant les réparations du *Worcester* et avec laquelle il avait combattu deux navires turcs, le *Torgud* et le *Kitabi*, dans une action extrêmement violente couronnée par le naufrage du *Torgud*, la prise du *Kitabi* et une multitude de trous dans les flancs de la *Surprise*. En ce qui concerne le *Worcester*, cercueil flottant, mal conçu, mal construit, il aurait été bien préférable de le détruire et de le vendre comme bois de chauffage ; toutefois cette coque sans valeur mais profitable monopolisait les soins lents et paresseux de l'arsenal, tandis que la *Surprise* restait en suspens faute de quelques goussets médians, de l'apôtre et du minot tribord, et de vingt yards carrés de doublage en cuivre. Pendant ce temps, son équipage, son excellent équipage de marins choisis, glissait dans la paresse, le dévergondage, la débauche, l'ivresse et la mauvaise santé, quelques-uns des meilleurs matelots et même seconds maîtres lui étaient volés par des supérieurs sans scrupules, et jusqu'à son parfait premier lieutenant quittait le navire.

Le capitaine Aubrey eût dû être le plus morose d'une assemblée morose, mais en fait il pérorait avec entrain, parlant fort et même chantant avec tant d'ardeur que son ami intime, le chirurgien de la *Surprise*, Stephen Maturin, s'était retiré sous une charmille plus calme, emmenant avec lui leur compagnon de bord temporaire, le professeur Graham, philosophe moral en congé de son université écossaise, et grande autorité de la langue turque et des affaires d'Orient en général. L'enthousiasme du capitaine Aubrey venait en partie de cette journée splendide agissant sur une nature de constitution joyeuse, en partie de la gaieté contagieuse de ses compagnons, mais beaucoup, beaucoup plus encore, du fait que tout au bout de la table se trouvait Thomas Pullings, son second jusqu'à une période très récente et aujourd'hui le plus jeune capitaine de frégate de la Navy, le tout premier de ceux que l'on pouvait, juste par courtoisie, appeler « capitaine ». La promotion avait coûté à Mr Pullings quelques pintes de sang et une blessure étonnamment affreuse — le coup en biais d'un sabre turc avait tranché en grande partie son front et son nez —, mais il aurait volontiers subi dix fois plus de douleur et de défiguration pour les épaulettes d'or sur lesquelles il louchait sans cesse avec un sourire secret, tandis que sa main s'égarait fréquemment vers l'une ou l'autre. C'était une promotion que Jack Aubrey s'efforçait d'obtenir depuis plusieurs années, et dont il avait presque désespéré car Pullings, marin remarquable, brave et agréable, ne possédait aucun appui personnel ou familial : même cette fois, Aubrey n'était nullement certain que sa dépêche obtiendrait l'effet désiré, car l'Amirauté, rechignant toujours à promouvoir, pouvait se retrancher derrière l'excuse que le capitaine du *Torgud* était un rebelle et non le commandant d'un navire appartenant à une puissance hostile. Mais le superbe brevet venu à bord de la *Calliope* avait atteint le capitaine Pullings si peu de temps auparavant qu'il restait encore plongé dans son premier bonheur stupéfait, souriait, parlait peu, répondait au hasard et riait parfois tout haut sans raison apparente.

Le docteur Maturin aussi aimait Thomas Pullings : comme le capitaine Aubrey, il l'avait connu aspirant, second maître et lieutenant ; il l'estimait hautement et lui avait recousu le nez et le front avec plus de soin encore qu'à l'habitude, restant près de sa bannette nuit après nuit durant sa période de fièvre. Mais aujourd'hui le docteur Maturin avait été frustré de son saint-pierre. On était vendredi ; on lui avait promis un saint-pierre et il l'avait attendu impatiemment ; mais mardi, mercredi, jeudi, le grégale avait soufflé si fort qu'aucun bateau de pêche n'était sorti et comme Searle, peu habitué aux officiers catholiques (oiseaux rares dans la marine britannique où tout lieutenant, recevant son premier brevet, devait solennellement renoncer au pape), n'avait même pas de stockfisch en réserve, Maturin s'était vu contraint de dîner de légumes cuits à l'anglaise, imbibés d'eau, insipides, déprimants. Ce n'était pas un homme gourmand, ni de mauvais caractère, mais cette déception venait à la suite d'une série de vexations et de quelques inquiétudes très graves, alors qu'il avait renoncé au tabac depuis deux jours.

— Vous pourriez dire que Duns Scotus est, par rapport à Aquinas, à peu près dans les mêmes rapports que Kant avec Leibniz, dit Graham, poursuivant la conversation.

— C'est vrai, j'ai souvent entendu cette remarque à Ballinasloe, dit Maturin, mais Emmanuel Kant m'exaspère. Depuis que j'ai découvert qu'il portait tant d'intérêt à ce voleur de Rousseau, il m'exaspère tout à fait — pour un philosophe, tolérer les rodomontades de ce chien, de ce bandit suisse, est la preuve d'une désinvolture criminelle ou d'une crédulité tout aussi criminelle. Flots de larmes calculés avec soin, fausses confidences, confessions fallacieuses, exaltation, perspectives romanesques. (Sa main s'en alla d'elle-même vers sa boîte à cigares et s'en revint, déçue.) Combien je hais l'enthousiasme et les perspectives romanesques.

— David Hume était de votre avis, dit Graham, je veux dire, à propos de monsieur Rousseau. Il ne voyait en lui rien de plus qu'un minable mendiant.

— Mais, du moins, Rousseau ne faisait pas de bruit, dit Maturin avec un regard furieux vers ses amis sous la lointaine tonnelle. Jean-Jacques Rousseau était peut-être un apostat, un fornicateur sans cœur et de mauvaise foi, mais il ne se conduisait pas comme les bêtes du Bashan quand il était joyeux. Voyez-vous comment ils interpellent ces jeunes femmes, à présent ? Quelle honte.

Les jeunes femmes, qui la nuit arpentaient la scène du théâtre ou prêtaient leur voix au chœur, et qui accompagnaient souvent les plus jeunes officiers dans leurs pique-niques nautiques à Gozo ou Comino, ou dans leurs expéditions vers les maigres taillis que l'île pouvait offrir, ne semblaient pas outragées : elles répondirent, rirent, saluèrent, et l'une d'elles, montant les marches, se posa un moment sur le bras du fauteuil du capitaine Pellew, but son verre de vin et leur dit qu'ils devaient tous venir à l'Opéra samedi — elle chanterait le rôle du cinquième jardinier. À cela le capitaine Aubrey répondit par quelque remarque étonnamment spirituelle : elle fut perdue pour Maturin mais les hurlements de rire qui suivirent portèrent certainement jusqu'à Saint-Ange.

— Jésus, Marie, Joseph, dit Maturin, en Irlande, j'ai connu bien des assemblées joyeuses dont les réjouissances ne se haussaient pas au-delà d'un murmure de bonne compagnie, et l'on peut supposer que cela s'applique aussi en Écosse.

Graham ne supposait rien de tel, mais il était plein de bienveillance à l'égard de Maturin et se contenta de répondre :

— Heuch — peut-être.

— Certains de mes plus chers amis sont anglais, poursuivit Maturin. Pourtant, même les meilleurs ont cette inclination vicieuse à émettre des braillements confus lorsqu'ils sont heureux. C'est à peu près sans inconvénient dans leur pays, où la nourriture atténue la sensibilité, mais cela voyage mal : c'est perçu comme un surcroît d'arrogance et ressenti plus mal que des crimes bien pires. L'Espagnol est un vil colonisateur, meurtrier, rapace, cruel ; mais on ne l'entend pas rire. Son arrogance est d'une espèce courante, universelle, et sa présence n'est pas ressentie comme celle de l'Anglais. Prenez le cas de cette seule île : cela fait à peine une décennie que la Navy a sauvé son peuple de l'horrible tyrannie française et rempli ce lieu de richesses au lieu d'emporter les trésors des églises à pleines cargaisons, mais déjà il y règne un mécontentement considérable et croissant, et je crois que le rire y est pour beaucoup. Quoiqu'il y ait bien assez d'arrogance simplement stupide pour en justifier une bonne part, juste ciel. Voulez-vous regarder ceci, je vous prie ?

Graham prit le journal, le tint à bout de bras et lut : « Le Commissaire civil du roi observe avec regret que certaines personnes inconséquentes et faibles, trompées sous des prétextes spécieux, se sont laissé surprendre à devenir les instruments de quelques individus factieux et turbulents. Elles ont été abusées jusqu'à souscrire un document prétendant être une requête au roi pour certains changements dans la forme existante de gouvernement de ces îles. »

— Voici le style de Sir Hildebrand dans toute sa perfection étincelante, dit Maturin. Ebenezer Graham, il vous écoute : ne pourriez-vous lui conseiller d'oublier un moment sa pompe, sa vertueuse indignation, et de réfléchir à l'importance immense de la bonne volonté maltaise ? Ne pourriez-vous le persuader de s'adresser à eux avec une civilité courante et dans leur propre langue, ou du moins en italien ? Ne pourriez-vous... Qu'y a-t-il, enfant ? dit-il, s'interrompant pour écouter un petit garçon qui s'était glissé entre les verdures et qui se tenait à son côté, avec un sourire timide, tout prêt à dire que sa sœur — quinze ans d'âge, pas plus, monseigneur — était aimable aux gentilshommes anglais : ses services étaient d'un coût étonnamment modeste, et la pleine satisfaction garantie.

L'interruption, quoique minime, coupa le flot de paroles de Maturin et quand le gamin fut parti, Graham observa :

— Quant à vous, le capitaine Aubrey vous écoute. Ne pourriez-vous lui conseiller d'éviter la compagnie de Mr Holden, plutôt que de le saluer aussi publiquement ?

Mr Holden avait été chassé du service pour avoir utilisé son navire afin de protéger certains Grecs fuyant une expédition punitive turque : il agissait à présent pour le compte d'un petit Comité pour l'indépendance grecque, lointain, inefficace et prématuré, et comme le gouvernement anglais devait rester en bons termes avec la Sublime Porte, il était un visiteur fort mal venu auprès de Malte l'officielle.

Le conseil, bien sûr, venait beaucoup trop tard. Holden était déjà assis à la table de son ancien compagnon de bord, un verre de vin dans une main, l'autre pointé vers une aigrette de diamants tout à fait magnifique au chapeau de Jack Aubrey.

— Qu'est-ce que c'est que cela ? s'exclama-t-il.

— C'est un chelengk, dit Jack avec quelque complaisance. Ne suis-je pas élégant ?

— Remontez-le encore une fois, remontez-le pour lui, dirent ses amis.

Le capitaine posa son chapeau, son meilleur bicorne de grand uniforme numéro un, à dentelles d'or, sur la table : le splendide colifichet — deux lignes de petits diamants bien serrés, chacune terminée par une pierre respectable et chacune de quatre ou cinq pouces de long — possédait une base ronde, incrustée de diamants ; il la fit tourner de droite à gauche plusieurs fois et, quand il remit son chapeau, le chelengk se mit en mouvement, le rond tournant avec un doux bourdonnement et les aigrettes frémissant d'une vie ardente, de sorte que le capitaine Aubrey siégeait au sein d'un petit scintillement privé, un feu d'artifice prismatique et confidentiel, tout flamboyant dans le soleil.

— Où donc, où donc l'a-t-il eu ? s'écria Holden, tourné vers les autres, comme si l'on ne pouvait s'adresser au capitaine Aubrey aussi longtemps que le chelengk étincelait et tremblait.

Holden ne savait pas ?

— Eh, mais, du Grand Seigneur, bien entendu, le sultan de Turquie, pour la prise du *Torgud* rebelle et de sa conserve, où était donc Holden pour n'avoir pas entendu parler du combat entre la *Surprise* et le *Torgud*, le plus beau combat du siècle ?

— Je connaissais le *Torgud*, bien entendu, dit Holden, il portait un armement très lourd et il était commandé par ce chien sanguinaire et meurtrier de Mustapha Bey. Jack, s'il vous plaît, comment vous en êtes-vous emparé ?

— Eh bien, nous ouvrions à peine le chenal de Corfou, voyez-vous, avec une brise à huniers, régulière, de sud-est, dit Jack, et les navires se trouvaient ainsi...

Sous sa tonnelle plus calme et plus philosophique, le docteur Maturin, assis jambes croisées et culotte déboucléée aux genoux, sentit un léger mouvement sur son mollet, comme d'un insecte, peut-être : instinctivement il leva la main, mais des années de philosophie naturelle — désir de savoir exactement de quelle créature il s'agissait, et souhait d'épargner l'abeille ou le papillon innocents — retardèrent le coup. Il avait souvent payé cher la connaissance dans le passé, et ce fut à nouveau le cas : à peine avait-il reconnu le grand taon de Malte à douze points que celui-ci enfonçait profondément son proboscis dans la chair. Il frappa, écrasa la brute, et ne put que regarder le sang se répandre sur son bas de soie blanche, les lèvres animées d'une rage silencieuse.

— Vous parliez, dit Graham, de votre libération du tabac : mais ne pourrait-on considérer la détermination de ne pas fumer comme une privation de liberté plus grande encore ? Comme une abolition du droit de choisir, qui est l'essence même de la liberté ? L'homme sage ne devrait-il pas se sentir libre de fumer du tabac ou de ne pas fumer du tabac, selon l'occasion ? Nous sommes des animaux sociaux ; mais par une austérité mal à propos, conduisant à la morosité, nous pouvons être amenés à oublier nos devoirs sociaux, et à relâcher ainsi les liens de la société.

— Je suis sûr que votre intention est bonne en parlant ainsi, dit Maturin. Toutefois vous devez me permettre de dire que je m'en émerveille — je m'émerveille qu'un homme de votre savoir puisse croire à une simple cause unique pour un effet aussi complexe qu'un état d'esprit. Est-il concevable que la seule absence du tabac suffise à me rendre irritable ? Non, non : en psychologie comme en histoire, nous devons rechercher la causalité multiple. Je fumerai un petit cigare, ou une partie d'un petit cigare, pour vous faire compliment ; mais vous verrez que la différence, si elle existe le moins du monde, est fort légère. En réalité, les ressorts de l'humeur sont merveilleusement obscurs, et parfois je m'étonne de ce que j'en vois surgir — des pensées et des attitudes qui se présentent, toutes formées, devant l'œil mental.

C'était absolument vrai. Le saint-pierre et la privation de tabac ne suffisaient pas à rendre compte de la mauvaise humeur de Maturin, qui de toute manière durait depuis plusieurs jours, et l'étonnait chaque matin au réveil. Tout en méditant, il se rendit compte soudain qu'au moins l'une des nombreuses raisons était un sevrage sexuel total, alors que récemment ses penchants amoureux avaient été réveillés. « Le taureau enfermé devient vicieux », observa-t-il en lui-même, emplissant ses poumons de l'aimable fumée ; mais ce n'était pas là une explication totale, et de loin. Il s'écarta au soleil, du côté sous le vent de la charmille pour ne pas enfumer le professeur Graham ; et là, clignant des yeux dans la forte lumière, il tourna et retourna la question dans sa tête.

Son mouvement l'amena en vue de la tour de l'Apothicaire, bâtiment haut et sévère au front doté d'une horloge incongrue. La pièce lugubre et vide du dernier étage n'avait pas été occupée depuis le temps des Chevaliers ; le plancher était recouvert de douce poussière grise et de crottes de chauves-souris, et dans les poutres obscures, tout là-haut, on pouvait entendre bouger les chauves-souris elles-mêmes, cependant que l'horloge marquait les secondes d'un tic-tac profond et résonant. C'était une pièce sinistre, hostile, mais elle offrait à l'observateur une belle vue sur la Barrakka, l'hôtel Searle et sa cour, à l'exception évidemment de ses tonnelles couvertes.

— En voici un, dit le premier observateur, il vient de passer au soleil.

— Le chirurgien naval, qui fume un cigare ? demanda le second.

— Il est chirurgien naval et très habile, disent-ils ; mais c'est aussi un agent secret. Il s'appelle Maturin, Stephen Maturin : père irlandais, mère espagnole — peut passer pour l'un ou l'autre ; ou pour français. Il a fait beaucoup de dommages ; il est la cause directe de la mort de beaucoup de nos gens, et il se trouvait à bord de l'*Ocean* quand votre cousin a été empoisonné.

— Je lui réglerai son compte ce soir.

— Vous ne ferez rien de la sorte, dit le premier homme sèchement.

Son italien avait un fort accent méridional mais c'était en fait un agent français, l'un des plus importants agents français de la Méditerranée, et le Maltais à ses côtés s'inclina, soumis. Lesueur, tel était le nom du Français, ressemblait un peu à une version légèrement plus âgée du docteur Maturin dont il examinait à présent le visage si attentivement avec une lunette de poche — un homme mince, de taille inférieure à la moyenne, le teint cireux, voûté, l'air studieux avec en général une expression fermée, réservée, un homme attirant rarement l'attention mais qui, l'ayant attirée, donnerait l'impression d'une maîtrise et d'une intelligence supérieures à la moyenne. Et Lesueur avait aussi l'autorité facile d'un homme disposant d'énormes sommes d'argent. Il était vêtu comme un marchand assez prospère.

— Non, non, Giuseppe, dit-il plus gentiment, je reconnais votre zèle et je sais que vous êtes d'une grande habileté avec un couteau ; mais nous ne sommes pas à Naples ni même à Rome. Sa disparition brutale, inexpliquée, ferait beaucoup de bruit — les implications en seraient évidentes et il est absolument essentiel que notre existence ne puisse être soupçonnée. De toute façon, il n'y a pas grand-chose à apprendre d'un cadavre alors que le docteur Maturin vivant pourra nous fournir beaucoup d'informations. J'ai lancé Mrs Fielding sur l'affaire, et Luigi et vous surveillerez ses autres rencontres avec le plus grand soin.

— Qui est Mrs Fielding ?

— Une dame qui travaille pour nous : elle dépend directement de moi ou de Carlos.

Il aurait pu ajouter que Laura Fielding était une Napolitaine mariée à un lieutenant de la Royal Navy, un jeune homme capturé par les Français au cours d'un coup de main et qui était à présent enfermé dans la forteresse de Bitche après s'être échappé de Verdun ; et comme il avait tué l'un des gendarmes qui le poursuivaient, il serait probablement condamné à mort quand son procès aurait lieu. Mais le procès était sans cesse retardé et, par un chemin extrêmement détourné, Mrs Fielding avait appris qu'il pourrait être repoussé indéfiniment si elle voulait bien coopérer avec une personne qui s'intéressait aux mouvements des navires. On lui avait exposé la question comme ayant trait à l'assurance internationale — à de grosses firmes vénitiennes et génoises dont les correspondants français avaient l'oreille du gouvernement. L'histoire aurait pu ne pas fonctionner avec une personne versée dans les affaires, mais l'homme qui l'avait racontée, orateur convaincant, avait produit une lettre parfaitement authentique écrite par Mr Fielding à sa femme moins de trois semaines auparavant, une lettre dans laquelle il parlait de « cette occasion exceptionnelle d'envoyer son amour et de dire à sa très chère Laura que le procès avait été repoussé à nouveau — son enfermement était à présent beaucoup moins rigoureux et il semblait possible que les charges puissent ne pas être poussées avec la plus grande rigueur ».

Mrs Fielding était bien placée pour recueillir du renseignement : non seulement elle était reçue à peu près partout, mais pour compléter son minuscule revenu elle donnait des leçons d'italien aux femmes et aux filles des officiers, et parfois aux officiers eux-mêmes, ce qui la mettait en contact avec bien des éléments d'information plus ou moins confidentiels, chacun assez insignifiant en lui-même, mais contribuant à construire une image valable de la situation. En dépit de sa pauvreté elle donnait aussi des soirées musicales, offrant à ses invités de la limonade, provenant de l'arbre prolifique poussant dans sa cour, et un biscuit de Naples par personne ; et cela ajoutait à sa valeur du point de vue de Lesueur, car elle jouait du piano et d'une ravissante mandoline, chantait fort bien, et rassemblait d'autant plus d'amateurs de talent, navals et militaires, dans une atmosphère singulièrement détendue et sereine. Pourtant il n'avait pas jusqu'ici fait un usage total de ses possibilités, préférant la laisser s'habituer tout à fait à l'idée que le bien-être de son mari dépendait de sa diligence. Lesueur aurait pu dire tout cela à Giuseppe sans faire grand mal, mais c'était un homme aussi discret et réservé que son visage, et il aimait garder pour lui l'information — toute l'information. Par ailleurs, Giuseppe, qui avait été absent longtemps, devait faire un peu connaissance avec la situation présente : il fallait aussi le contenter, dans une certaine mesure.

— Elle enseigne l'italien, dit Lesueur avec réticence. (Il fit une pause.) Vous voyez le gros homme sous la tonnelle, au fond à gauche ?

— Le capitaine de frégate manchot, en demi-perruque ?

— Non, à l'autre bout de la table.

— Le capitaine de vaisseau grand et gras, à cheveux jaunes, avec ce machin brillant à son chapeau ?

— Exactement. Il aime beaucoup l'opéra.

— Cette espèce de grand bœuf à face rouge ? Vous m'étonnez. J'aurais pensé que la bière et les quilles étaient plus son affaire. Regardez comme il rit. On doit l'entendre jusqu'à Ricasoli. Il est probablement ivre : les Anglais sont perpétuellement ivres — ils n'ont pas de décence.

— Peut-être bien. Quoi qu'il en soit, il aime beaucoup l'opéra. En passant, laissez-moi vous mettre en garde de ne pas laisser votre aversion obscurcir votre jugement et de ne pas sous-estimer votre ennemi : ce grand bœuf à face rouge est le capitaine Aubrey, et même si pour l'instant il n'a pas l'air avisé, c'est l'homme qui a négocié avec Sciahan Bey, détruit Mustapha, et qui nous a chassés de Marga. Aucun imbécile n'aurait pu réussir l'une de ces choses, sans même parler des trois. Mais comme j'allais vous le dire, étant ici pour quelque temps et aimant beaucoup l'opéra, il a décidé de prendre des leçons d'italien pour mieux comprendre ce qui se passe.

Giuseppe était sur le point de faire une remarque sur l'ineptie de cette notion, mais voyant le regard de Lesueur il referma la bouche.

— Son premier professeur était le vieil Ambrogio, mais dès que Carlos en a entendu parler, il a envoyé les gens qu'il fallait dire à Ambrogio de tomber malade et de recommander Mrs Fielding. Ne m'interrompez pas, je vous prie, dit-il en levant la main, comme la bouche de Giuseppe s'ouvrait à nouveau. Elle a déjà vingt minutes de retard et je voudrais dire tout ce que j'ai à dire avant son arrivée. L'affaire est celle-ci : Aubrey et Maturin sont amis intimes ; ils ont toujours navigué ensemble ; en mettant la femme en contact avec Aubrey, je la mets en contact avec Maturin. Elle est jeune, jolie, assez intelligente et de bonne réputation : aucun amant connu — aucun amant depuis son mariage, entendons-nous bien. Dans de telles circonstances, je ne doute guère qu'il se lie avec elle, et j'espère recueillir des informations très valables.

Comme Lesueur disait ces mots, Maturin pivota sur sa chaise et regarda tout droit la tour de l'Apothicaire : pour les hommes placés à l'intérieur, qui tous deux reculèrent d'un pas en silence, c'était exactement comme si ses étranges yeux pâles perçaient les volets à lamelles.

— Une sale tête de crocodile, dit Giuseppe à peine plus haut qu'un murmure.

Le malaise général de Stephen Maturin avait été renforcé par le sentiment d'être observé, mais qui n'avait pas atteint le niveau de la pleine conscience : son intelligence n'avait pas écouté son instinct et si ses yeux étaient fixés là où il fallait, son esprit envisageait la tour comme un possible repaire de chauves-souris. Il savait que depuis le départ des Chevaliers sa partie inférieure servait d'entrepôt aux marchands, mais le haut était presque certainement inutilisé : on ne pouvait guère imaginer de lieu mieux approprié. Clusius avait traité en grand détail de la flore de l'île, et Pozzo di Borgo des oiseaux ; mais les chauves-souris maltaises restaient lamentablement négligées.

Malgré l'amour du docteur Maturin pour les chauves-souris et la philosophie naturelle en général, seule la surface de son esprit s'en préoccupait à présent. Le cigare bénéfique avait effacé une partie de sa maussaderie extrême, mais il restait profondément troublé. Comme l'avait dit Lesueur, il était agent secret en même temps que chirurgien de marine ; revenu de mer Ionienne à Malte, il avait constaté qu'une situation déjà préoccupante l'était devenue davantage encore. Non seulement l'information confidentielle se répandait de la manière la plus imprudente, de sorte qu'un marchand de vin sicilien de sa connaissance avait pu lui dire, à très juste titre, que le 73e régiment quitterait Gibraltar la semaine suivante, en route pour Cerigo et Santa Maura, mais des plans bien plus importants étaient transmis, du moins en partie, à Toulon et Paris.

Il y avait eu une vacance du pouvoir des plus malheureuses. À La Valette même, le fort populaire gouverneur naval, homme qui avait combattu avec les Maltais contre les Français, homme qui aimait le peuple, connaissait intimement ses chefs et en parlait le langage, avait été remplacé contre toute raison par un soldat, un soldat nigaud, stupide et arrogant, qui traitait publiquement les Maltais de bande d'indigènes papistes auxquels il fallait faire comprendre qui était leur maître. Les Français n'auraient pu demander mieux : ils avaient déjà des réseaux de renseignement dans l'île et à présent ils les renforçaient en argent et en hommes, recrutant les insatisfaits en nombre étonnant.

Plus important encore avait été l'intervalle entre la mort de l'amiral Sir John Thornton et la nomination d'un nouveau commandant en chef. Sir John avait été un bon chef du Renseignement en même temps qu'un remarquable diplomate, stratège et marin, mais la plus grande part, et de loin, de son organisation improvisée était officieuse, fondée sur des contacts personnels, et elle était tombée en pièces entre les mains incompétentes de son commandant en second et successeur temporaire, le contre-amiral Harte. Des hommes d'importance, souvent des officiels haut placés dans les gouvernements, d'un bout à l'autre de la Méditerranée, se fiaient à Sir John ou à son secrétaire mais n'avaient rien à dire à un bouche-trou indiscret, ignorant et hargneux. Maturin lui-même, dont les services à cet égard étaient totalement bénévoles, son seul moteur étant une haine intense de la tyrannie napoléonienne, avait refusé d'apparaître autrement que comme chirurgien tant que Harte détenait le commandement.

Mais cette période était aujourd'hui achevée : Sir Francis Ives, le nouveau et respectable commandant en chef, se trouvait à présent, avec la plus grande partie de la flotte, au blocus de Toulon où les Français, avec vingt et un vaisseaux de ligne et sept frégates, manifestaient les signes d'une grande activité ; parallèlement, il renouait tous les fils complexes de son commandement, fils tactiques, stratégiques et politiques, avec leur part indispensable de Renseignement. En même temps, l'Amirauté envoyait une personnalité pour résoudre la situation à Malte, le second secrétaire temporaire, pas moins, Mr Andrew Wray. Il avait une réputation de brio et s'était manifestement fort bien conduit au Trésor sous les ordres de son cousin Lord Pelham : sans aucun doute il s'agissait d'un homme exceptionnellement capable. Et Maturin ne doutait pas qu'en dehors même d'affronter les Français il aurait besoin de toutes ses capacités pour surmonter le mauvais vouloir de l'armée, ainsi que la jalousie et l'obstruction des autres organisations britanniques de renseignement qui s'étaient sournoisement frayé un chemin jusqu'à l'île. Il y avait là de mystérieux messieurs de différents départements, pour brouiller les conseils, s'entraver les uns les autres et provoquer la confusion ; une seule chose consolait Stephen Maturin quand il envisageait la situation : les Français étaient sans doute en plus mauvaise posture encore. Les gouvernements despotiques tendent à faire naître espions et informateurs, et l'on trouvait les traces d'au moins trois ministères parisiens différents, à l'œuvre à Malte, chacun ignorant les autres, avec un homme d'un quatrième surveillant l'ensemble. L'objet apparent de la visite de Mr Wray était de lutter contre la corruption à l'arsenal et Maturin pensait qu'il aurait sans doute plus de succès sur ce plan que dans le contre-espionnage. Le Renseignement était une affaire hautement spécialisée et, pour autant qu'il le sût, c'étaient les premiers rapports directs de Wray avec le département. Par ailleurs, la corruption était universelle, ouverte à tous ; et comme, dans sa jeunesse, Wray avait entretenu une voiture et un train de maison considérable sur un salaire officiel de quelques centaines de livres par an sans fortune personnelle, il était probablement assez bien renseigné sur ce sujet. Maturin avait fait la connaissance de Wray pour la première fois quelques années auparavant, alors que Jack Aubrey se trouvait à terre, particulièrement enrichi en parts de prise et par les dépouilles de la campagne de l'île Maurice : la rencontre — un échange occasionnel de courbettes et de salutations — avait eu lieu dans un club de jeu de Portsmouth où Jack jouait avec diverses connaissances. La présentation n'était rien par elle-même et Maturin ne se serait pas souvenu de Wray si quelques jours plus tard, alors que lui-même se trouvait à Londres, Jack n'avait, semble-t-il, accusé Wray ou ses associés, en termes à peine assez ambigus pour préserver la décence, de tricher aux cartes. Wray n'avait pas demandé la satisfaction barbare habituelle dans un tel cas. Peut-être avait-il pensé que les paroles de Jack s'appliquaient à quelque autre joueur — Stephen n'avait pas eu de cette affaire un compte rendu de première main —, pourtant certains signes d'une influence hostile à l'intérieur de l'Amirauté se manifestaient depuis un certain temps : navires refusés, bons commandements accordés à des hommes ayant un palmarès de combat beaucoup moins spectaculaire, refus de promotion pour les subordonnés de Jack, et à un moment Stephen avait soupçonné que ce pût être l'effet de la vengeance de

Wray. Mais cela pouvait aussi résulter d'autres causes, être par exemple la conséquence de l'aversion des ministres pour le général Aubrey, le père de Jack, membre pérenne du Parlement, de tendance radicale, et rude épreuve pour tout le monde — explication d'autant plus valable que la réputation de Wray n'avait en rien souffert. Ordinairement, un homme qui ne se bat pas dans de telles circonstances est mis à l'index, mais quand Aubrey et Maturin, qui avaient dû appareiller très vite après l'incident, étaient revenus des Indes orientales et d'ailleurs, Stephen avait constaté qu'en général on pensait qu'une explication ou une rencontre avait eu lieu, et Wray était reçu partout : Stephen l'avait vu plusieurs fois à Londres. Et si Wray n'avait pas souffert dans sa réputation il ne pouvait guère avoir conservé un désir de vengeance. De toute manière, son mode de vie avait changé totalement depuis lors : il avait fait un excellent mariage, du point de vue mondain, et bien que Fanny Harte lui eût apporté peu de beauté et moins encore d'affection (elle était opposée à ce mariage dès l'origine, étant attachée à William Babbington, de la Royal Navy), sa fortune permettait à Wray de mener la vie de luxe qu'il aimait, de la mener sans recourir aux expédients ; il espérait une richesse bien plus grande encore quand le contre-amiral mourrait, car Harte avait hérité une somme extravagante d'un de ses parents, prêteur de fonds dans Lombard Street, et Fanny était son unique enfant. Quant à Jack, après sa petite victoire brillante et très publiquement reconnue en mer Ionienne où il avait, entre autres, assuré à la Navy une excellente base et ravi le Grand Turc, point d'une immense importance diplomatique à ce moment, il était raisonnablement à l'abri de tout commentaire insidieux et marginal faisant allusion à une mauvaise conduite, ou d'une note semiofficielle faisant ressortir les indiscrétions de sa jeunesse.

— Voici l'autre, dit Lesueur comme Graham sortait de l'ombre verte pour s'asseoir près de Stephen Maturin. Nous avons eu des rapports confus à son égard et il a semblé à un moment qu'il appartenait à une tout autre organisation ; mais il apparaît aujourd'hui comme uniquement linguiste, employé pour traiter les documents turcs et arabes, et il doit bientôt regagner son université. Vous le ferez surveiller tout de même et vous noterez ses relations. Où cette femme peut-elle se trouver, je n'en sais rien. Elle aurait dû être ici il y a vingt-trois, non, vingt-quatre minutes, pour donner sa leçon à Aubrey. À présent elle n'en aura pas le temps avant qu'il aille à son rendez-vous.

Longue pause. Giuseppe, qui regardait par le volet de l'angle aussi bien que par celui donnant une vue frontale, dit :

— Voici une dame qui descend la ruelle en toute hâte avec une servante.

— A-t-elle un chien ? Un énorme mastiff d'Illyrie ?

— Non, monsieur, pas du tout.

— Alors, ce n'est pas Mrs Fielding, dit Lesueur d'un ton affirmatif et fâché.

Mais il se trompait, comme il s'en aperçut au moment où la dame et sa servante à capuchon noir passaient le coin et se hâtaient pour entrer dans la cour de l'hôtel Searle.

Tous les hommes de la table d'Aubrey sautèrent sur leurs pieds, car ce n'était pas là un élément de consolation local, comme le cinquième jardinier de tout à l'heure : loin de là. En fait, quand le capitaine Pelham tomba de tout son long, cela n'aurait guère constitué un témoignage exagéré de son respect si le mouvement eût été volontaire et non dû à un excès de marsala et à la faiblesse d'un pied de chaise.

Il y eut un aimable brouhaha pendant que Mrs Fielding s'efforçait de s'excuser auprès du capitaine Aubrey et en même temps de satisfaire les officiers qui souhaitaient savoir comment elle allait et ce qui était arrivé à Ponto, la sombre et sévère créature, grave et puritaine, dotée d'un collier à pointes d'acier, le mastiff d'Illyrie, animal de la taille d'un veau moyen qui accompagnait toujours Laura Fielding, retenant ses longues enjambées pour suivre ses petits pas et la protégeant de la moindre familiarité par sa seule présence ou, si cela ne suffisait pas, par un grondement caverneux. À en croire ce qu'elle disait, Ponto avait été laissé à la maison en punition pour avoir tué un âne ; il en était parfaitement capable, mais l'anglais de Mrs Fielding était parfois un peu sauvage et le calme avec lequel elle parlait de cet acte donnait à penser qu'il y avait quelque erreur.

— Ma parole, messieurs, dit-elle presque sans transition, vous êtes tous fort beaux aujourd'hui. Culottes blanches ! Bas de soie !

Eh bien quoi, oui, dirent-ils, ne le savait-elle pas ? *Calliope* avait amené hier au soir Mr Wray, de l'Amirauté, et ils devaient aller lui présenter leurs respects chez le gouverneur d'ici à vingt minutes, toutes voiles dehors et à grand renfort de blanc à culotte et de poudre à cheveux, certains que leur beauté collective le plongerait dans une stupéfaction muette.

Il était amusant de voir comment ces capitaines, dont certains étaient de vrais tyrans à leur bord, la plupart tout à fait habitués à la guerre et tous capables d'assumer de grandes responsabilités, jouaient les idiots devant une jolie femme. « Il y a un livre capital à écrire sur la parade nuptiale humaine dans toute sa grotesque variété », observa le docteur Maturin. « Non pas, toutefois, que ceci soit plus qu'une minuscule parodie de la cérémonie complète. Nous n'avons pas ici de forte rivalité, pas d'empressement brûlant chez les hommes, pas d'espoirs réels (ceci avec un regard pénétrant vers son ami Aubrey) et de toute manière la dame n'est pas disponible. » Mrs Fielding n'était certainement pas disponible au sens particulier que Maturin donnait à ce terme, mais il était agréable aussi de voir comme elle recevait bien leur admiration, évidente quoique respectueuse, leurs aimables plaisanteries et leurs traits d'esprit — pas de simagrées, pas de révolte, pas de minauderies, mais pas non plus d'excès d'assurance : elle se montrait amicale, donnait exactement la note juste, et Maturin l'observait avec admiration. Il avait déjà remarqué comme elle avait ignoré l'ivresse de Pelham — elle était habituée aux hommes de guerre — et à présent il constata son ressaisissement instantané du choc provoqué par le visage de Pullings, que Jack Aubrey fit sortir de l'ombre de la tonnelle pour le présenter, et la manière particulièrement gentille dont elle le félicita de sa promotion et l'invita à venir chez elle le soir même — une très petite réception, juste pour écouter la répétition d'un quatuor ; il vit son plaisir enfantin quand on fit marcher le chelengk, et son avidité manifeste quand elle l'eut en main et put admirer les grosses pierres du sommet. Il l'observait avec curiosité, et un petit quelque chose en plus. D'une part elle lui rappelait fortement son premier amour : même construction, assez petite mais mince et droite comme un roseau, même étonnante chevelure auburn ; et par une coïncidence fort étrange, elle aussi l'avait disposée de manière que l'on pût voir une nuque d'une élégance touchante, et une oreille à la courbe délicate. Par ailleurs, elle lui avait manifesté une attention particulière.

Un insecte pouvait encore tromper Maturin et lui percer la peau, mais à ce stade avancé, c'était chose difficile à une femme. Il savait qu'aucune ne pouvait absolument l'admirer pour son aspect ; il n'avait aucune illusion sur ses charmes sociaux ou sa conversation ; et bien qu'il eût le sentiment que ses meilleurs livres, *Remarks on Pezophaps Solitarius* et *Modest Proposals for the Preservation of Health in the Navy*, n'étaient pas sans mérite, il ne pensait pas que l'un ou l'autre pût enflammer un cœur féminin. Même sa femme n'avait pas dépassé quelques pages, en dépit d'une très grande bonne volonté. Son statut dans la marine était modeste — il n'était même pas officier à brevet — et il n'avait ni relations ni influence. Et il n'était pas riche.

L'amabilité de Mrs Fielding et ses invitations étaient donc suscitées par autre chose qu'une notion (même lointaine) de galanterie ou de profit : de quoi s'agissait-il, il ne pouvait le dire, à moins que cela eût un rapport avec le Renseignement. Si tel était le cas, son devoir exigeait manifestement qu'il se montre tout à fait conciliant. Il ne possédait pas d'autre moyen de tirer la chose au clair ; pas d'autre moyen de pouvoir soit surprendre ses relations, soit la conduire à les révéler, ou l'utiliser pour transmettre de faux renseignements. Peut-être se trompait-il tout à fait — au bout d'un certain temps, un agent secret a tendance à voir des espions partout, un peu comme certains fous voient des références à eux-mêmes dans tous les journaux —, mais, quoi qu'il en fût, il avait l'intention de jouer son rôle dans ce jeu hypothétique. Et il se persuadait d'autant plus facilement que telle était la bonne solution qu'il aimait sa compagnie, appréciait ses soirées musicales, et restait convaincu de pouvoir maîtriser toute émotion inopportune qui surgirait dans son cœur. C'est pour Mrs Fielding qu'il avait enfilé ses bas blancs (car ni son rang, ni son inclination n'exigeaient sa présence à la réception) et c'est pour Mrs Fielding qu'il s'avança à présent, ôta son chapeau, fit sa plus belle révérence et s'exclama :

— Je vous souhaite le bonjour, madame, j'espère que vous allez à merveille !

— D'autant mieux que je vous vois, monsieur, dit-elle, souriant et lui abandonnant sa main. Cher docteur, ne pourriez-vous persuader le capitaine Aubrey de prendre sa leçon ? Nous n'avons qu'à mémoriser le trapassato remoto.

— Hélas, il est marin ; et vous connaissez la dévotion absolue des marins aux cloches et aux horloges.

Une ombre passa sur le visage de Laura Fielding : son seul désaccord avec son mari avait eu pour source la ponctualité. Avec une gaieté un peu artificielle elle poursuivit :

— Juste le trapassato remoto *régulier* – dix minutes à peine.

— Regardez, dit Stephen montrant du doigt l'horloge de la tour de l'Apothicaire. (Ils tournèrent tous la tête et une fois de plus les observateurs reculèrent involontairement.) Dix minutes, c'est tout ce dont disposent ces beaux messieurs pour se rendre d'un pas digne chez le gouverneur ; car ils ne doivent pas se hâter dans la pente cruelle, froissant leurs belles cravates, perdant leur poudre à cheveux, haletant sous le soleil pour arriver dans un état de fusion écarlate. Vous feriez beaucoup mieux de vous asseoir à l'ombre avec moi et de boire un verre de lait de vache glacé ; je ne saurais recommander la chèvre.

— Je n'ose pas, dit-elle, cependant que les capitaines prenaient congé, par ordre d'ancienneté, je vais être en retard chez Miss Lumley. Capitaine Aubrey, lança-t-elle, si par hasard je devais être retardée pour la répétition de ce soir, je vous supplie d'entrer et de montrer au capitaine Pullings le citronnier — il a été arrosé aujourd'hui ; Giovanna s'en va d'ici à Notabile, mais la porte ne sera pas vraiment fermée.

— Je serai fort heureux de montrer le citronnier au capitaine Pullings, dit Jack et au mot « capitaine » Pullings rit tout haut une fois de plus. C'est le plus beau citronnier que je connaisse. Et, madame, s'il vous plaît, Ponto ira-t-il aussi à Notabile ?

— Non. La dernière fois il a tué quelques chèvres et des enfants. Mais il connaît l'uniforme naval. Il ne vous dira rien du tout, sauf peut-être si vous touchez aux citrons.

— Votre plan semble fonctionner, monsieur, dit Giuseppe en regardant les officiers et Graham entamer la montée des marches vers le palais tandis que Stephen et Mrs Fielding s'asseyaient pour déguster une crème glacée parfumée au café — ils étaient convenus que Miss Lumley, n'étant pas officier de marine, ne pouvait avoir la même acuité morbide du sentiment du temps mesuré.

— Je pense qu'il fonctionnera très bien, dit Lesueur. J'ai constaté en général que plus l'homme est laid, plus sa vanité est grande.

— En fait, monsieur, dit Laura Fielding en léchant

sa cuiller, puisque vous avez été bon et que j'aimerais envoyer Giovanna à Notabile, je vais vous demander d'être plus aimable encore et de m'accompagner jusqu'à Saint-Publius : il y a toujours un très grand nombre de canailles et de soldats qui traînent autour de Porta Reale, et sans mon chien...

Le docteur Maturin déclara qu'il serait heureux de servir de substitut à une si noble créature, et d'ailleurs il semblait particulièrement heureux et joyeux quand ils sortirent de la cour et qu'il lui fit traverser la piazza Regina, encombrée de soldats et de deux troupeaux de chèvres ; mais le temps qu'ils parviennent à la hauteur de l'auberge de Castille, une partie de son esprit s'était absentée, revenant au sujet de l'humeur et de ses origines. Une autre partie restait cependant tout à fait présente, et son silence était jusqu'à un certain point délibéré ; il ne dura pas longtemps mais, comme il l'avait prévu, Laura Fielding en fut troublée. Elle subissait une contrainte — une contrainte qu'il percevait de plus en plus clairement — et son ton comme son sourire étaient un peu artificiels quand elle dit :

— Aimez-vous les chiens ?

— Les chiens, vraiment ? dit-il, lui jetant un regard de côté avec un sourire. Eh quoi, mais si vous n'étiez qu'une dame ordinaire faisant poliment la conversation, je sourirais et je dirais « Grand Dieu, madame, je les adore » en tortillant ma personne de la manière la plus gracieuse que je pourrais. Mais comme il s'agit de vous, j'observerai simplement que je comprends vos paroles comme une demande de dire quelque chose : vous auriez aussi bien pu demander si j'aime les hommes, ou les femmes, ou même les chats, les serpents, les chauves-souris.

— Pas les chauves-souris ! s'exclama Mrs Fielding.

— Mais si, les chauves-souris, dit le docteur Maturin. Il y a autant de variété en elles qu'en d'autres créatures : j'ai connu des chauves-souris joyeuses, pleines d'entrain, et d'autres renfrognées, désagréables, obstinées, moroses. Et, bien sûr, la même chose s'applique aux chiens — il en est de toutes sortes, des corniauds jaunes serviles et fourbes jusqu'à l'héroïque Ponto.

— Cher Ponto, dit Mrs Fielding, il est un grand réconfort pour moi ; mais j'aimerais qu'il soit un peu plus intelligent. Mon père avait un chien de la Maremme, un chien de marais, qui savait multiplier et diviser.

— Pourtant, dit Maturin, poursuivant ses pensées, il y a chez les chiens, je dois le confesser, une qualité que l'on trouve rarement ailleurs, et c'est l'affection : je ne veux pas parler de l'amour violent, possessif et protecteur envers leur propriétaire, mais plutôt de cet attachement léger et fidèle envers leurs amis que l'on rencontre bien souvent chez les meilleurs chiens. Et si l'on considère la rareté de la simple affection désintéressée chez notre propre espèce, une fois parvenue à l'âge adulte, hélas — si l'on considère combien cela rehausse immensément la vie quotidienne et combien cela enrichit le passé et l'avenir d'un homme, de sorte qu'il peut regarder derrière et devant lui avec complaisance —, eh bien, c'est un plaisir de la trouver chez un être animal.

L'affection existe aussi chez les capitaines de frégate : elle débordait visiblement de Pullings tandis que Jack Aubrey le conduisait vers le gouverneur et ses hôtes. Jack se serait bien passé de cette rencontre avec Wray mais, sachant qu'il ne pouvait l'éviter sans déshonneur, il était heureux que l'étiquette lui imposât de présenter son ancien lieutenant : la formalité indispensable effacerait une partie de la gêne. Non qu'il y eût apparemment beaucoup de gêne à craindre, se dit-il, en regardant la ligne des invités. Wray était toujours le même, assez bel homme, gentilhomme de grande taille, animé, vêtu d'un habit noir orné d'une couple de décorations étrangères ; il était parfaitement conscient de l'approche de Jack — leurs regards s'étaient croisés quelque temps auparavant — mais il riait avec Sir Hildebrand et un civil à face rouge, apparemment indifférent, comme s'il n'avait pas la moindre raison de prendre un air furtif ou d'éprouver la moindre gêne.

La ligne s'avança. Leur tour était venu. Jack fit la présentation au gouverneur qui répondit d'une légère inclinaison de tête, d'un regard indifférent et du mot « Heureux ». Puis il poussa Pullings d'un pas et dit :

— Monsieur, permettez-moi de vous présenter le capitaine Pullings. Capitaine Pullings, monsieur le Secrétaire Wray.

— Je suis ravi de vous voir, capitaine Pullings, dit Wray, lui tendant la main, et je vous félicite de tout mon cœur pour votre part dans la brillante victoire de la *Surprise*. Dès que j'ai lu la dépêche du capitaine Aubrey (avec une inclinaison vers Jack) et son récit élogieux de vos efforts sans pareils, j'ai dit : Mr Pullings doit être promu. Certains de ces messieurs ont objecté que le *Torgud* n'était pas au service du sultan au moment de sa capture, que la promotion serait irrégulière, que ce serait établir un précédent indésirable. Mais j'ai insisté pour que nous suivions la recommandation du capitaine Aubrey, et je peux vous dire en privé, ajouta-t-il un ton plus bas, avec un sourire placide à l'adresse de Jack, que j'ai insisté d'autant plus fortement qu'à un moment le capitaine Aubrey avait semblé me faire une injustice, et qu'en assurant la promotion de son lieutenant je pouvais, comme on dit, lui damer le pion. Peu de choses m'ont donné autant de plaisir que de vous apporter votre brevet et je suis seulement désolé que la victoire vous ait coûté une blessure aussi cruelle.

— Mr Wray : le colonel Manners, du 43e, dit Sir Hildebrand qui trouvait que cela durait bien trop longtemps.

Jack et Pullings s'inclinèrent et laissèrent place au colonel ; Jack entendit le gouverneur dire : « C'est Aubrey, qui a pris Marga » et la réponse ardente et presque instantanée du soldat : « Ah ? La place était tenue par l'ennemi, si je me souviens bien ? » Mais son esprit était profondément perturbé. Se pouvait-il qu'il eût méjugé Wray ? Un homme aurait-il assez d'impudence pour prononcer de telles paroles si ce n'était pas la vérité ?

Wray pouvait sans aucun doute empêcher la promotion, l'eût-il souhaité ; il avait l'excuse parfaite de l'état de rébellion du *Torgud*. Jack s'efforçait de se souvenir des détails précis de cette lointaine et malheureuse soirée de colère à Portsmouth — quelle était la suite exacte des événements ? quelle quantité avait-il bue ? qui étaient les autres civils à la table ? — mais il avait depuis lors traversé beaucoup de violences plus ouvertes et il était incapable de retrouver les détails de son incertitude de l'époque. Qu'il y ait eu tricherie, c'était indubitable, et pour des sommes importantes, il en était encore sûr ; mais il y avait plusieurs joueurs à la table et pas seulement Andrew Wray.

Il s'aperçut que Pullings, depuis un moment, parlait du second secrétaire sur un ton proche de l'enthousiasme — « Une telle magnanimité, magnanimité, vous voyez ce que je veux dire, monsieur, un œil bienveillant, particulièrement érudit aussi, pas le moindre doute à cela, devrait certainement devenir premier secrétaire, sinon Premier Lord » — et qu'ils étaient debout près d'une table couverte de bouteilles, de carafes et de verres.

— Buvons à sa santé, monsieur, ce flip amiral, s'exclama Pullings, lui mettant dans la main un gobelet d'argent glacé.

— Flip amiral à cette heure du jour ? dit Jack, regardant d'un air pensif le visage rond et heureux du capitaine Pullings dont la blessure livide tendait au violet, le visage d'un homme ayant déjà absorbé une pinte de marsala, et de toute manière terrassé par la joie — le visage d'un homme habituellement sobre qui n'était plus en état de boire un mélange pour moitié de champagne et de brandy.

— Un verre de bière légère ne conviendrait-il pas aussi bien ? Excellente, cette bière légère des Indes orientales.

— Allons, monsieur, dit Pullings avec reproche, ce n'est pas tous les jours que j'arrose mon épaulette.

— C'est fort vrai, dit Jack, se souvenant du jour où

il avait pour la première fois endossé l'épaulette de capitaine de frégate — une seule, à cette époque — et de son bonheur sans limite — c'est fort vrai. Eh bien, à la santé de monsieur le secrétaire. Qu'il connaisse la prospérité dans tous ses projets.

Le flip amiral eut raison du pauvre Pullings plus vite encore qu'on ne s'y serait attendu. Ils furent séparés par une marée d'officiers assoiffés dont beaucoup félicitaient Pullings de sa promotion, et Jack ne parlait pas depuis cinq minutes avec son vieil ami Dundas qu'il vit deux d'entre eux conduire et presque porter Pullings dehors. Il les suivit pour constater qu'ils l'avaient déposé sur un siège dans un coin tranquille du jardin où il était presque endormi, pâle mais toujours souriant.

— Vous allez bien, Tom, n'est-ce pas ? demanda-t-il.

— Oh oui, monsieur, dit Pullings de très loin. C'est juste que l'on manquait un peu d'air là-dedans. Comme dans la cale d'un négrier.

Il ajouta qu'il pensait à Mrs Pullings, à Mrs la capitaine Pullings, et à ce qu'elle dirait d'un revenu de seize guinées par mois. Seize belles guinées par mois lunaire !

« Ce qu'elle dira de votre pauvre figure est plus important », se dit Jack tout en contemplant le capitaine, à présent muet, insensible. Une blessure vraiment très laide : il en avait rarement vu de plus laide. Pourtant, Stephen Maturin l'assurait que la grande entaille cicatriserait et que l'œil ne courait aucun danger ; et pour toute question médicale, il n'avait jamais vu Stephen se tromper de beaucoup. Une cloche résonna dans son esprit, lui rappelant son rendez-vous. Il dit « Mrs Fielding, la charmante » et, revenant vers le palais, il traversa rapidement la foule pour atteindre la cour où il lança « *Surprise* ! ». Le cri fut aussitôt repris par les différents matelots et soldats présents ; quelques secondes plus tard son patron de canot apparaissait, s'essuyant la bouche — un patron de canot assez splendide, car en de telles occasions, tout navire digne de ce nom voulait que son capitaine, son canot d'apparat et ceux qui lui appartenaient lui fassent honneur, et Bonden se présentait en haut chapeau rond brodé *Surprise*, habit bleu clair à col de velours, culotte de satin et chaussures à boucles d'argent, le tout (en dehors des chaussures, récupérées sur un renégat défunt) œuvre de son aiguille et de celle de ses amis.

— Bonden, dit Jack, Mr... le capitaine Pullings ne se sent pas très bien.

— Paralysé, monsieur ? demanda Bonden, dans un esprit de pure information : pas le moindre jugement moral ou esthétique dans la question.

— Pas exactement paralysé, dit Jack.

Mais cela fut aussitôt compris comme un simple désir de décence, et Bonden dit qu'il emprunterait un brancard à la pile toujours préparée dans la salle des gardes quand le gouverneur donnait une réception, trouverait une couple de bons matelots solides et fiables pour l'extrémité avant, et passerait par la porte du jardin pour éviter le scandale, monsieur, et ne pas faire rire les habits rouges.

— C'est cela, Bonden, c'est cela : la porte du jardin dans cinq minutes, dit Jack.

Dix minutes plus tard, il avait descendu la moitié de la rue ressemblant à une échelle qui conduisait à son hôtel, marchant à côté du brancard porté devant à hauteur d'épaules par deux des matelots de la frégate et derrière à hauteur de genoux par le robuste patron de canot, de sorte qu'il était à peu près plan : le capitaine lui-même y était amarré avec les sept tours traditionnels, comme dans un hamac. Le scandale d'un officier de marine perdu de boisson ne semblait plus affecter le groupe à présent que les habits rouges du palais étaient hors de vue et le seul soin de Jack était de préserver son chapeau. De chaque côté les maisons possédaient des balcons couverts et fermés et tous les vingt yards à peu près, quand la pente de la rue amenait le balcon à une hauteur convenable, une main passant entre les volets s'élançait vers sa tête accompagnée d'un rire, argentin ou aviné selon les cas, et d'une invitation à entrer. Les officiers aussi imposants qu'un capitaine de vaisseau étaient rarement traités de cette manière, du moins en plein jour, mais c'était justement la fête de saint Siméon Stylite, et l'on tolérait grande licence ; de toute façon le chapeau de Jack (que par amour pour Lord Nelson et par affection pour la mode de sa jeunesse il portait en travers plutôt qu'en long) avait subi des assauts dans d'innombrables ports avant même qu'il eût besoin de se raser, et il savait assez bien le préserver.

Il le préserva cette fois encore et en atteignant la cour de l'hôtel il héla son valet que l'on apercevait sur le toit, tourné dans la mauvaise direction :

— Holà, du toit, prêtez la main, Killick : la main dessus.

Killick descendit en courant.

— Vous voici enfin, monsieur, s'écria-t-il, saisissant le brancard d'un air absent, les yeux fixés sur le chapeau de Jack. Que je vous attends depuis un bon quart et plus.

Killick était un matelot d'avant à peine dégrossi, plus rude que beaucoup, imperméable à toute influence civilisatrice qu'aurait pu exercer la grand-chambre et d'une ignorance profonde, obstinée, dogmatique et mal informée. Mais il savait que « un diamant de la taille d'un pois est une rançon de roi », et que le chelengk était fait de diamants car il s'en était servi pour écrire discrètement *Preserved Killick HMS Surprise rien de plus beau* sur un carreau. Les deux pierres supérieures étaient certainement aussi grosses que les pois séchés de la marine qu'il avait mangés toute sa vie — quant aux pois verts, il n'en avait jamais vu — et il était persuadé que le chelengk concurrençait les joyaux de la couronne, ou même les surpassait, car aucun joyau de la couronne n'avait un mouvement d'horlogerie. Depuis que le présent était arrivé de Constantinople, sa vie n'était qu'une longue angoisse, surtout du fait qu'ils étaient à présent à terre, entourés de voleurs de tous côtés : chaque soir il cachait l'objet en un lieu différent, enveloppant en général l'écrin de toile à voile et le couvrant de chiffons dégoûtants, le tout niché au milieu d'hameçons et de pièges à rats prêts à se déclencher au moindre souffle.

Bonden et lui mirent tendrement Pullings au lit d'une manière nette et bien maritime, et Jack, regardant sa montre, se rendit compte que s'il ne voulait pas être en retard pour la répétition de Mrs Fielding, il lui fallait partir ; il se rendit compte aussi qu'il n'avait pas envoyé son violon plus tôt dans la journée, oubli stupide dans une ville où tous les officiers portaient l'uniforme et où il ne pouvait être vu transportant le moindre paquet, sans même parler d'un instrument de musique.

— Bonden, dit-il, sautez dans le salon du docteur, prenez mon étui à violon sur l'appui de la fenêtre et venez chez Mrs Fielding avec moi. J'y vais de ce pas.

Bonden ne répondit pas ; il se contenta de détourner la tête, l'air obstiné, et de faire semblant d'être occupé avec les cordons du bonnet de nuit du capitaine Pullings ; mais Killick saisit le chapeau de Jack sur la table de nuit avec tant de force que le chelengk en trembla. « Sûrement pas avec ce chapeau », dit-il. Les diamants étaient évidemment son premier souci, mais il y avait aussi le chapeau lui-même, le meilleur chapeau à dentelles d'or du capitaine Aubrey, et Killick avait horreur de voir porter de bons uniformes pour les user et les réduire en ruines ; ou simplement de les voir porter. Et quoiqu'il fût lui-même un homme généreux (nul n'était plus prodigue que Preserved Killick quand il débarquait avec son chapeau plein de parts de prise), il détestait voir les victuailles ou les vins du capitaine Aubrey dévorés ou bus par quiconque hormis des amiraux, des lords ou de très bons amis ; on l'avait même surpris à donner aux jeunes officiers et aux aspirants les restes mélangés des bouteilles de la veille. À présent, il revint avec un petit chapeau tout râpé et rétréci qui avait durement servi dans la Manche.

— Ah bon, au diable le chapeau, dit Jack en se disant que le chelengk serait horriblement déplacé à la répétition. Bonden, que faites-vous ?

— Il faut d'abord que je me change, dit Bonden en détournant le regard.

— Que ça veut dire que s'il fallait qu'il porte un violon, les habits rouges pourraient lui lancer *Joue-nous un air, matelot*, dit Killick. Vous ne voudriez pas ça, Votre Honneur, pas avec *Surprise* brodé sur le ruban de son chapeau. Non. Ce que vous voulez, c'est que j'appelle une petite canaille de gamin pour le porter et Bonden ira avec lui pour le surveiller comme il le doit.

Ce n'était que balivernes infernales, commença le capitaine Aubrey, et ils étaient une fichue paire de niquedouilles maudites ; puis, réfléchissant qu'ils l'avaient suivi bien des fois sur le pont d'un vaisseau ennemi où l'affaire n'était pas de porter un étui à violon ou de se faire moquer, il ajouta qu'il n'y avait pas une minute à perdre, ils pouvaient faire comme ils voulaient, mais si le violon n'était pas chez Mrs Fielding dans les cinq minutes de son arrivée à lui, ils pourraient se chercher un autre embarquement.

En fait, le violon y fut avant lui. Le petit va-nu-pieds de Bonden connaissait tous les raccourcis et ils attendaient devant la grande porte double donnant sur la rue quand Jack arriva en hâte à travers un courant contraire de femmes en capuchon noir, d'hommes d'une demi-douzaine de nations, dont certains fort odorants, et de chèvres.

— Bravo, dit-il, donnant un shilling au gamin, je serai juste à l'heure. Bonden, vous pouvez repartir : que la gigue soit prête à six heures demain matin.

Il prit le violon et se hâta dans le long passage de pierre qui perçait le bâtiment d'une façade à l'autre, conduisant à la petite maison dans un jardin où vivait Laura Fielding ; mais quand il atteignit la porte donnant sur la cour intérieure, il constata que sa hâte était bien inutile : il n'y avait personne pour lui ouvrir. Il attendit un intervalle décent puis poussa la porte ; et en l'ouvrant il reçut une grande bouffée parfumée de son citronnier. C'était un arbre énorme, certainement aussi vieux que La Valette, sinon plus, et qui portait des fleurs toute l'année. Jack s'assit sur la margelle basse comme celle d'un puits qui l'entourait et pantela un moment ; l'arbre avait reçu le matin même son énorme arrosage trimestriel et la terre humide dégageait une agréable fraîcheur.

Il avait à peu près retrouvé sa bonne humeur en marchant — elle l'abandonnait rarement pour longtemps — et à présent, ouvrant son habit, ôtant son chapeau, il contempla les citrons dans le crépuscule croissant, avec la plus grande satisfaction, enveloppé d'un souffle frais. Il avait cessé de haleter et allait sortir son violon de l'étui quand il prit conscience d'un son vaguement présent depuis un certain temps mais qui semblait augmenter — un gémissement désespéré, irréel, assez régulier.

« C'est à peine humain », pensa-t-il, tendant l'oreille et cherchant les origines possibles — un moulin à vent à l'axe mal suiffé, un tour d'une espèce quelconque, un homme devenu fou de mélancolie et enfermé derrière le mur de gauche. « Mais le son réverbère d'étrange façon », se dit-il en se dressant. Derrière le citronnier c'était la petite maison : de l'angle à droite partait une élégante volée de marches dissimulant une autre cour qui faisait un angle avec la première ; il s'approcha, et aussitôt le son devint plus fort — il sortait d'une large et profonde citerne creusée dans le coin pour recevoir l'eau de pluie des toits.

— Que Dieu nous vienne en aide, dit Jack, courant vers la citerne avec le sentiment horrible et vague que le fou s'y était jeté par désespoir. Et quand il se pencha par-dessus l'eau sombre, quelque quatre ou cinq pieds plus bas, cette impression sembla confirmée — une forme poilue et vague y nageait, levant sa grosse tête lamentable et émettant un hou-hou-hou rauque d'un volume extraordinaire. Un autre regard lui suffit pourtant pour identifier Ponto.

La citerne avait été vidée plus qu'à moitié pour arroser le citronnier (les seaux étaient encore à proximité) : le malheureux chien, poussé par quelque curiosité inconnue et trahi par quelque erreur inconnue, y était tombé. Il restait suffisamment d'eau pour qu'il n'ait pas pied, mais on en avait ôté assez pour qu'il lui fût impossible d'atteindre le bord et de se tirer de là. Il était dans l'eau depuis longtemps : tout autour, les murs étaient marqués des traces sanglantes de ses pattes là où il avait tenté d'escalader. Il semblait presque fou de terreur, de désespoir, et d'abord il ne vit pas Jack et continua à hurler sans discontinuer.

« S'il a perdu l'esprit il va m'arracher la main, peut-être », se dit Jack, qui parlait au chien sans aucun résultat. « Il faut que j'attrape son collier : c'est diablement bas. » Il retira son habit, son épée, et se pencha, très loin mais pas assez, bien qu'il sentît sa culotte se plaindre. Il se redressa, ôta son gilet, défit sa cravate et la ceinture de sa culotte et se pencha à nouveau dans l'obscurité vers le hurlement qui emplissait l'air. Cette fois, sa main touchait tout juste l'eau : il vit le chien approcher, lança : « Holà, Ponto, amène ta tête ! » et se prépara à saisir le collier. À son grand agacement, l'animal se contenta de nager lourdement vers l'autre côté où il s'efforça d'escalader le mur, désespérant de ses pattes écorchées, aux griffes arrachées, tout en continuant à hurler.

— Ah, maudit imbécile, s'exclama-t-il, stupide tête de veau. Amène ta tête : la main dessus, bougre infernal.

Les sons navals familiers, lancés très haut et résonnant dans la citerne, percèrent la détresse du chien, lui apportant réconfort et bon sens. Il s'approcha : la main de Jack frôla la tête poilue, descendit jusqu'au collier, l'horrible collier à pointes d'acier, et le saisit du mieux possible. « Tiens bon », dit-il, glissant les doigts plus loin, « comme ça. » Il prit son souffle et, la main gauche cramponnée au bord de la citerne, la droite accrochée sous le collier, toutes deux écartées le plus possible, il tira. Le chien était à demi hors de l'eau — poids énorme avec une prise aussi médiocre, mais tout juste possible — quand le bord de la citerne céda et que Jack tomba dedans. Deux pensées traversèrent comme un éclair son esprit : « Ma culotte est fichue » et « Il faut me garder de ses mâchoires », et il se retrouva debout au fond de la citerne, de l'eau jusqu'à la poitrine, et le chien autour du cou, ses pattes avant le serrant d'une étreinte presque humaine et son souffle étranglé dans son oreille. Étranglé, mais pas dément : Ponto avait manifestement récupéré le peu d'esprit qu'il possédait. Jack lâcha le collier, fit pivoter le chien, le saisit par le milieu et, criant « En haut le monde ! », le projeta vers le rebord. Ponto y mit les pattes puis le menton ; Jack donna une dernière forte poussée à sa croupe et il disparut : la bouche de la citerne était vide, à l'exception d'un ciel pâle et de trois étoiles.

Chapitre deux

Le commérage prospérait à Malte et la nouvelle de la liaison du capitaine Aubrey et de Mrs Fielding se répandit bien vite à travers La Valette et au-delà, jusqu'aux lointaines villas où certains officiers s'étaient installés. Beaucoup enviaient à Jack sa bonne fortune, mais sans méchanceté, et il surprenait parfois des sourires entendus et des expressions de félicitations voilées auxquelles il ne comprenait rien, étant, comme il est naturel dans ces occasions, l'un des derniers à savoir ce que l'on pouvait dire. Cela l'aurait de toute manière étonné car il avait toujours considéré comme sacrées les épouses de ses collègues : à moins, bien entendu, qu'elles n'émettent clairement des signaux de sens opposé.

Il ne subissait donc que les inconvénients de la situation — une certaine désapprobation de la part de quelques officiers, les regards narquois et les lèvres pincées de quelques épouses navales connaissant Mrs Aubrey, et la persécution ridicule qui avait donné naissance à toute cette histoire.

Le docteur Maturin et lui, suivis par Killick, longeaient la Strada Reale sous un soleil éclatant quand sa figure s'assombrit et qu'il s'exclama : « Stephen, je vous en prie, entrez ici un moment », en poussant son ami dans l'échoppe la plus proche, celle que tenait Moses Maimonides, marchand de verreries de Murano. Mais il était trop tard. Jack eut à peine le temps d'atteindre le coin le plus reculé avant que Ponto ne soit sur lui, rugissant de bonheur. Ponto n'était dans le meilleur des cas qu'une grande brute maladroite, et à présent qu'il portait des bottines de toile pour protéger ses pattes blessées, il était plus maladroit encore ; il renversa deux rangées de flacons en entrant d'un bond et, debout, ses pattes avant sur les épaules de Jack, il lui lécha affectueusement le visage, tandis que sa queue, battant de gauche à droite, se mettait à disperser bougeoirs, bocaux et clochettes de cristal.

C'était une scène épouvantable, une scène qui se répétait jusqu'à trois fois par jour (la seule différence étant le genre de boutique, taverne, club ou restaurant où Jack se réfugiait), et qui durait assez longtemps pour faire beaucoup de dégâts. Jack ne pouvait décemment molester le chien et il aurait fallu, pour obtenir un résultat, des blessures sérieuses, car Ponto était aussi stupide que maladroit. Finalement, Killick et Maimonides réussirent à le ramener dans la rue, après quoi il conduisit fièrement Jack à sa maîtresse, bondissant une ou deux fois avec gaucherie et levant haut les pattes, pour les réunir avec un plaisir évident et fort public qui fit une fois de plus l'objet d'observations et de commentaires de la part d'un certain nombre d'officiers de marine, de militaires, de civils et de leurs épouses.

— J'espère qu'il ne vous a pas trop ennuyé, dit Mrs Fielding. Il vous a aperçu à cent yards et rien n'aurait pu l'arrêter, il fallait qu'il vous salue une fois de plus. Il est tellement reconnaissant. Et moi aussi, ajouta-t-elle avec un regard si affectueux que Jack se demanda s'il ne s'agissait pas de l'un de ces signaux.

Il était d'autant plus enclin à le croire qu'il avait mangé au petit déjeuner une ou deux livres de sardines fraîches, lesquelles ont un effet aphrodisiaque sur les personnes de complexion sanguine.

— Pas du tout, madame, dit-il, je suis fort heureux de vous voir tous deux une fois de plus.

Les voix de Killick et du marchand de verrerie derrière lui se faisaient plus fortes et plus aiguës — en de telles occasions, Killick payait la casse ; mais il ne payait pas un grain maltais, pas un dixième de penny de plus qu'il ne fallait, exigeant de voir tous les morceaux, de les rassembler, puis demandant un tarif de gros —, et Jack écarta Mrs Fielding du vacarme.

— Très heureux de vous voir tous deux, répéta-t-il, mais en ce moment précis, puis-je vous supplier de le retenir ? On m'attend à l'arsenal et, à vous dire la vérité, je n'ai pas une minute à perdre. Le docteur, qui est ici, sera heureux de vous prêter la main, j'en suis sûr.

Il était attendu, et pas seulement par les charpentiers cyniques œuvrant à frais énormes sur le *Worcester* sans valeur et par ceux qui ne travaillaient pas du tout sur la *Surprise*, laquelle restait désertée, désarmée, périlleusement accorée dans une mare de boue puante, mais aussi par ce qu'il restait de son équipage. Il était parti d'Angleterre à bord du *Worcester* avec quelque six cents hommes : transféré temporairement sur la *Surprise*, il avait choisi deux cents des meilleurs et il espérait rentrer avec eux en Angleterre pour conduire l'une des nouvelles frégates lourdes à la station d'Amérique du Nord aussitôt que cette brève parenthèse méditerranéenne serait refermée. Mais la flotte de Méditerranée manquait toujours de matelots, et sur ce point amiraux et capitaines souffraient moins d'une insuffisance de scrupules que d'une absence totale de ceux-ci. Depuis que la petite frégate endommagée au combat était passée en cale sèche, dès son retour de mer Ionienne, son équipage avait tristement diminué, ses matelots étant récupérés sous un prétexte ou un autre avec tant d'avidité que Jack devait se battre pour conserver même l'équipage de son canot et ses serviteurs personnels. Les Surprises restants étaient logés dans d'horribles appentis de bois peints en noir ; et ils les avaient rendus plus horribles encore en calfatant instantanément toutes les fentes et en remplissant cet espace confiné de fumée de tabac et de la pestilence humaine à laquelle ils étaient habitués dans les entreponts. Le navire étant aux mains des hommes de l'arsenal, les matelots pouvaient consacrer la plupart de leur temps à gaspiller leur avoir et ruiner leur santé, ce qu'ils faisaient en compagnie d'une foule de femmes qui se rassemblaient aux grilles : quelques vieux chevaux de bataille aguerris, du temps des Chevaliers, mais beaucoup de filles étonnamment jeunes — trapues, épaisses, d'une sorte que l'on ne rencontre guère qu'au voisinage des baraquements navals ou militaires.

C'est donc une maigre troupe, crasseuse et débauchée, qui attendait Jack quand il eut écouté, avec toute la patience qu'il parvint à rassembler, les excuses transparentes de ceux qui auraient dû s'occuper de la frégate et ne le faisaient pas. Les matelots étaient rassemblés comme pour l'inspection habituelle à bord, respectant des lignes tracées à la craie pour représenter le plus précisément possible les coutures du pont de la *Surprise*, chaque division précédée de ses officiers et aspirants. Le corps d'infanterie de marine de la frégate ayant regagné sa caserne dès l'arrivée, il n'y eut pas d'habits rouges, pas d'appels, de bruits de pas rituels et de « Présentez armes » à l'approche du capitaine Aubrey : rien que William Mowett, son premier lieutenant actuel, qui fit un pas en avant, ôta son chapeau et dit sur le ton de la conversation, de la voix modérée et peu militaire d'une personne affligée d'une forte migraine : « Tous présents et sobres, monsieur, s'il vous plaît. »

Sobres, peut-être, du moins selon les normes navales, même si certains chancelaient et si la plupart sentaient fortement la boisson — sobres, peut-être, mais indubitablement crasseux, se dit Jack en passant ses compagnons en revue : visages familiers, connus de lui pour certains depuis son premier commandement ou même plus tôt, et presque tous plus bouffis, plus rouges et d'aspect généralement plus malsain qu'à tout autre moment. En mer Ionienne la *Surprise* avait capturé un Français ayant à son bord quelques coffres de pièces d'argent, et au lieu d'attendre le lent déroulement des tribunaux de prise, Jack avait ordonné un partage immédiat. Ce n'était pas strictement légal, et cela impliquait qu'il devrait rembourser la totalité si la prise n'était pas confirmée ; mais il y avait là un relent de piraterie directe beaucoup plus encourageant pour l'équipage qu'une somme plus importante dans un futur lointain et prudent, comme il le savait en toute certitude. Chaque homme avait reçu l'équivalent d'un trimestre de solde, payé en dollars Marie-Thérèse sur la tête du cabestan, et sur le moment cela avait provoqué une bien grande satisfaction ; mais manifestement la somme n'avait pas tenu — aucune somme n'aurait pu survivre aux appétits de distraction des hommes — et certains en étaient visiblement réduits à vendre leurs vêtements. Jack savait fort bien que s'il donnait l'ordre « A vider les sacs » on verrait qu'au lieu d'un équipage bien doté, la *Surprise* avait une troupe de misérables indigents, sans rien que leur tenue sacrée de terre (qu'on ne portait jamais en mer), avec tout juste assez de hardes pour se protéger du plus aimable temps méditerranéen. Il s'efforçait de les tenir occupés, mais en dehors de l'exercice de mousqueterie pour tout le monde et du piquage des boulets il ne pouvait leur faire faire grand-chose sur le plan nautique, et si le criquet et les expéditions à l'île où saint Paul avait fait naufrage — son navire pris au vent de la côte dans un mauvais coup de grégale — aidaient un peu, cela ne pouvait en aucune manière concurrencer les plaisirs de la ville.

« Chenapans imprévoyants, débauchés », murmura-t-il en passant tout au long de la ligne, avec une expression sévère et même vertueuse. Leurs officiers ne valaient guère mieux, d'ailleurs : Mowett et Rowan, l'autre lieutenant, étaient la veille au bal chez Sapper et avaient manifestement fait un concours de boisson à terre, comme ils faisaient des concours de poésie en mer ; tous deux en accusaient les effets. Adams, le commis, et les deux seconds maîtres Honey et Maitland avaient assisté à la même réception, et supportaient le même poids de lourdeur hépatique ; tandis que Gill, le maître, semblait prêt à se pendre — mais c'était son expression habituelle. En fait, les seuls visages joyeux, alertes, honorables appartenaient aux derniers jeunes messieurs de la frégate, Williamson et Calamy — petits êtres inutiles mais enjoués et, quand ils avaient le temps d'y penser, conscients de leur devoir. Pullings, bien que présent, ne comptait pas. Il n'appartenait plus à la *Surprise* et il n'assistait à cette inspection qu'en visiteur, en spectateur intéressé ; de toute manière, son visage ne pouvait être considéré comme tout à fait joyeux. En dépit de la conscience de ses glorieuses épaulettes, un observateur attentif eût distingué un sentiment sous-jacent de perte et d'angoisse, comme si le capitaine Pullings, commandant sans navire et ayant peu de chances d'en obtenir un, commençait à se rendre compte qu'un voyage plein d'espoir vaut mieux que l'arrivée, que rien ne peut jamais égaler les espérances, et que les habitudes, de vieux amis et un vieux navire ont bien des avantages.

— Fort bien, Mr Mowett, dit le capitaine Aubrey quand l'inspection fut terminée, ajoutant, à la consternation générale : Tout l'équipage se rend à présent à Gozo avec les canots. (Voyant l'air un peu perdu et désespéré de Pullings, il ajouta :) Capitaine Pullings, si vous en avez le loisir, vous m'obligeriez infiniment en prenant le commandement de la chaloupe.

« Voilà qui va leur faire perdre un peu de lard », se dit-il avec satisfaction, tandis que les canots doublaient la pointe Saint-Elme et que le canot d'apparat, la chaloupe, la gigue, les deux cotres et même la yole s'attaquaient à un long trajet à contre-courant, droit dans une brise modérée de nord-ouest sans le moindre espoir de hisser une voile avant d'atteindre Gozo, treize méchants milles plus loin. Et même alors, pensaient les matelots, le patron, dans son état d'esprit tyrannique, serait bien capable de leur faire faire le tour de Gozo, Comino, Cominetto, et du reste de cette satanée Malte : l'équipage du canot d'apparat, que le capitaine regardait dans les yeux, assis dans la chambre entre son patron de canot et un des jeunes messieurs, ne pouvait guère exprimer d'opinion sur sa conduite, au-delà d'une expression réservée, fermée ; les nageurs des autres canots ne pouvaient pas non plus donner libre cours à leurs sentiments, en particulier ceux qui étaient assis à l'arrière. Mais les canots étaient encombrés, les nageurs relevés toutes les demi-heures, et même dans les bateaux commandés par Pullings et les deux lieutenants, les hommes réussirent à dire ou à marmonner bien des choses à propos du capitaine Aubrey, toutes fort irrespectueuses ; tandis que les cotres et la yole, sous les jeunes messieurs, étaient proches de la mutinerie : on pouvait entendre par intervalles la voix de Mr Calamy crier « Silence partout ; silence, là-bas ; je signalerai chacun d'entre vous » d'un ton de plus en plus aigu.

Mais en une heure, une bonne partie de cette mauvaise humeur s'évapora, et quand ils parvinrent en eaux plates sous le vent de Comino, ils prirent en chasse une speronara qu'ils poursuivirent avec des acclamations et à grand renfort d'énergie inutile jusque dans la baie de Mgarr et le port de Gozo ; là ils débarquèrent, haletants, épuisés, lançant les plaisanteries traditionnelles aux derniers arrivés ; et quand ils apprirent que leur capitaine avait commandé des rafraîchissements dans la longue allée du jeu de boules recouvert d'une treille, le long de la plage, ils le regardèrent avec toute leur bienveillance revenue.

Les officiers se rendirent chez Mocenigo où ils retrouvèrent des gens de leur sorte, venus profiter d'une superbe journée ou rendre visite à des amis sur l'île ; il y avait aussi quelques habits rouges, mais en général les deux services ne se mêlaient pas, les soldats restant du côté du port et les marins occupant des terrasses qui dominaient la mer, les capitaines rassemblés sur la plus haute. Jack conduisit Pullings tout en haut des marches et le présenta à Ball et Hanmer, capitaines de vaisseau, et à Simple qui n'était que capitaine de frégate. Une brillante et spirituelle plaisanterie sur son nom vint à l'esprit de Jack, mais il ne la formula pas : peu de temps avant, apprenant que le père d'un officier était un Canon de Windsor, il avait émis une remarque dont l'effet général était que nul ne pourrait être mieux reçu à bord d'un navire fier de son artillerie que le fils d'un canon, pour constater que l'officier la recevait froidement, avec à peine un sourire pincé d'obligation.

— Nous parlons de la mission confidentielle, dit Ball lorsqu'ils furent à nouveau assis et les boissons commandées.

— Quelle mission confidentielle ? dit Jack.

— Eh bien, celle de la mer Rouge, bien entendu, dit Ball.

— Oh, celle-là, dit Jack.

On parlait depuis quelque temps d'une opération à effectuer dans ces eaux inconfortables, en partie pour réduire l'influence des Français, en partie pour faire plaisir au Grand Turc, qui était le souverain au moins nominal de la côte arabe jusqu'à Bab el Mandeb et de la côte égyptienne jusqu'aux terres du Négus, et en partie pour satisfaire les marchands anglais souffrant des exactions et des mauvais traitements de Tallal ibn Yahya, qui régnait sur la petite île de Mubara et une part de la côte continentale et dont les ancêtres avaient toujours imposé une taxe à tous les navires passant à leur portée qui n'étaient ni assez forts pour leur résister ni assez rapides pour échapper à leurs dhows pesants. Cette pratique restait toutefois à prudente distance de la piraterie et le vieux cheik était considéré comme une nuisance locale mineure, rien de plus ; mais son fils, personnage beaucoup plus résolu, avait chaleureusement accueilli l'invasion de l'Égypte par Buonaparte et on le considérait à Paris comme un allié potentiel de valeur dans la campagne destinée à chasser les Anglais des Indes et à détruire leur commerce avec l'Orient. On lui avait donc fourni quelques navires européens et des charpentiers qui lui avaient construit une petite flotte de galères ; et bien que la campagne des Indes parût à présent assez éloignée, Tallal servait encore à embarrasser les Turcs chaque fois que leur politique devenait trop favorable à l'Angleterre. Son influence croissante mettait mal à l'aise aussi bien la Sublime Porte que la Compagnie des Indes orientales ; de plus, au cours d'un récent accès d'enthousiasme religieux, il avait circoncis de force trois marchands anglais, en représailles pour le baptême forcé de trois de ses ancêtres — les Beni Adi, sa famille, avaient vécu sept cents ans en Andalousie, passant la plupart de leur temps à Séville où ils étaient connus (Ibn Khaldun les mentionne avec une approbation mesurée). Toutefois, les marchands en question n'étaient pas des membres de la Compagnie, mais des intrus, et trois prépuces hors licence ne méritaient guère une campagne complète : l'idée générale semblait être que la Compagnie prêterait un de ses navires aux autorités turques dans le golfe de Suez, que la Royal Navy l'armerait et que les Anglais, considérés comme conseillers techniques, se rendraient à Mubara avec un corps de troupe turc et un souverain de la même famille, mais plus convenable, pour reprendre au cheik ses galères. La chose devait se faire à petit bruit pour ne pas offenser les souverains arabes plus au sud et dans le golfe Persique — pas moins de trois des épouses de Tallal provenaient de ces régions — et devait être accomplie soudainement, par surprise, pour qu'il n'y ait pas de résistance.

— Lowestoffe est l'homme de la situation, dit Ball, et c'est tout à fait justifié : il est habitué à traiter avec les Turcs et les Arabes, il est sur place, et il n'a pas de navire. Mais Grand Dieu, penser qu'il va suer dans le désert, ha ha ha ! Ils doivent rejoindre Suez à pied : ah Seigneur !

Il rit encore, et tous les autres sourirent. Lord Lowestoffe était l'un des hommes les plus aimés de la Navy, mais court sur pattes et beaucoup trop gras — son visage rond, rouge et joyeux brillait sans cesse —, et l'idée qu'il traverse un désert de sable sous le soleil d'Afrique était d'un comique irrésistible.

— Je le plains, dit Jack, il souffrait de la chaleur même quand nous étions en Baltique. Il serait beaucoup plus heureux à la station d'Amérique du Nord où j'espère être bientôt. Pauvre Lowestoffe : je ne l'ai pas vu depuis bien longtemps.

— Il a été souffrant, dit Hanmer, je vous assure qu'il

semblait presque pâle quand il est venu me voir l'autre jour, m'interroger sur la mer Rouge, désireux de tout savoir sur les vents, les hauts fonds, les récifs, etc., et notant tout très consciencieusement, en reniflant comme un bouledogue, le pauvre homme.

— Êtes-vous pilote de la mer Rouge, monsieur ? demanda Pullings, qui parlait pour la première fois.

Il posait cette question en toute bonne foi, étant intéressé par le sujet, mais sa blessure transformait son sourire poli en un rictus incrédule et insultant, et son ton nerveux ne faisait rien pour contrarier cette impression.

— Je ne suppose pas que ma connaissance de ces régions puisse entrer en concurrence avec la vôtre, monsieur, dit le capitaine Hanmer. Loin de là, sans doute. Pourtant j'en possède une certaine connaissance superficielle, et j'ai eu l'honneur de conduire l'escadre de l'île de Perim jusqu'à Suez même, quand nous en avons chassé les Français, en l'an un.

Hanmer était assez porté aux récits étranges et romanesques, mais pour une fois il s'en tenait à l'exacte vérité, ce qui le rendait d'autant plus sensible à l'incrédulité.

— Oh, monsieur, s'écria Pullings, je n'y ai jamais été du tout — l'océan Indien, rien de plus — mais j'ai toujours entendu dire que la navigation y est particulièrement difficile, les marées et les courants à l'extrémité nord particulièrement trompeurs et la chaleur particulièrement chaude, pourrait-on dire ; et j'aimerais beaucoup en savoir plus.

Hanmer observa plus attentivement le visage de Pullings, vit la candeur totale sous la blessure et dit :

— Eh bien, monsieur, la navigation y est particulièrement difficile, c'est vrai, surtout si l'on arrive comme nous avons dû le faire par le diabolique chenal oriental de Perim, qui ne mesure que deux milles de large et jamais plus de seize brasses de fond, sans la moindre bouée d'une extrémité à l'autre ; mais cela n'est rien comparé à l'excessive chaleur d'enfer, l'excessive chaleur d'enfer *humide* — perpétuel soleil maudit, pas de fraîcheur dans la brise, le goudron dégoulinant du gréement, le brai sortant des coutures, les hommes presque fous, la lessive jamais sèche. Simple qui est ici — avec un hochement de tête vers son voisin — a bien failli perdre la tête, et il fallait le tremper dans la mer deux fois par heure : le tremper dans un panier de fer, à cause des requins.

Hanmer jeta à Simple un regard pensif mais se dit que, malgré le mauvais état par lequel il était passé, il restait tout à fait capable de détecter une entorse à la vérité, et poursuivit son récit simple et limité aux faits. Jack, écoutant avec l'attention qu'il pouvait distraire de son gobelet de limonade glacée rehaussée de marsala, l'entendit parler des récifs de corail s'étendant jusqu'à vingt milles au large sur la côte est mais plus proches de terre dans la partie nord, des îles volcaniques, des dangereux hauts fonds à la latitude d'Hodeida, des vents dominants de nord et nord-ouest dans le haut, des tempêtes de sable du golfe de Suez et du vent que l'on appelle l'égyptien. Il était heureux que Hanmer ne se soit pas laissé aller aux serpents de mer et aux phénix — en dépit de longues années de pratique, Hanmer restait un menteur assez médiocre et son manque d'habileté était souvent embarrassant — mais il regrettait d'entendre parler si librement d'une chose qui eût dû rester secrète (Stephen avait toujours prêché une discrétion de tombeau) et de toute manière il trouvait qu'Hanmer s'étendait beaucoup trop. Il parlait à présent des requins de la mer Rouge.

— La plupart des requins sont des poltrons, dit Jack au cours de l'une des rares pauses. Ils ont l'air féroce et bombent le torse mais ce n'est que faux-semblant, voyez-vous. C'est crier au loup à perdre haleine. J'ai plongé droit sur un énorme marteau au large des côtes marocaines — juste au sud du banc de Timgad, pour être exact — et il s'est contenté de me demander pardon et de se sauver. La plupart des requins sont des poltrons.

— Mais pas ceux de la mer Rouge, dit Hanmer. J'avais un petit mousse nommé Thwaites, un petit bonhomme rabougri de la Marine Society, et il était assis dans les porte-haubans sous le vent, cherchant à se rafraîchir en laissant traîner ses pieds dans l'eau : le navire a gîté d'un bordé ou deux dans une risée et un requin lui a coupé la jambe au genou en un clin d'œil.

Cela éveilla quelque chose dans l'esprit du capitaine Ball, dont l'attention s'était détournée depuis longtemps.

— Je dois avoir un poisson de ce genre pour dîner, s'exclama-t-il, ils me l'ont montré quand je suis arrivé — un lupo. Très comparable au bar, mais encore mieux. Aubrey, le capitaine Pullings et vous devez venir le partager : il est tout à fait assez grand pour trois.

— Vous êtes très bon, Ball, et il n'y a effectivement rien de mieux qu'un lupo, dit Jack, mais pour ma part, il faut que je m'en aille. Je dois rendre visite à l'amiral Hartley et il serait bien étrange qu'il ne me garde pas à dîner.

Le capitaine Hartley, tel était son titre à l'époque, n'était peut-être pas le plus estimable des personnages de la marine mais il avait été bon pour Jack quand celui-ci était aspirant et avait particulièrement mentionné son nom avec de fortes recommandations dans sa dépêche le jour où les canots de la *Fortitude* s'étaient emparés d'une corvette espagnole sous les canons de San Felipe. Il était aussi l'un des capitaines du jury d'examen en cet horrible mercredi où Mr l'aspirant Aubrey s'était présenté avec beaucoup d'autres à Somerset House, équipé d'un papier certifiant faussement qu'il avait dix-neuf ans, et d'autres, de ses différents capitaines, déclarant en toute vérité qu'il avait servi en mer les six années requises et qu'il était capable de hisser, ariser et barrer, calculer les courants et prendre des altitudes doubles ; et le capitaine Hartley était intervenu quand Jack, déjà si énervé par un capitaine mathématicien malveillant, affamé et de mauvaise humeur qu'il distinguait à peine latitude et longitude, avait été pris tout à fait à contre par une question brutale, injuste et parfaitement inattendue : « Comment se fait-il que le capitaine Douglas vous ait dégradé, chassé du poste des aspirants et envoyé devant le mât pour servir comme matelot léger quand vous étiez à bord de la *Resolution,* au Cap ? » Jack se trouva bien en peine de découvrir une réponse qui le ferait paraître raisonnablement innocent sans pour autant nuire à l'officier qui le commandait à l'époque ; il fit appel à son intelligence (car sa franchise habituelle ne semblait pas convenir en cette occasion) et à toute la subtilité qu'il pouvait posséder, mais en vain, et fut infiniment soulagé d'entendre le capitaine Hartley dire : « Oh, ce n'était qu'une affaire de fille cachée dans la soute aux câbles, rien à voir avec ses qualités marines : Douglas me l'a dit quand je l'ai repris parmi mes officiers. À présent, Mr Aubrey, supposons que vous ayez le commandement d'un transport : il est sur lest, lège et volage, cap au sud sous perroquets, la brise plein ouest, quand un grain brutal le couche et l'engage. Comment sortez-vous de cette situation sans couper les mâts ? »

Mr Aubrey sortit de la situation en mettant à la traîne par la hanche sous le vent une bonne longueur d'aussière amarrée à divers accessoires servant d'ancre flottante, tels qu'espars et cages à poules, puis en se halant dessus jusqu'à ce que le navire ait viré lof pour lof, avec un dernier effort de tout l'équipage pour ramener le vent sur ce qui avait été sa hanche sous le vent, ce qui le conduisit infailliblement à se redresser et sauva son aussière.

Un peu plus tard il quittait le Navy Office avec un grand sourire et un autre certificat, un superbe papier disant qu'il était jugé digne de servir comme lieutenant ; et c'est à ce rang qu'il embarqua avec le capitaine Hartley pour un armement dans les Indes occidentales, armement écourté par l'élévation du capitaine au rang d'amiral. Si Hartley n'était pas très populaire dans le service, car il combinait bizarrement la prodigalité et l'avarice — les maîtresses avec lesquelles il naviguait étaient de l'espèce la moins coûteuse et il les débarquait dans des ports étrangers, sans grands égards pour leur commodité, tandis que ses rares dîners étaient mesquins et miteux —, ils s'entendaient assez bien, parce qu'ils étaient habitués l'un à l'autre, parce que tous deux s'intéressaient fortement à l'artillerie, et aussi parce que Jack avait sorti Hartley de l'eau, sa gigue ayant chaviré au large de Saint-Kitts. Jack, nageur puissant, avait déjà sauvé un nombre étonnant de marins : quelques-uns, ayant eu le temps de se rendre compte combien il était désagréable de se noyer et combien le monde qu'ils étaient sur le point de quitter avait encore à leur offrir, manifestaient parfois une gratitude touchante ; mais la plupart étaient si occupés à haleter, crier et boire la tasse, à couler et remonter, qu'ils n'avaient pas le loisir de réfléchir ; et ceux qui, comme le capitaine Hartley, étaient tirés de l'eau immédiatement prétendaient souvent qu'ils auraient fort bien pu se débrouiller tout seuls — sans doute voulaient-ils dire qu'ils auraient soudain appris à nager ou à marcher sur l'eau. Mais même face à des réactions réticentes, Jack conservait presque toujours une tendresse discrète pour ceux qu'il avait sauvés, même les plus méchamment ingrats, ce qu'Hartley n'était nullement.

Jack pensait à lui avec affection en marchant le long d'une route blanche et poussiéreuse parmi les oliviers : ils ne s'étaient pas rencontrés depuis des années, bien que Jack ait souvent transporté des barriques de vin et des caisses de livres et de meubles pour lui, qu'il débarquait au port le plus proche ; Jack n'avait pas non plus vu sa maison de Gozo mais il imaginait fort bien l'amiral et se réjouissait de le retrouver. C'était une route peu fréquentée : un char à bœufs, un âne, un paysan en une demi-heure. Peu fréquentée par les hommes, en fait : mais dans les oliviers de chaque côté, les cigales faisaient un vacarme métallique et strident, atteignant parfois un tel niveau que la conversation eût été difficile s'il n'avait pas été seul ; et quand il eut quitté les petits champs et les bosquets pour traverser un pays pierreux fréquenté par les chèvres, le sentier se révéla riche en reptiles. De petits lézards fauves se faufilaient dans l'herbe brûlée des bords, et d'autres, verts et grands comme son avant-bras, s'enfuyaient à son approche tandis que les serpents parfois l'arrêtaient net : il avait des serpents une horreur superstitieuse, ignorante. Une promenade de cette sorte dans les îles de Méditerranée lui montrait en général des tortues, qu'il ne détestait pas — et de loin —, mais elles semblaient rares sur Gozo et ce n'est qu'après avoir marché un certain temps qu'il entendit un étrange toc-toc-toc et qu'il en vit une petite courir, positivement courir en travers du chemin, perchée très haut sur ses pattes ; elle était poursuivie par une autre plus grosse qui, l'ayant rattrapée, la heurta trois fois en succession rapide : c'était le heurt des carapaces qui produisait le toc-toc-toc. « Tyrannie », dit Jack, prêt à intervenir. Mais, ou bien le dernier coup avait soumis la petite tortue — une femelle —, ou bien elle estimait avoir manifesté toute la réticence nécessaire ; quoi qu'il en soit, elle s'arrêta. Le mâle la couvrit et, se maintenant précairement sur son dos bombé de ses vieilles pattes au cuir coriace, il leva la tête vers le soleil, étira le cou, ouvrit grand la bouche et émit le plus étrange cri d'agonie.

« Dieu me bénisse, dit Jack, je n'avais pas idée... combien je voudrais que Stephen fût ici. » Pour ne pas déranger le couple, il fit un grand détour et poursuivit son chemin en cherchant à se souvenir de quelques vers de Shakespeare, ne traitant pas exactement des tortues mais plutôt des roitelets, jusqu'à ce qu'il parvînt à un petit oratoire au bord du chemin, consacré à saint Sébastien ; le sang du martyr avait été récemment renouvelé avec un éclat et une profusion étonnants. Au-delà de l'oratoire, un haut mur de pierre, en partie écroulé, avec une grille de fer forgé ornementée, autrefois dorée, mais sortie de ses gonds et appuyée contre la maçonnerie. « Ce doit être là », se dit-il en cherchant à se rappeler les indications.

« Mais je me trompe peut-être », ajouta-t-il quelques minutes plus tard. Le chemin, le parc aride, ou plutôt les broussailles encloses de chaque côté, et la lugubre maison jaune vers laquelle il avançait ne ressemblaient à rien qu'il pût relier le moins du monde à la Navy. Il avait rencontré le même genre de nonchalance en Irlande — les sentiers envahis par la végétation, les volets à demi décrochés de leurs gonds, les vitres cassées —, mais en Irlande c'était généralement voilé par une pluie légère, et adouci par la mousse. Ici le soleil étincelait dans un ciel venteux et sans nuages ; il n'y avait rien de vert en dehors de quelques chênes poudreux, et la stridulence des innombrables cigales rendait le tout encore plus rude, beaucoup plus rude. « Ce bonhomme me le dira », observa-t-il.

La lugubre maison jaune était construite autour d'une cour ; une porte voûtée y conduisait et un homme était appuyé au pilier gauche, à demi valet, à demi paysan, les doigts dans le nez. « S'il vous plaît, l'amiral Hartley vit-il ici ? » demanda Jack.

L'homme ne répondit pas mais lui lança un regard entendu, sournois, et se glissa par la porte. Jack l'entendit parler avec une femme : c'était de l'italien, pas du maltais, et il saisit les mots « officier — pension — méfie-toi ». Il sentit qu'on l'observait à travers une petite fenêtre, puis la femme sortit, une souillon en robe blanche sale, le visage dur. Elle arborait une expression très digne et lui dit en assez bon anglais : « Oui, c'est bien le palais de l'amiral — le gentilhomme est-il là pour affaires officielles ? »

Jack expliqua qu'il venait en ami et fut surpris de lire l'incrédulité dans ses petits yeux rapprochés : elle garda pourtant son sourire et lui demanda d'entrer ; elle allait dire à l'amiral qu'il était là. Elle le conduisit par un escalier sombre dans une pièce splendide : splendide, en fait, par ses proportions, son sol de marbre vert pâle à bandes blanches, son haut plafond de stuc sculpté et sa cheminée, dont l'âtre était plus vaste qu'une bonne partie des cabines dans lesquelles le lieutenant Aubrey avait vécu ; moins splendide par son ameublement, limité à une couple de chaises droites à siège et dossier de cuir, l'air perdu dans tout cet espace lumineux, et une petite table ronde. Il semblait n'y avoir absolument rien d'autre mais quand Jack, ayant atteint la fenêtre centrale d'une noble série de sept, se tourna vers la cheminée, il se trouva face à l'image de son ancien capitaine âgé de trente-cinq ou quarante ans, un portrait brillant, merveilleusement clair et frais. Il le contempla, debout, les mains derrière le dos, et les minutes passèrent en silence. Il ne connaissait pas l'artiste : ce n'était pas Beechey, ni Lawrence, ni Abbott, ni aucun des peintres habituels de la Navy ; probablement pas un Anglais, d'ailleurs. Mais un homme tout à fait capable en tout cas : il avait saisi exactement la force, la maîtrise, l'air dominateur de Hartley, et son énergie ; mais, se dit Jack après une longue communion avec le portrait, il n'aimait certainement pas son modèle. Il y avait une dureté froide dans ce visage peint, et si le portrait était assez véridique à sa manière, il ne tenait aucun compte de la bonne nature de Hartley — rarement exprimée, c'est vrai, mais cependant réelle à l'occasion. Le tableau ressemblait assez à une description faite par un ennemi : et Jack se souvint d'un autre officier disant que même le courage indubitable de Hartley avait une sorte de caractère de cupidité, qu'il attaquait l'ennemi dans un état d'indignation furieuse et de haine personnelle, comme si l'adversaire cherchait à le priver de quelque avantage — part de prise, considération, emploi.

Il réfléchissait à cela et à la véritable fonction de la peinture quand la porte s'ouvrit et qu'une fort cruelle caricature du portrait entra. L'amiral Hartley portait une vieille robe de chambre jaune au devant taché de tabac, des pantalons lâches et des chaussures éculées en guise de pantoufles ; les os de son nez et de sa mâchoire s'étaient amplifiés et sa figure était devenue beaucoup plus grande ; elle avait perdu sa distinction farouche, son autorité, et bien entendu son hâle ; elle était laide et même ridicule ; et sa large surface pâle comme l'argile n'exprimait rien de plus qu'un mécontentement profond, aigre et commun. Il regarda Jack avec une absence inhumaine d'intérêt ou de plaisir et lui demanda pourquoi il était venu. Jack répondit qu'étant à Gozo, il avait voulu présenter ses respects à son ancien capitaine et lui demander s'il avait besoin de quelque chose à La Valette. L'amiral ne fit pas de réponse claire et ils restèrent là, la voix de Jack résonnant dans la pièce vide tandis qu'il parlait du temps des derniers jours, des changements remarqués à La Valette et de son espoir d'une brise pour demain.

— Eh bien, asseyez-vous une minute, lui dit l'amiral Hartley.

Après quoi, faisant un effort, il demanda si Aubrey avait un navire pour le moment. Mais, sans attendre la réponse, il ajouta :

— Quelle heure est-il ? C'est l'heure de mon lait de chèvre. Toujours en retard, ces bougres. Il est essentiel que mon lait de chèvre soit ponctuel.

Et il regardait la porte avec ardeur.

— J'espère que vous vous sentez bien, monsieur, dans ce climat, dit Jack, je crois qu'il est considéré comme fort sain.

— La santé n'existe pas quand on est vieux, dit l'amiral. La santé, pour quoi faire ?

Le lait arriva, apporté par un valet ressemblant étonnamment à la femme que Jack avait vue, en dehors d'une barbe bleu-noir de cinq jours.

— Où est la signora ? demanda Hartley.

— Elle vient, dit le valet.

D'ailleurs elle apparut dans la porte comme il sortait, portant un plateau avec une bouteille de vin, quelques biscuits et un verre : elle avait changé sa robe blanche pour une autre, nettement plus propre et décolletée remarquablement bas. Jack vit revivre le visage d'Hartley. Mais en dépit de son animation, ses premiers mots furent une protestation :

— Aubrey ne voudra pas de vin à cette heure du jour.

Avant que l'on pût décider quelque chose à cet égard, une querelle éclata dans la cour, et l'amiral et la femme se hâtèrent d'aller regarder. Il lui caressa la poitrine mais elle le repoussa et se mit à crier par la fenêtre d'une voix métallique, éraillée, qui devait porter à une demi-lieue. Cela continua un certain temps. Jack, sans être plus perspicace qu'un autre, se rendait parfaitement compte qu'Hartley avait subi les revers du sort ; mais aussi que se mêlait, à sa lubricité évidente, ce que l'on pourrait appeler amour, ou engouement, ou du moins un fort attachement.

— Un tempérament splendide, dit l'amiral quand elle fut sortie en courant pour poursuivre la discussion de plus près. On peut toujours déceler une belle fille fougueuse à la cambrure de son derrière.

Son visage avait une légère rougeur et d'un ton plus humain, il dit :

— Versez-vous un verre de vin et un pour moi — je vais trinquer avec vous. Ils ne me laissent rien boire d'autre que du lait, vous savez.

Une pause, au cours de laquelle il renifla une prise dans un morceau de papier, puis il ajouta :

— Je vais à La Valette de temps à autre chercher ma demi-solde ; j'y étais il n'y a pas une quinzaine et Brocas a mentionné votre nom. Oui, oui : je m'en souviens parfaitement. Il a parlé de vous. Il semble que vous ne sachiez toujours pas garder votre culotte. Tant mieux. Jouez à l'homme pendant que vous le pouvez encore, comme je dis toujours. Je voudrais n'avoir pas laissé passer autant d'occasions dans le passé ; je pleurerais du sang à penser à certaines d'entre elles — superbes femmes. Jouez à l'homme pendant que vous pouvez ; vous serez assez longtemps castré dans votre tombe. Et certains d'entre nous sont castrés avant même d'y atteindre, ajouta-t-il avec quelque chose entre un rire et un sanglot.

Quand Jack repartit vers la mer, la chaleur était plus forte, la route blanche plus éblouissante, le vacarme des cigales plus fort. Il avait rarement été si triste. Des pensées moroses l'envahissaient, l'une après l'autre : l'amiral Hartley, bien entendu ; la course perpétuelle du temps qui passe ; le délabrement inévitable ; l'inimaginable tourment de l'impuissance... Instinctivement il fit un saut en arrière quand quelque chose lui passa devant le nez, comme une poulie tombée du gréement au milieu d'un combat : la chose frappa le sol de pierre juste devant ses pieds et éclata — une tortue, probablement l'un des reptiles amoureux de quelques heures plus tôt, car c'était le même endroit. Levant les yeux, il vit le grand oiseau sombre qui avait lâché la chose : l'oiseau le regardait et tournait, tournait en rond sans le quitter des yeux. « Dieu du ciel, dit-il, Dieu du ciel... » Et après quelques instants de réflexion : « Comme j'aurais voulu que Stephen fût ici ! »

Stephen Maturin était en fait assis sur un banc dans l'église de l'abbaye Saint-Simon, pour écouter les moines chanter vêpres. Lui non plus n'avait pas dîné mais dans son cas c'était volontaire et prudent, une pénitence pour son désir de Laura Fielding et (il l'espérait) un moyen de réduire sa concupiscence : pour commencer, son estomac païen avait protesté bruyamment contre ce traitement, il avait même grommelé jusqu'à la fin du premier antiphon. Mais depuis quelque temps déjà, Stephen planait dans ce que l'on aurait presque pu qualifier d'état de grâce : oubliés, estomac, banc trop dur, désirs charnels, il était emporté par les vagues intimes et familières du plain-chant.

Au cours de leur séjour à La Valette, les Français avaient été particulièrement déplaisants envers le monastère : non seulement ils avaient emporté tous ses trésors et vendu son cloître, mais ils avaient brisé sans raison les vitraux armoriés (remplacés par des nattes de roseaux) et dépouillé les murs de leurs revêtements de marbre, lapis-lazuli et malachite particulièrement beaux. Mais cela n'était pas sans avantages. L'acoustique était bien meilleure, et debout là, sous les arches sombres de pierre nue ou de brique, les moines du chœur semblaient chanter dans une église bien plus ancienne, une église mieux accordée à leur chant que le bâtiment Renaissance très orné que les Français avaient trouvé. Le père abbé était un homme fort âgé ; il avait connu les trois derniers Grands Maîtres, il avait vu l'arrivée des Français puis des Anglais, et à présent sa vieille voix frêle mais juste montait sous la nef à demi ruinée, pure, impersonnelle, tout à fait détachée des choses de ce monde ; et ses moines le suivaient, leur chant montant et descendant comme la houle d'une mer calme.

Il y avait peu de personnes dans l'église, et on ne les voyait guère, sauf lorsqu'elles passaient devant les bougies des chapelles latérales ; c'étaient pour la plupart des femmes dont les faldettas noires grandes comme des tentes se fondaient avec les ombres ; mais lorsqu'à la fin du service Stephen se tourna vers le bénitier proche de la porte pour manifester son respect à l'autel, il aperçut un homme assis près de l'un des piliers, qui s'essuyait les yeux avec son mouchoir. Son visage était éclairé par un faisceau de lumière provenant d'une petite ouverture haute donnant sur le cloître sécularisé, et quand il se tourna, Stephen reconnut Andrew Wray.

La porte était encombrée de femmes bavardes, aux mouvements lents, et Stephen dut s'y attarder. La présence de Wray l'étonnait : les lois pénales n'étaient plus ce qu'elles avaient été, pourtant le second secrétaire temporaire de l'Amirauté ne pouvait être catholique ; et bien qu'il eût aperçu Wray à des concerts à Londres de temps à autre, jamais Stephen n'avait imaginé que ce fût l'amour de la musique qui l'y attirât plutôt qu'une compagnie à la mode. Pourtant l'émotion du secrétaire était tout à fait authentique ; même quand il eut composé son visage et se dirigea vers la porte, il resta grave et profondément ému. Les femmes soulevèrent de côté le lourd rideau de cuir, la porte s'ouvrit, les laissant sortir et laissant entrer un rayon de soleil. Wray ne porta aucune attention à l'eau bénite ni à l'autel — preuve supplémentaire qu'il n'était pas papiste. Il regarda Stephen. Son visage prit une expression de civilité urbaine et il dit :

— Docteur Maturin, n'est-ce pas ? Comment allez-vous, monsieur ? Mon nom est Wray. Nous nous sommes rencontrés chez Lady Jersey et j'ai l'honneur de connaître Mrs Maturin. Je l'ai vue d'ailleurs un peu avant d'appareiller.

Ils bavardèrent un moment, clignant des yeux sous le brillant soleil et parlant de Diana — qui allait très bien quand il l'avait vue à l'Opéra dans la loge des Columpton — et de connaissances communes, puis Wray suggéra un pot de chocolat dans une pâtisserie élégante de l'autre côté de la place.

— Je vais à Saint-Simon aussi souvent que je le peux, dit-il, tandis qu'ils s'asseyaient à une table verte sous la charmille derrière la boutique. Prenez-vous plaisir au plain-chant, monsieur ?

— Grandement, monsieur, dit Stephen, sous réserve qu'il soit sans mielleux, brillant ou recherche d'effet, et d'un phrasé exact — pas d'ornements, de notes de passage, pas d'ostentation.

— Exactement ! s'exclama Wray. Et pas de ce mélisme à la mode non plus. Simplicité angélique — voilà le cœur de la question. Et ces dignes moines en ont le secret.

Ils parlèrent de modes, convinrent que dans l'ensemble ils préféraient l'ambrosien au plagal, et Wray dit :

— J'étais à l'une de leurs messes l'autre jour où ils ont chanté l'*Agnus* mixolydien ; et je dois avouer que le *dona nobis pacem* du vieil homme m'a ému presque aux larmes.

— La paix. La verrons-nous jamais de notre temps ?

— J'en doute, avec l'empereur dans sa forme actuelle.

— Il est vrai que je sors tout juste d'une église, dit Stephen, et pourtant je souhaiterais voir ce tyran de Buonaparte doublement maudit jusqu'à l'éternité et retour, le chien.

Wray rit et dit :

— Je me souviens d'un Français qui reconnaissait toutes sortes de fautes très graves à Buonaparte, y compris la tyrannie, comme vous le dites si justement, et pire encore, l'ignorance totale de la grammaire, de l'usage et des manières françaises, mais qui cependant le soutenait de tout son pouvoir. Son argument était le suivant : les arts seuls distinguent les hommes des brutes et rendent la vie presque supportable — les arts ne fleurissent qu'en temps de paix, le gouvernement universel est une condition préalable indispensable à la paix universelle — et là, si je me souviens bien, il citait Gibbon sur le bonheur de vivre à l'époque des Antonins, concluant qu'en fait l'empereur romain absolu, même Marc Aurèle, était un tyran, ne fût-ce qu'en puissance, mais que la *pax romana* valait bien l'exercice potentiel de cette tyrannie. À ce que disait mon Français, Napoléon était le seul homme ou plutôt demi-dieu capable d'imposer un empire universel, c'est pourquoi, pour des raisons artistiques et humanitaires, il combattait dans la garde impériale.

Une foule d'objections passionnées se pressaient dans la poitrine de Stephen, mais il avait cessé depuis longtemps de s'ouvrir à quiconque, hormis ses amis intimes, et il se contenta de sourire en disant :

— Évidemment, c'est un point de vue.

— Mais, de toute manière, dit Wray, il est clairement de notre devoir de couper le jarret à l'empire universel, si je peux me permettre l'expression. Pour ma part (baissant la voix et se penchant sur la table) j'ai pour le moment mission d'effectuer une tâche assez délicate et je serais heureux de votre avis — l'amiral a dit que je pouvais faire appel à vous. Dès qu'il viendra il y aura une réunion générale et peut-être serez-vous assez bon pour y assister.

Stephen dit qu'il était entièrement au service de Mr Wray : un grand nombre d'horloges sonnant près et loin lui rappelèrent qu'il était déjà en retard pour son rendez-vous avec Laura Fielding et, sautant sur ses pieds, il prit congé.

Wray regarda Stephen se hâter à travers la place et disparaître dans la rue affairée ; puis il regagna l'église, tout à fait vide à cette heure, regarda la disposition des bougies dans la chapelle dédiée à saint Roch et se rendit dans le bas-côté sud où une petite porte, habituellement verrouillée mais à présent juste fermée au loquet, lui donna accès à l'ancien cloître. Il était rempli de barriques de toutes sortes et un passage dans l'angle le plus lointain conduisait à un entrepôt également rempli de barriques : au milieu se tenait Lesueur, plume et carnet en main, encrier à la boutonnière.

— Vous avez mis bien longtemps, Mr Wray, dit-il, c'est merveille que les bougies ne se soient pas éteintes.

— Oui, je parlais avec un homme que j'ai rencontré dans l'église.

— C'est ce que l'on me dit. Et qu'aviez-vous à dire au docteur Maturin ?

— Nous parlions de plain-chant, pourquoi posez-vous la question ?

— Vous savez qu'il est agent secret ?

— Travaillant pour qui ?

— Pour vous, bien entendu, pour l'Amirauté.

— J'ai entendu dire qu'il était consulté, je sais que certains rapports lui ont été soumis en raison de sa connaissance de la situation politique en Catalogne et qu'il a conseillé le secrétaire de l'amiral pour les affaires espagnoles, mais quant à être un agent... non, je ne penserais certainement jamais à lui comme agent secret. Son nom n'apparaît pas sur la liste des ordres de paiement.

— Vous ne savez pas qu'il est l'homme qui a tué Dubreuil et Pontet-Canet à Boston et qui a failli liquider toute l'organisation de Joliot par de fausses informations envoyées au ministère de la Guerre, l'homme qui a ruiné notre coopération avec les Américains ?

— Je l'ignorais, pardieu ! s'écria Wray.

— Dans ce cas, il est évident que Sir Blaine n'a pas été franc avec vous. Cela vient peut-être de sa ruse native, ou peut-être que quelqu'un, quelque part, a flairé quelque chose de louche : vous devriez vérifier vos lignes de communication, mon ami.

— Je connais la liste des paiements à peu près par cœur, dit Wray, et je peux absolument vous affirmer que le nom de Maturin n'apparaît nulle part.

— Je suis sûr que vous avez raison, dit Lesueur, c'est un idéaliste comme vous et c'est ce qui le rend si dangereux. Toutefois, il vaut mieux que vous n'ayez rien su ; vous n'auriez jamais été capable de lui parler aussi naturellement. Si l'on a flairé quelque chose, et s'il en est au courant, il va probablement rejeter les soupçons. Lui avez-vous parlé de votre mission ?

— J'y ai fait une référence générale et je lui ai demandé d'assister à la réunion quand le commandant en chef arrivera.

— Parfait. Mais vous feriez bien de garder vos distances : traitez-le comme un conseiller politique, un témoin expert, rien de plus. En dehors de la surveillance ordinaire, j'ai un agent attaché à ses pas. Il dispose certainement d'un réseau privé d'informateurs, dont certains en France, et le nom de l'un d'eux suffirait à nous conduire au reste et ensuite à Paris... Mais c'est un animal difficile, coriace, et si cet agent ne réussit pas très vite, le succès nous échappera et je serai obligé de vous demander de trouver quelque façon plausible de le mettre hors d'état de nuire, sans compromettre ma position ici.

— Je vois, dit Wray.

Il réfléchit un moment puis observa :

— Cela peut se faire. Si rien d'autre ne surgit auparavant, le dey de Mouaskar résoudra certainement la situation. D'ailleurs, ajouta-t-il après un moment de réflexion, je pense que l'on peut utiliser le dey à grand profit. Il pourra servir à faire d'une pierre deux coups, comme l'on dit.

Lesueur le regarda, pensif, et dit au bout d'un moment :

— Veuillez s'il vous plaît compter les barriques de votre côté du pilier, je ne les vois pas toutes d'ici.

— Vingt-huit, dit Wray.

— Merci. (Lesueur nota le chiffre dans son carnet.) Je reçois sept francs cinquante sur chacune, ce qui est appréciable.

Tandis qu'il multipliait les chiffres à sa satisfaction,

Wray préparait visiblement ses prochaines paroles. Quand elles surgirent, elles avaient le manque de spontanéité maladroit d'un discours préparé, et un peu plus d'indignation vertueuse que l'occasion ne le justifiait.

— Vous avez dit tout à l'heure que je suis un idéaliste, dit-il, et c'est vrai. L'argent ne saurait acheter mon appui : l'argent n'a pas acheté mon appui. Mais je ne peux vivre d'idéaux. Jusqu'à ce que ma femme hérite, je n'aurai qu'un revenu très limité, et aussi longtemps que je suis ici, je dois tenir mon rang. Sir Hildebrand et tous les autres, qui tirent beaucoup de l'arsenal et de l'avitaillement, jouent très gros jeu et je suis obligé de suivre.

— Vous avez obtenu un gros supplément à votre... subvention habituelle avant de quitter Londres, dit Lesueur, vous ne pouvez attendre de la rue Villars qu'elle paie vos dettes de jeu.

— Je le peux certainement lorsqu'elles sont justifiées par une raison de cette sorte, dit Wray.

— J'en parlerai à mon chef, dit Lesueur, mais je ne peux rien vous promettre. Mais enfin, ajouta-t-il avec un éclat d'impatience, vous pouvez sûrement gagner la confiance de ces hommes sans jouer gros ? Cela me paraît un bien mauvais système.

— Avec ces hommes, c'est essentiel, dit Wray, têtu.

Chapitre trois

La vive détresse née de la rencontre de Jack Aubrey avec l'amiral Hartley fut adoucie par une bouffée soudaine d'activité mentale et physique. Le tribunal de l'Amirauté siégea à propos du navire français qu'il avait capturé en mer Ionienne et le jugea prise légale ; en dépit des honoraires considérables du surveillant, cela lui valut une somme d'argent confortable — rien à voir avec la fortune nécessaire pour résoudre ses affaires domestiques si horriblement compliquées, mais bien assez pour envoyer à Sophie dix ans de solde, en la suppliant de ne pas lésiner, et pour justifier son déménagement vers un appartement plus convenable chez Searle. Et aussi, les voies appropriées s'étant révélées à ce moment, pour verser les pots de vin nécessaires afin que les travaux commencent sur la *Surprise*. Mais il lui restait une tristesse profonde, que la compagnie ou même la musique avaient du mal à chasser ; une tristesse accompagnée de la détermination de vivre joyeusement pendant qu'il le pouvait encore.

Quand Laura Fielding vint lui donner sa leçon d'italien dans cet appartement plus confortable, elle le trouva par conséquent d'humeur étonnamment entreprenante, en dépit d'une lourde journée à l'arsenal et de beaucoup de soucis pour les goussets de la frégate. Comme Jack Aubrey n'avait de sa vie séduit une femme délibérément et par calcul, il ne faisait pas un siège classique de son cœur, avec lignes d'approche formelles, sapes et voies détournées ; sa seule stratégie (si une chose aussi instinctive et non préméditée pouvait mériter ce nom) était de sourire beaucoup, de se rendre le plus agréable possible et de rapprocher peu à peu sa chaise.

Très tôt dans leur révision de l'imparfait du subjonctif du verbe irrégulier *stare*, Mrs Fielding s'aperçut avec inquiétude que la conduite de son élève risquait de devenir encore plus irrégulière que ses verbes. Elle entrevoyait ses mouvements avant même qu'ils ne fussent vraiment clairs dans l'esprit de Jack, car elle avait été élevée dans l'atmosphère libre et facile de la cour napolitaine et habituée à la galanterie dès un âge précoce ; sa vertu avait subi les assauts de conseillers grisonnants, de pages imberbes et de tout un éventail de messieurs d'âge intermédiaire, et si elle en avait repoussé la grande majorité, la question l'intéressait — elle détectait vite les premiers symptômes d'une inclination amoureuse et avait constaté dans l'ensemble qu'ils ne différaient guère d'un homme à l'autre. Mais aucun de ses soupirants précédents n'était aussi massif que celui-ci, aucun n'avait l'œil si brillant et formidable, et si certains soupiraient, aucun n'avait jamais gloussé de cette façon étonnante. La pauvre femme, tracassée de son manque de progrès auprès du docteur Maturin et agacée par les rumeurs de son inconduite avec le capitaine Aubrey, n'était pas d'humeur à folâtrer : elle regrettait beaucoup l'absence de sa servante car Ponto, son gardien habituel, ne pouvait lui servir à rien dans de telles circonstances. Il était assis là, tout souriant et battant le sol de sa queue chaque fois que le capitaine Aubrey rapprochait sa chaise d'un pouce.

Ils abandonnèrent l'imparfait du subjonctif avec une parfaite indifférence des deux côtés, et Jack, l'imagination à présent quelque peu échauffée, se mit à parler des commérages dont ils faisaient l'objet. Elle avait une connaissance imparfaite de l'anglais, lui manquait de cohérence, pourtant elle saisit le sens général de ses remarques et avant qu'il pût atteindre le point où il exprimerait son vif désir que de telles rumeurs reçoivent enfin un fondement solide, son sentiment que la justice naturelle exigeait une telle évolution, puisqu'ils avaient souffert innocemment, elle lui coupa la parole.

— Oh, capitaine Aubrey, s'exclama-t-elle, j'ai un service à vous demander.

Mrs Fielding n'avait qu'à commander, dit Jack, lui souriant avec beaucoup d'affection ; il était entièrement à ses ordres — très heureux, enchanté, ne pourrait l'être plus.

— Voilà, dit-elle, vous savez que je suis un peu bavarde — le cher docteur le dit souvent, en me demandant d'y mettre un frein — mais, hélas, je ne suis pas du tout écrivaine, du moins pas en anglais. L'orthographe anglaise ! Corpo di Baccho, l'orthographe anglaise ! Voyons, si je vous faisais une dictée et que vous l'écriviez en bon anglais, je pourrais utiliser ces mots quand j'écrirai à mon mari.

— Très bien, dit Jack, son sourire effacé.

C'était exactement ce qu'il craignait : il avait dû se tromper du tout au tout quant aux signaux. Mr Fielding devait comprendre que l'excellent capitaine Aubrey avait sauvé Ponto de la noyade : à présent Ponto adorait le capitaine Aubrey et se précipitait vers lui dans la rue. Des gens malfaisants disaient donc que le capitaine Aubrey était l'amant de Laura. Si de telles rumeurs atteignaient Mr Fielding, il devait n'y prêter aucune attention. Bien au contraire. Le capitaine Aubrey était un homme honorable, qui dédaignerait d'insulter l'épouse d'un collègue officier par des propositions déshonnêtes ; d'ailleurs elle avait une telle confiance dans sa rectitude parfaite qu'elle pouvait lui rendre visite même sans la protection d'une servante. Le capitaine Aubrey savait très bien qu'elle ne voudrait pas juer la poute.

— « Juer la poute », madame ? dit Jack en levant les yeux de son papier, la plume en arrêt.

— Ce n'est pas juste ? J'en étais si fière.

— Ah oui, dit Jack, c'est seulement une question de prononciation, voyez-vous, et il écrivit *jouer la pute* très soigneusement afin que les lettres ne puissent être confondues, avec un sourire secret, sa frustration et sa déception totalement éliminées par le sens du ridicule.

Ils se séparèrent en excellents termes et elle lui lança un regard particulièrement amical en disant :

— Vous n'oublierez pas ma réception, n'est-ce pas ? Le comte Muratori viendra avec sa jolie flûte.

— Rien ne saurait me retenir, dit Jack, sauf perdre les deux jambes. Et même dans ce cas, il y a toujours un brancard.

— Et vous la rappellerez au docteur ? dit-elle.

— Il se la rappellera tout seul, j'en suis sûr, dit Jack en lui tenant la porte — et s'il ne le fait pas... mais le voici, dit-il, tendant l'oreille vers l'escalier. Il monte souvent comme un troupeau de moutons fous plutôt que comme un chrétien, quand il est pressé.

C'était bien le docteur Maturin et son visage, ordinairement pâle, grave et réservé, brillait, tout rose de hâte et de bonheur. « Mais quoi, vous êtes tout mouillé », s'exclamèrent-ils en chœur ; d'ailleurs une petite mare se formait très vite à ses pieds, là, devant eux. Jack était sur le point de demander : « Etes-vous tombé à l'eau ? », mais il ne voulut pas gêner son ami, car la réponse ne pourrait être que positive : le docteur Maturin était merveilleusement maladroit en mer et très souvent, en grimpant d'un canot sur un navire ou même en passant d'un solide quai de pierre à une fort stable dghajsa, ces embarcations locales expressément conçues pour transporter les terriens en sécurité et au sec, il parvenait à faire un faux pas et à plonger dans la mer, de sorte que son linge et les pans de son habit portaient en général des marques blanchâtres de marée haute, là où le sel avait séché.

Mais Laura Fielding n'avait pas de ces inhibitions et son « Etes-vous tombé à l'eau ? » fut prononcé de manière on ne peut plus naturelle.

— Votre tout dévoué, madame, dit Stephen en lui baisant la main d'un air absent. Jack, félicitez-moi, le *Dromedary* est arrivé.

— Et alors ? dit Jack, qui avait vu le transport à flancs plats louvoyer bord sur bord depuis la petite aube.

— Il a ma cloche de plongée à bord.

— Quelle cloche de plongée ?

— Ma cloche de plongée Halley que j'attends depuis si longtemps. J'avais presque perdu tout espoir, en vérité. Elle a une fenêtre dans le haut ! Je suis follement impatient de plonger. Vous devez venir la voir immédiatement — j'ai une dghajsa au bord du quai.

— Messieurs, bonsoir, dit Mrs Fielding qui n'était pas habituée à être négligée pour une cloche de plongée. Ils lui demandèrent pardon. Ils étaient extrêmement désolés : ils n'avaient pas l'intention de lui manquer de respect ; et Stephen la conduisit en bas de l'escalier, suivie solennellement de Jack et de Ponto.

— C'est le modèle de Halley, voyez-vous, dit Stephen quand la dghajsa longue et mince s'écarta du quai et s'élança à travers le Grand Port vers le *Dromedary*, encouragée par la promesse d'un double tarif. Comme ces dignes créatures propulsent la barque à grande vitesse ; et avez-vous remarqué qu'ils le font debout, qu'ils le font face à la direction où ils vont, comme les gondoliers de Venise ? Voilà sans aucun doute une pratique louable qui devrait être introduite dans la Navy.

Stephen avançait souvent des idées pour l'amélioration du service. Il avait en son temps conseillé la distribution d'une modeste ration de savon, la réduction de la monstrueuse ration de rhum, la fourniture gratuite de vêtements d'uniforme chauds et solides pour le pont inférieur, en particulier pour les mousses et les nouvelles recrues, et l'abolition des punitions telles que le fouet par toute la flotte ; ces propositions n'avaient pas rencontré plus de succès que cette nouvelle suggestion que, contrairement à toutes les traditions, la Navy regarde où elle allait.

Jack laissa passer sans relever et dit avec ardeur :

— Halley ? Halley de la comète, l'astronome royal ?

— Exactement.

— Je sais qu'il a commandé la pinque *Paramour* quand il travaillait sur les étoiles australes et la carte de l'Atlantique, dit Jack, et j'ai bien entendu pour lui un respect considérable. Quel observateur ! Quel calculateur ! Mais j'ignorais tout à fait qu'il s'intéressât aux cloches de plongée.

— Pourtant, je vous ai parlé de son article, *Art of Living under Water*, paru dans les Philosophical Transactions, et vous avez approuvé mon désir de marcher au fond de la mer. Vous avez dit que ce serait un meilleur moyen de retrouver les ancres perdues et les câbles que de les chercher en grattant avec un grappin.

— Je m'en souviens parfaitement. Mais vous n'avez pas mentionné le nom du docteur Halley, et vous parliez d'une sorte de casque avec des tubes, rien de plus.

— J'ai certainement mentionné le nom du docteur Halley, j'en suis sûr, et j'ai parlé de la cloche, longuement ; mais vous n'avez pas écouté. Vous jouiez au cricket ce jour-là : vous regardiez le bôleur et je suis venu près de vous.

— C'était une autre fois, où nous jouions contre les gentilshommes du Hampshire : j'ai dû demander à Babbington de vous reconduire. Je n'ai jamais réussi à vous faire comprendre à quel point nous prenons ce jeu au sérieux en Angleterre. Quoi qu'il en soit, racontez-moi à nouveau, s'il vous plaît. Quel est le principe de la cloche ?

— Il est magnifique dans sa simplicité ! Imaginez un cône tronqué, ouvert dans le bas, équipé au sommet d'une épaisse fenêtre de verre, et lesté de manière que lorsqu'on le descend dans la mer il coule perpendiculairement — une cloche spacieuse dont les occupants sont assis à l'aise sur un banc placé diamétralement un peu au-dessus du bord inférieur, profitant de la lumière qui les éclaire par la vitre d'en haut, et passionnés par les merveilles des profondeurs. Vous m'objecterez que lorsque la cloche coule, l'air qu'elle renferme se comprime et que l'eau monte en proportion, dit Stephen en levant la main, et dans les circonstances ordinaires c'est là une vérité profonde, de sorte qu'à trente-trois pieds, la cloche serait à moitié pleine. Mais vous devez aussi imaginer un baril, lesté également et doté d'un trou dans le haut et d'un autre dans le bas. Le trou du haut est équipé d'un tuyau de cuir, un tuyau de cuir étanche à l'eau et à l'air, bien imbibé d'huile et de cire d'abeille, tandis que le trou du bas est ouvert, pour que l'eau puisse y entrer quand la barrique coule.

— Quel en est l'avantage ?

— Comment, ne voyez-vous pas ? Il fournit la cloche en air.

— Pas du tout. L'air s'enfuit par votre tuyau de cuir.

La remarque frappa Stephen de mutisme. Il ouvrit la bouche, la referma et pendant quelques minutes, tandis que le mince canot courait très vite parmi les navires et les petits bateaux du Grand Port, avec la noble masse des Trois Cités en avant et La Valette en arrière, l'air lui-même tout bleu de l'éclat du ciel brillant, très haut, il réfléchit à ce problème. Puis son visage s'éclaira, sa joie revint et il s'écria :

— Mais oui, bien entendu, quel imbécile je fais ! J'ai complètement oublié de vous dire que le tuyau de cuir est maintenu au-dessous du niveau du trou inférieur par un poids qu'il supporte. Il est maintenu en bas pendant la descente de la barrique — c'est absolument essentiel — et l'homme à l'intérieur de la cloche le saisit, le tire à l'intérieur et le soulève. Aussitôt qu'il l'a soulevé au-dessus de la surface de l'eau que contient le baril, l'air confiné se précipite dans la cloche avec beaucoup de force, rafraîchissant l'homme et repoussant l'eau dans la partie inférieure de la machine. Il fait alors un signal et, tandis que l'on remonte la première barrique, on en descend une autre. Le docteur Halley dit — et ce sont là, Jack, ses propres paroles — : « une succession alternée fournissait l'air si vite et en si grande quantité que j'ai moi-même été l'un des cinq qui se sont tenus ensemble au fond, dans neuf ou dix brasses d'eau, pendant plus d'une heure et demie à la fois, sans le moindre effet néfaste ».

— Cinq personnes ! s'exclama Jack. Dieu du ciel, ce doit être une affaire énorme. S'il vous plaît, quelles en sont les dimensions ?

— Oh, dit Stephen, la mienne n'est qu'une cloche modeste, une toute petite cloche, en fait. Je doute que vous puissiez y entrer.

— Combien pèse-t-elle ?

— À vrai dire, j'ai oublié le chiffre exact ; mais très peu de chose — juste assez pour la faire couler, et assez lentement d'ailleurs. Voulez-vous regarder cet oiseau, presque droit devant, à trente-cinq degrés environ d'élévation ? Je crois que c'est un hangi. On dit qu'ils sont particuliers à cette île.

Il apparut que les gens du *Dromedary* étaient déjà habitués au docteur Maturin : ils abaissèrent une échelle de coupée dès que la dghajsa vint bord à bord et quand il entreprit à grand-peine de l'escalader, deux robustes matelots le prirent par les bras et le soulevèrent par-dessus la lisse. Ils lui semblaient aussi très attachés car en dépit de leurs tâches officielles plus urgentes, ils avaient déjà dégagé sa cloche et ses accessoires et le patron du transport, accompagné d'une partie de son équipage, tous souriants, conduisit les visiteurs à l'avant pour la voir.

— Elle est là, dit le patron en montrant de la tête le panneau principal, toute prête à être sortie. Vous verrez, monsieur, que j'ai suivi à la lettre les instructions du docteur Halley : voici la livarde, étayée en tête de mât, et voici les bras, pour la transporter à l'extérieur ou à l'intérieur selon le cas ; et Joe que voici a donné un bon coup aux cuivres pour qu'elle n'ait pas l'air minable.

Elle n'avait pas du tout l'air minable.

Le large anneau de cuivre entourant le sommet en verre de la cloche faisait plus d'un yard de diamètre et les regardait comme l'œil joyeux d'un énorme dieu naïf et attentif : Jack lui rendit son regard d'un cœur désolé.

— Elle paraît très grande dans ce lieu confiné, dit Stephen. Mais ce n'est qu'une illusion d'optique. Quand on la sortira, vous verrez qu'elle est remarquablement petite.

— Trois pieds six pouces au sommet, cinq pieds en bas, huit pieds de haut, dit le patron avec une grande satisfaction. Contient près de soixante pieds cubes, et pèse à peu près trente-neuf fois cent livres.

Jack avait eu l'intention de prendre son ami à part et de lui dire en privé que cela ne pouvait aller ; que la machine devrait être laissée à terre ou renvoyée à la maison ; que, relativement malin et n'étant pas né d'hier, il ne se laisserait pas imposer un fait accompli ; mais ces chiffres stupéfiants le frappèrent à tel point qu'il s'écria :

— Que Dieu nous vienne en aide ! Cinq pieds de diamètre, huit pieds de haut, près de deux tonnes ! Comment avez-vous pu supposer que l'on pourrait essayer de trouver la place pour une chose aussi monstrueuse sur le pont d'une frégate ?

Tout autour de lui, les visages souriants se firent graves, fermés, et il ressentit un fort courant de désapprobation morale : les Dromedaries étaient manifestement du côté de Stephen.

— À dire le vrai, dit Stephen, je l'ai commandée quand vous aviez le *Worcester.*

— Mais même sur un soixante-quatorze, où aurait-elle bien pu se placer ?

Stephen avait pensé que cela pourrait constituer un ornement acceptable sur la dunette, où elle serait prête à être lancée, ou plutôt *mouillée,* par-dessus bord quand le navire n'était pas trop occupé.

— La dunette, la dunette... commença Jack.

Mais l'heure n'était pas à une description des effets épouvantables d'un objet de deux tonnes opposant sa résistance au vent, perché tout à l'arrière et si loin au-dessus du centre de gravité ; il poursuivit :

— Mais il n'est pas question d'un vaisseau de ligne : nous parlons d'une frégate, et même d'une petite frégate ; et peut-être me permettrez-vous de faire observer qu'aucune frégate construite à ce jour n'a jamais eu de dunette.

— Eh bien, cela étant, dit Stephen, que diriez-vous de ce petit espace pratique entre le mât de misaine et la lisse avant ?

— Deux tonnes, juste au-dessus du brion, appuyant sur ses entrées fines ? Voilà qui la ferait rentrer dans le vent malgré toute sa bonne volonté : cela réduirait de deux nœuds sa vitesse au près. Et d'ailleurs, il y a l'étai, voyez-vous, et puis les hale-bas. Et comment pourrais-je récupérer mes ancres ? Non, non, docteur, je suis désolé mais cela ne se peut pas. Je le regrette ; mais si vous en aviez parlé plus tôt je vous l'aurais déconseillé immédiatement ; je vous aurais dit aussitôt que cela ne se peut pas sur un navire de guerre, sauf peut-être un vaisseau de premier rang qui pourrait lui trouver une petite place en drome.

— C'est le modèle du docteur Halley, dit Stephen à voix basse.

— Mais par contre, dit Jack avec une gaieté peu convaincante, pensez quelle aubaine ce serait pour un établissement à terre ! Câbles perdus, aussières, ancres... et je suis sûr que l'amiral commandant le port vous prêterait un chaland plat de temps à autre pour aller regarder les fonds.

— Pour ma part, j'aurai toujours une profonde reconnaissance au docteur Halley, chaque fois que je prendrai l'altitude d'une étoile, dit le patron du *Dromedary*.

— Tous les marins doivent être reconnaissants au docteur Halley, dit son second.

Et cela semblait bien être l'opinion générale à bord.

— Eh bien, monsieur, dit le patron en se tournant vers Stephen d'un air plein de compassion, que dois-je faire de votre pauvre cloche — de la pauvre cloche du docteur Halley ? La déposer à terre comme elle est ou la démonter et la ranger à fond de cale jusqu'à ce que vous ayez réfléchi à la question ? Il faut que je fasse l'un ou l'autre pour libérer mon grand panneau, et très vite, voyez-vous, car les barges vont s'élancer dès l'instant où le contrôleur des rôles aura atteint la crique de l'Amirauté. Il est là-bas, avec l'*Edinburgh*, à tourmenter son patron.

— Démontez-la, s'il vous plaît, capitaine, si cela n'est pas trop laborieux, dit Stephen. J'ai encore quelques amis à Malte sur l'attachement desquels je pense pouvoir compter.

— Aucune difficulté, monsieur. Une dizaine de boulons et c'est dans le sac, si vous me pardonnez l'expression.

— Si elle se démonte, dit Jack, cela change tout. Si elle se démonte, elle peut venir à bord et voyager en bas, pour être remontée dans les occasions appropriées — en cas de calme plat, ou au port, ou quand le navire est à la cape. Je vous envoie immédiatement mon grand canot.

« C'est une chose étrange, réfléchissait-il, tandis que leur dghajsa repartait vers l'arsenal, mais si j'avais été sur mon propre gaillard d'arrière il n'aurait jamais osé causer autant du docteur Halley. Je me sentais comme Julien l'Apostat au milieu d'une troupe d'évêques. À mon bord, j'aurais repoussé tout cela d'un bloc ; l'autorité est souvent une question de lieu, je file doux dans la maison de mon père, comme la plupart des gens, je pense. » Pourtant ses propres filles n'étaient pas particulièrement douces : il repensa à leurs cris aigus : « Oh papa, papa, venez donc, papa, nous n'atteindrons jamais le haut de la colline à cette vitesse, s'il vous plaît papa, ne faites pas la limace. » Un peu plus tôt, elles auraient dit « limace du diable », ayant acquis une grande liberté de parole auprès des matelots qui constituaient une partie de la domesticité, mais depuis ses derniers voyages, Sophie avait pris les choses en main et à présent on n'entendait plus les petites filles crier « bougre de niquedouille » ou « maudit couillon » qu'au plus profond des bois d'Ashgrove.

— Je me demande ce que nous offrira Graham, dit Stephen, parlant soudain dans le silence.

— Quelque chose de bon, j'en suis sûr, dit Jack avec un sourire.

Le professeur Graham était connu comme économe de ses deniers mais ceux qui le traitaient de parcimonieux borné, avaricieux, radin, ladre, pingre ou mesquin se trompaient, et quand il donnait une fête — dans ce cas, un dîner d'adieu à ses compagnons de bord du *Worcester* et de la *Surprise* et à quelques amis et relations dans les régiments des Highlands — il le faisait avec beaucoup d'élégance.

— Il serait étonnant que vous n'ayez pas un chien tacheté comme pudding. Il m'a tout particulièrement prié de lui dire quels sont vos plats favoris.

— Je m'en réjouis d'avance.

La voix de Jack s'éleva sans effort à un volume énorme quand il lança « Mets-toi en travers et je te coule, fils à moitié cuit d'un pet d'Égyptien » à une yole dont l'équipage rêvassait ; et *pet* résonna d'une rive à l'autre.

— Mais à présent que j'y pense, poursuivit-il, je crois que nous allons continuer jusqu'à l'*Edinburgh* et emprunter la chaloupe de Dundas. Elle est remarquablement large, beaucoup plus pratique que notre canot, et comme son navire est mouillé par dix brasses d'eau, ce qui est très préférable à la mare infecte de la *Surprise*, je ne doute pas qu'il acceptera de crocher un palan sur votre cloche et de vous offrir une petite plongée, même s'il vaudrait presque mieux laisser un mousse ou un aspirant descendre en premier pour être sûr qu'elle fonctionne.

— Professeur Graham, je vous souhaite le bonsoir, monsieur, dit le docteur Maturin en entrant dans la chambre de son collègue. Je reviens de marcher sur le fond de la mer.

— Certes, dit Graham en levant les yeux de ses papiers. C'est ce qu'il m'a semblé. On vous observait de la Barrakka avec des lunettes grossissantes tandis que vous bouillonniez dans votre chaudron renversé : le colonel Veale a parié deux et demie que vous ne remonteriez pas.

— J'espère de tout mon cœur qu'il a perdu, cette brute inhumaine.

— Bien entendu, puisque vous êtes là, dit Graham impatiemment. Mais vous voici de nouveau badin, sans aucun doute. Le fond de la mer devait être un triste lieu vaseux et puant, à en juger d'après vos souliers et vos bas.

— Ce l'était certes, une grande étendue de vase gris jaunâtre toute ondulée dans cette lumière merveilleusement étrange ; mais les annélides, mon cher Graham, les annélides ! Des centaines, non, des milliers d'annélides d'au moins trente-six espèces différentes, certains emplumés et d'autres tout lisses. Et attendez que je vous parle de mes holothuries, de mes limaces de mer, de mes concombres de mer...

— Concombres, ah oui, dit Graham, notant quelque chose ; et à la première véritable pause il intervint : Jetez-moi juste un petit coup d'œil sur cette liste et faites-moi profiter de vos idées. J'ai organisé le dîner à peu près à ma satisfaction, mais pas le placement de mes hôtes ; en dehors des officiers de marine avec leur propre hiérarchie, il viendra quelques gentilshommes des Highlands appartenant à différents clans et je dois tenir compte aussi bien des préséances à l'intérieur du clan que des préséances entre les clans eux-mêmes, sans quoi il y aura des perruques sur l'herbe. Pouvez-vous imaginer un McWhirter cédant le pas à un MacAlpine ? Pour une réunion informelle de ce genre le simple rang militaire ne s'applique pas à nous ; quoique en vérité les officiers du 42e soient tout à fait réticents à le céder à ceux de n'importe quel autre régiment écossais.

— Il vous faut numéroter les sièges et laisser chacun tirer son numéro dans un chapeau. Vous pourrez vous sortir de cela avec une aimable remarque spirituelle.

— Une aimable remarque spirituelle ? Heuch. Je voudrais que ce soit fini.

— Allons, vous aimerez votre dîner, une fois que

vous y serez bien engagé, dit Stephen en regardant le menu. Que sont des « bashed neeps » ?

— Des neeps en hackit avec du balmagowry. Ce n'est pas tant le dîner dont je voudrais qu'il soit terminé... non. C'est tout l'ensemble. Je serai heureux de rentrer chez moi, dans la tranquillité de mon bureau et de mes lectures. Votre compagnie me manquera, Maturin, mais en dehors de cela je serai heureux de partir : je n'aime pas l'odeur de Malte. Du point de vue du Renseignement, vous me comprenez. Il y a trop de gens à l'œuvre et trop d'entre eux sont de pauvres misérables trop bavards. Il y a des projets pour les côtes de Barbarie que je n'aime pas du tout ; et si l'on considère les sentiments réels de Mehemet Ali à l'égard de la Sublime Porte, cette affaire de la mer Rouge apparaît comme une entreprise douteuse. Il y a beaucoup de choses que je n'aime pas du tout. (Il fit une pause, tout en regardant Maturin.) Avez-vous jamais entendu parler d'un nommé Lesueur, André Lesueur ? demanda-t-il.

Stephen réfléchit.

— Je rattache ce nom au Renseignement : à l'organisation de Thévenot. Mais je ne sais rien de lui et je ne l'ai jamais vu.

— Je l'ai vu à Paris pendant la paix ; l'un de nos agents me l'a montré. Et je suis à peu près certain de l'avoir reconnu aujourd'hui dans la Strada Reale, circulant comme s'il était chez lui pendant que vous étiez dans votre engin. J'ai fait demi-tour aussi discrètement que possible et j'ai tenté de le suivre mais la foule était trop épaisse.

— À quoi ressemble-t-il ?

— Un petit homme pâle, les épaules étroites, assez voûté, lugubre, habit noir à boutons de tissu, culotte fauve : quarante-cinq ans à peu près ; l'aspect d'un homme d'affaires ou d'un marchand d'une certaine importance. Comme vous n'étiez pas là et comme j'ai des doutes sur la discrétion du secrétariat, je suis allé tout droit trouver Mr Wray.

— Ah ? Et qu'a-t-il dit ?

— Il a écouté très attentivement — c'est un homme beaucoup plus intelligent que je ne le supposais — et il m'a demandé de n'en parler à personne d'autre. Il rassemble tous les fils pour lancer un coup de filet unique et décisif.

— Je lui souhaite de réussir. J'ai l'impression que les Français sont aussi bien installés ici à Malte que nous l'étions à Toulon en 1803 : aucun mouvement de navire, ou de troupes, ou de munitions dont nous n'ayons eu connaissance dans les vingt-quatre heures.

— Je le lui souhaite. Mais cela ne mettra pas fin à la rivalité entre soldats et marins sur l'île, aux conseils divisés, aux bavardages et aux va-et-vient perpétuels d'étrangers et d'indigènes mécontents. Ni au zèle peut-être inopportun du nouveau commandant en chef et de ceux qui l'assistent.

— Il se peut que nous en apprenions un peu plus sur la situation tout entière, quand il tiendra sa conférence. Comme vous le savez sans aucun doute, on l'a signalé à l'ouest de Gozo, et un changement de vent pourrait l'amener ici demain ou le jour suivant.

— Je doute que cela nous en apprenne beaucoup. Une réunion de cette sorte avec Sir Hildebrand et ses soldats, dont plusieurs des membres se verront pour la première fois, ne produira sans doute rien d'autre que des platitudes. Qui va ouvrir son cœur sur des sujets confidentiels devant des étrangers, quelles que soient leurs lettres de créance ? Je suis tout à fait sûr que Mr Wray se limitera aux généralités ; et quant à moi je ne dirai rien du tout. Je ne dirais rien même sans la présence de cet abruti de Figgins Pocock et ses longues oreilles.

Stephen savait que Mr Pocock, orientaliste distingué qui accompagnait l'amiral Sir Francis Ives comme conseiller aux affaires turques et arabes, s'était opposé au professeur Graham à propos d'une édition d'Abulfeda, que chacun avait écrit des pamphlets atteignant un degré rare d'injures personnelles, et que cela pouvait teinter quelque peu le point de vue de Graham quant aux politiques orientales du commandant en chef ; pourtant il fut presque d'accord avec Graham quand celui-ci ajouta :

— L'atmosphère de La Valette est particulièrement malsaine ; même si Mr Wray résout la situation immédiate, elle restera probablement très malsaine avec une autorité divisée au sommet, la mauvaise volonté et la rivalité à tous les niveaux, et des idiots aux postes de responsabilité ; et comme, à ce que je comprends, vous devez rester ici quelque temps, ne feriez-vous pas bien de garder vos distances et de vous occuper de votre médecine, de votre philosophie naturelle et de votre cloche ?

— Je le pourrais effectivement, dit Stephen en regardant ses pieds. Mais pour le moment, je dois m'occuper de mes souliers et de mes bas. Je suis invité à une soirée élégante, un concert chez Mrs Fielding, et je dois partir sans plus perdre de temps ; et pourtant je me rends compte qu'en séchant ils émettent une odeur fort offensante. Pensez-vous qu'en les frottant je pourrais les nettoyer ?

— J'en doute, dit Graham en les inspectant de plus près. Il y a dans les parties humides une qualité d'onctuosité qui exclut de telles mesures.

— Je peux changer mon habit et même ma chemise et mes bas, dit Stephen, mais ce sont mes seuls bons souliers.

— Vous auriez dû en mettre une vieille paire si vous vouliez aller plonger, dit le professeur Graham qui n'avait pas étudié en vain la philosophie morale. Ou même des demi-bottes. Je ne serais pas complètement réticent à vous en *prêter* une paire, bien qu'ils aient des boucles d'argent ; mais ils seront obligatoirement trop grands.

— Cela n'a pas d'importance, dit Stephen, ils peuvent être bourrés avec des mouchoirs, du papier, de la charpie. Aussi longtemps que les talons et les orteils appuient sur un support ferme mais souple, les dimensions extérieures du soulier n'ont pas d'importance.

— Ils étaient à mon grand-père, dit le professeur

Graham en les sortant d'un sac de toile, et à l'époque il était habituel pour les hommes d'ajouter deux pouces à leur taille avec des talons de liège.

Le violoncelle de Stephen, quoique encombrant dans son étui de toile à voile rembourré pour aller en mer, n'était pas un instrument très lourd, et il n'avait pas la moindre timidité à le transporter par les rues. Ce n'était pas le poids ou l'embarras qui l'obligeait à s'arrêter, haletant, et à s'asseoir si souvent sur les marches, mais la simple souffrance. Sa théorie sur la taille des souliers était tout à fait fausse et cela s'était révélé en un très bref espace de temps, la soirée étant particulièrement tiède, cependant que ses seuls bas propres et portables se trouvaient faits non pas de soie mais de laine d'agneau. Ses pieds, déjà crispés du fait des talons peu naturels, gonflèrent dans les deux cents premiers yards et commencèrent à s'irriter, s'écorcher et se couvrir d'ampoules avant même qu'il atteigne l'aimable Strada Vescovo et sa foule. Sa marche chancelante donnait l'impression qu'il était ivre et un petit groupe de putains et de garnements lui tenait compagnie dans l'espoir de pouvoir peut-être tirer parti de cet état de choses.

— Calor, rubor, dolor, dit-il en s'asseyant à nouveau au coin d'une rue sous l'image doucement éclairée de saint Roch, cela ne peut continuer. Mais si j'ôte mes souliers je ne pourrai les porter en même temps que le violoncelle : d'autre part, n'importe lequel de ces gamins diaboliques pourrait s'enfuir avec eux, et que dirais-je à Graham ? Je n'ai pas non plus envie de confier l'instrument à leurs mains inattentives : le sac doit être tenu à deux bras comme un enfant tendre et maladif. Si seulement il y avait une fille de bonne nature parmi ces femmes de mauvaise vie... Mais elles ont toutes des visages bien durs. Je suis dans les affres d'un dilemme. Au moment même où il définissait les affres, elles disparurent. Une troupe de permissionnaires de la *Surprise*, tournant le coin de Saint-Roch, lui tombèrent dessus.

Ils ne firent pas la moindre façon pour porter ses souliers et l'un d'eux, un matelot d'avant sombre et sinistre qui dans sa jeunesse avait presque certainement œuvré dans la piraterie, dit qu'il transporterait le grand violon, et qu'il voudrait bien voir le salopard qui essaierait de rire ou lui demanderait une chanson.

Les Surprises n'étaient pas ce que l'on pourrait appeler ivres, ou même joyeux selon les règles navales, mais ils titubaient et se prenaient les pieds et s'arrêtaient pour rire ou discuter de temps à autre ; et quand enfin ils le quittèrent devant la porte de Laura Fielding, il était tard — si tard qu'en clopinant dans le passage il entendit le violon de Jack Aubrey dans la cour invisible, auquel répondait une douce flûte plaintive. « La prochaine fois, je laisserai le violoncelle chez la chère créature », se dit-il en attendant devant la porte que la musique s'arrête. Et tendant l'oreille à la voix particulière de la flûte : « Ce doit être un flauto d'amore : je n'en ai pas entendu depuis bien longtemps. »

Le mouvement s'acheva sur une fioriture classique. Stephen se glissa par la porte, tout courbé d'humilité, et s'assit sur un froid banc de pierre à l'intérieur de la cour, son violoncelle à ses côtés. Laura Fielding, au piano-forte, lui adressa un sourire très accueillant, le capitaine Aubrey un coup d'œil sévère et le comte Muratori, qui portait à nouveau sa flûte à ses lèvres, un regard singulièrement vide. La plupart des autres personnes lui étaient cachées par le citronnier.

La musique n'était pas d'un grand intérêt, mais une fois libéré de ses souliers, il se sentit bien, assis là, avec la mélodie tissant des arabesques décoratives dans l'air tiède doucement animé : le citronnier dégageait son parfum dont il se souvenait si bien — fort mais pas excessif — et du côté le plus éloigné des lanternes, dans l'angle le plus sombre de la cour, une troupe de lucioles dessinait également des motifs décoratifs — avec un certain effort d'imagination, en éliminant un peu quelques notes inutiles et quelques lucioles inutiles, on pouvait faire coïncider les deux.

Ponto s'approcha d'un pas lourd, renifla Stephen

avec une sévérité insultante, évita sa caresse et se détourna, pour s'affaler parmi les lucioles avec un soupir dégoûté. Il se mit à lécher ses parties intimes avec un bruit mouillé si fort qu'il couvrit à peu près un passage pianissimo de la flûte, et Stephen perdit le fil du fragile argument. Son esprit dériva vers les lucioles qu'il avait connues, les lucioles américaines, et un récit qu'un entomologiste de Boston lui avait remis de leurs habitudes. D'après ce monsieur, les différentes espèces émettaient différents signaux pour montrer leur disposition au rapport sexuel : c'était tout à fait naturel — et même une pratique louable —, mais ce qui le semblait moins c'est le fait que certaines femelles, disons de l'espèce A, animées non par l'ardeur amoureuse mais par la simple voracité, imitaient les signaux de l'espèce B, attirant alors les mâles sans méfiance non pas vers une chaude couche nuptiale mais vers le sinistre étal du boucher.

La musique s'acheva sous un aimable flot d'applaudissements. Mrs Fielding bondit de son piano et vint à sa rencontre tandis qu'il s'avançait pour présenter ses excuses.

— Oh, oh, s'écria-t-elle en regardant ses pieds et ses bas, vous avez oublié vos souliers.

— Mrs Fielding, chère, dit-il, je ne les oublierai de ma vie, ils m'ont fait trop cruellement souffrir. Mais j'ai pensé que nous étions d'assez vieux amis pour ne pas camper sur la rigueur de l'étiquette.

— Bien sûr que nous le sommes, dit-elle en lui serrant affectueusement le bras. J'ôterais sans aucun doute mes souliers chez vous s'ils me faisaient mal. Vous connaissez tout le monde ? Le comte Muratori, le colonel O'Hara ? Bien sûr. Venez boire un verre de punch froid. Apportez vos souliers et je les mettrai dans ma chambre. Elle le conduisit dans la maison et Stephen vit alors qu'un bol à punch avait remplacé les traditionnels brocs de limonade ; les innovations ne s'arrêtaient pas là, car les biscuits de Naples avaient laissé place à des anchois et à de minuscules tartines de pain et d'une pâte incendiaire. De plus, Mrs Fielding avait passé plusieurs heures entre les mains d'un coiffeur ; et devant un miroir bien éclairé elle avait fait de son mieux pour améliorer son teint déjà fort beau. Stephen, l'esprit tourné vers ses pieds, et vers l'avenir et la sonate mal répétée qu'il avait à jouer, n'en était pas distinctement conscient mais il remarqua qu'elle était entourée d'un parfum et qu'elle portait une robe couleur flamme, remarquablement décolletée. Il désapprouvait cela. Beaucoup d'hommes se laissaient émouvoir par une jolie poitrine en partie dénudée — Jack Aubrey en avait subi plusieurs fois les effets — et il jugeait cruellement injuste de la part d'une femme d'exciter des désirs qu'elle n'avait pas l'intention de satisfaire. Il désapprouvait le punch aussi : il était beaucoup, beaucoup trop fort. Et quand il mordit dans la pâte rouge, il en perdit le souffle à nouveau. Sous le feu couvait un goût assez familier mais qu'il ne pouvait nommer sans réfléchir quelques minutes, chose impossible car par décence il fut obligé de féliciter Mrs Fielding pour sa boisson, de l'assurer que les petites choses incendiaires étaient pure ambroisie, d'en manger une autre pour le prouver, et d'échanger des civilités avec les autres invités. Et il lui parut que l'atmosphère de la réception n'était pas comme à l'habitude, ce qui l'attrista : il ne régnait pas la même gaieté facile, sans doute parce que Laura Fielding faisait trop d'efforts — elle semblait nerveuse — et sans doute parce qu'au moins quelques-uns des hommes s'intéressaient à sa personne plus qu'à leur musique. Mais quand Jack Aubrey vint vers lui et dit : « Vous voici donc, Stephen, vous voici enfin. Comment s'est passée votre plongée ? », sa gaieté revint avec le souvenir de cette après-midi glorieuse et il dit :

— Sur mon âme, Jack, c'est la plus belle cloche au monde ! Dès que le canot l'eut conduite contre l'*Edinburgh*, le capitaine Dundas, cet homme admirable et plein de mérite, m'a demandé si je souhaitais faire une descente immédiatement car dans ce cas il était mon homme : il serait — baissant la voix — *damné* plutôt que de me laisser descendre seul, et...

— Cher docteur, vous ai-je interrompu ? demanda Laura Fielding en lui tendant sa partition.

— Pas du tout, pas du tout, madame, dit Stephen, je parlais simplement au capitaine Aubrey de ma cloche de plongée, ma nouvelle cloche de plongée.

— Ah oui, oui ! votre cloche de plongée, dit-elle. Comme je suis impatiente d'en entendre parler ! Finissons vite notre musique et vous me raconterez tout cela en paix. Perles, sirènes, tritons...

Leur morceau était une sonate pour violoncelle de Contarini avec tout juste une basse chiffrée, et jusque-là Laura Fielding avait toujours joué sa partie à merveille ; l'harmonie lui venait aussi naturellement que le souffle et la musique coulait de ses doigts comme l'eau d'une source. Mais cette fois, au bout de dix mesures à peine, elle produisit un accord si faux que Stephen grimaça, que Jack, Muratori et le colonel O'Hara levèrent les sourcils et pincèrent les lèvres et qu'un Commendatore âgé dit « tut, tut, tut » assez fort.

Après ce premier faux pas elle se concentra — Stephen voyait sa jolie tête penchée sur le clavier, son expression grave et attentive, sa lèvre inférieure pincée entre ses dents — mais l'application studieuse ne convenait pas du tout à son style et elle joua médiocrement jusqu'à la fin du mouvement, lui faisant parfois perdre le rythme, produisant par moments une note malheureuse. « Je suis tellement désolée, dit-elle, je vais essayer de faire mieux. »

Hélas, hélas ! L'adagio appelait un phrasé subtil, il l'appela en vain : elle lui jeta un certain nombre de regards d'excuse jusqu'à ce qu'une aberration particulièrement énorme arrête Stephen, archet en l'air. Posant les mains dans son giron, elle dit :

— Reprendrons-nous depuis le début ?

— Absolument, dit Stephen.

Mais ce ne fut pas une expérience réussie : à eux deux ils assassinèrent lentement le pauvre Contarini, Maturin jouant à présent aussi mal que sa partenaire, et quand sa corde de *la* cassa avec une résonance solennelle aux deux tiers de l'adagio, il y eut un soulagement général.

Ensuite le colonel O'Hara joua quelques morceaux modernes au piano-forte avec beaucoup de feu et d'audace ; mais la soirée ne se remit jamais totalement du coup.

— Mrs Fielding n'est pas en forme, observa Stephen debout près du citronnier avec Jack Aubrey. Pas vraiment en forme, veux-je dire, ajouta-t-il, car on la voyait bavarder et rire à grand bruit.

— Non, dit Jack. Elle se désole pour son mari, sans doute. Elle en a parlé un peu plus tôt.

Il regardait à travers les feuilles avec beaucoup de bienveillance et de commisération : il estimait toujours les femmes qui le refusaient gentiment et Laura Fielding, quoique un peu énervée, était particulièrement jolie ce soir dans sa robe couleur de flamme.

— Je crois qu'elle accueillerait volontiers la vision de nos dos, dit Stephen. Dès que ce sera décent je ferai mes adieux : peut-être pourrai-je même reprendre mes souliers — les souliers de Graham — dès maintenant, demander si je peux laisser mon violoncelle et me glisser dehors sans être vu.

Ces derniers mots furent couverts par le rire d'un groupe d'hommes de l'autre côté de l'arbre et par l'arrivée du capitaine Wagstaff qui héla Jack d'une voix forte et familière en demandant « s'il avait mangé beaucoup de ces choses rouges incendiaires ». Stephen se glissa dans la maison où il trouva Mrs Fielding remplissant soigneusement les verres de punch avec un broc de cuisine. Son expression se fit affectueusement chaleureuse. Elle dit :

— Soyez un tesoro et aidez-moi à porter ce plateau, puis, s'approchant, elle lui chuchota à l'oreille : J'essaie de m'en débarrasser, mais ils ne veulent pas s'en aller. Dites-leur que c'est le coup de l'éperon. De l'étrier, veux-je dire.

— J'étais sur le point de prendre congé, dit-il.

— Oh non, dit-elle, amusée : pas vous. Oh non, il

faut que vous restiez. Je dois vous consulter. Prenez un verre de punch et mangez une pâte d'amandes, je les ai gardées pour vous.

— À vous dire le vrai, ma chère, je crois que j'ai mangé tout ce que je peux pour une journée.

— Juste la moitié, je partagerai avec vous.

Ils emportèrent les plateaux, lui le plus grand avec les verres et elle un autre où il reconnut ses vieux amis les biscuits de Naples. En faisant la tournée, Mrs Fielding prononça de jolis petits discours, remerciant ses invités d'être venus et d'avoir joué de manière si charmante ; pourtant ils ne s'en allaient pas mais restaient là, riant particulièrement fort et parlant avec une liberté inhabituelle. Si, plus tôt dans la soirée, elle s'était conduite avec quelque impudeur (peut-être une impudeur artificielle), elle le regrettait à présent ; mais sa réserve et son affectation actuelle n'effaçaient pas le résultat. La liberté tendait à laisser place à la licence ; et Wagstaff, regardant Jack et Stephen, dit :

— Ma parole, docteur, c'est votre jour de chance ; bien des hommes donneraient beaucoup pour votre place de maître d'hôtel.

C'est seulement après qu'elle eut dit quelques mots en privé au Commendatore qu'ils commencèrent à faire leurs adieux, par petits groupes lents ; et même alors, Wagstaff resta interminablement bloqué dans la porte ouverte, racontant une anecdote qui venait juste de lui revenir à l'esprit, une anecdote dont le dénouement visiblement indécent dut être étouffé par les compagnons qui l'emmenèrent enfin, riant toujours, par le long corridor voûté et résonant jusqu'à la rue où un observateur invisible les cocha sur sa liste.

Enfin, il ne resta plus qu'Aubrey et Maturin, Jack s'attardant pour aider son ami à rentrer tout boitillant : il avait une conscience inhabituelle du fait qu'il était homme et que Laura Fielding était femme, mais il la regardait encore avec beaucoup de bienveillance, comme appartenant à l'espèce angélique, jusqu'à ce qu'il l'entende lui demander d'enfermer Ponto dans la seconde cour — « Il a horreur d'aller là-bas mais il fera n'importe quoi pour vous » — et ensuite, quand il franchirait la porte extérieure, de la fermer de peur des chats. Le cher docteur ne partait pas encore ; il lui faisait le plaisir de rester un moment ; et elle dit ceci avec un sourire pour Stephen, un sourire que Jack intercepta et qui le frappa, rude et brutal comme un coup de pistolet. Car s'il se trompait parfois sur les signaux adressés à lui-même, il ne pouvait guère faire d'erreur sur ceux que l'on lançait à un autre homme.

Il dissimula ses sentiments sous un bel étalage de sérénité, renouvelant tous ses remerciements pour une fort agréable soirée avec l'espoir qu'il pourrait avoir l'honneur de rendre à nouveau visite à Mrs Fielding dans un avenir très proche ; mais il était impossible de tromper Ponto, qui fixait sur le visage de Jack un regard nerveux, apaisant, et qui s'en alla, obéissant, sans un mot, les oreilles tombantes, se faire emprisonner dans la cour de la citerne, bien qu'il eût horreur de dormir ailleurs que près du lit de sa maîtresse.

— De peur des chats, ma parole, dit Jack en tirant derrière lui la porte extérieure. Je n'aurais jamais cru cela de Stephen.

Stephen lui-même se tenait un peu incertain parmi les innombrables verres et petites assiettes dispersés dans la cour quand Laura réapparut, équipée pour faire disparaître le désordre.

— Je vais juste mettre un peu d'ordre, dit-elle, rentrez et allez dans ma chambre : j'y ai fait un peu de fiamma et mis un pot de vin.

— Où est Giovanna ?

— Elle ne couche pas ici, dit Laura avec un sourire. Je n'en ai pas pour longtemps.

Il était parfaitement habituel de recevoir dans sa chambre en France et dans la plupart des pays qui avaient adopté les coutumes françaises, et Stephen était déjà entré dans la chambre de Mrs Fielding — par mauvais temps ses réceptions y débordaient de son petit salon — mais jamais elle ne lui avait paru si plaisante.

Devant le sofa placé en angle dans le fond se trouvait une table basse de cuivre brillant, portant une lampe, une lampe qui projetait une flaque de lumière blanche sur le plancher et une plus petite sur le plafond tandis que son abat-jour rouge translucide emplissait le reste de la pièce d'un éclat rosé, particulièrement agréable sur les murs nus chaulés. Derrière le sofa on ne voyait pas très clairement — le lit à rideaux se dessinait vaguement sur la gauche et il y avait des chaises avec des cartons posés dessus un peu partout —, mais en s'asseyant il constata qu'un grand et hideux portrait de Mr Fielding avait été ôté. Il s'en souvenait très bien : le lieutenant (il était premier lieutenant temporaire du *Phoenix* à l'époque) y apparaissait en pantalons rayés et chapeau rond, tenant d'une main un porte-voix et de l'autre le bras de misaine tribord, cassé, tandis qu'il conduisait le navire par-dessus un récif dans un ouragan des Indes occidentales ; la plus grande part avait été peinte par un compagnon de bord, et Jack affirmait que tous les cordages jusqu'au moindre étaient exactement dans la position normale pour un tel coup de temps, mais le visage avait été ajouté par un professionnel. C'était un visage parfaitement humain, énergique, sombre, sans humour et qui contrastait terriblement avec la silhouette théâtrale, guindée. Chez une femme au goût aussi délicat que Mrs Fielding, seul un très haut degré de dévotion avait pu lui assurer sa place. L'assiette ou le plat posé près de la carafe de marsala sur la table de cuivre donnait une idée beaucoup plus précise de ce qu'elle aimait : c'était un pinax grec de Sicile à personnages rouges, ébréché et réparé mais dont les nymphes joyeuses dansaient sous leur arbre avec une grâce infinie, comme elles le faisaient depuis plus de deux mille ans. « Mais comment se fait-il qu'elle ait mis ensemble ces deux rouges », se demanda-t-il, le regard errant des nymphes aux rondelles de pâte incendiaire. « Cela jure horriblement. »

Puis il contempla un moment ses pieds avant de revenir à la pâte et à ses ingrédients probables, en dehors du poivre rouge. « Comme l'odeur est parfois insaisissable, se dit-il, on peut la connaître de manière intime et se trouver incapable de la reconnaître. » Il rapprocha son nez du plat, clignant des yeux tout en reniflant, et instantanément, comme pour le contredire, l'odeur révéla son nom : la cantharide, couramment appelée mouche d'Espagne, une substance que l'on trouve dans les élytres d'un minuscule coléoptère vert jaunâtre iridescent à odeur puissante, familier à tout naturaliste méridional, utilisé extérieurement comme vésicant, révulsif, et parfois intérieurement pour susciter le désir sexuel — l'ingrédient le plus actif des philtres d'amour.

« La mouche d'Espagne, pauvre chère femme », dit-il, et ensuite, ayant envisagé les implications pendant quelques instants, il ajouta : « Selon toute probabilité elle la tient d'Anigoni (apothicaire fort connu pour la falsification de ses produits), pourtant je m'inquiète à l'idée de tous ces hommes arpentant La Valette comme un troupeau de taureaux affamés. J'en perçois distinctement les effets en moi-même ; et ils vont sans aucun doute augmenter. »

Laura Fielding revint enfin. Ce n'étaient pas seulement les rangements qui l'avaient retenue car elle portait à présent une ceinture bleue, rendant plus mince encore sa taille mince, et elle avait réarrangé ses cheveux ; mais elle était manifestement nerveuse en s'asseyant près de Stephen, beaucoup plus que quand il y avait quantité d'invités dans la cour. Elle dit joyeusement :

— Quoi, mais vous n'avez rien bu : je vais vous verser un verre de vin pendant que vous finissez ceci — en poussant le pinax et ses rondelles rouges.

— Un verre de vin, de tout mon cœur, dit Stephen, mais si vous permettez, je l'accompagnerai de l'un de ces délicieux petits gâteaux de pâte d'amandes.

— Je ne peux rien vous refuser, dit-elle, et je vais aller les chercher.

— Et pendant que vous y serez, pourriez-vous apporter le morceau de craie ? lança Stephen à sa suite — le morceau de craie avec lequel Laura notait ses rendez-vous du jour.

Lui aussi était nerveux : le peu d'expérience des femmes acquis dans le cours de sa carrière avait été en général peu encourageant ; il savait devoir avancer avec beaucoup de prudence mais ne voyait absolument pas dans quelle direction diriger ses pas.

— Voilà, dit-elle en revenant, pâte d'amandes et morceau de craie. (Elle saisit la carafe et dit :) Nous allons devoir partager le verre, c'est le dernier qui soit propre. Seriez-vous fâché de boire avec moi ?

— Pas du tout, dit-il.

Et ils restèrent assis quelques minutes sans parler, grignotant des gâteaux et se passant le verre de vin en silence : une pause amicale, sympathique, en dépit des tensions des deux côtés.

— Dites-moi, fit-il enfin, est-ce en tant qu'homme de médecine que vous souhaitiez me consulter ?

— Oui, dit-elle. C'est-à-dire, non. Je vais vous expliquer... Mais d'abord laissez-moi dire combien je suis désolée, oh, tellement désolée d'avoir si mal joué.

Elle lui raconta en détail comment la première erreur avait entraîné les autres, comment elle s'était trouvée obligée de réfléchir et combien la réflexion était fatale à ses doigts.

— Y a-t-il quelque chose que je puisse faire pour que vous me pardonniez ? demanda-t-elle, posant sa main sur son genou et rougissant.

— Mais, ma chère, je vous pardonne bien entendu de tout mon cœur.

— Alors il faut me donner un baiser.

Il lui donna un baiser, un baiser sur la joue tout à fait abstrait, car il avait l'esprit ailleurs : s'il s'était fortifié en la considérant comme une patiente, il savait fort bien qu'il approchait de ses limites ; et ce qui le rapprochait encore de l'inconvenance était son horreur de se comporter en goujat, car l'insulte de son indifférence apparente devenait plus flagrante de minute en minute. Il se pencha pourtant, saisit le morceau de craie et dit :

— Voulez-vous que je vous parle de ma cloche ?

— Oh oui, s'exclama-t-elle, j'ai grande envie d'entendre parler de votre cloche.

— Ceci, comprenez-moi bien, est la cloche vue de profil, dit-il en dessinant sur le plancher éclairé par la lampe. Sa hauteur est de huit pieds. La fenêtre au sommet fait un yard de diamètre, ou à peu près ; la largeur ici, où se trouve le banc, est un peu supérieure à quatre pieds six pouces et l'ensemble contient cinquante-neuf pieds cubes d'air.

— Cinquante-neuf pieds cubes ? dit Laura Fielding.

Sa journée avait été très longue, très dure, et une oreille plus attentive eût saisi une note de désespoir sous l'intérêt intelligent et vif.

— Cinquante-neuf pieds cubes pour commencer, bien entendu, dit Stephen, dessinant deux petites silhouettes sur le banc et ajoutant par parenthèse : Ici se trouvait le digne capitaine Dundas et là c'était moi — tant d'espace vital, comme vous voyez. Mais naturellement, quand la cloche a coulé, quand on l'a *amenée* d'une couple de brasses, l'eau a monté, comprimant l'air, de sorte que nous avons senti comme un picotement dans les oreilles. Quand elle a atteint le banc, nous avons levé les pieds ainsi — posant les siens sur le sofa — et tiré sur la corde, donnant le signal pour la barrique.

Il dessina la barrique, avec ses deux orifices et son tuyau de cuir, descendant le long des cordages de guidage jusqu'au bord inférieur de la cloche, en expliquant que ce n'était pas tout à fait à l'échelle.

— Elle est donc descendue, la brave barrique, en comprimant son air tout en descendant, voyez-vous ? Nous avons saisi le tuyau et à l'instant où nous l'avons soulevé au-dessus de la surface — la surface de l'air dans la barrique, vous comprenez —, l'air comprimé s'est précipité dans la cloche avec une force incroyable et l'eau est descendue du banc jusqu'au bord inférieur ! Ainsi les barriques sont venues l'une après l'autre et la chère cloche a coulé, la lumière baissant un peu, mais pas assez pour nous empêcher de lire ou d'écrire, oh non. Nous avions des plaques d'ardoise sur lesquelles nous écrivions avec une pointe de fer et que nous faisions remonter par une ficelle ; et pour laisser sortir l'air vicié, de sorte qu'il fût toujours frais, il y avait un petit bouchon au sommet. Voulez-vous que je dessine mon petit bouchon ?

Enfin il amena la cloche au fond et, faisant un dernier effort, elle dit :

— Le fond de la mer, sainte mère de Dieu. Et qu'y avez-vous trouvé ?

— Des vers ! s'exclama-t-il. Que de vers ! Des vers marins en grande abondance... C'est là que j'ai fait un pas inconsidéré dans la vase fétide des siècles, mais cela n'a guère dérangé que les plus proches. C'étaient des vers de l'espèce plumeuse que l'on appelle...

Au début de sa description des annélides maltais, il remarqua sa poitrine haletante. Il savait fort bien que ce n'était pas pour lui, mais ne se rendit pas compte que le chagrin en était la cause avant d'atteindre les étranges habitudes nuptiales de *Polychaeta rubra*, où, profondément embarrassé et désolé, il vit des larmes couler sur ses joues. Son exposé tourna court ; leurs regards se croisèrent ; elle eut un douloureux sourire artificiel puis son menton trembla et elle éclata enfin en sanglots passionnés.

Il lui prit la main avec de petits mots réconfortants et sans signification : elle fut un instant sur le point de la retirer, puis elle se cramponna et, entre deux sanglots, dit :

— Dois-je me mettre à genoux ? Comment pouvez-vous être si dur ? Ne pourrais-je vous conduire à m'aimer ?

Il ne répondit pas avant qu'elle fût calmée et alors lui dit :

— Vous n'y parviendrez certainement pas. Comment pouvez-vous être aussi naïve, ma chère ? Vous savez certainement que ces choses sont réciproques ou ne sont rien. Il n'est pas possible que vous soyez enamourée de ma personne. Vous pouvez avoir des sentiments affectueux à mon égard — je l'espère bien, d'ailleurs — mais quant à l'amour, au désir ou à quelque chose d'une nature plus forte, il n'y en a pas le moindre souffle en vous.

— Oh, mais si, mais si, et je le prouverai.

— Écoutez-moi, dit-il fermement, lui tapotant le genou avec autorité, je suis médecin et je sais avec certitude que vous êtes totalement indifférente.

— Comment pouvez-vous le dire ? s'exclama-t-elle en rougissant avec violence.

— Peu importe, c'est un fait ; et je peux mesurer le degré de votre indifférence à la force de mon propre désir. Croyez-moi, croyez-moi, je souhaite fort ardemment jouir des dernières faveurs, *vous posséder,* comme on le dit si absurdement ; mais pas dans de telles conditions.

— Pas du tout ? demanda-t-elle.

Et quand il secoua la tête, elle pleura plus amèrement encore ; mais elle se cramponnait toujours à sa main comme si c'était son ancre de miséricorde. Elle ne fit pas de réponse cohérente quand il reprit :

— Il est manifeste que vous souhaitez que je fasse quelque chose d'une nature particulière. Pour qu'une femme de votre sorte propose un tel sacrifice, ce doit être éminemment important et certainement fort confidentiel. Voulez-vous maintenant me dire de quoi il s'agit ?

Tout ce qu'il put glaner de ses paroles décousues était qu'elle ne pouvait pas — elle n'osait pas, c'était trop dangereux, il n'y avait rien à dire.

Il était assis en position assez inconfortable à l'angle du sofa, son pied replié sous lui et Mrs Fielding appuyée contre son flanc, tremblant convulsivement de temps à autre. Son genou de guingois le faisait cruellement souffrir et il avait grande envie d'attraper le verre de vin ; mais il sentait que la crise pourrait se dénouer d'ici quelques minutes et il continua à se demander tout haut quelle pouvait bien être la nature de ce service. Ses paroles à propos de certificats médicaux, de fournitures, de libération d'hommes enrôlés de force, et ainsi de suite, n'avaient guère pour objet que d'assurer une basse continue, réconfortante : son esprit était beaucoup plus occupé à juger l'état de l'esprit et du corps de sa patiente, car en dehors même de la remarque de Jack et de l'absence du tableau, il était à peu près certain d'avoir trouvé la solution. Ses sanglots cessèrent ; elle renifla, respirant mieux mais toujours assez irrégulièrement.

— Cela aurait-il quelque chose à voir avec votre mari, ma chère ? demanda-t-il.

— Oh oui, s'écria-t-elle avec désespoir, et ses larmes se remirent à couler.

Oui, ils l'avaient mis en prison ; ils le tueraient si elle ne réussissait pas ; elle n'osait pas leur dire qu'elle avait échoué ; ils l'avaient pressée de faire vite ; oh, le cher docteur Maturin ne voudrait-il pas être gentil avec elle ? sans quoi ils allaient le tuer.

— Balivernes, dit Stephen en se levant. Ils ne feront rien de la sorte. Ils vous ont trompée. Écoutez-moi, avez-vous du café dans la cuisine ?

Autour d'un pot de café et de quelques morceaux de pain rassis arrosé d'huile d'olive, la misérable histoire apparut bribe par bribe : la malheureuse position de Charles Fielding ; ses lettres ; sa collecte d'information (rien de néfaste : cela ne touchait que l'assurance maritime ; mais confidentielle) ; la mission soudaine et beaucoup plus grave dont dépendait la vie de son mari ; ils lui avaient dit que le docteur Maturin avait des relations en France avec lesquelles il correspondait en code ; il s'agissait toujours de finances et peut-être de contrebande ; elle devait gagner sa confiance et obtenir les adresses et les codes. Oui, elle connaissait le nom de l'homme qui lui avait apporté la lettre de Charles : c'était Paolo Moroni, un Vénitien, et elle l'avait vu de temps à autre à La Valette — elle pensait que c'était un marchand. Mais elle ne connaissait ni le nom ni l'aspect des autres hommes qui lui parlaient. Ils changeaient : il y en avait peut-être trois ou quatre. Parfois on l'envoyait chercher, et elle pouvait entrer en contact avec eux en laissant un papier avec une heure marquée dessus chez un marchand de vin. On lui demandait toujours d'aller à Saint-Simon, au troisième confessionnal à gauche, à une heure précise, pour donner ses informations et recevoir ses lettres s'il y en avait ; l'homme du confessionnal n'ouvrait pas la petite porte comme un prêtre mais parlait à travers le grillage, de sorte qu'elle ne voyait jamais son visage. Il y en avait pourtant un qu'elle connaissait parce qu'elle l'avait vu avec Moroni, un homme qui parlait un bon italien mais pas tout à fait parfait, avec un fort accent napolitain. Il était souvent dans le confessionnal. Oui, elle pensait qu'il savait qu'elle le connaissait. Bien sûr, elle pourrait le décrire, mais elle ne le ferait pas tant que Charles était entre leurs mains : cela pourrait porter malheur. Elle ne ferait jamais rien qui pût nuire à Charles. Elle était inquiète pourtant de ses lettres ; elles étaient étranges depuis quelques semaines, comme s'il n'allait pas bien ou qu'il était malheureux. Qu'en pensait le docteur Maturin ? Il n'y avait rien de privé — il les envoyait décachetées — et elle ne voyait aucun inconvénient à les lui montrer.

Mr Fielding avait une bonne écriture, claire et nette, et son style était tout aussi honnête ; bien que ses lettres fussent nécessairement discrètes elles donnaient un sentiment d'affection puissante, directe, sans complication ; Stephen n'en avait pas lu deux qu'il le prit en sympathie. Mais comme Laura l'avait dit, les plus récentes étaient brèves et en dépit du fait qu'elles reprenaient souvent les mêmes phrases et les mêmes expressions, elles semblaient laborieuses. Doit-il écrire contre son gré, sous la dictée ? ou n'est-ce pas lui du tout ? se demanda Stephen. S'il était mort ou s'ils l'avaient tué, la vie de Laura Fielding ne vaudrait pas un clou dès qu'elle aurait appris la nouvelle. Aucun chef d'un service de Renseignement ne pouvait la laisser courir Malte, sachant ce qu'elle savait, s'il n'avait pas une prise très forte ; et une femme est si facile à tuer sans que l'on puisse soupçonner un motif caché, car on peut toujours combiner la chose avec un viol. Tout haut il dit :

— Évidemment, je ne le connais pas comme vous, mais un rhume ou une légère indisposition ou un peu de tristesse pourrait justifier cela et plus encore.

— Je suis heureuse que vous pensiez ainsi, dit-elle, je suis sûre que vous avez raison : un rhume ou une légère indisposition.

— Mais écoutez-moi à présent, dit-il après une longue pause. Ce Moroni et ses amis seront tombés dans la plus étrange erreur : je n'ai absolument rien à voir avec la finance ou la contrebande ou l'assurance terrestre ou maritime. Je vous donne ma parole d'honneur sacrée, je jure sur les quatre évangiles et sur mon espoir de salut que vous auriez pu fouiller mes papiers indéfiniment sans jamais découvrir la moindre trace d'un code ou d'une adresse en France.

— Oh, dit-elle, et il sut que malgré la vérité littérale de ses paroles, elle avait percé leur fausseté fondamentale et qu'elle ne le croyait pas.

— Mais quoi qu'il en soit, poursuivit-il, je pense savoir d'où cette erreur provient. J'ai un ami dont les occupations le mettent au contact d'affaires confidentielles ; on nous a très souvent vus ensemble et ces hommes, ou plus probablement leurs informateurs, nous ont confondus, prenant l'un pour l'autre. Mais il y a quelque chose de si aimable dans le souci d'une femme pour son mari, prisonnier de surcroît, que mon ami, j'en suis persuadé, nous fournira ce qu'il faut pour satisfaire Moroni. Je ne veux pas dire que cela sera vraiment utile à Moroni, mais cela le satisfera quant à sa perspicacité et à votre succès. Cela le convaincra que je suis votre amant. Je viendrai ici quand vous serez seule ; vous viendrez dans mes appartements, peut-être avec la faldetta de votre servante sur la tête ; et vous présenterez les documents comme le fruit de vos labeurs.

La lumière de l'aube éclairait la petite cour quand il prit congé mais son esprit était si occupé qu'il ne le remarqua pas ; il ne remarqua pas non plus le changement de cet esprit. « Si Wray est l'homme que je crois, tout cela sera peut-être inutile, se dit-il en longeant le corridor sombre, les souliers de Graham à la main. Mais sinon, ou s'il s'agit là d'une organisation différente, sans aucun lien, jusqu'où puis-je aller sans compromettre Laura Fielding ? » Mille délicieuses formes de fausses informations fort dommageables qu'elle pourrait transmettre lui étaient venues à l'esprit avant même qu'il atteigne la porte extérieure et, quand il l'ouvrit, l'observateur fatigué de l'autre côté de la rue le vit sourire dans le petit jour. « Chien lubrique et repu », dit l'observateur en tirant son chapeau sur ses yeux : au même instant, l'air vibra du premier des coups de canon saluant l'arrivée du commandant en chef et mille pigeons s'envolèrent dans la pureté du ciel bleu pâle.

Chapitre quatre

Jack Aubrey n'était pas vindicatif ; à l'heure du petit déjeuner, il avait si bien pardonné à Stephen sa bonne fortune que, lorsque les gens de l'hôtel lui dirent que l'on ne parvenait pas à réveiller le docteur Maturin bien qu'un messager soit venu pour le convoquer à la réunion du commandant en chef, il sauta sur ses pieds et monta l'escalier en courant pour le rappeler à son devoir. Pas de réponse à ses coups sur la porte, à ses cris.

— Las, le pauvre gentilhomme est mort, s'écria la femme de chambre. Il s'est coupé la gorge comme le numéro dix-sept : je ne peux le supporter, je m'enfuis, oh oh !

— Donnez-moi d'abord votre passe, dit Jack.

Franchissant la porte, il lança : « Debout le monde, debout là-dedans, montrez-vous » et comme cela n'amenait aucune réponse, il saisit le dormeur et le secoua rudement. Stephen ouvrit des yeux bordés de rouge, lutta pour sortir de la brume des somnifères et lança à son ami un regard de haine pure : Jack venait de le tirer d'un rêve extrêmement net où Mrs Fielding éprouvait une flamme d'une ardeur égale à la sienne. Il tira de ses oreilles les boules de cire pour dire « Quelle heure est-il ? » d'une voix épaisse, abrutie.

— Trois heures et demie, nuit noire glaciale et temps de pluie, dit Jack en tirant les rideaux, repoussant les volets et laissant entrer le soleil éclatant. Debout, cela ne peut aller.

— Qu'est-ce qui se passe, monsieur ? demanda Bonden dans la porte.

Killick et lui étaient arrivés dans la cuisine comme la femme de chambre descendait avec son récit : le sang coulant à flots sous la porte comme au numéro dix-sept, et la tête du pauvre gentilhomme presque détachée de son corps, si rude avait été le coup sans doute, et une masse de nettoyage à faire.

— Le docteur doit être au palais dans sept minutes, lavé, rasé, en uniforme numéro un, dit le capitaine Aubrey.

Stephen geignit avec colère que sa présence n'était pas nécessaire, que la réunion, quelle qu'elle fût, se déroulerait parfaitement sans lui et que le message du navire amiral devait être considéré non pas comme un ordre mais comme une simple invitation, que l'on pouvait accepter ou non selon le... Mais Jack sortit pendant ces remarques, et comme l'on ne pouvait espérer ni merci ni raison de Bonden ou de Killick, le docteur Maturin ne dit plus rien jusqu'à ce qu'il fût installé sur une chaise dans la salle du conseil bondée, juste avant l'arrivée du grand homme. Son visage bien frotté était particulièrement rose, son uniforme et même ses souliers absolument comme ils devaient être et sa perruque plantée bien droit sur sa tête ; mais ses yeux restaient bouffis du manque de sommeil et il n'adressa à son voisin Graham qu'une sorte de grognement animal en guise de bonjour. Cela ne découragea en rien Graham : les mots coulaient à flots de sa bouche tandis qu'il chuchotait dans l'oreille de Stephen :

— Savez-vous ce qu'ils m'ont fait ? Ils ont ruiné mon dîner. Je ne repars pas jeudi avec le *Dromedary*, non monsieur. Je dois embarquer sur la *Sylph* aujourd'hui à midi trente précise. Ruiné, ruiné, mon dîner est tout à fait ruiné, et tout cela est la faute de cet imbécile à longues oreilles de Figgings Pocock. Il est là, cet illettré, ce mauvais abruti, juste à côté du secrétaire de l'amiral. Avez-vous jamais vu figure aussi bête ?

Stephen avait vu des figures plus bêtes, et de beaucoup, et bien souvent d'ailleurs. En fait, si une quantité invraisemblable de poils poussaient dans les oreilles et le nez de Mr Pocock et si ses joues étaient d'un jaune poussiéreux et desséché, son aspect soutenait aisément la comparaison avec celui de Mr Graham. Quoique loin d'être beau, Pocock avait un visage fort, mature, intelligent, beaucoup plus que celui du secrétaire de l'amiral, homme étonnamment jeune pour une nomination aussi importante : non pas que Mr Yarrow eût le moins du monde l'air stupide, mais il donnait l'impression d'être inquiet, inexpérimenté et excédé. Serrant contre lui un grand tas de papiers, il se penchait vers Mr Wray, qu'il écoutait avec la plus grande déférence.

Le commandant en chef, Sir Francis Ives, entra et la réunion commença. Comme Graham l'avait prédit, on prononça beaucoup de paroles et l'on dit bien peu de choses ; mais pendant quelque temps Stephen observa attentivement Sir Francis : c'était un amiral de petite taille, compact, assez âgé mais net et très droit dans son splendide uniforme, avec un air d'énergie immense et d'autorité naturelle. Quoique appartenant à une famille navale bien connue et ayant servi avec beaucoup de distinction, il n'avait pas occupé un commandement à la mer depuis quelques années et l'on disait qu'il avait l'intention de mener la flotte de Méditerranée de telle manière qu'elle lui rapporte enfin une pairie : ses deux frères étaient lords, et aucun effort ne serait trop grand pour les dépasser. Pendant la discussion il parcourut de ses yeux aux paupières étrangement tombantes toute l'assemblée d'officiers et de conseillers, les soupesant mais sans rien révéler, en homme tout à fait habitué aux conseils. Mr Wray avait la même capacité à rester assis pendant de longs discours dépourvus de sens, sans émotion apparente, mais son beau-père, le contre-amiral Harte, officier remarquable uniquement pour sa fortune — sa fortune récemment héritée — et son manque de qualités marines, ne l'avait pas. Le contre-amiral fixait avec fureur Sir Hildebrand tandis que le gouverneur discourait longuement, déclarant que si des personnes non autorisées pouvaient avoir éventuellement obtenu des informations, aucun des départements placés sous sa responsabilité ne saurait en subir le reproche ; il avait la plus grande confiance dans ses officiers, dans son secrétariat, et dans tous ceux qui s'occupaient de l'administration civile.

Ayant observé Sir Francis assez longtemps pour voir que son rempart de réserve ne risquait guère de céder et qu'il discuterait les questions sérieuses plus tard, en petit comité, Stephen perdit tout intérêt pour le déroulement de la réunion et resta là, tête penchée, tantôt s'autorisant à somnoler, tantôt grignotant d'un air maussade les morceaux d'un toast qu'il avait fourré dans sa poche quand Bonden ne le regardait pas. Il entendit parfois ces messieurs déclarer que la guerre devait être poursuivie avec la plus grande vigueur et qu'aucun effort ne devait être épargné, tandis que d'autres étaient de l'avis qu'il ne devait pas y avoir le moindre relâchement de discipline et que la bonne volonté et la coopération la plus profonde devaient régner entre les services. Il crut à un certain moment entendre le soldat à l'air intelligent, qui fournissait à Sir Hildebrand ses chiffres et ses notes, observer qu'il était opposé à la tyrannie et à la domination du monde par les Français ; mais ce n'était peut-être qu'un rêve fugitif. De toute manière, ni lui ni Graham ne furent directement appelés à exprimer une opinion ; tous deux ignorèrent les possibilités d'intervention ; et Graham quant à lui passa son temps dans un silence ostentatoire et obstiné.

Stephen s'attendait que Wray, qui l'avait accueilli avec une courbette fort civile, se joigne à lui après la fin de la conférence et parle plus longuement de « l'affaire délicate » à laquelle il avait fait allusion lors de leur première rencontre. « Il faut que j'en sache beaucoup plus de son esprit et de sa discrétion avant de mettre en cause Laura Fielding », se dit-il. Car Laura avait déjà la tête très engagée dans le nœud coulant, et si on l'autoriserait certainement à se tirer d'affaire en témoignant pour le roi, une mise en cause officielle lui causerait des souffrances inadmissibles. De plus, il préférait réaliser sa mystification des agents français sans aucune interférence ; c'était une opération infiniment délicate et qui devait, à son avis, être effectuée par une seule personne, très expérimentée. « Je ne m'ouvrirai pas aujourd'hui, conclut-il, par ailleurs, je serais intéressé de savoir ce qu'il a à dire de l'André Lesueur de Graham. »

En fait, il n'eut pas besoin de s'ouvrir et il n'entendit pas parler de Lesueur car Wray sortit, en grande conversation avec le secrétaire de l'amiral, sans rien de plus qu'une autre courbette et un regard significatif, comme pour dire : « Vous voyez comme je suis occupé — mon temps ne m'appartient pas. »

C'est à l'arsenal que Jack Aubrey avait passé cette matinée, à discuter avec les charpentiers au plus profond des entrailles de sa chère *Surprise*. Les charpentiers et ceux qui les menaient, malgré leur corruption profonde, reconnaissaient une différence fondamentale entre l'argent du gouvernement et l'argent privé, et savaient que les investissements personnels d'un capitaine exigent en retour une valeur réelle ; de plus, c'étaient des artisans experts et Jack était profondément satisfait des beaux goussets en diagonale tout neufs, en chêne de Dalmatie, et des serres posées en arrière des porte-haubans du grand mât, où la frégate avait été cruellement endommagée. Il crut aussi les charpentiers quand ils lui affirmèrent qu'en dehors des jours des saints, il restait tout juste un peu plus d'une semaine pleine de travail. Ils étaient relativement vagues quant au nombre de jours de saints, pourtant, et comme Jack grimpait les échelles temporaires pour regagner le pont ravagé, débarrassant son habit et ses culottes des copeaux de bois, ils envoyèrent chercher le calendrier afin de compter les jours de fête l'un après l'autre avec un furieux désaccord pour savoir si Saint-Anicet et Saint-Cucufa représentaient douze heures ou seulement une après-midi pour les charpentiers et les calfats. Jack nota tout. Il connaissait l'amiral de longue date : Sir Francis n'était peut-être pas le premier officier de la Royal Navy à exiger de ses gens qu'ils fassent tout à toute vitesse, mais il était certainement l'un des plus exigeants et des plus persistants ; il haïssait la paresse sur le gaillard d'arrière comme ailleurs et quand il demandait des décisions, un rapport ou une déclaration sur l'état d'un navire, il les voulait rapidement. Parfois, bien sûr, ces décisions, rapports ou déclarations rapides se détérioraient plus vite que certaines versions plus délibérées, plus pondérées ; mais, comme il le disait, « si vous restez à vous demander quelle jambe mettre en premier dans votre culotte vous risquez de laisser passer la marée » ; entre-temps, il affirmait que la vitesse est l'essentiel de l'attaque ; et cela s'était certainement avéré dans ses propres actions.

— Mr Ward, dit Jack à son secrétaire qui attendait sur le gaillard, le rôle d'équipage sous le bras, soyez assez bon pour rédiger une déclaration d'état montrant que la *Surprise* devrait être prête à prendre la mer dans treize jours, canons en place, eau douce embarquée et haubans enfléchés, et donnez-la-moi dès que l'inspection sera terminée.

Ils franchirent la passerelle pour gagner les cabanes noires où vivaient les Surprises. Le capitaine Aubrey était attendu et tous ses officiers présents pour le recevoir ; le pauvre Thomas Pullings, tout perdu, était là aussi, un peu de côté pour ne pas avoir l'air d'empiéter sur le territoire de son successeur William Mowett. On avait promu quatre autres capitaines de frégate dans la seule flotte de Méditerranée : on les avait lâchés eux aussi sur les plages de Malte et s'il se produisait une vacance — fort improbable — c'est sans doute l'un d'entre eux qui aurait le commandement, car tous avaient beaucoup de relations. Pullings portait à présent une simple jaquette ronde au lieu de sa splendeur à dentelles d'or, et un vieux, vieux chapeau usé par la mer ; mais la plupart des autres officiers étaient aussi en vêtements de travail — tous, c'est-à-dire, à l'exception de Mr Gill, le maître, et de Mr Adams, le commis, qui tous deux avaient des rendez-vous à La Valette —, car à peine l'inspection terminée, tout l'équipage s'en irait tirer pour gagner le prix de Mr Pullings, un gâteau glacé hebdomadaire en forme de cible que les hommes appréciaient beaucoup et qui permettait au nouveau capitaine de frégate de conserver un lien ténu avec son navire. Ils iraient en canot, en fait, car rien ne pouvait les convaincre de marcher au pas ou de se tenir droits, aussi leurs officiers n'avaient-ils aucune envie de les faire parader à travers les rues encombrées d'habits rouges, et on les emmenait le plus loin possible par la mer. Ils avaient adopté des attitudes détendues, et tenaient leurs mousquets un peu n'importe comment ; et quand, ayant achevé son tour, Jack dit : « Mr Mowett, nous allons faire le rassemblement d'après le rôle, s'il vous plaît », quand Mowett eut dit au bosco : « Tout l'équipage au rassemblement » et que le bosco lança son appel, avec l'alternance de cris et de coups de sifflet étudiée pour faire sortir le monde des profondeurs extrêmes de l'entrepont et du poste avant, les matelots empilèrent leurs armes en un tas qui aurait fait rougir un soldat et s'assemblèrent en désordre sur l'étendue de terre sèche et poussiéreuse qui représentait le côté babord du gaillard d'arrière. Le secrétaire appela leurs noms, et un par un ils traversèrent, juste en arrière d'un grand mât imaginaire, vers le côté tribord, touchant au passage leur front devant leur capitaine et lançant : « Présent, monsieur. »

C'était un groupe tristement réduit. Si certains, bien entendu, étaient à l'hôpital, dans les prisons navales ou les postes de garde militaires, beaucoup, beaucoup trop avaient été enrôlés ailleurs. Malgré tout, Jack s'était battu avec une fureur extraordinaire pour conserver ses plus anciens compagnons et ses meilleurs matelots, allant parfois jusqu'à la substitution, la déclaration erronée et même le mensonge quand il était absolument forcé d'en livrer un certain nombre, et à présent, de ceux qui passaient devant lui, il n'y en avait pratiquement aucun qu'il ne connût depuis des années. Certains avaient même servi à bord de son tout premier commandement, le brick *Sophie* de quatorze canons ; et parmi les autres, il ne restait presque plus de gamins, aucun terrien et pas de matelot léger. C'étaient tous des gabiers premier brin, et bon nombre auraient pu être classés quartiers-maîtres sur un vaisseau, du moins pour la capacité. Ils le regardaient en passant avec une grande affection, et lui les regardait avec un profond dégoût. Jamais, au grand jamais il n'avait vu un équipage aussi crasseux, miteux, sale, pris de boisson. Mowett, Rowan et les seconds maîtres œuvraient avec héroïsme pour les tenir occupés la plus grande partie de la journée, mais il aurait été inhumain de leur refuser toute liberté, et pire qu'inhumain : contraire à la coutume. Et si cette liberté devait durer plus longtemps... Davis n'avait pas répondu à son nom, répété deux fois.

— Davis a-t-il déserté ? demanda Jack avidement.

Davis était son Vieillard de la Mer, un être sombre, puissant, dangereux, toujours volontaire ou transféré à bord de tout navire commandé par le capitaine Aubrey et que rien, rien au monde n'aurait pu conduire à déserter.

— Je crains que non, monsieur, dit Mowett, c'est simplement qu'il a volé les kilts de quelques soldats écossais et ils l'ont enfermé dans leur salle de garde.

Un sort très comparable justifiait l'absence temporaire de trois autres Surprises. Le plus grave était la différence réelle entre ce rassemblement et le précédent, onze hommes ayant été conduits à l'hôpital (quatre avec la fièvre de Malte, quatre avec la vérole, deux avec des membres fracturés lors de chutes d'ivrognes et un transpercé par un couteau maltais) tandis qu'un douzième était en prison, attendant son procès pour viol. Il n'y avait pas de désertion, cependant, malgré le passage au port d'un certain nombre de navires marchands : les Surprises étaient pour la plupart de vrais matelots de guerre et ils appartenaient à un navire heureux.

— Eh bien, au moins, j'ai tous les chiffres, dit Jack avec un soupir et un hochement de tête.

Et c'était aussi bien, car à peine avait-il terminé ses notes et émis le souhait que la frégate puisse avoir un aumônier — « Quelqu'un pour les ramener dans le droit chemin ; la crainte du feu de l'enfer serait peut-être plus utile que le fouet ; n'importe quoi pour mettre fin à ce dépérissement » — qu'un aspirant arriva, à toute vitesse, demandant sa présence à bord du commandant en chef.

Remerciant Dieu d'avoir mis un bon uniforme pour son rassemblement, Jack dit :

— Capitaine Pullings, voulez-vous avoir l'amabilité de me remplacer ? Il me restait simplement à aller voir nos gens à l'hôpital. Mr Mowett, poursuivez. Bonden, ma gigue. Jeune homme — à l'aspirant du navire amiral qui était venu en dghajsa —, venez donc avec moi, cela vous fera économiser quatre pence.

Tandis que la gigue fonçait à travers le Grand Port, Jack dit :

— Je croyais l'amiral à terre.

— Il y est, monsieur, dit le jeune homme de sa petite voix aiguë, mais il a dit qu'il serait à bord longtemps avant que je vous trouve et encore plus longtemps avant que vous ayez remis votre culotte. (L'équipage de la gigue sourit, et le nageur de tête émit un bruit étouffé.) Mais je ne suis même pas allé à la maison de la dame, poursuivit le gamin en toute innocence, car un des hommes de votre canot a dit qu'il vous avait vu appareiller du débarcadère Nix Mangiare pour l'arsenal et je vous ai trouvé dès le premier coup.

En escaladant le flanc du *Caledonia*, Jack remarqua avec satisfaction que le rassemblement d'officiers sur le gaillard d'arrière était beaucoup plus impressionnant que pour l'arrivée d'un simple capitaine de vaisseau : manifestement l'amiral n'était pas encore là. En fait, la cloche du *Caledonia* fut piquée deux fois pendant que Jack bavardait avec son commandant avant que le canot d'apparat de l'amiral ne quitte le quai et n'arrive à toute vitesse, fonçant avec deux rangs de nageurs comme pour gagner un prix. Le gaillard d'arrière se raidit, les seconds maîtres mouillèrent leurs sifflets, l'infanterie de marine redressa sa cravate, les hommes de coupée enfilèrent leurs gants blancs. L'amiral embarqua en grande pompe : envol de chapeaux, soldats présentant armes avec une résonance unanime, épées d'officiers tranchant le soleil en une courbe scintillante, plainte des sifflets des boscos. Sir Francis toucha son chapeau, jeta un coup d'œil autour de lui, aperçut les cheveux jaune vif de Jack et lança :

— Aubrey ! voilà ce que j'appelle de la rapidité. Bien ; très bien. Je ne vous attendais pas avant une heure ou plus. Venez avec moi. (Il montra le chemin vers la grand-chambre, indiqua un fauteuil à Jack, s'installa derrière un large bureau couvert de papiers et dit :) D'abord je dois vous dire que le *Worcester* est condamné. On n'aurait jamais dû tenter de le réparer : c'était une histoire infernale pour tirer de l'argent du gouvernement. Les nouveaux inspecteurs que j'ai amenés avec moi disent qu'il ne saurait retrouver sa place en ligne de bataille sans être complètement reconstruit, et il ne le vaut pas ; nous avons déjà dépensé trop, beaucoup trop sur lui. Aussi, comme nous en avions besoin, j'ai ordonné qu'il soit transformé en ponton-mâture.

Jack s'y attendait ; et comme il avait pour l'instant la *Surprise* et pour l'avenir la promesse ferme de la *Blackwater*, cela ne l'inquiétait guère, d'autant plus que le *Worcester* était l'un des rares navires de sa connaissance qu'il ne pût en aucun cas aimer ou même estimer. Il s'inclina avec un « Oui, monsieur ».

L'amiral le regarda avec approbation et dit :

— Comment avance la *Surprise* ?

— Assez bien, monsieur. Je l'ai passée en revue ce matin et sauf incident elle devrait être prête à prendre la mer d'ici treize jours. Mais, monsieur, à moins que l'on me donne un contingent très important, je n'aurai pas assez d'hommes pour la manœuvrer. Nous avons été saignés à blanc.

— Vous en avez assez pour manœuvrer un navire de taille modérée ?

— Oh oui, monsieur : suffisamment pour manœuvrer et combattre avec n'importe lequel des sloops de la liste.

— Et j'ose croire que la plupart sont de vrais marins ? J'ose croire que vous avez gardé les hommes qui avaient servi avec vous dans d'autres armements, dit l'amiral, prenant la liste que Jack tirait de sa poche. Oui, dit-il, l'inclinant dans la lumière et la tenant à bout de bras, ils sont pratiquement tous classés qualifiés. C'est exactement ce que je veux. (Il chercha parmi les dossiers de son bureau, en ouvrit un et dit avec l'un de ses rares sourires :) Je pense avoir la possibilité de vous offrir une faveur. Vous le méritez bien pour avoir chassé les Français de Marga.

Il fouilla quelques instants parmi ses papiers pendant que Jack regardait par les fenêtres de poupe le vaste Grand Port éclairé de soleil où le *Thunderer*, soixante-quatorze, battant l'enseigne rouge à l'artimon, glissait vers le fort Saint-Elme sous ses huniers, poussé par la brise d'ouest-nord-ouest, pour conduire le contre-amiral Harte à l'escadre du blocus et à sa surveillance sans fin de la flotte française de Toulon. « Une faveur, se dit-il, cela me plairait assez, mais il en reste bien peu en Méditerranée : serait-il en train de faire de l'ironie ? »

— Oui, dit l'amiral, chasser les Français de Marga fut un exploit capital. À présent — tirant une carte du dossier et parlant d'un tout autre ton, de la manière rapide, urgente, emphatique qui lui venait naturellement dès qu'il s'agissait d'une entreprise navale —, amenez votre siège par ici et regardez cela. Avez-vous déjà été en mer Rouge ?

— Jamais plus haut que Perim, monsieur.

— Bon, voyez, ici c'est l'île de Mubara. Son souverain a quelques galères et un ou deux bricks armés. Il est odieux à la Sublime Porte et à la Compagnie des Indes orientales et on a pensé possible de le faire déposer discrètement par une petite troupe inattendue, la Compagnie fournissant un sloop de dix-huit canons à gréement carré et les Turcs un corps de troupe et un souverain de rechange. Le sloop est là, il se trouve à Suez où il joue les navires marchands avec un petit équipage de Lascars, et les Turcs sont prêts à fournir leurs soldats. On a pensé que Lord Lowestoffe pourrait y aller, en passant par la terre avec un équipage de marins, afin d'effectuer l'opération quelque part dans le mois prochain. Mais Lowestoffe est malade et de toute manière la situation a changé. Les Français veulent une base pour les frégates dont ils disposent et qu'ils ont l'intention d'avoir dans l'océan Indien, et bien que Mubara soit un peu loin au nord, cela vaut beaucoup mieux que rien. Ils ont offert au souverain — il s'appelle Tallal et a toujours été leur ami — des canonniers et des ingénieurs pour fortifier son port, en même temps que quelques colifichets. Mais Tallal ne s'intéresse pas aux colifichets : ce qu'il voulait, c'était de l'argent liquide et en grande quantité. En fait, ses exigences ont augmenté à chaque rencontre. Je dis que ses exigences ont augmenté à chaque rencontre.

— S'il vous plaît, monsieur, pourquoi cela ?

— Parce qu'à présent, Mehemet Ali a le projet de conquérir l'Arabie jusqu'au golfe Persique, de se déclarer indépendant et de s'allier aux Français pour nous chasser des Indes ; et comme Mehemet Ali n'a pas de marine en mer Rouge, Mubara a pris une très grande valeur ; d'autant plus que les Français la veulent pour pouvoir garder leur allié à l'œil. De surcroît, Tallal a des relations tout au long de la côte, et le présent s'est transformé en une somme qui doit les amener aussi du côté français. Quoi qu'il en soit, ils sont enfin parvenus à un accord et Tallal a envoyé une de ses galères jusqu'à Massaoua pour prendre à son bord les Français et charger le trésor. De combien il est, je n'en sais rien : certains rapports le chiffrent à cinq mille bourses, d'autres à la moitié, mais tous s'accordent à dire qu'il s'agit de l'argent que Decaen a envoyé de l'île Maurice juste avant qu'elle soit prise, dans un brick chargé à couler. Mais de cela vous savez tout, bien entendu.

Bien sûr qu'il le savait : en dehors des derniers moments purement formels où son amiral avait pris le commandement, c'était Jack qui s'était emparé de Maurice, à la tête d'une petite escadre.

— Oui, monsieur, dit-il, j'ai entendu parler de ce maudit brick. Je l'ai même vu, coque noyée au nord, mais n'ai pu le prendre en chasse : je l'ai beaucoup regretté.

— J'en suis bien persuadé. Bon, alors, ceci se passait au début de leur ramadan : quand il sera terminé, la galère reviendra. Voulez-vous que je vous parle de leur ramadan, Aubrey ?

— S'il vous plaît, monsieur.

— C'est une sorte de carême, mais beaucoup plus rigoureux. Ils n'ont pas le droit de boire ou de manger ou d'avoir affaire aux femmes du lever au coucher du soleil, et cela dure d'une nouvelle lune à la suivante. Certains affirment que les voyageurs en sont exclus, mais ces gens, ces Mubaraites, sont particulièrement pieux et ils affirment que cela n'a rien à voir — tout le monde doit jeûner ou être damné. Comme on ne peut demander à personne de ramer pour faire remonter à une galère quelques centaines de milles de la mer Rouge (à ce moment de l'année les vents dominants sont tous du nord, et il faut ramer tout du long, les galères tenant mal la mer), quelques centaines de milles, disais-je, sans une goutte d'eau sous ce soleil infernal ni rien à se mettre sous la dent, ils ont l'intention de rester à Massaoua jusqu'à la fin du ramadan. Pour moi, je n'aime pas les galères — engins frêles et branlants qui ne supportent pas la mer, trop volages pour porter beaucoup de toile sauf quand le vent est droit de l'arrière, dangereux aussi si deux ou trois d'entre elles vous rejoignent par calme plat et vous bombardent un certain temps avant de vous aborder des deux côtés avec plusieurs centaines d'hommes —, je n'aime pas les galères, mais tous les officiers ayant une pratique locale, et tous nos autres informateurs, affirment que dans ces eaux elles sont régulières comme la poste, faisant leurs douze heures et s'arrêtant pour la nuit. Du moins, de ce fait, nous savons où les trouver. Un navire croisant devant le chenal sud de Mubara, en restant bien à l'écart de ces hauts fonds et de ces petites îles, là, vous voyez, ne peut guère manquer d'intercepter la galère au trésor vers le quinze du mois. Il se rendra ensuite à Mubara avec les Turcs qui accompliront la déposition, car ce n'est pas notre affaire.

— Cela exigerait des mouvements rapides et bien coordonnés, monsieur, dit Jack en réponse au silence plein d'expectative de l'amiral.

— La vitesse est l'essentiel de l'attaque, dit l'amiral. Il y faut aussi un homme énergique et habitué à traiter avec les Turcs et les Albanais. Mehemet Ali est albanais, vous savez, de même que beaucoup de ses soldats et associés. C'est pour cela que j'ai pensé à vous. Qu'en dites-vous ?

— Je serais très heureux d'y aller, monsieur, et je vous suis fort obligé de votre bonne opinion.

— J'en étais sûr ; de toute manière vous êtes certainement l'homme approprié, étant donné vos bons rapports avec la Porte : votre chelengk devrait vous donner une très grande autorité dans ces régions. Vous partirez donc ce soir avec tout votre monde à bord du transport *Dromedary*, et vous irez jusqu'à l'extrémité orientale du delta du Nil, vous débarquerez dans un petit endroit écarté nommé Tina, sur la branche pélusiaque, pour ne pas offenser les sensibilités égyptiennes — ils ne nous ont jamais beaucoup aimés depuis cette malheureuse affaire d'Alexandrie en l'an sept —, et vous vous rendrez à Suez par les terres avec une escorte turque. Je voudrais pouvoir envoyer avec vous Mr Pocock, mon conseiller oriental, mais je ne peux pas ; toutefois vous aurez un drogman, un drogman exceptionnellement érudit et capable, un Arménien du nom d'Hairabedian, particulièrement recommandé par Mr Wray ; et après dîner, Mr Pocock vous donnera un résumé de la situation politique dans ces régions : j'ose croire que vous aimeriez emmener le docteur Maturin.

L'amiral regarda Jack un moment, puis dit :

— Il a été fortement suggéré que vous emmeniez un autre chirurgien, que Maturin reste ici pour des consultations d'une sorte ou d'une autre, mais après mûre réflexion j'ai écarté cette idée. Dans une entreprise de cette sorte il vous faut toute l'intelligence politique possible, et si la haute opinion que Mr Wray a d'Hairabedian est sans aucun doute très justifiée, il ne faut pas oublier que le pauvre homme n'est qu'un étranger, après tout. Je ne vais pas surcharger votre esprit à présent avec les détails du plan que vous devez exécuter ; vous les trouverez, ainsi qu'un certain nombre de recommandations, dans les ordres qui s'écriront pendant que nous dînerons. Ils auraient dû être prêts plus tôt mais nous n'avons reçu les nouvelles que ce matin. Je voudrais qu'il soit déjà l'heure du dîner : je n'ai pas eu de petit déjeuner. Si ce n'était que des invités doivent venir, j'aurais fait servir dès cet instant ; mais du moins nous pouvons boire quelque chose. Veuillez toucher la sonnette.

Le flux rapide des paroles de l'amiral, ses parenthèses emboîtées l'une dans l'autre et qui ne se refermaient pas toujours, sa diction forte et emphatique laissèrent Jack Aubrey pas vraiment épuisé mais peut-être un peu vieilli et sans doute très disposé à boire un verre de gin de Plymouth. Tout en l'absorbant et pendant que l'amiral s'occupait en silence de sa chope de bière, Jack tenta de calmer l'impatience de son esprit pour pouvoir envisager objectivement le projet et la faveur qu'il pouvait lui apporter. Son excitation, son cœur battant et son désir de réussir ne devaient pas lui dissimuler le fait que tout dépendrait du vent : quelques jours de calme ou de vents contraires n'importe où sur les centaines de milles de la Méditerranée ou de la mer Rouge réduiraient tout à néant. Et il fallait compter avec les Turcs, en plus d'un navire totalement inconnu. Le plan était un peu chimérique ; il exigeait à chaque étape une chance favorable et persistante ; pourtant ce n'était pas impossible. Une chose était certaine : il n'y avait pas une minute à perdre.

— Avec votre permission, monsieur, dit-il en posant son verre, je vais écrire un mot à mon premier lieutenant pour lui demander que le monde soit prêt à embarquer très rapidement. Ils sont à l'exercice de mousqueterie derrière Sliema, pour l'instant.

— Tous ?

— Tous les hommes, monsieur, y compris le maître coq et mes deux derniers jeunes messieurs. Je me flatte que notre mousqueterie soit la meilleure de cette station. Nous avons tiré sans nous déshonorer contre le 63e et je crois que nous pourrions battre n'importe quel vaisseau de ligne. Ils y sont tous.

— Eh bien, au moins, vous n'aurez pas à courir les prisons, les salles de garde, les bordels, les marchands de vin et les pires estaminets de cette ville maudite — Sodome et Gomorrhe ; la discipline disparaît, dit l'amiral. Mais j'espère que vous ne les avez pas transformés en un équipage de soldats. S'il est une chose que je déteste plus que tout, c'est un bonhomme raide comme un piquet avec un habit rouge, les cheveux poudrés et des guêtres blanchies à la craie faisant l'exercice comme une maudite machine.

La faim le rendait un peu hargneux : il regarda sa montre et demanda à Jack de toucher à nouveau la sonnette.

L'amiral nourri fut plus aimable que l'amiral affamé. Il avait plusieurs autres invités, un Monsignore, un pair d'Angleterre en voyage, trois soldats, son secrétaire et trois marins dont l'un était l'aspirant, ou pour être plus exact le volontaire de première classe, qui était venu chercher Jack et qui se révéla être George Harvey, petit-neveu de l'amiral. Sir Francis était un hôte agréable : il fournissait à ses invités une chère excellente et beaucoup de vin, et n'ennuyait ou n'étonnait jamais les terriens par les actions des navires en paix ou en guerre ; en fait, ce repas aurait pu ne pas être un dîner naval, sans le noble environnement, le rythme plaisant du pont vivant sous les pieds, la manière particulière de boire à la santé du roi et un aspect mineur de son déroulement.

Jack voyait bien que l'amiral aimait beaucoup son petit-neveu et qu'il souhaitait que le garçon marche sur ses traces, surtout au sein du service : c'était parfait, et

Jack n'avait rien à redire au fait de guider George dans la bonne direction — il s'attachait beaucoup lui-même à guider les jeunes messieurs quand il en avait le temps — mais il trouvait que l'amiral (qui n'avait pas d'enfants) exagérait un peu, et il se sentit mal à l'aise d'être constamment pris comme modèle. Il lui fut indifférent d'entendre l'amiral dire que « hocher la tête au lieu de s'incliner pour boire un verre à la santé de quelqu'un était une bien mauvaise habitude des jeunes gens d'aujourd'hui », et de le voir peu après adresser un regard qui aurait percé une planche de neuf pouces au jeune homme, qui leva son verre, saisit l'œil de Jack et dit en rougissant : « Je demande l'honneur de boire un verre de vin avec vous, monsieur », en s'inclinant jusqu'à ce que son nez touche la nappe. Mais il ne lui fut pas tout à fait égal d'être cité comme exemple de rapidité ; et il détesta franchement entendre Sir Francis observer que certains officiers avaient pris l'habitude de mettre RN sur leurs cartes de visite, coutume cavalière et désinvolte qui ne voulait rien dire — que le capitaine Aubrey, lui, ne mettait pas RN sur sa carte et que lorsque le capitaine Aubrey écrivait une lettre à l'un de ses collègues officiers, il n'ajoutait pas à l'en-tête une couple d'initiales inutiles mais les mots « De la marine de Sa Majesté ». Le capitaine Aubrey portait également son chapeau en travers, selon la bonne mode d'antan, et non pas d'avant en arrière. Ce ne furent que quelques remarques dans une conversation générale — le voyageur anglais, qui était fort riche, et le prélat, qui était au mieux avec le roi des Deux-Siciles, n'étaient nullement oppressés par un sentiment hiérarchique — mais elles suffirent à donner beaucoup de plaisir silencieux aux voisins de Jack, capitaines de vaisseau à peu près aussi anciens que lui.

Le capitaine Aubrey ne fut donc nullement désolé quand le dîner s'acheva et qu'on le conduisit dans une petite cabine où il trouva Mr Pocock et Stephen, déjà plongés au plus profond des politiques tortueuses de l'extrémité orientale de la Méditerranée. Ils passèrent à nouveau en revue pour lui les points essentiels et Mr Pocock observa :

— Dans la délicate situation actuelle, avec Mehemet Ali faisant tout ce qu'il peut pour gagner la confiance d'Osman Pacha, votre voyage terrestre ne suscitera pas la moindre difficulté ; d'ailleurs le responsable à Tina fait preuve de beaucoup de bonne volonté pour rassembler un nombre suffisant d'animaux de bât tels que chameaux et ânes ; et bien entendu, avec votre décoration turque, votre chelengk, vous semblerez une personne de grande importance. Une personne d'importance encore plus grande, veux-je dire. Pourtant, il vaudrait mieux vous tenir à l'écart d'Ibrahim, homme indocile, turbulent, rebelle à toute autorité ; et bien entendu, il faut éviter toute rencontre avec les bédouins errants — non pas qu'ils risquent d'attaquer un groupe aussi nombreux et bien armé que le vôtre, car vos hommes, je présume, marcheront avec leurs armes en évidence.

Il revint ensuite à l'ascension de Mehemet Ali et à la chute des beys, malheureusement soutenus par le gouvernement anglais ; mais à peine avait-il massacré le dernier mamelouk que Sir Francis lui-même entra.

— Voici vos ordres, capitaine Aubrey, dit-il, ils sont brefs et précis : j'ai horreur du verbiage. À présent, je ne cherche pas à vous pousser mais la fin de la cargaison du *Dromedary* sera sur le quai dans une demi-heure, beaucoup plus tôt qu'on ne le pensait. Votre premier lieutenant — quel est son nom ?

— Mowett, monsieur, William Mowett, un officier très capable et actif.

— Oui, Mowett. Il a mis au travail tout l'équipage de la *Surprise*, gréé une autre paire de palans et dégagé la cale avant. Si vous souhaitez faire quelques tendres adieux à terre, le moment est donc venu.

— Je vous remercie, monsieur, dit Jack, mais je crois que je laisserai mes adieux pour mon retour et m'embarquerai immédiatement : il n'y a pas une minute à perdre.

— C'est vrai, Aubrey, c'est vrai, dit l'amiral, et qui plus est, la vitesse est l'essentiel de l'attaque. Je vous souhaite donc le bonjour et j'espère vous revoir d'ici un mois à peu près, traînant un nuage de gloire et peut-être quelque chose de plus substantiel aussi. Docteur, votre humble serviteur.

La gigue fonça une fois de plus à travers le Grand Port et Stephen observa :

— J'ai fait une rencontre fort agréable ce matin en quittant le palais. Vous souvenez-vous de Mr Martin, le révérend Mr Martin ?

— Le pasteur borgne ? Je veux dire, l'ecclésiastique qui a si bien prêché à propos des cailles à bord du *Worcester* ? Bien entendu. Un aumônier dont tout navire de premier rang serait fier : et un grand naturaliste aussi, si je me souviens bien.

— Exactement. Nous nous sommes rencontrés comme je prenais la Strada Reale et il m'a emmené chez Rizzio où nous avons excellemment dîné — octopodes et calmars dans toute leur intéressante variété. Son navire a été parmi les îles grecques et comme il s'intéresse particulièrement aux céphalopodes il a appris à plonger avec les pêcheurs d'éponges de Lesina ; mais bien qu'il ait oint sa personne de la meilleure huile d'olive, mis dans ses oreilles de la laine saturée d'huile et dans sa bouche un grand morceau d'éponge également trempée dans l'huile, et saisi une grosse pierre pour l'emporter au fond, et bien qu'il y eût quantité de céphalopodes, il a dû constater qu'il ne pouvait demeurer sur le fond de la mer plus de quarante-trois secondes, ce qui lui donnait affreusement peu de temps pour observer leurs manières ou gagner leur confiance, même s'il avait pu les voir clairement, ce qu'il ne pouvait pas en raison de l'eau circumambiante ; d'ailleurs le sang s'échappait de ses oreilles, de son nez et de sa bouche et parfois il fallait le remonter insensible, et le ranimer avec de l'esprit de camphre. Vous pouvez donc imaginer combien il a été intéressé quand je lui ai parlé de ma cloche.

— J'en suis sûr. J'aimerais la voir aussi moi-même un jour.

— Vous la verrez. La cloche est à nouveau à bord du brave *Dromedary*, et Mr Martin est là aussi à la contempler. Je l'y avais conduit pour lui en montrer les détails les plus intéressants après dîner et c'est là que votre message m'a trouvé.

— Que fait, au nom de Dieu, cette machine à bord du *Dromedary* ?

— Je ne pouvais évidemment pas en accabler le capitaine Dundas ; et je n'avais pas l'intention de laisser ma précieuse cloche parmi les voleurs de l'arsenal. Le patron du *Dromedary* a été toute complaisance ; il était habitué à la cloche, m'a-t-il dit, et elle était bienvenue à bord. Et je dois avouer que si jamais nous avons quelques loisirs...

— Loisirs ! s'exclama Jack. Si nous devons être au sud de Ras Hameda d'ici la prochaine pleine lune ou avant, il y aura fort peu de loisirs. Loisirs, vraiment. Arrache, garçons, lança-t-il à l'équipage de la gigue. Nage à fond.

Le *Dromedary* s'était déhalé jusqu'à l'arsenal ; il était amarré contre le quai ; et il n'y avait pas un signe, pas le moindre signe de loisirs sur ses ponts ou dans ses entreponts. Des marins portant leur sac, leur matelas et leur hamac franchissaient la passerelle en courant comme des fourmis et disparaissaient par le capot avant, tandis que d'autres surgissaient par le capot arrière, ceux qui étaient chargés du nettoyage des cales, transportant d'énormes ballots de déchets — paille trempée, matériaux d'emballage légers mais encombrants et débris divers — qu'ils jetaient par-dessus bord avec des quantités invraisemblables de poussière et de farine gâtée. En même temps on embarquait l'eau douce et les barriques de bœuf, de porc et de vin, les sacs de biscuits et les ballots de frusques, tandis que Mr Adams, son valet, et le factotum, valet de celui-ci, couraient çà et là en pleine effervescence ; pendant ce temps, les marins du transport, les Dromedaries à proprement parler, étaient extraordinairement occupés à leurs propres affaires et toute la partie avant de la coque résonnait du marteau du charpentier et de ses hommes. La cloche de plongée trônait près du grand panneau comme quelque idole archaïque, mais il n'y avait pas de Mr Martin à côté ; Stephen en fit le tour du mieux possible dans cette foule affairée et au second passage il se trouva face à face avec Edward Calamy, un jeune monsieur de la *Surprise*. Mr Calamy, qui était techniquement un aspirant, n'était en fait en mer que depuis quelques mois, ayant embarqué sur le *Worcester* à Plymouth, petit garçon pâle et nerveux ; mais nul ne l'aurait cru à voir son comportement actuel, autoritaire, endurci, et sa profusion de termes nautiques. Depuis quelque temps il avait adopté à l'égard du docteur Maturin une attitude gentiment protectrice et cette fois il lança :

— Vous voici, monsieur, je vous cherchais. Je vous ai trouvé une petite cabine du côté babord de la tille. Venez, sortez-vous du milieu. Attention où vous mettez les pieds avec tous ces merrains. Mr Martin est là en bas, je l'y ai conduit et toutes vos affaires aussi.

Toutes les affaires de Stephen ne représentaient pas grand-chose, ses habitudes étant des plus frugales ; mais il y avait un *hortus siccus*, des spécimens des plantes maltaises les plus remarquables et le volume des *Philosophical Transactions* dans lequel le docteur Halley décrit ses expériences au fond de la mer. Mr Martin et lui y étaient plongés, protégés du vacarme, protégés du monde urgent et pressé quand le *Dromedary* largua son mouillage, borda son petit hunier et chercha la sortie du port tandis que sur le quai le capitaine Pullings, tout désolé, faisait des signes d'adieu aux rares amis qui n'étaient pas trop occupés pour le regarder ; ils n'avaient d'ailleurs pas épuisé le sujet des éponges, et de loin, avant que le *Dromedary*, toutes voiles dehors, double la pointe Ricassoli et mette cap à l'est-sud-est dans une belle brise à perroquets ; et moins encore le sujet des coraux.

— J'ai vu bien entendu des coraux dans l'océan

Indien et la grande mer du Sud, d'énormes quantités, dit Stephen. Mais ma vision fut très superficielle, limitée dans l'espace et le temps ; on m'y arracha en toute hâte et j'ai souvent, bien souvent regretté les occasions perdues. Pour un esprit contemplatif, rares sont les bonheurs plus grands que marcher sur un récif de corail, avec au-dessus de soi des oiseaux inconnus, au-dessous des poissons inconnus, et une richesse inimaginable de limaces de mer, vers plumeux, mollusques et céphalopodes dans les profondeurs proches.

— Je suis sûr qu'il ne peut y avoir d'état plus heureux de ce côté-ci du paradis, dit Martin en joignant les mains. Mais vous verrez à nouveau quantité de coraux en mer Rouge, n'est-ce pas ?

— Qu'est-ce qui vous fait dire cela, mon cher monsieur ?

— La mer Rouge n'est-elle pas votre destination ? Me trompai-je ? Bien des gens à La Valette parlaient d'une expédition confidentielle dans ces régions, et quand le jeune monsieur m'a conduit ici pour me sortir de la foule, il semblait considérer comme acquis que le capitaine Aubrey s'en était vu confier le commandement, tout comme j'ai pris pour acquis que vous aviez apporté votre cloche afin de plonger à loisir sur les récifs. Mais je vous demande pardon si je suis indiscret.

— Pas du tout, pas du tout. Plonger dans la mer Rouge serait effectivement la joie la plus rare, surtout si c'est à loisir ; mais hélas, c'est un mot qui offense l'oreille navale ; et je n'ai jamais, à peu près jamais, sauf quand nous étions virtuellement abandonnés sur l'île de la Désolation, ce lieu béni, eu la possibilité de faire quoi que ce soit à mon rythme, à mon aise. C'est une démangeaison incessante d'être occupé, une hâte obsessionnelle et fastidieuse ; ne perdons pas une minute, s'écrie-t-on, comme si le seul emploi judicieux du temps était de se rendre en toute hâte, n'importe où, pourvu que ce soit plus loin.

— C'est fort vrai. Il y a aussi une préoccupation passionnée et peut-être même superstitieuse de propreté. Le tout premier mot que j'ai entendu en mettant le pied sur un vaisseau de guerre fut le cri « Fauberts ! » et je pense l'avoir entendu vingt fois par jour depuis lors, même si, avec ce grattage et ce balayage perpétuel, il n'y a vraiment rien qu'un balai puisse trouver, sans parler d'une douzaine. Mais à présent, monsieur, je pense qu'il me faut prendre congé : on dit que vous devez appareiller ce soir, et la lumière baisse déjà.

— Peut-être pourrions-nous faire un tour sur le pont, dit Stephen, il semble y avoir moins de bruit et de hâte et je suis sûr que le capitaine Aubrey serait heureux de vous revoir.

Ils se frayèrent un chemin le long des coursives inconnues, jusqu'à l'échelle ; mais avant même d'avoir atteint le pont, Stephen ressentit quelque inquiétude. Le navire gîtait plus qu'il n'avait le droit de le faire amarré contre un quai ; et le cri « A larguer les bragues » ne correspondait pas aux préparatifs d'appareillage qu'il connaissait. Mais cette inquiétude n'était rien au regard de la consternation totale qui les envahit tous deux quand ils s'élevèrent lentement au-dessus des hiloires et ne virent rien autour d'eux de tous côtés que la mer bleu pur du soir, le navire courant à six nœuds et demi, et le soleil préparant son coucher en gloire droit derrière, tandis que tout le long du pont, des deux côtés, les matelots étaient totalement occupés aux activités navales, comme si la terre n'existait plus. Le capitaine Aubrey avait emprunté les pièces de six du *Dromedary* et pour rappeler les Surprises à un sentiment de décence, d'ordre et de régularité, il leur faisait faire l'exercice des grands canons, avec simulacre de tir à un rythme infernal.

— Amarrez vos pièces, dit-il enfin. Une démonstration tout à fait pitoyable, Mr Mowett. Deux minutes et cinq secondes pour de petits canons de dix-sept livres, c'est une démonstration tout à fait pitoyable.

Il se retourna, et son expression sévère s'éclaira instantanément quand il aperçut Stephen et Martin. Ils restaient pétrifiés sur l'avant-dernière marche de l'échelle, dissimulés jusqu'aux genoux, et tous deux regardaient sous le vent, bouche ouverte, comme une paire de terriens médusés. « Et, pauvres gens, je crains qu'ils ne vaillent guère mieux », pensa Jack.

— Mr Martin, dit-il en avançant vers eux, comme je suis heureux de vous revoir. Comment allez-vous ?

— Juste ciel, monsieur, dit Martin, lui serrant faiblement la main, et le regard toujours fixé sur l'horizon comme si la terre ou un miracle pouvait y apparaître. On dirait que j'ai été enlevé, que je n'ai pas quitté le navire à temps.

— Ce n'est pas grave. Je suppose que nous verrons un bateau de pêche de La Valette qui vous y reconduira, à moins que vous ne souhaitiez nous tenir compagnie un moment. Nous partons pour la branche pélusiaque du Nil.

Une violente dispute entre le charpentier du *Dromedary* et Hollar, bosco de la *Surprise* (tous deux hommes irascibles), éclata à cet instant et le capitaine Aubrey dut s'écarter. Mais il invita le pasteur à souper et durant ce repas, Martin dit :

— Monsieur, peut-être n'étiez-vous pas sérieux quand vous avez suggéré que je vous accompagne ; mais si vous l'étiez, permettez-moi de dire que j'en serais fort heureux. J'ai un mois de permission de mon navire et le capitaine Benett a eu la bonté de dire qu'il ne verrait aucune objection à ce que je la prolonge d'un autre mois ou deux, ou même plus.

Jack savait que Benett n'avait accepté un pasteur que sous la pression de l'ancien commandant en chef : ce n'était pas qu'Harry Benett eût des idées anticléricales, mais il aimait beaucoup la compagnie féminine et comme son navire était souvent en service détaché il pouvait en profiter. Cependant son respect pour la robe était tel qu'il ne pouvait envisager d'embarquer à la fois une demoiselle et un pasteur, ce qui lui imposait une contrainte fort pénible.

— Je paierai bien entendu ma pension, et je pourrai peut-être aider le docteur Maturin, puisqu'il n'a pas d'assistant pour le moment : je ne suis pas sans connaissances en anatomie.

— De tout mon cœur, dit Jack, mais je dois vous avertir que nous n'avons pas l'intention de nous attarder à Tina. Nous devons traverser à pied un désert empli de serpents diversement venimeux, comme le dit le docteur...

— Je ne faisais que citer Goldsmith, dit Stephen d'un ton endormi.

Les émotions d'hier et sa nuit trop brève l'accablaient et il murmura « Sopor, coma, lethargy, carus ».

— ... jusqu'en mer Rouge, où nous devons accomplir une mission qui sera certainement pénible, très chaude et inconfortable, et qui pourrait bien être dangereuse aussi.

Tout en parlant, il vit l'éclat du bonheur se répandre sur le visage de Martin en dépit de ses efforts manifestes pour garder un air grave et sérieux.

— De plus, dit Jack, je dois vous dire que le service n'est pas conçu pour ceux qui souhaitent ramasser des scarabées et de la jusquiame sur quelque lointain banc de corail et qui deviennent hargneux et irascibles quand on leur demande de faire leur devoir. Et qui murmurent et prennent un air obstiné, dit-il un peu plus fort. (Mais voyant que Stephen ne répondait pas, il ajouta :) En dehors de cela, je serai fort heureux de votre compagnie. De même, j'en suis sûr, que tous vos compagnons de bord du *Worcester* : nous n'avons pas oublié le mal que vous vous êtes donné pour la préparation de l'oratorio — peut-être un de ces soirs pourrons-nous profiter d'un ou deux chorus ; il y a à ce bord plusieurs de vos anciens élèves.

Mr Martin dit que les serpents, les fatigues, la chaleur, l'inconfort et le danger étaient un prix minime à payer pour apercevoir un récif de corail, même si l'on ne pouvait s'y attarder ; qu'il ferait certainement son devoir sans murmurer ; et qu'il était très heureux de se retrouver parmi ses anciens compagnons de bord.

— À présent que j'y pense, dit Jack, je regrettais ce

matin même l'absence d'un aumônier. L'équipage est horriblement dissolu et j'ai songé que...

Il avait été sur le point de dire « qu'un terrible sermon sur le feu céleste pourrait les terrifier et les remettre dans le droit chemin », mais il pensa tout à coup que dicter ses actes à un pasteur n'était peut-être pas la chose à faire et il poursuivit :

— ... qu'il serait bon de gréer la chapelle, pour qu'ils entendent quelques mots appropriés. Contre le vice et la débauche, c'est-à-dire. Qu'y a-t-il, Killick ?

— Que Mr Mowett demande s'il peut vous déranger, monsieur, dit Killick. (Et comme il aimait être le premier à transmettre la moindre nouvelle, il ajouta :) Qu'il sait pas où arrimer le monsieur étranger.

— Priez-le de venir : mettez une chaise et allez chercher un autre verre.

Le monsieur étranger était le drogman, et Mowett, s'asseyant pour boire un verre de porto, demanda s'il devait accrocher son hamac devant ou derrière le mât. Et où prendrait-il ses repas ?

— Ce que l'on fait en général d'un ou plusieurs drogmans, je n'en sais rien, dit Jack, mais le commandant en chef a parlé de celui-ci comme particulièrement habile — particulièrement recommandé par Mr le Secrétaire Wray —, aussi je pense qu'il doit prendre ses repas au carré. Je l'ai vu un moment quand il a embarqué et bien qu'on le dise si érudit, il m'est apparu comme un être raisonnablement agréable. Je ne pense pas que vous le regretterez et de toute manière j'espère, j'espère sincèrement que cela ne durera pas beaucoup plus d'une semaine. Et même moins, si seulement cette brise bénie tient — le vent de Nelson. Grand Dieu, je me souviens, quand nous étions à la poursuite de la flotte française en quatre-vingt-dix-huit, comment nous avons foncé du détroit de Messine à Alexandrie en sept jours...

Ces longues journées d'été dans la hâte brillaient très clair dans son esprit, la mer bleue mouchetée de blanc et quinze vaisseaux de guerre courant vers l'est dans cette brise bénie, bonnettes hautes et basses des deux côtés, cacatois et contre-cacatois, et le contre-amiral Nelson arpentant le pont du *Vanguard,* d'avant l'aube jusqu'après le crépuscule : tout cela, et la furie du combat nocturne, avec l'obscurité incessamment déchirée, éclairée par les coups de canon, et au milieu de tout l'explosion incroyablement énorme de *L'Orient*, qui avait sauté, ne laissant rien que silence et ténèbres pendant plusieurs minutes. Il décrivit leur poursuite des Français, et il avait conduit la flotte d'Alexandrie en Sicile, puis de Syracuse à Alexandrie — « ... où nous les avons retrouvés enfin, mouillés dans la baie d'Aboukir » — quand le *Dromedary* eut un modeste soubresaut qui éjecta Stephen, profondément endormi, de sa chaise. Jack fit un bond agile, honorable pour un homme de son poids, mais pas assez agile pour empêcher Stephen de se cogner le front au bord de la table et de se fendre la peau sur une main de large : une assez bonne imitation de la blessure de Nelson à Aboukir, et presque aussi sanglante.

— Que de panique et de cris, dit Stephen en colère, on croirait que vous n'avez jamais vu le sang, ce qui est absurde pour une bande de tueurs à gages. Abruti, maladroit, demeuré, canasson (cela à Killick), tenez la cuvette droite. Mr Mowett, dans le tiroir en haut à gauche de mon coffre de médecin vous trouverez des aiguilles courbes déjà enfilées de catgut ; veuillez être assez bon pour en apporter une paire, ainsi qu'une fiole de styptique, dans l'étagère milieu, et une poignée de charpie. Ma cravate servira de bandage : elle a déjà besoin d'être lavée.

— Ne devriez-vous pas vous allonger, dit Jack, la perte de sang...

— Balivernes. C'est absolument superficiel, je vous le dis : le cuir, rien de plus. À présent, Mr Martin, je vous serais reconnaissant d'appliquer le styptique et de poser douze bons points de suture pendant que je maintiens les lèvres de la plaie.

— Je ne sais pas comment vous pouvez le supporter,

dit Jack en détournant les yeux, tandis que l'aiguille entrait et sortait délibérément.

— Je suis habitué à empailler des oiseaux, dit Martin sans interrompre son travail. Et à les coudre... peau beaucoup plus délicate que ceci, bien souvent... sauf dans le cas des vieux cygnes mâles... Voilà : je me flatte d'avoir accompli une assez jolie couture.

— L'aumônier dit que tout va bien maintenant, monsieur, dit Killick d'une voix forte, imposante, dans l'oreille de Stephen.

— Monsieur, je vous suis obligé, dit Stephen à Martin, et à présent je crois que je vais me retirer. Je n'ai eu qu'une nuit très brève. Messieurs, votre serviteur. Mr Mowett, je vous prie de laisser mon bras. Je ne suis ni ivre ni décrépit.

Sa nuit fut courte à nouveau car juste avant l'aube une voix inconnue et passionnée s'écria, à moins de six pouces du hublot de la tille : « Tu ne sais donc pas comment faire un nœud de cocu, espèce de maudit terrien ? Où est ce satané barbouquet ? », avec assez de force pour chasser le sommeil. Stephen avait le front douloureux, mais pas trop, et resta à se balancer aux longs mouvements du navire, regardant grandir la lumière grise et songeant au cocuage, aux cocus et à l'ironie presque universelle que déclenchait cet état. Quand il était à Malte, l'une des rares lettres reçues d'Angleterre — la flotte de Méditerranée avait été particulièrement malheureuse pour le courrier depuis deux mois — lui disait qu'il était cocu : que sa femme le trompait avec un gentilhomme attaché à l'ambassade de Suède. Il n'en croyait rien. Le même sac lui avait apporté un griffonnage hâtif, taché mais fort affectueux de Diana, et s'il ne supposait pas qu'une quelconque considération morale ordinaire puisse l'empêcher de faire ce qu'elle avait en tête, il connaissait sa distinction et savait qu'un sentiment esthétique hautement personnel l'empêcherait d'écrire une note de ce genre au moment où elle lui ornait le front de cornes : il était certain qu'elle ne le déshonorerait pas sans provocation.

Par ailleurs, elle vivait à Londres une vie sociale active ; elle avait beaucoup d'amis riches et à la mode ; et comme elle ne s'était jamais souciée de l'opinion publique il ne doutait pas qu'elle fût capable de s'exposer aux commérages méchants ou jaloux.

Sa cousine Sophie, l'épouse de Jack Aubrey, était tout à fait différente. Elle n'avait rien d'une prude, et ne jouait pas plus les saintes-nitouches que Diana ; pourtant nul autre qu'un fou total n'aurait jamais écrit à Jack qu'il était cocu, bien que par mesure de réciprocité il eût mérité toute une collection de cornes. Il réfléchit à la chose : s'agissait-il d'appétit sexuel, ou plutôt de potentialité, perçus vaguement mais avec précision par les autres ? Il réfléchit aux appétits sexuels des femmes élégantes par opposition avec les produits plus libres de la nature ; et il réfléchissait encore quand la porte de la cabine s'ouvrit en silence et que Jack passa la tête.

— Que Dieu et Marie vous protègent, Jack, dit Stephen, je pensais justement à vous. Dites-moi, s'il vous plaît, qu'est-ce qu'un nœud de cocu, en mer ?

— Eh bien, si vous voulez amarrer un cordage sur un espar, vous croisez les deux bouts l'un par-dessus l'autre, vous les amarrez ensemble et voilà votre nœud de cocu. Mais dites-moi, comment allez-vous ?

— Très bien, je vous remercie.

— Peut-être prendriez-vous un peu de thé léger et un œuf à la coque ?

— En aucun cas, dit Stephen d'une voix forte et déterminée, je prendrai un grand pot de café fort, comme un chrétien, et quelques harengs grillés.

Jack réfléchit un moment puis dit avec un regard sévère :

— Que diable vouliez-vous dire avec votre « je pensais justement à vous — qu'est-ce que c'est qu'un nœud de cocu » ?

— Quelqu'un a hurlé ces mots devant ma fenêtre : voulant savoir ce qu'ils signifiaient, je vous l'ai demandé en tant qu'autorité nautique. Je vous prie, mon frère, de ne pas jouer les Othello : quelle honte, c'est ridicule. Si un homme s'oubliait au point de faire à Sophie une suggestion licencieuse elle ne le comprendrait pas de toute une semaine, et ensuite elle le tuerait sur place avec votre carabine à double canon.

— C'est aimable à vous de m'appeler autorité nautique, dit Jack, souriant à l'idée de Sophie comprenant peu à peu ce libertin hypothétique, et de son attention polie se transformant en rage glacée. Et vous pouvez m'appeler diplomate nautique aussi, si vous voulez. J'ai eu la nuit dernière une conversation des plus satisfaisantes avec le patron du *Dromedary*. C'est une affaire extrêmement délicate que de dire à un homme comment conduire son navire ou de suggérer des améliorations, voyez-vous ; et Mr Allen n'est en aucune manière mon subordonné. Par ailleurs, les patrons des navires marchands en veulent souvent à la Navy qui leur prend leurs hommes, et ils supportent mal les grands airs que certains officiers se donnent. Si je l'avais offensé il aurait pu, par simple esprit de contradiction, réduire aux seules voiles basses. Mais voyez-vous, il est descendu demander ce qui se passait juste après que vous êtes allé vous coucher — on lui avait dit que vous nous aviez attaqué dans un coup de folie causé par l'ivresse et que nous vous avions presque battu à mort — et il est resté boire un verre pendant que je finissais de raconter à Mowett et au pasteur comment l'escadre avait foncé tout dessus dans cette même région avant la bataille d'Aboukir.

— Je crois me souvenir de vous avoir entendu parler d'Aboukir, dit Stephen.

— Je suis sûr que vous vous en souvenez, dit Jack gentiment. Donc il s'est révélé homme de très bonne qualité, quand il a compris que nous n'avions pas l'intention de le prendre à rebrousse-poil ou de le chapitrer à son propre bord ; Mowett et le pasteur étant partis, je lui ai parlé franchement — sans ruse ou préméditation. Je ne critiquais pas sa façon de mener le *Dromedary*, il devait bien le comprendre — il connaissait mieux que quiconque ses humeurs et ses possibilités — mais je serais heureux de lui offrir une quarantaine d'hommes et si, avec un équipage plus abondant, il jugeait bon d'établir plus de toile et si, en conséquence, quelque chose devait s'arracher, eh bien, je serais parfaitement heureux d'indemniser ses armateurs, directement et en liquide. Il me dit qu'il ne demandait pas mieux — il m'avait vu impatient mais ne pouvait s'avancer de crainte d'être ramené avec un tour mort —, mais je ne devais toutefois pas trop attendre de la vieille barque, même si elle se retrouvait avec autant d'hommes que l'échelle de Jacob ou la tour de Babel ; car non seulement ses fonds étaient sales, mais elle ne possédait pas un mât, non, pas une vergue qui ne fût pas plus roustures et jumelles que bois, et tout son gréement était de cordages de récupération ; pourtant elle avait les lignes d'un cygne — les plus belles qu'il eût jamais vues — et avec l'équipage voulu elle pouvait atteindre une jolie vitesse, par brise en avant du travers. Nous nous sommes donc serré la main sur cela, et quand vous monterez sur le pont vous verrez que les choses sont bien différentes.

Pour l'œil d'un marin les choses étaient effectivement bien différentes, le *Dromedary* ayant envoyé ses bonnettes au vent, sa civadière et son perroquet de beaupré, mais Stephen fut plus directement frappé par une rangée de plages écarlates sur le pont. Le *Dromedary* n'avait pas encore gréé ses tauds et le soleil brillant donnait au rouge une vie intense, c'était un plaisir à voir. Il contempla la scène, en déplaçant doucement son bonnet de nuit pour qu'il n'appuie pas sur ses sutures, et comprit soudain la situation. L'équipage de la *Surprise* était en inspection avec armes et bagages ; l'ordre « A retourner les sacs » avait été donné et les possessions de chaque homme étaient à présent en tas devant lui, tas maigres mais surmontés dans la plupart des cas par une paire de pantalons de toile blanche parfaitement lavés, repassés et pliés, une jaquette bleu clair à boutons de cuivre et un gilet brodé, généralement écarlate car la frégate avait récemment touché à Santa Maura, fameuse pour ses tissus de cette couleur. Ces vêtements, la tenue de terre des hommes, étaient étalés avec soin pour tenter de dissimuler l'absence du lot normal de vêtements de tous les jours — tentative absolument sans espoir même avec un officier novice, sans parler d'un capitaine de vaisseau ayant passé la plupart de sa vie en mer, mais tentative qu'une sorte de ruse imbécile avait suggéré à presque tous les hommes présents sur le pont. Jack fouilla avec colère parmi les chiffons inutilisables dissimulés sous les beaux habits et dicta à l'officier de chaque division la liste des vêtements requis. C'était pire qu'il ne s'y était attendu : les armes étaient en parfait état, car dans l'espoir de détourner sa colère, les hommes avaient fourbi leurs mousquets, baïonnettes, poires à poudre, pistolets, coutelas jusqu'à un éclat plus que militaire, mais pour les habits la situation était catastrophique.

— Allons, Plaice, dit-il à un matelot d'avant assez âgé, vous avez certainement quelque chose comme une chemise de rechange ? Vous en aviez plusieurs, toutes brodées devant, quand nous avons regardé les sacs la dernière fois. Que leur est-il arrivé ?

Plaice inclina sa tête grisonnante et dit qu'il n'en savait rien, vraiment rien : c'était peut-être ces sales rats, suggéra-t-il sans grande conviction.

— Deux chemises et deux blouses de toile pour Plaice, sans oublier les bas et les pantalons de travail, dit Jack à Rowan qui le nota.

Et ils passèrent au prochain malheureux, lequel, au cours de ses ébats d'ivrogne, avait réussi à ne conserver qu'une seule chaussure comme équipement de mer.

— Mr Calamy, dit le capitaine Aubrey au jeune monsieur attaché à cette division, dites-moi ce qui constitue l'équipement d'un matelot bien organisé dans les hautes latitudes — un homme sobre et responsable, à bord d'un navire du roi, je veux dire, et non un matelot pirate, douteux, habitué à pisser dans les coins et qui ne tient pas l'alcool.

— Deux jaquettes bleues, monsieur, un caban, deux

paires de pantalons bleus, deux paires de souliers, six chemises, quatre paires de bas, deux blouses de Guernesey, deux chapeaux, deux mouchoirs noirs de Barcelone, un cache-nez, plusieurs paires de... (Il rougit et à voix basse ajouta :) caleçons de flanelle. Et deux gilets ; et aussi un matelas, un oreiller, deux couvertures et deux hamacs, monsieur, s'il vous plaît.

— Et sous les climats chauds ?

— Quatre blouses de toile, monsieur, quatre paires de pantalons de toile, un chapeau de paille et un chapeau de toile pour les grains.

— Tout homme qui se trouve très en dessous de ceci par la faute de son gaspillage vicieux, de sa négligence ou de sa débauche mérite d'être porté sur la liste des punis, mérite d'être conduit au passavant, lié à un caillebotis et de recevoir douze coups de fouet pour chaque article qu'il ne possède pas ; n'est-ce pas vrai ?

— Oui, monsieur (très faiblement).

— Cet homme est dans votre division, il fait partie de l'équipage de votre canot ; pourtant, sachant cela, vous l'avez vu se réduire à un unique soulier. N'avez-vous aucun sentiment de responsabilité envers vos hommes, Mr Calamy ? Vous êtes une honte pour le service. Vous êtes privé de tafia jusqu'à nouvel ordre. Cela va vraiment très mal.

Cela allait encore plus mal que Jack ne s'y était attendu, bien qu'il connût à fond la misère, la misère navale ; mais Mr Adams et lui avaient prévu l'indigence presque totale et toute la matinée le valet du commis distribua des hardes cependant que, tout l'après-midi, les Surprises qui ne faisaient pas partie du quart en haut du *Dromedary* s'installaient par petits groupes sur le pont pour découdre les habits des fournisseurs du Navy Board, les réajuster, les recouper et les recoudre avec soin, pour éviter le reproche intolérable d'avoir l'air « d'une chemise de commis sur un bâton ».

Jack, qui circulait dans le gréement haut avec Mr Allen en discutant différentes manières d'augmenter la vitesse du navire dès que la brise passerait un peu sur l'avant, dominait un pont ressemblant à un atelier de couture, parsemé de lambeaux d'étoffe et de bouts de fil, et de personnages attentifs assis en tailleur, penchés sur leur ouvrage, le bras droit rythmiquement agité, l'aiguille scintillante. Il éprouvait une satisfaction discrète, car non seulement les hommes récupéraient de leur vie de débauche, mais même avec le vent droit sur l'arrière, ce qui n'était en aucun cas l'allure favorite du *Dromedary* ou de tout autre navire à gréement carré, le transport levait une modeste vague d'étrave et filait cinq nœuds quatre brasses, juste assez pour accomplir le trajet en une semaine si la brise restait stable.

Le vent était toujours de même orientation le lendemain et le matin suivant ; et la plupart des Surprises étaient encore fort affairés avec le fil et l'aiguille. Leurs vêtements de travail à présent en ordre, ils passaient aux travaux plus délicats : on savait que l'on devait gréer la chapelle le dimanche — Mr Martin faisait déjà répéter un hymne à quelques-unes des meilleures voix, dans la cale avant vidée, et le pont vibrait comme la caisse de résonance de quelque vaste instrument — et l'on pensait que les Dromedaries y assisteraient en grande tenue. Les Surprises n'avaient nullement l'intention de se laisser damer le pion par un tas de marins du commerce et comme, d'une part, leur tenue de terre serait ostentatoire et mal appropriée, et que, de l'autre, le temps manquait pour des broderies vraiment délicates, ils cousaient tous des rubans dans les coutures.

Quelques-uns avaient cependant consacré une part de leur temps à polir la cloche du docteur et les épaisses plaques de plomb couvrant le bas des côtés brillaient à présent autant que le sable et la poussière de brique pouvaient conduire du plomb à briller, tandis que le cercle de cuivre au sommet rivalisait avec le soleil. Ils l'avaient fait pour exprimer leur sympathie, car Stephen, en promenade sous un bonnet de nuit ensanglanté, faisait un spectacle pitoyable ; étant tous parfaitement convaincus qu'il était ivre mort quand il avait reçu cette blessure, ils éprouvaient pour lui une bonté encore supérieure à leur habitude.

Mais aujourd'hui le bonnet de nuit était invisible : on avait de tous côtés représenté au docteur Maturin que le capitaine et les officiers de la *Surprise* ayant invité à dîner le patron du *Dromedary* et son second, il fallait porter une perruque, quelle qu'en fût la souffrance. Il pourrait la repousser quand on aurait ôté la nappe, lui dirent-ils, et même l'ôter complètement s'ils en venaient à chanter vers la fin du repas ; mais pour les débuts elle était aussi indispensable qu'une culotte. C'est donc sous une perruque que Stephen s'en alla sur l'avant visiter son infirmerie temporaire, examina et confirma deux nouveaux cas de syphilis, les injuria de s'être présentés trop tard, comme d'habitude — ils perdraient leurs dents, leur nez et même la vie s'ils ne suivaient pas ses instructions à la lettre, pour l'intelligence il était déjà trop tard — les priva de tafia, les mit au régime numéro deux, lança un traitement de salivation et leur dit que le coût des médicaments serait prélevé sur leur paie. Il vit ensuite un Dromedary troublé par une rage de dent, décida qu'il fallait arracher la dent et envoya chercher le tambour et deux des compagnons de plat de l'homme pour lui tenir la tête.

— Qu'on a pas de tambour, monsieur, lui dit son aide-infirmier. On a laissé tous les soldats à Malte.

— C'est vrai, dit Stephen, mais il me faut pourtant un tambour.

Il n'était pas un arracheur de dents très habile et il aimait que son patient soit assourdi, abruti, stupéfié par un énorme vacarme dans les oreilles.

— Ce navire n'a-t-il pas un tambour pour la brume ?

— Non, monsieur, dirent les compagnons de plat du *Dromedary,* nous utilisons des conques et un mousquet.

— Eh bien, dit Stephen, cela pourrait convenir. Allons-y. Mes compliments au personnage responsable du quart, et puis-je avoir des conques et un mousquet. Non. Attendez. La cuisine aura sûrement des chaudrons et des marmites sur lesquels on pourrait taper.

Mais peu de messages sont compris à la perfection, bien peu sont transmis sans amélioration, et la dent fut arrachée — fut enfin arrachée dans le sang, morceau par morceau — dans le hurlement des conques, le vacarme des coups de deux mousquets et le tonnerre métallique de plusieurs marmites de cuivre.

— Je vous demande pardon d'être en retard, dit Stephen en se glissant dans sa chaise car Jack, ses officiers et leurs invités étaient déjà à table, j'ai été retardé à l'infirmerie.

— On aurait pu croire que vous livriez bataille là en bas, dit Jack.

— Non, ce n'était qu'une dent, une dent difficile : j'ai sans aucun doute délivré bien des nouveau-nés avec moins de douleurs pour toutes les personnes en cause.

Cette remarque fut généralement considérée de fort mauvais goût, et d'ailleurs Stephen ne l'aurait jamais faite s'il n'avait pas été si pressé : en temps ordinaire il se souvenait parfaitement de l'étrange sensibilité des marins pour tous les sujets gynécologiques. Il retomba dans le silence puis, ayant mangé suffisamment de soupe pour calmer le plus fort de sa faim, il jeta un coup d'œil autour de la table. Jack était au haut bout avec à sa droite le capitaine du *Dromedary* et à sa gauche son second, Mr Smith ; ensuite, à côté de Mr Allen, c'était Mowett avec Rowan en face de lui tandis que Stephen, le voisin de Mowett, était face à Martin. Mr Gill, le maître de la *Surprise,* était assis à la droite de Stephen avec Hairabedian le drogman à côté de lui, tandis que les deux seconds maîtres, Honey et Maitland, se trouvaient de chaque côté de Mr Adams qui, vice-président de table, occupait l'autre bout.

En présence de leur capitaine, les deux jeunes gens étaient des poids morts à ce stade de totale sobriété du repas et le mélancolique Gill resterait muet jusqu'au bout, n'ayant aucune conversation. Martin et Hairabedian, dégagés du poids des conventions navales, bavardaient déjà au milieu de la table, mais Jack, en bout, eût été obligé comme à l'habitude d'assumer l'énorme charge de faire avancer les choses jusqu'à ce que le dîner soit bien engagé, n'était le fait que juste avant son arrivée, ses deux lieutenants avaient failli en venir aux mains sur la signification du mot « dromadaire ». Tous deux étaient de bons marins et d'aimables compagnons mais tous deux enclins à la poésie, Mowett fervent amateur de couplets héroïques tandis que Rowan préférait la liberté pindarique : chacun jugeait les œuvres de l'autre non seulement incorrectes mais privées de grammaire, de sens, de signification et d'inspiration poétique. À deux coups du quart de l'après-midi, cette rivalité s'était concentrée sur le nom du transport : pourquoi, on avait du mal à le comprendre, car on ne pouvait envisager de faire rimer dromadaire avec quoi que ce fût — et tous deux étaient encore si échauffés que bien que le capitaine Aubrey fût à ce moment tranquillement occupé avec son mouton de La Valette, Rowan lança à travers la table :

— Dites-moi, docteur, en tant que philosophe naturel, vous confirmerez sans aucun doute que le dromadaire est cet animal poilu à deux bosses et qui se déplace lentement.

— Balivernes, dit Mowett, le docteur sait parfaitement que le dromadaire a une bosse et se déplace très vite. Pourquoi sans cela l'appellerait-on le vaisseau du désert ?

Stephen jeta un coup d'œil à Martin dont le visage avait un air délibérément absent et répondit :

— Je ne voudrais pas m'engager, mais je crois que le mot est utilisé assez librement selon le goût et la fantaisie de celui qui parle, de même que les marins appellent sloop un navire ayant un mât ou deux ou même trois. Et vous devez considérer que comme il existe des sloops lents ou rapides il peut y avoir des dromadaires vifs ou indolents ; pourtant je suis enclin à supposer, ne serait-ce que d'après l'exemple de cet excellent navire du capitaine Allen, que le dromadaire idéal est une créature qui se déplace rapidement et vous transporte de manière agréable, quel que soit le nombre de ses bosses.

— Certains disent « drumadaire », observa le commis.

Sur ce, Jack changea de sujet, pour ne pas risquer d'offenser leurs invités. Mais les premières paroles de Stephen s'étaient enfoncées dans l'esprit de Mr Allen et au bout d'un moment, se penchant devant Mowett, il dit à Stephen :

— Monsieur, je vous remercie beaucoup de vous être occupé de la dent du pauvre Polwhele ; mais s'il vous plaît, pourquoi aviez-vous besoin d'un tambour pour l'arracher ?

— Oh, dit Stephen en souriant, c'est un vieux truc de charlatan mais qui a sa valeur. L'aide de l'arracheur de dents, son homme à tout faire, joue du tambour à la foire non seulement pour noyer les cris du patient, qui pourraient faire reculer d'autres clients, mais aussi pour provoquer une insensibilité partielle et temporaire qui donne à son maître le temps d'œuvrer. C'est empirique, mais de bonne pratique. J'ai souvent remarqué que lorsque le navire est au combat et que les hommes sont amenés en bas, ils sont à peine conscients de leurs blessures. D'ailleurs, j'ai amputé beaucoup de membres massacrés, sans entendre plus qu'un grognement ; et j'ai sondé bien des blessures affreuses tandis que le patient parlait d'une voix normale. J'attribue cela au vacarme du combat, à l'excitation et à l'activité extrême.

— Je suis sûr que vous avez raison, docteur, s'exclama Mr Allen. Rien que l'an dernier nous avons eu un accrochage avec un pirate à l'entrée de la Manche. Un lougre de Saint-Malo venu avec la brise, qui courait trois nœuds contre deux pour nous. Il nous a lancé une couple de volées et nous a abordés dans la fumée ; et comme je ne veux pas trop rallonger l'histoire, nous les avons convaincus de regagner leur barcasse — c'était le *Victor,* de Saint-Malo — aussi vite qu'ils étaient venus et ils sont repartis. Mais ce que je veux dire c'est qu'après tout ça, quand je me suis assis ici avec

Mr Smith qui est là (avec un mouvement de tête vers son second, lequel hocha solennellement la tête comme s'il était sous serment) pour boire un pot de thé, j'ai senti quelque chose de bizarre dans mon épaule et en ôtant mon habit il y avait un trou dans l'étoffe et un trou chez moi aussi, et une balle de pistolet logée si profond qu'elle m'avait presque traversé. J'avais senti le coup, remarquez bien, mais je l'avais pris pour une poulie qui tombait et je n'y avais pas fait attention.

Oui, s'exclamèrent les autres. La même chose à peu près était arrivée à eux-mêmes ou à leurs amis ; et après une pause convenable au cours de laquelle le capitaine Aubrey raconta une balle qui avait pénétré son flanc quand il était second maître, qui ne se distinguait en rien d'un coup de pique reçu à peu près au même moment, et qui avait erré dans sa personne jusqu'à ce qu'il devienne capitaine de frégate et que le docteur l'extraie d'un point situé très haut entre ses épaules, plusieurs autres anecdotes surgirent à la fois, donnant au dîner une atmosphère aimablement conviviale quoique un peu sanguinaire.

Dès cet instant, la conversation et les rires ne cessèrent plus ; Stephen, qui s'était donné quelque mal pour jouer son rôle, retomba dans son silence habituel, et réfléchit à Mrs Fielding jusqu'à ce que l'on ôte la nappe. Alors, tandis qu'ils mangeaient des figues et des amandes vertes, il vit Rowan se pencher et lancer à travers la table au drogman :

— Vous ai-je entendu dire que vous aviez rencontré Lord Byron ?

Oui, répondit Mr Hairabedian, il avait eu l'honneur de dîner deux fois en sa compagnie avec plusieurs des marchands arméniens de Constantinople ; et un jour il avait passé la serviette tandis que Mylord émergeait « grelottant et un peu bleu, messieurs » de l'Hellespont. Stephen regarda avec curiosité son petit visage rond et joyeux pour voir si ses paroles étaient vraies : il avait rencontré à La Valette bien des gens qui avaient connu Byron, les femmes repoussant ses avances et les hommes lui rabattant son caquet. Hairabedian disait probablement la vérité, décida-t-il. Il n'avait pas eu beaucoup de contacts avec l'interprète mais c'était manifestement un homme intelligent : il avait dit beaucoup de choses à Martin à propos des églises monophysites arméniennes et coptes, montrant une compréhension fine de la différence entre homooiousien et homoousien, et il s'était acquis la bonne opinion du carré, non pas en parlant beaucoup, bien que son anglais fût à peu près parfait, mais plutôt par son œil aimable et scintillant, son rire aigu très communicatif, son habitude d'écouter attentivement et son admiration pour la Royal Navy.

À ce moment, Mowett fut appelé ailleurs, à son grand regret, et tandis que Rowan, Martin et même le commis et les seconds maîtres questionnaient avidement Hairabedian, Mr Allen se pencha vers Stephen et lui dit :

— Qui est ce Byron dont ils parlent sans arrêt ?

— C'est un poète, monsieur, dit Stephen, qui écrit d'excellents vers de mirliton entrecoupés d'éclats d'une poésie brillante ; mais la poésie paraîtrait-elle aussi brillante sans le contraste ? Je ne saurais le dire : je n'ai pas lu grand-chose de lui.

— J'aime les bons poèmes, dit Mr Allen.

Jack toussota ; la conversation mourut ; et remplissant leurs verres avec l'une des carafes nouvelles, il dit :

— Monsieur le vice-président, au roi.

— Messieurs, dit Mr Adams, au roi.

Ensuite, ils burent au *Dromedary*, à la *Surprise* et aux femmes et bonnes amies, puis Jack dit à Mr Allen :

— Si vous aimez les poèmes, monsieur, vous êtes venu au bon endroit. Mes deux lieutenants sont d'excellents poètes. Rowan, récitez donc au capitaine votre morceau sur le combat de Sir Michael Seymour, le premier. Commencez au milieu pour ne pas être trop long.

— Eh bien, monsieur, dit Rowan avec un grand sourire à l'adresse de Mr Allen, c'est le combat avec la *Thetis*, vous savez.

Et sans le moindre changement de ton, il poursuivit :

J'affirme qu'un combat si acharné
Ne s'était pas vu depuis des années.
A sept heures la bataille s'engagea
Et pendant des heures, jamais ne cessa.
Beaucoup de blessés, de nombreux tués
Coloraient la mer de leur sang versé.
Pendant près de trois heures et vingt minutes
Nous soutînmes cette terrible lutte.
L'ennemi était si bien agrippé
Qu'il ne pourrait jamais se dégager.
Bien des fois ils vinrent à l'abordage
Mais jamais ils ne prirent l'avantage
Ils étaient nombreux mais notre vaillance
Nous permit de faire la différence.
Ne pouvant plus soutenir le combat
Il leur fallut mettre pavillon bas.
Nos braves matelots voyant cela
D'une seule voix lancèrent trois hourras.
Sans plus de délai nous l'arraisonnâmes
Et vers Plymouth tout droit nous l'envoyâmes.
Elle était nôtre avec sa cargaison,
Son artillerie et ses munitions,
Et mille barils de bonne farine,
De nos matelots la proie légitime.
Jamais elle n'atteindrait la Martinique,
Vaincue dans la nuit, exploit magnifique.

Mowett revint durant les derniers vers et, voyant son air de déception, assez bien dissimulé, Jack dit à Mr Allen :

— Les poèmes de mon premier lieutenant sont également très appréciés, monsieur, mais ils sont dans le goût moderne, que peut-être vous n'aimez pas.

— Non, monsieur, pas du tout, ha ha ha ! dit Allen, à présent très rouge et porté à rire, je l'aime par-dessus tout.

— Eh bien, peut-être voulez-vous nous réciter le morceau sur le dauphin mourant, Mr Mowett, dit Jack.

— Oh, monsieur, si vous insistez, dit Mowett avec enthousiasme.

Et ayant expliqué que c'était un morceau d'un poème à propos de personnes naviguant dans l'archipel, il commença d'une voix sonore et creuse :

Il faut dès maintenant soulager le navire ;
Les gabiers montent prendre un ris dans les [huniers.
Drisses des vergues hautes choquées dans la rafale,
Dans le choc des poulies les huniers s'affalent.
Vite diminuée, la toile est étarquée,
Par sa vergue qui est aussitôt rehissée.
Et voici qu'approchant de la poupe hautaine
Tout un banc de dauphins enjoués on discerne.
Leurs écailles polies reflètent le soleil,
Revêtant l'océan d'un éclat sans pareil.
C'est un désir de mort qui l'équipage inspire,
Ils lancent hameçons et harpons à présent
Un dauphin imprudent s'approche du navire
Et glisse, malheureux ! à portée du trident...

L'esprit de Stephen revint à Laura Fielding et à sa chasteté peut-être malvenue, inutile, stupide, improductive, sottement vertueuse ; il ne fut ramené au présent que par les applaudissements qui accueillirent la fin du poème de Mowett. Au-dessus du brouhaha général s'élevait la forte voix maritime de Mr Allen, à présent libéré de sa digne retenue par quelques carafes : il déclarait que si le *Dromedary* ne pouvait rendre le compliment, n'ayant pas à son bord un gentilhomme de talent comparable, il pouvait du moins répondre par une chanson, la bonne volonté suppléant au manque d'harmonie. « *Ladies of Spain*, William », dit-il à son second, puis il donna trois coups sur la table et ils s'élancèrent ensemble :

Farewell et adieu à vous dames d'Espagne,
Farewell et adieu, il nous faut repartir !

L'ordre est là, nous partons pour la Grande-
[Bretagne,
Et peut-être jamais ne pourrons revenir.

Presque tous connaissaient fort bien cette chanson, et ils se joignirent au couplet avec une superbe conviction :

Tous vrais matelots de la vieille Angleterre,
Bourlinguons hardiment sur tous les océans !
Nous sonderons en Manche avant de voir la terre,
C'est trente-cinq lieues de mer des Sorlingues à
[Ouessant.

Puis le patron reprit, avec son second :

Nous avons pris la cape pour mieux trouver les
[sondes
Nous avons pris la cape dans un coup de suroît,
Bordé le grand hunier, à poste tout le monde !
Car on entrait en Manche et c'est toujours tout
[droit.

Tout en bas, dans le poste des aspirants, les jeunes gens exclus du festin entamèrent le couplet suivant avant le carré, et leurs voix pures résonnèrent :

Premier amer qu'on voit, on reconnaît le Dodman,
Puis Rame Head à Plymouth, Start Point, Portland
[et Wight...

Mais le meilleur souvenir que Stephen garda de ce dîner fut le visage enchanté d'Hairabedian, ses yeux scintillants et sa voix de contre-ténor s'élevant au-dessus du tonnerre pour déclarer que lui aussi, comme un vrai matelot de la vieille Angleterre, s'en irait bourlinguer sur tous les océans.

Chapitre cinq

Le *Dromedary* courait plein vent arrière, si pleinement arrière qu'à peine un souffle d'air caressait le pont ou chuchotait dans le gréement : navire silencieux en dehors du friselis de l'eau sur ses flancs, du craquement de ses mâts et de ses vergues quand il tanguait dans la douce houle d'arrière. Silencieux en dépit de la foule entassée sur le gaillard d'arrière, où l'on avait gréé la chapelle.

Le *Dromedary* en avait l'habitude car il transportait souvent des soldats d'un lieu à un autre, et les soldats étaient plus fréquemment dotés d'un aumônier que les marins ; son charpentier avait converti le cabestan, derrière le grand mât, en un pupitre parfaitement acceptable, et son voilier avait transformé une pièce de toile numéro huit en un surplis qui aurait fait honneur à un évêque. Mr Martin l'avait ôté en prévision de son sermon et dans le silence attentif, respectueux, il feuilletait à présent un petit paquet de notes. Jack, assis dans un fauteuil aux côtés de Mr Allen, vit qu'il entendait leur donner quelque chose de son cru plutôt que lire le doyen Donne ou l'archevêque Tillotson avec sa modestie habituelle, et cette perspective lui causa une certaine anxiété.

« Mon texte est extrait de l'Ecclésiaste, douzième chapitre, huitième verset : Vanité des vanités, dit le prêcheur, tout est vanité », commença l'aumônier, et dans la pause qui suivit, ses auditeurs le regardèrent avec une attente charmée. Le vent était favorable ; le navire filait régulièrement cinq à six nœuds depuis son départ de

Malte, avec quelques agréables pointes à huit et neuf, et Jack, dont l'estime et les observations étaient tout à fait d'accord avec celles d'Allen, pensait avec confiance que l'atterrissage se ferait avant midi : il avait tout à fait cessé de pousser le navire par un effort continuel de volonté et une contraction déraisonnable de ses muscles abdominaux et à présent, en se préparant à écouter Mr Martin, il prit conscience d'un plaisant bouillonnement d'excitation au fond de son esprit, très comparable à ce qu'il éprouvait dans son jeune âge. Les hommes aussi étaient d'humeur aimable : leurs habits étaient presque aussi beaux que ceux des Dromedaries ; le porc et le pudding aux raisins du dimanche n'étaient plus guère qu'à une heure de là, sans même parler du tafia ; et l'on savait assez généralement que la mer Rouge pourrait leur apporter une faveur remarquable.

— Quand j'ai embarqué à bord du *Worcester* dans les débuts de mon ministère naval, poursuivit Mr Martin, les premiers mots que j'ai entendus furent : « Fauberts, fauberts, holà ! »

La congrégation sourit en hochant la tête : rien ne pouvait être plus véridique sur un vaisseau de guerre respectable, surtout avec Mr Pullings comme premier lieutenant.

— Le matin suivant, je fus réveillé par le bruit des pierres à briquer et des fauberts tandis que l'équipage nettoyait le pont, après quoi, dans l'après-midi, il repeignit une grande partie du flanc du navire.

Il poursuivit ainsi pendant quelque temps : ses auditeurs étaient satisfaits quand sa description était techniquement précise, ils étaient satisfaits quand il se trompait un peu ; et ils le furent plus encore quand il parla de sa visite à leur propre navire — « la *Joyeuse Surprise,* comme on l'appelle dans le service, une frégate que l'on m'indiqua comme la plus belle de Méditerranée, et la plus rapide, quoique petite ».

Étant papiste, Stephen Maturin ne participait pas à cette manifestation ; mais comme il s'était un peu trop attardé dans la hune d'artimon, observant une possible sterne caspienne avec la lunette du capitaine Aubrey jusqu'à ce que le service ait débuté, il entendait obligatoirement tout ce qui se chantait et se disait. Pendant les hymnes et les psaumes qu'une certaine rivalité entre Surprises et Dromedaries rendait plus véhéments que musicaux, son attention s'égara, revenant à sa lettre anonyme et à ses réflexions sur Diana — son genre particulier de fidélité, son ressentiment extrême de toute offense — et il se dit qu'elle ressemblait un peu à un faucon qu'il avait connu quand il était petit, dans la maison de son parrain en Espagne, un faucon hagard, un pèlerin sauvage femelle capturé, d'une audace et d'un courage extraordinaires — la mort des hérons, des canards et même des oies —, très facile avec ceux qu'elle aimait, mais tout à fait irréconciliable et même dangereuse quand on l'avait offensée. Un jour, le jeune Stephen avait nourri un autour avant elle, et jamais plus l'oiseau n'était venu vers lui, se contentant de l'observer, implacable, de ce grand œil sombre et farouche. « Mais je n'offenserai jamais Diana », observa-t-il. « Amen », chanta la congrégation, et peu après Mr Martin commença à prêcher ; Stephen connaissait mal l'art oratoire anglican et il écouta avec beaucoup d'intérêt. « Où donc veut-il en venir ? » se demanda-t-il, cependant que le chapelain passait en revue les innombrables opérations de nettoyage et d'entretien à bord d'un vaisseau de guerre.

— Mais à quoi aboutiront finalement tous ces nettoyages, ces polissages et ces peintures ? demanda Mr Martin. Le chantier de démolition : voilà la fin. Le navire est vendu par le service et survit peut-être quelques années comme navire marchand mais ensuite, à moins qu'il ne coule ou ne brûle, il aboutit au chantier fatal, il n'est plus qu'un ponton. Même le plus beau des navires, même la *Joyeuse Surprise,* finit sa vie en bois de feu et en ferraille.

Stephen regarda les officiers de la *Surprise*, son bosco, son canonnier, son charpentier, des hommes qui naviguaient à son bord depuis bien des années, plus longtemps que les capitaines, lieutenants et chirurgiens : le charpentier, homme paisible de tempérament et d'occupation, n'était qu'étonné, mais Mr Hollar et Mr Borell observaient le pasteur avec des yeux rétrécis, des lèvres serrées et un regard d'hostilité montante, intense et soupçonneuse. De la hune d'artimon Stephen ne voyait pas le visage de Jack Aubrey, mais son dos particulièrement droit et rigide indiquait une expression relativement sévère ; et beaucoup des matelots les plus âgés étaient certainement fort peu satisfaits.

Comme conscient des sentiments très vifs qui l'entouraient, Mr Martin poursuivit rapidement, invitant ses auditeurs à considérer l'homme dans son voyage à travers la vie — le soin apporté à sa personne pour la laver, la vêtir, la nourrir ; le soin de sa santé ; parfois des soins considérables, exercices, équitation, abstinence, bains de mer, gilet de flanelle, bains froids, saignées et suées, médecines et régimes — et tout cela pour quoi ? : pour la défaite inévitable en fin de compte ; la défaite finale et peut-être l'imbécillité sénile, la décrépitude ; quand ce n'était pas la mort précoce, alors c'était la vieillesse et la perte de la santé, la perte des amis, la perte de tous les conforts au moment où le corps et l'esprit étaient les moins capables de le supporter, la séparation intolérable du mari et de la femme, et tout cela inéluctable, le lot commun nécessaire, pas de surprise en ce monde, la défaite finale et la mort étant les seules certitudes, pas de surprise, et surtout pas de joyeuse surprise.

— Ho, du pont, lança la vigie du petit perroquet, terre par l'avant tribord.

Cet appel et le changement total d'atmosphère qu'il provoqua coupèrent tout à fait l'élan de Mr Martin. Il fit de son mieux pour exprimer que si la vie terrestre de l'homme pouvait être comparée à celle d'un navire, l'homme possédait une part immortelle qu'un navire n'avait pas, et que le nettoyage et l'entretien perpétuel de cette part immortelle conduiraient effectivement à une joyeuse surprise, tandis que sa négligence, même sous la forme de l'intempérance et de l'incontinence irréfléchies, ne pouvait que s'achever par une mort éternelle. Mais il avait déjà perdu la sympathie de certains de ses auditeurs et l'attention de beaucoup plus ; il n'était pas de toute manière un orateur doué et l'interruption avait encore réduit son assurance et ses pouvoirs ; découragé, il remit son surplis et mena le service à sa clôture traditionnelle.

Quelques minutes après le dernier amen, Mr Allen mena le train vers la grand-hune.

— Là, monsieur, dit-il avec un triomphe modeste en passant la lunette à Jack. Le mont à droite est le fort de Tina et le mont à gauche est le vieux Pelusium : un atterrissage à peu près tolérable, quoique je le dise moi-même.

— Le plus joli atterrissage que j'aie jamais vu, dit Jack, je vous félicite, monsieur. (Il étudia un moment la côte basse et lointaine, puis dit :) Distinguez-vous un nuage bizarre un peu au nord-ouest du fort ?

— Sans doute les oiseaux au-dessus de la branche pélusiaque, dit Allen. Ce n'est plus aujourd'hui qu'un grand vilain marécage et ils s'y reproduisent à la pelle — grues et toutes sortes d'oiseaux d'eau. Ils font un vacarme infernal toute la nuit, si l'on mouille par là avec vent de sud-ouest, et salissent le pont sur plusieurs pouces.

— Le docteur sera fort heureux d'en entendre parler, dit Jack. Il aime beaucoup les oiseaux étranges.

Et un peu plus tard, buvant en bas un verre de madère, il dit :

— J'ai une joyeuse surprise pour vous, Stephen. Mr Allen me dit qu'il y a d'innombrables oiseaux d'eau dans les marécages envasés de la branche pélusiaque.

— Mon cher, dit Stephen, j'en suis parfaitement conscient. Cette extrémité du delta est fameuse dans tout le monde chrétien comme lieu de prédilection de la poule sultane à dos vert, sans parler d'un millier d'autres merveilles de la création : et je suis parfaitement conscient que vous m'en arracherez en toute hâte, sans le moindre remords, comme vous l'avez fait déjà si souvent. Et même, je m'étonne que vous soyez assez insensible pour mentionner cet endroit.

— Ce n'est pas vraiment sans remords, dit Jack en remplissant à nouveau le verre de Stephen. Mais le fait est qu'il n'y a pas une minute à perdre, si vous me comprenez. Nous avons eu jusqu'ici la chance la plus étonnante, avec cette brise bénie jour après jour — une traversée comme on oserait à peine en demander dans ses prières — et il existe à présent une réelle possibilité que nous soyons au large de Mubara bien avant le plein de la lune ; ce serait donc la plus grande pitié du monde de gâcher nos chances pour une poule sultane. Mais si nous réussissons — je dis *si* nous réussissons, Stephen, dit Jack en collant sa main sur le pied de table en bois, Martin et vous aurez votre content de poules sultanes, et de toutes les couleurs. Oui, et d'aigles à deux têtes aussi, aussi bien en mer Rouge qu'ici, quand nous rembarquerons, je vous le promets.

Il fit une pause en sifflotant.

— Dites-moi, Stephen, poursuivit-il enfin, sauriez-vous par hasard ce que c'est qu'une bourse ?

— Je soupçonne que cela désigne une blague ou un sac de petite taille utilisé pour transporter de l'argent sur soi. J'en ai vu un certain nombre d'exemples dans ma vie ; et j'en ai même possédé une moi-même.

— J'aurais dû dire : quel est le sens de ce mot pour les Turcs ?

— Cinq mille piastres.

— Dieu du ciel, dit Jack.

Il n'était pas spécialement avide, ni le moins du monde avaricieux, mais dès sa jeunesse, bien avant d'être tombé amoureux des hautes mathématiques, il savait évaluer très rapidement les parts de prise, comme la plupart des marins ; et cette fois son esprit, habitué de longue date aux calculs astronomiques et de navigation, détermina en quelques secondes la part du capitaine sur l'équivalent sterling de cinq mille bourses, pour lui présenter une somme scintillante qui non seulement résoudrait ses affaires si compliquées à la maison, mais contribuerait largement à restaurer sa fortune — fortune qu'il avait gagnée par la combinaison d'excellentes qualités marines, de durs combats et d'une chance particulièrement favorable, et qu'il avait perdue, ou du moins mise en grand péril, par un excès de confiance à terre, en supposant les terriens plus francs et honnêtes qu'ils ne l'étaient en fait, et en signant sans les lire des documents légaux dont on l'assurait « qu'il ne s'agissait que de formalités ».

— Bien, dit-il, voilà d'excellentes nouvelles, ma parole : excellentes, en vérité. (Il remplit à nouveau leurs verres et ajouta :) Je n'ai pas encore parlé de cette affaire, car elle était tellement hypothétique, tellement incertaine. Elle l'est encore, bien entendu. Mais dites-moi, Stephen, que pensez-vous des perspectives de succès ?

— Dans ce cas particulier mon opinion ne vaut pratiquement rien, dit Stephen, mais par principe je dirai que toute expédition dont on a parlé autant que de celle-ci a peu de chance de prendre l'ennemi par surprise. C'était le sujet de conversation courant à Malte et il n'y a pas un homme à bord qui ne sache où nous allons. Par ailleurs, il y a cet aspect tout à fait nouveau — l'accord avec les Français et l'arrivée de la galère avec les ingénieurs, les canonniers et le trésor français. Bien sûr, je ne sais absolument rien de la source de ce renseignement ou de sa valeur ; mais Mr Pocock était parfaitement convaincu de sa vérité, et Mr Pocock n'est pas idiot.

— Je suis heureux que vous le pensiez, dit Jack, c'était exactement mon impression.

Il sourit, et en esprit il vit clairement la galère de Mubara nager avec régularité vers le nord, lourdement chargée et assez enfoncée.

— Il reste encore quelques joyeuses surprises en ce monde, quoi qu'en dise Mr Martin, observa-t-il. J'en ai connu des douzaines. Vous avez entendu son sermon, je suppose ?

— J'étais dans la hune d'artimon.

— J'aurais préféré qu'il ne parle pas ainsi de la frégate.

— Il l'a certainement fait par compliment pour vous — en guise de remerciement.

— Oh, certainement : ne me jugez pas ingrat. Je suis sûr qu'il avait une excellente intention et je lui suis très obligé de sa politesse. Mais les hommes sont énervés et Mowett est furieux. Il dit qu'il ne pourra plus jamais les obliger à nettoyer le pont de bon cœur ni à soigner la peinture, à présent qu'on leur a prêché que ce n'était que vanité et que cela conduisait au chantier de démolition.

— S'il n'avait pas été interrompu, je suis sûr qu'il s'en serait mieux tiré — je suis sûr qu'il aurait su clarifier son langage figuré pour l'intelligence la plus basse : mais de toute manière, à moins d'être un second Bossuet, c'est peut-être une erreur d'utiliser les métaphores et les parallèles en cette époque éminemment peu poétique.

— Pas si diablement peu poétique que tout cela, mon frère, dit Jack. Rowan a sorti la plus belle chose que j'aie jamais entendue ce matin même, juste avant de gréer la chapelle. Il était avec le quartier-maître à regarder les pièces de six et il a dit : « O vous, engins de mort dont les gosiers rageurs/De Jupin en fureur imitent les clameurs. »

— Superbe, superbe. Je doute que Shakespeare ait pu mieux faire, dit Stephen avec un grave hochement de tête.

Il avait remarqué depuis peu chez ces deux jeunes hommes une tendance fort vicieuse, une tendance à se laisser tenter par le pillage éhonté, chacun persuadé que les lectures de l'autre ne dépassaient guère les *Elements of Navigation* de Robinson.

— C'est prêt, dit Killick apparaissant dans la porte accompagné du remugle familier du chou bouilli.

— Et à présent que j'y pense, poursuivit Jack en vidant son verre, vous avez peut-être tort aussi à propos des métaphores et des parallèles. J'ai saisi aussitôt l'allusion et j'ai dit à Allen : « Il veut parler du tonnerre, je pense. » « Oui », a dit Allen, « je l'ai flairé tout de suite. » Flairé tout de suite, répéta Jack avec un sourire aimable à la possibilité d'un brillant jeu de mots combinant *flairer* et *fumée*.

Mais alors même qu'il caressait cette possibilité, elle fut éclipsée par une chose encore plus fine.

— Mais peut-être Rowan est-il un second Bossuet, dit-il.

Son profond rire fruité, intensément amusé, remplit la chambre, remplit la partie arrière du *Dromedary* et résonna jusqu'à l'avant ; il devint écarlate, puis plus rouge encore. Killick et Stephen le regardaient, souriant malgré eux, jusqu'à ce qu'il perde le souffle ; réduit à un filet de voix il s'essuya les yeux et se redressa, toujours murmurant : « Un second Bossuet, ah, mon Dieu... »

Pendant le cours du dîner, l'odeur du chou et du mouton bouilli fut brusquement remplacée par celle de la vase, car le transport, en approchant de terre, avait franchi la frontière invisible où la brise d'ouest lui parvenait non plus de la pleine mer, mais du delta du Nil et du grand marais pélusiaque lui-même.

Mr Martin était resté assez silencieux jusque-là malgré les invitations à boire lancées par le capitaine Aubrey, Mr Adams, Mr Rowan, le docteur Maturin et même, chose étonnante, le mélancolique et très sobre Mr Gill ; soudain son visage s'éclaira. Il lança à Stephen un regard de connivence et quitta la table dès qu'il le put décemment.

Stephen avait un certain nombre de doses à préparer pour les malades que l'on laisserait à bord, mais cela fait, et dès que médicaments et poudres furent confiés au second du *Dromedary*, un Écossais discret d'âge moyen, il se hâta lui aussi vers le pont. La côte était beaucoup plus proche qu'il ne s'y attendait, une longue côte basse avec une plage plate, d'un ocre roux, donnant à la mer un bleu encore plus étonnant : des dunes par-derrière, et au-delà des dunes un monticule surmonté d'un fort avec quelque chose du genre village sur ses flancs ; à quelque deux milles du côté gauche un autre monticule, sur lequel dans les vibrations de chaleur on croyait voir des ruines éparpillées. Quelques rares palmiers, çà et là. Pour le reste, rien qu'une infinité de sable, de sable pâle : le désert du Sinaï.

Mr Allen avait tout amené sauf le petit hunier, et le navire glissait avec à peine assez d'erre pour gouverner, l'ancre prête à mouiller et un sondeur dans les porte-haubans annonçant le fond avec régularité. « Vingt brasses ; dix-huit brasses ; à la marque, dix-sept... » Presque tout le monde était sur le pont, regardant la côte avec ardeur et, comme d'habitude en ces occasions délicates, dans un silence profond. C'est donc avec un peu de surprise que Stephen entendit des cris de joie par-dessus bord : en approchant de la lisse c'est avec plus de surprise encore qu'il vit Hairabedian folâtrer dans l'eau. Il avait cru comprendre que le drogman nageait souvent dans le Bosphore et l'avait entendu se lamenter que le navire ne fût jamais encalminé pour lui permettre de faire un plongeon ; mais il avait supposé que si l'Arménien se baignait parfois en eaux profondes, ce n'était que pour quelques mouvements galvaniques et convulsifs comme les siens, certainement pas cette exubérance amphibie dans les vagues. Hairabedian suivait à l'aise l'allure du navire, tantôt sortant à demi son corps bref et trapu de l'eau, tantôt plongeant sous la coque pour émerger de l'autre côté, crachant comme un Triton. Mais son vacarme et son effervescence agaçaient Mr Allen qui n'entendait pas bien le cri du sondeur, ce que voyant, Jack se pencha sur la lisse et lança : « Mr Hairabedian, veuillez remonter à bord immédiatement. »

Mr Hairabedian obéit et resta là, vêtu d'un caleçon noir noué à la taille et aux genoux par des rubans blancs qui lui donnait un aspect saugrenu : l'eau dégouttait de sa personne trapue, courtaude, velue, et de la frange de cheveux noirs entourant son crâne chauve, mais il avait saisi la désapprobation générale et son large sourire enchanté de grenouille avait disparu, remplacé par un air de profonde soumission. Son embarras ne dura cependant pas : Mr Allen donna l'ordre de mouiller, l'ancre toucha l'eau, le câble sortit, le navire fit tête au vent et le canonnier commença son salut de onze coups, nombre convenu depuis longtemps.

La canonnade parut stupéfier les Turcs ; ou peut-être ne les sortit-elle pas de leur torpeur. Toujours est-il que la réponse ne vint pas. Au cours du long silence d'attente, Jack se dilata d'indignation. Il aurait pour son compte supporté une bonne dose de désinvolture ou même d'incivilité, mais il jugeait la moindre offense à la Royal Navy tout à fait intolérable ; et cela n'était pas la moindre des offenses — rendre le salut était une obligation tout à fait sérieuse. Observant le fort à la lunette, il vit que ce qu'il avait pris pour un village n'était en fait qu'une collection de tentes avec un certain nombre d'ânes et de chameaux, et quelques silhouettes déprimées, peu militaires, assises à l'ombre — le tout ressemblait à une petite foire lugubre et somnolente. Dans le fort lui-même il n'y avait pas le moindre mouvement.

— Mr Hairabedian, dit-il, sautez immédiatement dans vos habits. Mr Mowett, veuillez débarquer et prier Mr Hairabedian de leur demander ce qu'ils font — à quoi ils pensent. Bonden, la gigue, aussi vite que possible.

Hairabedian plongea en bas, réapparut quelques instants plus tard avec un vêtement vague et blanc et une calotte brodée et fut descendu dans la gigue par deux matelots robustes, aussi profondément mécontents que leur capitaine. La gigue fonça vers la plage à toute vitesse et dans son élan monta très haut sur le sable ; mais avant que Mowett et Hairabedian n'aient beaucoup progressé dans les dunes, un canon se mit à résonner faiblement dans le fort et l'on vit un petit groupe descendre le sentier à leur rencontre.

Jack ne voulait pas avoir l'air préoccupé. Aussi, passant sa lunette à Calamy, il se mit à faire les cent pas sur le côté tribord du gaillard d'arrière, les mains derrière le dos. Le docteur Maturin, quant à lui, n'avait pas ces scrupules ; il n'était pas là pour défendre la dignité du roi George ou de quiconque, et il prit des mains du jeune homme la lunette, qu'il fixa sur le groupe à terre. Ils avaient atteint le canot ; Hairabedian et trois ou quatre des autres discutaient à la manière orientale en agitant les bras ; mais avant que Stephen ne pût discerner la nature de leur désaccord (si désaccord il y avait), Martin attira son attention sur un oiseau volant très haut dans la coupe pure du ciel, planant à contre-vent sur des ailes neigeuses, presque certainement une spatule, et ils l'observèrent jusqu'au retour du canot qui ramenait un fonctionnaire égyptien, un civil, soucieux, pâle, les traits tirés.

Jack les conduisit en bas et demanda du café.

— Oh, monsieur, s'il vous plaît, dit Hairabedian à voix basse et discrète, l'Effendi ne peut ni boire ni manger avant le coucher du soleil. C'est ramadan.

— Dans ce cas, nous ne devons pas le tenter ni le tourmenter en buvant nous-mêmes, dit Jack. Killick, Killick, holà, annulez le café. Eh bien, Mr Hairabedian, que se passe-t-il à terre ? Ce monsieur est-il venu nous inviter à débarquer ou dois-je faire sauter le fort sur sa tête ? Hairabedian prit l'air alarmé puis, comprenant que ce n'était qu'une plaisanterie du capitaine Aubrey, il sourit avec affectation : en fait, le *Dromedary* arrivait trop tôt. Il n'était pas attendu avant la fin du jeûne et si les civils avaient rassemblé les animaux de bât — c'est eux qui donnaient à la colline l'aspect d'une foire —, les officiers quant à eux n'étaient pas du tout prêts. Au cours de ces derniers jours du ramadan, beaucoup de musulmans se retiraient pour prier : Murad Bey était à la mosquée de Katia, à une ou deux heures de là, et son commandant en second avait accompagné un saint homme à sa retraite le long de la côte, emportant avec lui la clé de la poudrière, d'où le délai à répondre au salut du *Dromedary* — le seul officier restant, un odabashi, avait été obligé d'utiliser ce qui se trouvait dans les cornes à poudre des hommes.

— Ce monsieur est-il l'odabashi ? demanda Jack.

— Oh non, monsieur, c'est un érudit, un effendi, qui écrit des lettres arabes poétiques et parle grec. L'odabashi n'est qu'un soldat brutal, un janissaire à peu près du même rang qu'un bosco : il n'ose pas quitter son poste pour venir à bord sans ordre car Murad est un coléreux, un irascible qui le ferait écorcher vif, empailler et envoyer au quartier général. Mais Abbas Effendi — avec une courbette vers l'Egyptien —, le fonctionnaire administratif, est d'une tout autre sorte : il est venu présenter ses respects, vous assurer que tout ce qui concerne le côté civil — chameaux, tentes, nourriture — a été préparé et dire que s'il vous manque la moindre chose il sera fort heureux de le fournir. Il souhaite également déclarer qu'après-demain un grand nombre de canots viendront du Menzala pour transporter à terre vos hommes et leur équipement.

Jack sourit.

— Veuillez s'il vous plaît présenter toutes les marques de reconnaissance nécessaires et dire à l'Effendi que je lui suis fort obligé de ses efforts : mais il n'est pas utile qu'il s'occupe des canots — nous en avons suffisamment, et de toute manière j'espère qu'après-demain nous serons à mi-chemin de Suez. Veuillez lui demander s'il peut nous dire quelque chose du chemin pour aller à Suez.

— Il dit qu'il l'a fait plusieurs fois, monsieur. Un peu au sud de Tel Farama, le monticule, là-bas, il coupe la piste des caravanes de Syrie, près d'un puits nommé Bir ed Dueidar. Ensuite, il devient la route des pèlerins vers la mer Rouge, où ils s'embarquent pour aller à Djeddah. Il y a d'autres puits, et s'ils sont à sec il y a les lacs Balah et Timsah. C'est plat comme une table à peu près d'un bout à l'autre, et ferme, à moins qu'il n'y ait eu de mauvaises tempêtes de sable qui font parfois bouger les dunes : mais ferme, pour la plupart.

— Oui, cela correspond à tout ce que l'on m'a dit :

je suis ravi d'en avoir confirmation. À propos, je présume que l'odabashi a envoyé dire à Murad que nous sommes là.

— J'ai peur que non, monsieur : il dit que le bey ne doit à aucun prix être dérangé dans ses dévotions, qu'il pourrait revenir au fort demain soir ou la nuit d'après et que de toute façon il vaudrait mieux attendre jusqu'à la fin du jeûne. On ne fait jamais rien pendant le jeûne.

— Je vois. Dans ce cas, veuillez demander à l'Effendi de descendre à terre tout de suite et de nous fournir des chevaux pour vous et moi, ainsi qu'un guide. Nous le suivrons dès que j'aurai donné les ordres nécessaires.

L'Egyptien ayant été raccompagné, plus pâle, plus soucieux et toujours inquiet, manifestement défaillant par manque de nourriture, Jack convoqua ses officiers. Il leur dit de se préparer pour débarquer par divisions, « un débarquement *vi et armis*, messieurs », dit-il. Et comme cela lui plaisait assez, il répéta « Vi et armis » et attendit quelque réponse. Il ne vit rien qu'une expectative souriante et une incompréhension totale sur les visages joyeux et attentifs qui l'entouraient. Ils étaient heureux de le voir de si bonne humeur, mais ce qu'il fallait vraiment, à ce point, c'étaient des instructions claires et précises : avec un imperceptible soupir intérieur, le capitaine Aubrey les donna. Dès qu'il enverrait le signal, probablement d'ici une demi-heure, les hommes devaient débarquer avec leurs armes et leurs sacs ; ils procéderaient en ordre de marche strict vers le campement préparé pour eux où ils attendraient ses ordres ; il n'y aurait pas de dispersion et ils ne devaient pas se coucher, car si tout allait bien, le capitaine Aubrey espérait couvrir une brève distance dans la nuit. Chaque quart recevrait son allocation de rhum et de tabac pour quatre jours, de sorte que s'ils étaient empoisonnés ils le soient au moins comme des chrétiens : les tonnelets seraient rigoureusement gardés, avec un officier marinier assis dessus sans arrêt. On leur servirait du pain indigène mais les hommes devaient emporter du biscuit pour la même période ; cela couperait court à toute plainte des estomacs délicats. Il éleva la voix, en direction de la cabine proche où il savait que son valet écoutait attentivement derrière la cloison, et lança :

— Killick, Killick, holà. Sortez une chemise à jabot, mon habit numéro un, des pantalons bleus et des bottes : je ne vais pas ruiner ma culotte blanche à chevaucher à travers l'Asie, étiquette ou pas. Et mon meilleur chapeau, avec le chelengk en place. Vous m'entendez, là-bas ?

Killick avait entendu, et comme il avait compris que le patron devait rendre visite à l'officier turc, il sortit pour une fois les beaux habits sans geindre ou proposer autre chose : il alla même jusqu'à ajouter de son propre chef la médaille d'Aboukir de Jack, et son épée de cent guinées.

« Mon Dieu, pensa Stephen quand le capitaine Aubrey surgit sur le pont en bouclant son épée, il est plus grand de deux pieds. » C'était tout à fait vrai : la perspective d'une action décisive semblait ajouter à la taille de Jack, en hauteur et en largeur, et lui donnait sans aucun doute une expression différente, plus détachée, lointaine, autonome. C'était de toute manière un homme de grande taille — parfaitement capable de porter sans la moindre difficulté une aigrette de diamants à son chapeau — et avec cette augmentation de taille morale il devenait un personnage beaucoup plus imposant, même pour ceux qui le connaissaient intimement comme un compagnon aimable, doux et parfois déraisonnable.

Il dit un mot à Mr Allen, puis, au moment où Hairabedian et lui allaient descendre dans la gigue, il aperçut Stephen et Martin. Son visage fermé, décidé, s'éclaira d'un sourire et il lança :

— Docteur, je vais à terre, voudriez-vous venir aussi ? (Et voyant que Stephen regardait son voisin, il ajouta :) Nous pouvons faire place à Mr Martin en nous serrant un peu.

— Penser que dans cinq ou dix minutes j'arpenterai

la terre d'Afrique, dit Martin, tandis que le canot s'élançait. Je n'en avais jamais espéré tant.

— Je suis désolé de vous décevoir, dit Jack, mais je crains que ce que vous voyez devant vous ne soit le continent d'Asie. L'Afrique est un peu à droite.

— L'Asie ! s'écria Martin, c'est encore mieux. Il rit tout haut ; et il riait encore quand le canot toucha le sable d'Asie.

Le sinistre Davis, nageur de tête, sortit la passerelle pour que les bottes étincelantes du capitaine ne soient pas éclaboussées, et poussa la bienveillance jusqu'à tendre à Stephen et Martin une main rude et poilue quand ils s'avancèrent en titubant avec leur maladresse incurable.

Un peu au-dessus du bord de l'eau, le sable laissait place à une vase dure, ondulée, sentant fort, puis la vase aux dunes. En atteignant les dunes ils perdirent tout à fait la brise : la chaleur montait du sol et les enveloppait, accompagnée d'essaims de mouches noires, velues, intrépides et grasses qui se posaient sur eux, arpentaient leur visage, montaient dans leurs manches et descendaient dans leur col.

Au détour du sentier ils rencontrèrent un homme large et trapu aux longs bras pendants, un janissaire qui salua à la manière turque puis resta à observer Jack et son chelengk avec une franche consternation sur son grand visage jaune verdâtre, le plus laid peut-être de tout le monde musulman.

— C'est l'odabashi, dit Hairabedian.

— Je vois, dit Jack en lui rendant son salut.

Mais l'homme ne semblait avoir rien à dire et comme on pouvait espérer que les mouches et la chaleur s'apaisent sur la colline du fort, Jack poursuivit son chemin. Il n'avait pas fait cinq yards que l'odabashi fut à nouveau là, sa personne peu raffinée agitée de toutes sortes de courbettes, sa voix rude remplie de déférence et d'inquiétude.

— Il vous supplie de passer par la grande porte pour qu'il puisse faire parader la garde et les trompettes, dit

Hairabedian. Il vous supplie de vous arrêter et de vous asseoir à l'ombre.

— Remerciez-le, mais dites-lui que je suis pressé par le temps et ne peux m'écarter de mon chemin, dit Jack. Que Dieu damne ces mouches.

Le malheureux odabashi était manifestement déchiré entre sa crainte de mettre en colère une personne aussi décorée que le capitaine Aubrey et sa terreur de Murad Bey : l'angoisse le rendait à peine cohérent, mais une chose apparaissait avec certitude à travers ses observations et ses excuses maladroites : il ne prendrait pas la responsabilité d'envoyer chercher son commandant. Le bey avait donné l'ordre strict de ne pas le déranger, disait l'odabashi, et le premier devoir d'un soldat est l'obéissance.

— Qu'il aille au diable, dit Jack, marchant plus vite entre les mouches. Dites-lui d'aller moraliser ailleurs.

Ils grimpaient à présent, escaladant la colline de vase durcie que couronnait le fortin, et dès qu'ils furent sortis de l'abri des dunes, les mouches se raréfièrent. La chaleur, par contre, s'amplifia.

— Vous prenez une couleur très déplaisante, dit Stephen, ne devriez-vous pas ôter cet habit épais et desserrer votre cravate ? Les sujets lourds et corpulents risquent d'être emportés en un clin d'œil, sinon par une apoplexie franche et massive, du moins par une congestion cérébrale.

— J'irai très bien dès que je serai en selle, à bonne allure, dit Jack qui n'avait aucune envie de troubler la perfection de sa cravate. Le voici, le digne Effendi, que Dieu le bénisse.

Ils approchaient du campement sur le flanc est de la colline, sous le fort qui projetait déjà dans la pente une belle ombre bleue, et l'on apercevait Abbas, avec quelques chevaux et leurs valets, au-delà des animaux de bât et des tentes. Il envoya un garçon courir à leur rencontre, un ravissant garçon mince et gracieux comme une gazelle qui salua avec un sourire ravageur, dit qu'il serait leur guide jusqu'à Katia et les conduisit entre les lignes de tentes et de huttes faites de branches de tamaris et les chameaux proprement baraqués, sages comme des chats, l'air fier.

— Des chameaux, des chameaux ! s'écria Martin, et ce sont là sans doute les tabernacles de l'Écriture.

Son œil unique brillait et, en dépit des mouches et de la chaleur oppressante — bien pire pour ceux qui débarquaient tout juste —, son visage exprimait le bonheur pur, contraste frappant avec les chameliers apathiques et jeûnant, étendus à l'ombre, l'air à peine à demi vivants. Les chevaux, en revanche, étaient pleins d'ardeur : trois arabes charmants, deux bais, assez petits, le troisième, une jument de près de seize mains, et tous trois sur la pointe des pieds, comme pleins d'une impatience heureuse. La jument était d'une couleur dorée remarquable, l'une des plus belles créatures que Jack ait jamais vues, avec une petite tête racée et de grands yeux brillants. Il lui donna son cœur immédiatement ; elle-même semblait tout à fait disposée à faire sa connaissance, inclina vers lui ses jolies petites oreilles et prêta un intérêt des plus intelligents quand il lui demanda comment elle allait.

— Mr Hairabedian, dit-il en lui caressant l'encolure, veuillez dire à l'Effendi que j'admire énormément son goût — très reconnaissant, jument absolument superbe — et dites-lui ensuite quels arrangements nous avons faits pour le débarquement des hommes. Ils attendront ici que je revienne : j'espère être de retour peu après le coucher du soleil et à ce moment, par conséquent, il faut que les tentes soient abattues, les lanternes distribuées, que les bêtes aient bu et que tout le monde soit nourri pour que nous puissions démarrer sans perdre une minute.

Hairabedian transmit tout cela : Abbas eut l'air content, ou moins inquiet, et dit que les ordres du capitaine seraient exécutés à la lettre.

— Parfait, dit Jack. Docteur Maturin, veuillez avoir la bonté de donner le signal au navire en agitant votre mouchoir.

Il allait monter quand l'odabashi plongea et saisit l'étrier pour l'aider ; et ce faisant il dit quelque chose qui ressemblait étrangement à « mande pardon, Milord ».

— Merci, odabashi, dit Jack. Vous êtes un homme honnête sans doute, quoique particulièrement stupide. Qu'y a-t-il ? (cela à Stephen qui posait la main sur ses rênes).

— Je pense qu'il n'y aurait aucune objection à ce que nous allions un peu vers le delta, peut-être avec un chameau, juste pour poser les pieds en Afrique et même voir un peu de la flore africaine ?

— Pas le moins du monde, dit Jack. Cueillez des coquelicots par douzaines, à condition que vous preniez soin de ne pas être dévorés par les lions ou les crocodiles et, ce qui est plus important encore, à condition que vous soyez revenus à temps. Voulez-vous qu'Hairabedian arrange cela avec l'Effendi ?

— Pas du tout, pas du tout. Nous nous débrouillons très bien en grec. Bonne journée à présent et que Dieu vous bénisse.

Jack tourna la tête de son cheval, et ils descendirent précautionneusement la pente à la suite du garçon, laissant le fortin à main gauche ; en atteignant le sol plan du côté éloigné, un groupe de tentes noires apparut avec des chameaux et des chevaux entravés, un campement bédouin, et la jument, levant haut la tête, émit un beau hennissement résonant. Une silhouette grossière en chemise de nuit sale et longue barbe grise sortit de l'une des tentes et fit signe de la main : elle hennit à nouveau, les yeux toujours tournés dans sa direction.

— Le garçon dit que c'est Mahommed ibn Rachid, le grand énorme gros homme des Beni Khoda, l'homme le plus lourd des déserts du Nord. Le cheval est à lui. On a pensé que c'est celui qui vous conviendrait le mieux, dit Hairabedian.

— Eh bien, dit Jack, rien ne remplace la franchise. Viens, ma jolie, poursuivit-il en s'adressant à la jument qui manifestait une nette tendance à rejoindre les tentes, nous n'avons qu'une heure ou deux de chemin à faire pour Katia : transporte-moi là-bas et tu pourras retourner près de ton maître.

Il ne douta pas un instant qu'elle le comprît à merveille : elle agita une ou deux fois ses jolies oreilles puis les inclina en avant, fit un étrange petit saut, changea de pied et partit d'un pas dansant. Ils laissèrent à droite les ruines de Pelusium et son monticule ; il n'y avait plus rien à présent que du sable dur et plat, plus rougeâtre que fauve et parsemé de petites pierres plates, devant eux et des deux côtés ; et la jument trouva sa véritable allure, un trot puissant, régulier, très long, aussi égal et léger que si elle avait transporté un enfant, et même un enfant maigre, au lieu d'un capitaine de vaisseau massif vêtu presque d'un grand uniforme et d'une masse de dentelle d'or. Mais ce n'était rien à côté de son galop. Le garçon avait poussé son cheval et pris la tête ; elle ne pouvait le supporter, Jack la sentait se raidir. Il rendit la main et elle changea immédiatement d'allure avec une poussée de l'arrière d'une puissance immense. En quelques instants elle était loin au-delà du petit cheval bai, rapide et libre sur la plaine si plate, à une vitesse que Jack n'avait jamais connue mais toujours sans effort, avec la même perfection régulière, aérienne et soutenue, volant presque, et d'ailleurs elle ne touchait le sol qu'à de longs intervalles. À présent le vent bienvenu balayait le visage de Jack, perçait son habit épais et remplissait son cœur de joie ; il n'avait jamais été si heureux sur un cheval ; il ne s'était jamais senti si bon cavalier ; et jamais en fait il n'avait si bien monté.

Mais cela ne pouvait durer : il la freina très gentiment, disant « Allons, ma jolie, ce n'est pas une conduite responsable et raisonnable. Nous avons un long chemin à parcourir » ; elle hennit à nouveau et à sa stupéfaction il constata qu'elle respirait à peine plus vite qu'auparavant.

Quand les autres le rejoignirent (Hairabedian non sans peine), il demanda son nom. « Yamina », dit le garçon.

« Si nous réussissons dans cette affaire, pensa Jack, et si l'argent peut tenter le grand énorme gros homme du désert, je l'emmènerai à la maison et je la garderai. Elle apprendrait à monter à tous les enfants, un par un ; et elle pourrait même réconcilier Sophie avec les chevaux. »

Ils poursuivirent d'un pas responsable et raisonnable, et ses pensées se projetèrent vers sa rencontre avec Murad. Il savait par son expérience en mer Ionienne combien la différence pouvait être vaste entre les intérêts de la Sublime Porte et ceux des commandants turcs locaux, entre ce que l'un ordonnait et ce que les autres exécutaient. Il explora par l'esprit différentes approches mais les repoussa toutes. « Si c'est un Turc franc et direct, nous serons tout de suite d'accord : si c'est une brute tortueuse, il faudra que je trouve la nature de sa tortuosité. Et si je ne peux m'entendre avec lui je ferai le trajet tout seul, mais ce serait un bien mauvais début. »

À présent que ce projet lointain et assez hypothétique se rapprochait quelque peu d'une possibilité, il aspirait de tout son être à sa réussite. Le trésor que la galère, disait-on, apportait à Mubara entrait évidemment en ligne de compte, mais ce n'était pas, et de loin, la seule raison de son ardeur. Depuis quelque temps déjà il était insatisfait de lui-même ; si les Français avaient été chassés de Marga en résultat de sa mission en mer Ionienne, il savait fort bien à quel point tout avait dépendu de la chance et de l'excellente conduite de ses alliés turcs et albanais. Il avait aussi coulé le *Torgud*. Mais c'était plus un massacre qu'une bataille à armes égales, et le carnage n'avait pas suffi à guérir cette profonde insatisfaction. Il lui semblait que sa réputation dans le service (et auprès de lui-même, qui observait les actes de Jack Aubrey d'une certaine distance et avec une connaissance presque parfaite de ses motivations) était fondée sur deux ou trois actions heureuses, combats navals auxquels il pouvait repenser avec un plaisir réel, bien qu'ils fussent petits ; mais ils appartenaient au passé ; tous s'étaient produits voici bien longtemps ; et à présent plusieurs hommes se trouvaient bien plus haut dans l'estime de ceux dont Jack appréciait l'opinion. Le jeune Hoste, par exemple, avait fait merveille en Adriatique, et Hoste était après lui sur la liste des capitaines de vaisseau. C'était comme s'il courait une course : une course dans laquelle il s'était assez bien comporté pendant quelque temps, après un lent départ, mais où il ne parvenait pas à tenir son avance et se faisait rattraper, peut-être par manque de fond, peut-être par manque de jugement, peut-être par manque de cette qualité particulière et inexprimable qui apporte le succès à certains hommes tandis qu'il échappe à d'autres, malgré leurs efforts égaux. Il ne parvenait pas à mettre le doigt sur l'erreur avec quelque certitude, et certains jours il pouvait dire avec une conviction totale que tout cela n'était que fatalité, l'autre face de la chance qui l'avait assisté de ses vingt ans jusqu'au-delà de la trentaine, le retour à la moyenne. Mais il y avait d'autres jours où il sentait dans son malaise profond une preuve indéniable de l'existence de l'erreur qui, même s'il ne pouvait lui-même la nommer, était apparente aux autres, particulièrement aux gens de pouvoir : d'ailleurs ils avaient accordé une bonne part des postes intéressants à d'autres hommes et pas à lui.

— Monsieur, dit Hairabedian, c'est Katia.

Jack leva les yeux. Il avait chevauché si aisément, dans un rythme si parfait qu'il s'était profondément enfoncé dans sa réflexion et il fut surpris de voir tout près une petite ville avec à gauche des bosquets de palmiers dattiers, surgissant apparemment tout droit du sable, à droite le dôme bleu turquoise d'une mosquée, et entre les deux des maisons à murs blancs et toits plats. Leur sentier avait rejoint la route des caravanes vers la Syrie, large piste filant droit comme une corde tendue vers l'est, avec, loin là-bas, une file de chameaux partant pour la Palestine.

En entrant dans la ville ils passèrent à côté d'un énorme tas d'immondices, près des puits, et une troupe de vautours divers s'envola.

— Que sont ces oiseaux ? demanda Jack.

— Le garçon dit que les noir et blanc sont les Poules du pharaon, dit Hairabedian, et les plus grands, noirs, on les appelle tous Fils des ordures.

— J'espère que le docteur les verra, dit Jack. Il aime beaucoup les oiseaux singuliers, quelle que soit leur parenté. Dieu garde, quel four, ajouta-t-il pour lui-même, car à présent qu'il s'était mis au pas, l'air était immobile et les murs scintillants de la ville réverbéraient la chaleur tandis que le soleil déclinant, bas dans l'ouest mais encore féroce, lui tapait directement sur le dos.

Katia était petite mais possédait un café très accueillant : le garçon les conduisit par les rues étroites, vides et endormies dans la cour intérieure et appela les valets d'une voix aiguë, autoritaire. Jack fut heureux de voir que les chevaux étaient connus : on traitait même Yamina avec ce qu'il aurait considéré comme un respect extravagant s'il ne l'avait pas montée.

Ils entrèrent dans une vaste salle sombre à haut plafond avec une fontaine au milieu ; un large banc rembourré courait sur trois côtés sous des fenêtres treillissées sans vitres, ombragées par la verdure extérieure ; et sur ce banc, jambes croisées, étaient assis deux ou trois petits groupes d'hommes, fumant en silence le narguilé ou conversant à voix basse. Les voix s'arrêtèrent net à leur entrée mais reprirent en une seconde à peine, toujours aussi basses. L'air était imprégné d'une fraîcheur délicieuse et quand le garçon les conduisit dans un coin discret, Jack se dit : « Si je reste ici assis sans bouger, peut-être avec le temps la sueur cessera-t-elle de me couler dans le dos. »

— L'enfant va dire au bey que vous êtes là, dit Hairabedian. Il dit qu'il est la seule personne qui puisse le déranger sans danger à un tel moment : il fait aussi observer que comme nous ne sommes que des chrétiens, nous pouvons, si nous voulons, demander à boire et à manger.

Jack arrêta les paroles qui venaient naturellement à

son esprit et répondit calmement qu'il préférait attendre. Non seulement il serait incivil pour ces messieurs barbus de manger et de boire quand ils ne le pouvaient pas, mais il n'était pas exclu que le bey soit agacé d'arriver pour les trouver occupés à engloutir les pintes de sorbet dont il avait envie. Il resta là, écoutant la fontaine, et la fraîcheur l'imprégna ; dans le jour tombant son esprit s'attarda au plaisir de ce cheval magnifique et ce n'est qu'en voyant le garçon revenir en courant qu'il sentit un élancement d'inquiétude. Le garçon avait manifestement la bouche pleine ; il avala en hâte, chassa les miettes de son menton et s'écria : « Il arrive ! »

Il arrivait effectivement, petite silhouette nette à barbe blanche et moustache soignées, turban serré et uniforme simple, avec pour seule gloire un yatagan à poignée de jade et de belles bottes rouges. Il vint droit à Jack, lui serra la main à l'européenne, et Jack vit avec beaucoup de plaisir qu'il aurait pu être le frère de Sciahan, son précédent allié, un Turc franc et direct.

— Le bey vous souhaite la bienvenue et demande : êtes-vous déjà arrivé ? dit Hairabedian.

Une question militaire de cette sorte mit Jack tout à fait à l'aise : il dit qu'il l'était, qu'il remerciait le bey de son accueil, et qu'il était très heureux de le voir.

— Le bey demande : voulez-vous des rafraîchissements ?

— Dites au bey que je serai heureux de boire du sorbet avec lui quand il le jugera bon.

— Le bey dit qu'il était à Acre avec Lord Smith quand Buonaparte a été vaincu : il a aussitôt reconnu votre uniforme. Il demande que vous alliez dans le kiosque fumer du tabac avec lui.

Autour d'un narguilé glougloutant, dans un petit lieu vert et privé, l'entrevue se poursuivit à la manière directe et sans complication que Jack espérait. Murad conseillait vivement au capitaine Aubrey d'attendre la nouvelle lune et la fin du ramadan car son escorte, composée de janissaires observant rigoureusement le jeûne, ne pouvait guère faire de longues étapes à jeun dans la chaleur du jour ; on était désormais très proche de Séghir Bayram, la fête marquant la fin du ramadan, où le capitaine et le bey pourraient manger ensemble toute la journée. Mais quand Jack lui représenta très ardemment qu'il n'y avait pas une minute à perdre, que tout retard aurait l'effet le plus malheureux sur l'ensemble de l'expédition et que son projet était de marcher la nuit, il sourit et dit :

— Vous autres jeunes hommes êtes toujours impatients de faire. Bon, je rentrerai avec vous ce soir et je donnerai les ordres pour votre escorte. Je vous donnerai mon odabashi : il est stupide mais brave comme un ours et obéissant aux ordres, et il bat ses hommes pour obtenir la même obéissance ; et je crois qu'il a quelques notions de bas hollandais. Il choisira trois ou quatre hommes, s'il peut les trouver, qui n'aient pas peur des esprits ou des démons de la nuit — le désert en est plein, vous savez. Mais je suis un vieil homme et j'ai jeûné toute la journée ; j'ai besoin de me sustenter avant la chevauchée. Cela ne vous ennuie pas d'attendre que le soleil soit couché ?

Jack dit qu'il serait très heureux d'attendre et pendant ce temps, il demanda à Murad de lui raconter le siège d'Acre.

— Je connais Sir Sydney Smith, observa-t-il, et j'avais quelques amis sur le *Tigre* et le *Theseus,* mais je n'ai jamais entendu le récit du point de vue turc.

Il l'entendit, cette fois ; et Murad lui faisait une description très vive du dernier assaut désespéré, avec les couleurs françaises flottant sur l'une des tours extérieures, un combat furieux dans la brèche et Djezzar Pacha assis dans son fauteuil juste derrière, passant les munitions et récompensant ceux qui lui apportaient des têtes de Français, quand un brouhaha général dans le café et la ville montra que la longue, longue journée d'abstinence atteignait sa fin légitime et que les hommes pouvaient à nouveau boire et manger.

Il faisait tout à fait sombre quand ils sortirent de la cour, les sabots de leurs chevaux étouffés par le sable des allées, et l'obscurité encore assombrie par les lanternes qui les accompagnèrent jusqu'à la porte ; mais une fois sortis sur la route des caravanes, et les yeux habitués à la nuit, tout le désert se trouva baigné de la douce lumière des étoiles. Vénus était couchée, Mars trop petite et trop bas dans l'est pour briller avec le moindre effet, et il n'y avait pas d'autre planète dans le ciel ; mais les seules étoiles fixes, accrochées comme des lampes dans le ciel pur, brillaient si fort que Jack distinguait toutes les formes générales et même la barbe blanche de Murad bougeant quand il parlait.

Il parlait toujours du siège d'Acre et ce qu'il disait était fort intéressant ; mais Jack aurait voulu qu'il garde son récit pour plus tard. D'abord, le bey chevauchait lentement pendant qu'il parlait ; ensuite, Hairabedian avait dû se placer entre eux pour transmettre les paroles, traduites de turc en anglais, et comme il était un cavalier nerveux, peu habitué à l'obscurité, il ralentissait encore l'allure en tirant sans cesse sur la bouche de son cheval ; par ailleurs, Yamina était pressée de rentrer à la maison, de sorte que Jack devait sans cesse la retenir et elle commençait à le détester ; et enfin, lui-même avait grand besoin de nourriture. Le bey, à la mode spartiate des janissaires, n'avait pris qu'un peu de lait caillé ; il en avait offert à Jack, mais en précisant qu'il y aurait au fort un mouton rôti que le capitaine Aubrey devait partager, et que ce serait peut-être dommage de gâcher son appétit. Le capitaine Aubrey avait acquiescé et s'était contenté de sorbet, ce qu'il regrettait amèrement.

Sur le chemin de Katia, le désert avait semblé tout à fait stérile ; il était maintenant sinon grouillant de vie, du moins tolérablement habité. Trois ou quatre fois de petites créatures sombres coururent ou bondirent en travers de la piste, si près que Yamina sautilla et dansa en un large demi-cercle, et une fois, quelque chose qui ressemblait à un gros serpent de deux yards de long la fit cabrer et sauter de sorte qu'elle faillit bien désarçonner Jack. Puis, quand le mont de Pelusium se dessina sur le ciel étoilé par l'avant tribord, une troupe de chacals déclencha un vacarme prodigieux pas très loin de la piste, hurlant et jappant jusqu'à noyer la voix de Murad ; dans une pause momentanée on entendit le bruit plus désagréable encore d'une hyène, dont le hurlement se termina par un long rire fou et grelottant, d'un volume énorme dans l'air calme et chaud.

— Sont-ce là vos esprits ou démons de la nuit ? demanda Jack.

— Non, non, ce ne sont que des chacals et une hyène, dit le bey. J'ai remarqué un âne mort par là il n'y a pas très longtemps et c'est sans doute pour cela qu'ils se querellent. Non : pour les vrais démons il faut aller sur ce mont. Dans la tour en ruine dort un djinn, à peu près de la taille de ce garçon ici : il a de longues oreilles droites et de terribles yeux orange — nous le voyons souvent. Et une troupe de goules vit dans l'une des vieilles citernes.

— Je ne suis pas du tout superstitieux, dit Jack, mais j'aime me renseigner sur les esprits. Avez-vous d'autres démons, ou peut-être devrais-je dire génies, dans le voisinage ?

— Des démons, oh oui, oui, dit le bey impatiemment. Le désert est plein de démons d'une espèce ou d'une autre, qui prennent diverses formes, chacun le sait. Si vous voulez en savoir plus sur les démons il faut demander à notre hakim : c'est un homme érudit et il connaît tous les djinns d'ici jusqu'à Alep.

Une fois passé Pelusium, en entamant le tour de la colline de Tina, ils aperçurent les feux des Bédouins puis ceux du camp naval et les portes et les fenêtres allumées du fort lui-même. Et en escaladant le sentier — Jack tenant bien fort Yamina pour l'empêcher de rentrer chez elle à toute vitesse — un souffle d'air leur apporta le parfum du mouton rôti.

Quelques minutes plus tard ils entraient dans la grande salle et Jack à demi ébloui vit tout le corps de janissaires avec ses officiers, assis autour du chaudron du régiment, à la manière démocratique turque, avec Stephen et Martin de chaque côté du hakim, le sage et médecin du régiment. Tout le monde se leva, s'inclina et en quelques instants le cercle se reforma avec le bey à sa place légitime et Jack à ses côtés. En dehors de quelques mots cérémonieux quand les nouveaux venus se lavèrent les mains, il n'y eut guère de conversation, les jeûneurs étant fort occupés avec leurs moutons : ils mangèrent le premier tout entier, accompagné d'une montagne de riz jaune au safran, et le second n'était guère plus qu'une cage thoracique dénudée quand les hommes commencèrent à s'écarter de la marmite, à parler et à se déplacer. De superbes grandes cafetières de cuivre firent leur apparition et après quelques mouvements parmi les officiers, Jack trouva Stephen et Martin à ses côtés. Il leur demanda s'ils avaient passé une agréable après-midi et s'ils avaient vu les oiseaux et les animaux qu'ils espéraient. Ils le remercièrent en disant qu'elle avait été fort agréable effectivement, en dehors de quelques incidents fâcheux tels que l'agressivité de l'un des chameaux qui avait mordu Mr Martin puis s'était enfui. Ce n'était pas une morsure très grave mais elle ennuyait un peu Mr Martin, la morsure de chameau étant généralement considérée comme capable de transmettre la syphilis ; mais le hakim l'avait pansé avec un baume tiré du scinque. Et puis l'autre chameau, qui n'était pas vicieux, avait cependant refusé de baraquer, de sorte qu'ils n'avaient pu le monter mais avaient dû le ramener à la maison par le désert, parfois en courant pour ne pas être en retard.

— Mais du moins vous avez vu des oiseaux ? demanda Jack, il y en avait en quantité près de Katia.

Les deux messieurs semblaient assez réservés mais finalement Martin raconta comment ils avaient atteint une roselière dense, progressé lentement dans la boue gluante et l'air épais, épaissi de moustiques à jeun, l'espoir qui les avait saisis en entendant devant eux des mouvements et des cris, avant d'atteindre finalement une mare découverte où ils avaient vu une poule d'eau commune et deux honnêtes foulques anglaises tandis que sur une branche d'un saule proche se trouvait un oiseau qu'ils avaient réussi à identifier, malgré leur visage si gonflé par les piqûres de moustiques qu'ils arrivaient à peine à ouvrir les yeux, comme un pinson femelle.

— C'était peut-être un peu dur par moments, dit Martin, surtout au retour quand nous sommes tombés dans les buissons d'acacias épineux, mais cela valait bien toutes nos peines car nous avons vu le cours du vieux Nil !

— De plus, dit Stephen, j'ai toutes raisons de penser que le grand duc est présent. Non seulement j'ai vu ses pelotes de réjection, mais Abbas Effendi a imité sa voix de manière indubitable, un hou-ho, hou-ho fort et profond, calculé pour frapper de terreur des mammifères grands comme une gazelle et des oiseaux de la taille d'une outarde.

— Eh bien, voilà qui est merveilleux, j'en suis sûr, dit Jack. Mr Hairabedian, je pense qu'à présent nous pouvons dire au bey que j'aimerais voir Mr Mowett et le fonctionnaire égyptien, de sorte que si leurs rapports sont satisfaisants nous pourrons prendre congé dès que ce sera civil.

Le bey dit qu'il connaissait l'impatience du capitaine Aubrey et qu'il ne le retiendrait pas s'il semblait que la colonne soit prête à s'ébranler — et, ajouta-t-il, comme l'odabashi conduira l'escorte, il vaudrait mieux qu'il aille présenter ses respects à l'officier correspondant. Il se tortilla le visage et, avec une intonation très britannique et un regard entendu, il dit « Boscon », puis frappa sur le chaudron rituel et le silence se fit. Tout était à présent parfaitement militaire.

— Odabashi, dit-il, et l'odabashi se leva. Odabashi, tu iras avec cinq hommes escorter le capitaine aimé du sultan jusqu'à Suez, en marchant la nuit comme il te l'ordonnera. Choisis tes hommes et va avec le drogman qui te conduira à l'officier de même rang que toi.

L'odabashi porta la main à son front et s'inclina. D'une voix rauque il nomma cinq hommes et suivit Hairabedian hors du fortin.

Mr Hollar, le bosco, Mr Borell, le canonnier, et Mr Lamb, le charpentier, buvaient du thé sous la tente des officiers mariniers quand le drogman amena leur visiteur. Il expliqua son statut et sa fonction en disant : « Je présume qu'il mangera avec vous. » Il dit ensuite qu'il lui fallait se hâter pour trouver le premier lieutenant et Abbas, car le capitaine voulait savoir comment les choses se présentaient.

— Elles se présentent assez bien, dit le bosco, tout est paré et l'ancre à pic. Un chameau sur cinq a une lanterne gréée derrière sa charge, prête à allumer, et tous les capricieux sont muselés. Il ne reste plus à abattre que cette tente et celle du carré et en cinq minutes nous sommes en route. Quant à Mr Mowett, vous le trouverez derrière le grand feu avec les tribordais.

— Merci, dit Hairabedian, il faut que j'y coure.

Et il s'évanouit dans l'obscurité, laissant l'odabashi derrière lui.

— Prenez une tasse de thé, dit le bosco d'une voix très forte. (Puis, plus fort encore :) Thé. Tcha.

L'odabashi ne répondit rien mais se tortilla gauchement et continua à regarder le sol, les bras pendant très bas de chaque côté.

— Eh bien, en voilà un bougre poilu, pas d'erreur, dit le bosco l'examinant de près. J'ai jamais vu un bonhomme aussi laid : il ressemble plus fort à un chinge qu'à quelque chose d'humain.

— Un chinge ! s'exclama l'odabashi, piqué au vif et sortant de sa timidité, tu peux te mettre ça là où ton singe met les noix. T'es pas une peinture à l'huile, toi non plus, hein !

Le silence absolu qui suivit fut enfin rompu par le bosco qui demanda :

— Est-ce que l'odabashi parle anglais ?

— Pas un foutu mot, dit l'odabashi.

— Je voulais pas te vexer, matelot, dit le bosco en tendant la main.

— Et je me vexe pas, dit l'odabashi en la serrant.

— Assieds-toi sur ce sac, dit le canonnier.

— Pourquoi tu l'as pas dit au capitaine ? demanda le charpentier, il aurait été rudement content.

L'odabashi se gratta en marmonnant quelque chose à propos de trop timide.

— J'ai bien parlé une fois, ajouta-t-il, mais il m'a pas écouté.

— Donc tu parles anglais, dit le bosco qui l'observait avec sérieux depuis un moment en retournant la question dans sa tête. Comment ça se fait t'y, si je peux oser te demander ?

— Que je suis janissaire, dit l'odabashi.

— Je suis bien sûr que tu l'es, matelot, dit le charpentier, et c'est tout à ton crédit.

— Vous savez comment on recrute les janissaires, sûrement ?

Ils se regardèrent l'un l'autre, le visage absolument vide, et secouèrent lentement la tête.

— De nos jours c'est plus si strict, dit l'odabashi, et on prend toutes sortes de gens bizarres ou pas sérieux, mais quand j'étais un petit garçon ça se faisait par ce qu'on appelle le devshurmeh. C'est encore comme ça, mais pas autant, si vous me comprenez. Le tournajibashi fait le tour de toutes les provinces où il y a des chrétiens, surtout l'Albanie et la Bosnie, les autres étant comme qui dirait de la racaille, et à chaque endroit il prend un certain nombre de garçons chrétiens, parfois plus, parfois moins, sans s'occuper de ce que disent leurs parents. Et ces garçons sont envoyés dans un baraquement spécial où on leur taille la queue, pardonnez-moi l'expression, et on leur apprend à être des musulmans et des bons soldats. Et quand ils ont servi leur temps comme ajami, comme on dit, ils sont versés dans une orta de janissaires.

— Donc je suppose qu'un bon nombre de janissaires parlent des langues, observa le charpentier.

— Non, dit l'odabashi, on les prend si jeunes et si loin qu'ils oublient leur langue et leur religion et leur peuple. Pour moi c'était pas pareil. Ma mère était dans la même ville. Elle venait des Hameaux de la Tour, à

Londres, et elle travaillait comme fille de cuisine dans une famille de marchands turcs à Smyrne où elle s'est mise avec mon papa, un pâtissier d'Argyrocastro, ce qui a fait des histoires avec la famille. Il l'a ramenée à Argyrocastro mais ensuite il est mort et les cousins l'ont chassée de la boutique, comme c'était la loi, et elle a dû vendre ses gâteaux sur un étal. Ensuite, le tournajibashi est passé par là et l'homme de loi des cousins a donné à son employé un présent pour me prendre, ce qu'il a fait — il m'a emmené tout droit à Widin, la laissant toute seule.

— Et elle qui était veuve, dit le charpentier en secouant la tête.

— C'était vraiment dur, dit le bosco.

— J'ai horreur des hommes de loi, dit le canonnier.

— Mais j'étais pas apprenti soldat à Widin depuis six mois que ma maman était là avec son étal de gâteaux devant les baraquements : alors on se voyait tous les vendredis et parfois d'autres jours ; et c'était la même chose à Belgrade et à Constantinople quand j'ai eu fini mon temps. Partout où allait l'orta. Et comme ça j'ai jamais oublié mon anglais.

— C'est peut-être pour ça qu'ils t'ont envoyé ici, suggéra le bosco.

— Si c'était ça je voudrais m'être coupé la langue, dit l'odabashi

— Ça ne te plaît pas ici ?

— Je déteste cet endroit. La compagnie excepté.

— Et pourquoi, matelot ?

— J'ai toujours été dans les villes et j'ai horreur de la campagne. Et le désert c'est dix fois pire que la campagne.

— Lions et tigres, peut-être ?

— Pire, matelot.

— Serpents ?

L'odabashi agita la tête et, se penchant vers eux, murmura :

— Djinns et goules.

— Qu'est-ce que c'est que les djinns ? demanda le bosco, un peu secoué.

— Des fées, dit l'odabashi après un moment de réflexion.

— Tu crois pas aux fées, pas vrai ?

— Quoi, quand je vois une grande foutue fée dans la vieille tour là-bas ? Haute comme ça (levant la main à un yard de terre), avec de longues oreilles et des yeux orange ? La nuit elle fait hou-ho, hou-ho, et chaque fois un pauvre bougre infortuné prend un coup ici ou là. Y a pas plus mauvais présage dans ce monde mortel. Je l'ai entendue presque toutes les nuits depuis une semaine et plus.

Il fit une pause, puis ajouta :

— J'aurais pas dû dire des fées. Des esprits, c'est plutôt ça. Des maudits fantômes.

— Oh, dit le bosco qui méprisait un peu les fées mais, comme la plupart des marins et en tout cas la totalité de ses compagnons de la *Surprise*, croyait fermement aux fantômes et aux esprits.

— Et qu'est-ce que c'est que des goules ? demanda le canonnier d'une voix basse, presque furtive, craignant d'entendre mais tirant tout de même son sac plus près.

— Oh, c'est bien plus pire, dit l'odabashi, elles prennent souvent la forme de jeunes femelles mais l'intérieur de leur bouche est vert comme leurs yeux. On les voit marcher dans les cimetières quelquefois et après la nuit tombée elles déterrent les cadavres tout frais et les mangent. Et même les moins frais, d'ailleurs. Mais elles prennent toutes sortes de formes, comme les djinns, et on les rencontre les uns et les autres à tous les tournants dans ce foutu désert qu'il va falloir traverser à pied. La seule chose à faire c'est de dire *transiens per medium illorum ibat* très vite sans se tromper, ou tu es...

À cette heure de la nuit, tout au long du jeûne, les cuisiniers du fortin jetaient par-dessus le mur les ossements restant du festin ; et les chacals étaient là en attente. Mais une fois encore ils se heurtèrent à l'hyène et à quatre membres de sa famille ; les paroles de l'odabashi furent coupées par un vacarme soudain de cris, de hurlements et de rires terribles à moins de vingt yards. Les officiers mariniers de la *Surprise* sautèrent sur leurs pieds, se cramponnant l'un à l'autre ; comme ils restaient là, figés, un corps pesant atterrit sur le poteau au-dessus de leurs têtes. Un instant plus tard sa voix énorme remplit la tente : hou-ho, hou-ho, hou-ho.

Silence glacé dans la tente, silence stupéfait à l'extérieur après le dernier hou-ho, et dans ce silence ils entendirent une voix plus forte encore crier : « Abattez la tente, là-bas devant, vous m'entendez ? Où est le bosco ? Faites passer pour le bosco. Mr Mowett, le premier groupe peut allumer ses lanternes et se préparer à partir. »

Chapitre six

A bord de *Niobe*
De la Compagnie des Indes orientales, Suez

« Très chère Sophie », écrivait à sa femme le capitaine Aubrey,

« Je profite de l'amabilité du major Hooper, de la base de Madras, pour vous envoyer ces quelques lignes en hâte : il rentre à la maison par les terres — il arrive du golfe Persique à travers le désert sur un superbe chameau blanc pur sang qui couvrait cent milles par jour — et n'a consacré jusqu'ici que quarante-neuf jours à son voyage : il pense continuer par Le Caire.

« Nous sommes arrivés en assez bon ordre, marchant la nuit et nous reposant sous les tentes et les tauds pendant la chaleur du jour, et nous avons traversé l'isthme plus vite que moi-même ou le chef chamelier ne le jugions possible, ayant fait quatre étapes en trois en dépit d'un départ tardif le premier soir. Ce n'était pas du fait d'un zèle extraordinaire de la part des hommes (quoiqu'ils soient un équipage tout à fait décent, comme vous le savez) mais parce qu'un Turc parlant anglais et grandement stupide qui commande notre escorte avait rempli leurs têtes de contes de fantômes et de génies, et les pauvres êtres idiots se hâtaient toute la nuit à une sorte de trot, tous serrés ensemble, chacun ayant peur d'être laissé en arrière et tous voulant être près de Byrne, de la hune de misaine, un homme qui possède une tabatière porte-bonheur, réputée préserver son possesseur des mauvais esprits et de la maladie de faiblesse. Et malheureusement quelque chose intervenait sans cesse pour les maintenir au sommet de la terreur superstitieuse. Nous campions près des puits ; il y avait toujours à proximité des buissons et des broussailles épineuses, abritant quelque créature qui hurlait ou criait comme une âme en peine, à l'aube, au crépuscule ou les deux. Et puis, comme si cela ne suffisait pas, il y avait les mirages pendant la journée, par dizaines ; je me souviens de celui qui s'est produit quand nous avons appareillé très tôt, bien avant le coucher du soleil, de Bir el Gada. Pas très loin de nous, si clairs et nets que vous auriez juré qu'ils étaient vrais, nous avons vu apparaître de l'eau scintillante et des palmiers verts, sous lesquels marchaient des femmes portant des pots et bavardant. "Oh oh, s'est exclamé mon tas d'idiots, ce sont des goules, nous sommes perdus." Et cette grande brute sauvage de Davis (un cannibale, j'en suis certain) restait cramponné au bosco, les yeux serrés, et le bosco cramponné à la sangle d'un chameau, et tous deux imploraient le petit Calamy de leur dire quand ce serait fini. Une bande de poltrons vraiment pitoyables ; j'aurais eu honte qu'on les voie si les Turcs n'avaient pas été tout aussi lamentables.

« Je dois dire que Stephen ne s'est pas montré toujours aussi discret qu'il l'aurait pu. Quand le pasteur Martin s'est efforcé de chasser les goules et le reste comme superstition, il l'a contredit en parlant de la sorcière d'Endor, du porc de Gadara et de mauvais esprits par douzaines — tirés des Saintes Écritures —, il a cité toutes sortes de fantômes classiques, fait appel à la tradition invariable de toutes les nations et de tous les siècles et nous a raconté en détail l'histoire d'un loup-garou pyrénéen de sa connaissance, qui a totalement terrifié les plus jeunes aspirants. Martin et lui ne dormaient presque pas (à moins qu'ils n'aient somnolé sur leur chameau, la nuit, pendant que nous marchions) car tandis que tout le monde se reposait sous les tentes, ils se pressaient dans les buissons pour trouver toutes sortes de plantes et de créatures ; mais je pense que Stephen n'aurait pas dû recueillir autant de serpents — il sait sûrement combien cela gêne les marins — et il n'aurait certainement jamais dû apporter la monstrueuse chauve-souris de trois pieds de large. Elle s'est envolée de la table, s'est accrochée à la poitrine du pauvre Killick, et j'ai cru qu'il allait s'évanouir de terreur, pensant que c'était un esprit malin, ce qui n'a rien d'étonnant.

« D'ailleurs, il s'est évanoui l'après-midi suivante — vous l'auriez beaucoup plaint — sous l'effet d'un coup de chaleur combiné avec la contrariété. Une paire de chameaux étaient devenus fous (c'est fréquent lorsqu'ils sont en rut, m'a-t-on dit) et se sont bagarrés furieusement par-dessus ma tente, rugissant, bouillonnant et dispersant toutes mes affaires aux alentours. Les hommes les ont attrapés par les pattes et la queue et ont réussi finalement à les séparer, mais pas avant que mon meilleur chapeau n'ait été cruellement piétiné. J'en ai été désolé car il portait en cocarde ma décoration turque : j'avais l'intention de vous en offrir les diamants et entre-temps j'espérais qu'il me donnerait plus de poids auprès des Turcs. Mais le chelengk avait été piétiné dans le sable et bien que Killick, aidé par beaucoup d'autres, ait retourné des tonnes de désert jusqu'au coucher du soleil pour finalement s'évanouir, comme je vous l'ai dit, nous avons dû repartir sans l'objet, le pauvre Killick amarré sur un chameau.

« Pour revenir à Stephen : vous connaissez son économie de vie, bien entendu — un habit neuf tous les dix ans, des culottes usées jusqu'à la trame, des bas dépareillés, aucune dépense sauf pour les livres et les instruments philosophiques —, eh bien, il m'a totalement stupéfié, à Tina, en sortant une quantité extraordinaire d'or et en s'achetant un véritable troupeau de chameaux (comme Job) pour transporter cette précieuse cloche de plongée dont je vous ai parlé : elle se démonte, mais chaque morceau exige une bête robuste pour la porter. L'Égyptien qui avait rassemblé les animaux de bât pour notre trajet n'était pas au courant de la cloche de plongée, mais heureusement il y avait tout près un campement bédouin avec des chameaux à vendre. Et, oh, Sophie, dans ce même campement il y avait une jument si belle... » Ayant atteint la fin de sa description, il fit une pause, tout souriant, puis poursuivit : « Nous sommes donc arrivés ici en un temps remarquable et avec une seule victime — le drogman, malheureusement, a enfilé sa botte alors qu'il y avait un scorpion dans le fond et il a maintenant la jambe comme un traversin. J'en suis profondément désolé car c'est un homme fort capable, obligeant, qui parle toutes les langues du Levant et aussi un excellent anglais — il aurait pu construire à lui tout seul la tour de Babel. Nous sommes arrivés mais hélas, une fois de plus, nos amis n'étaient pas prêts. Le navire de la Compagnie était là, avec tout à fait l'allure d'un navire marchand, large et camus, tous ses canons en bas, invisibles, et un équipage de Lascars, le seul Européen étant l'un des pilotes de la Compagnie pour Moka ; et il y avait une belle brise de nord pour nous faire descendre le golfe. Mais où étaient les Turcs qui devaient embarquer ?

« Je me suis rendu à la maison du gouverneur égyptien, mais il était sorti et il est apparu que le gouverneur adjoint, homme nouveau, produit de quelque bouleversement récent, n'était pas au courant du projet : il semblait uniquement désireux de recevoir quelque somme absurde en droits de port et d'aiguade pour la *Niobe,* et de douane sur sa cargaison fictive. Pressé par Hairabedian, qu'on avait amené sur un brancard, il dut admettre qu'il y avait dans le voisinage un détachement turc — ils s'étaient un peu écartés, il ne savait pas exactement où, ils pourraient revenir après la fin du ramadan, quoi qu'il en soit, il enverrait leur dire que nous étions là. Mais manifestement il n'aimait pas les Turcs ; et il aurait été étrange que les Turcs puissent l'aimer, même s'ils avaient essayé de toutes leurs forces. Il s'est montré assez désinvolte avec moi — combien j'ai regretté mon chelengk ! Mais Hairabedian a dit qu'à ce moment, étant donné les relations très délicates entre la Turquie et l'Égypte, il ne serait pas approprié de se brouiller avec lui. Il n'a pas prévenu les Turcs, bien entendu, et avec Hairabedian immobilisé j'étais dans l'impuissance ; et tout ce temps un vent parfait soufflait, d'une chaleur infernale mais dans la bonne direction, et tout ce temps les heures précieuses s'enfuyaient, la lune plus petite chaque nuit. Ce n'est que par un coup de chance que je découvris finalement mes soldats ; notre escorte avait passé quelque temps dans la ville, attendant la fin du jeûne pour retourner à Tina et dépensant la prime que je leur avais donnée à mener grande vie après la tombée du jour ; et avant de partir leur odabashi vint dire au revoir à nos officiers mariniers. Il leur expliqua que par suite d'un désaccord entre le gouverneur égyptien et l'officier commandant turc, les Turcs s'étaient retirés aux puits de Moïse et que selon les rumeurs du bazar, les Égyptiens envisageaient de lancer sur eux les Beni Ataba, tribu de maraudeurs bédouins : ce n'était probablement que balivernes mais on ne pouvait vraiment faire aucune confiance aux Égyptiens. J'ai envoyé aussitôt aux puits de Moïse, mais c'était à présent Bayram, la fin du jeûne, et la seule réponse de l'officier turc fut pour m'inviter à leur festin, jurant qu'ils ne bougeraient pas avant que nous ayons partagé un demi-chameau — un, ou deux, ou trois jours de plus, dit-il, ne changeraient pas grand-chose. Malheureusement, l'Égyptien m'avait également invité et Hairabedian affirmait qu'il serait mortellement blessé si je n'y allais pas, et dans mon meilleur uniforme, encore. Je suis donc allé aux deux. » Il envisagea un moment de lui parler de la fête égyptienne, de l'interminable musique arabe, de la chaleur énorme dans laquelle il était resté assis heure après heure, souriant le plus aimablement possible, et des dames grasses qui dansaient ou du moins se contorsionnaient et tremblotaient, si longuement, tout en le reluquant ; du trajet jusqu'aux puits de Moïse, de la bienvenue turque avec timbales, trompettes et salves de mousqueterie, de la texture gluante et visqueuse du demi-chameau bouilli avec des amandes, du miel et de grandes quantités de coriandre, et de l'effet d'une température de près de cent vingt degrés Fahrenheit à l'ombre sur un corps bourré de deux festins successifs. Au lieu de cela, il parla de la difficulté de communiquer avec Midhat Bimbashi, l'officier commandant turc. « Comme le drogman était trop malade pour qu'on le déplace, le pauvre homme, Stephen a bien voulu venir pour faire ce qu'il pourrait avec le grec, la lingua franca et un peu du genre d'arabe qu'ils parlent au Maroc. Cela suffisait à peu près pour les remarques de table ordinaires telles que *Excellente soupe, monsieur*, ou *Permettez-moi de vous offrir un autre œil de mouton*, mais vers la fin du repas, quand tout le monde s'est retiré à l'exception des deux officiers supérieurs et du splendide gentilhomme arabe que nous devons mettre sur le trône de Mubara, au moment où je voulais absolument faire entendre au bimbashi l'extrême importance de nous hâter, notre jargon nous a misérablement trahis. Il était apparu que ni le Turc ni l'Égyptien n'avaient le moins du monde connaissance de la galère qui devait appareiller de Massaoua ce jour même ou peut-être le lendemain, transportant les Français et leur trésor vers le nord (ce qui était étrange, dirai-je en passant, car avant d'être si malade, Hairabedian m'avait dit qu'un marchand arabe de Suez avait confirmé le chargement de la galère, là-bas à Massaoua, avec un grand nombre de caisses, petites mais fortement gardées et plus lourdes que le plomb), d'où la nécessité d'amener le bimbashi à comprendre la situation présente. Mais à chacun de nos efforts, les officiers hurlaient de rire. Les Turcs ne rient pas facilement, comme vous savez, et ceux-ci, quoique jeunes et actifs, étaient jusque-là restés graves comme des juges. Mais quand nous disions *se dépêcher*, ils ne pouvaient se contenir ; ils s'esclaffaient et rugissaient, roulant bord sur bord et se tapant sur les cuisses ; et quand ils pouvaient retrouver leur voix ils s'essuyaient les yeux et nous disaient *demain* ou *la semaine prochaine*. Même Hassan, le digne Arabe, s'est finalement joint à eux, hennissant comme un cheval.

« Puis on a apporté le narguilé et nous nous sommes assis pour fumer, les Turcs gloussant discrètement de temps à autre, l'Arabe souriant et Stephen et moi tout décontenancés. Finalement, Stephen fit un autre essai, en retournant la phrase, et en soufflant pour montrer que nous devions profiter du vent favorable — que tout dépendait du vent. Mais aucun résultat. À la première allusion à ce mot malheureux, les Turcs ont explosé et l'un d'eux a envoyé un tel souffle dans le tube de son narguilé que l'eau a rejailli, éteignant le tabac. “Ah, zut alors”, dit Stephen ; l'Arabe se tourne vers lui : “Vous parlez français, monsieur ?” demande-t-il, et aussitôt les voilà partis, jacassant comme des pies — car il semble que Hassan, comme son cousin le cheik actuel, ait été pris par les Français quand il était jeune.

« J'ai déjà dans ma vie rencontré des changements d'expression soudains, mais jamais aucun d'aussi instantané et total que la transformation du bimbashi, passant de la joie bien nourrie et pétillante au sérieux concentré et intense quand l'Arabe eut traduit la partie concernant le trésor français. D'abord il ne put croire à la somme, bien que Stephen ait très sagement visé l'estimation basse de deux mille cinq cents bourses, et se tourna vers moi. "Oui", dis-je en écrivant le montant sur le sol avec du loukoum à moitié fondu (nos chiffres sont à peu près les mêmes, voyez-vous) "et peut-être même ceci" en écrivant cinq mille.

« "Ah, vraiment ?" dit-il en tapant des mains, et dans l'instant l'endroit s'est trouvé aussi affairé qu'une ruche renversée, avec des hommes courant dans toutes les directions, des sous-officiers gueulant, des tambours battant et des trompettes sonnant. À l'aube, ils étaient tous à bord, jusqu'au dernier : et la brise soufflait exactement contraire.

« Elle avait tourné dans la nuit et elle est restée ainsi depuis lors, assez forte ; si vous regardez la carte vous verrez que pour descendre cap au sud-sud-est toute la longueur de l'étroit golfe de Suez, il nous faut absolument vent portant. De temps à autre le bimbashi s'arrache les cheveux et fouette ses hommes ; de temps à autre la chaleur humide et la contrariété me donnent le sentiment que mon petit corps est las de ce grand monde ; et de temps à autre, les hommes (qui sont tous parfaitement au courant de ce que nous devons faire et qui sont tous des pirates au fond du cœur) me font dire par les aspirants, ou les officiers, ou Killick ou Bonden, qu'ils seraient très heureux de déhaler la barque sur ses ancres si je le jugeais bon, et au diable coups de soleil et apoplexie. Tant que ce vent souffle de la sorte je ne peux en conscience le faire, dans ce port peu profond et mal abrité, avec ses chenaux en baïonnette, ses roches coralliennes aiguës et son fond de mauvaise tenue, mais je l'essaierai si la brise faiblit ; quoique Dieu sache qu'un homme peut à peine parcourir la longueur du navire sans suer comme un bœuf, sans même parler de la tâche laborieuse qui consiste à déhaler un navire. Même les Lascars le supportent à peine. Pour l'instant nous faisons tout ce que nous pouvons comme préparatifs — mise en place des canons et ainsi de suite — et pour le reste nous restons là à grincer des dents. Mowett et Rowan sont tout proches de la querelle : je suis désolé d'avoir à le dire, mais je crains bien qu'il n'y ait pas place pour deux rossignols dans le même bosquet. Les seuls hommes satisfaits sont Stephen et Mr Martin. Ils passent des heures à faire des bulles dans leur cloche, nous faisant remonter des vers, de petits poissons de couleurs vives et des morceaux de coraux ; ils y prennent même leurs repas ; ou alors ils se promènent toute la journée sur les récifs, observant les créatures dans l'eau peu profonde et les oiseaux — ils me disent avoir vu des balbuzards par dizaines. Stephen n'a jamais souffert de la chaleur, quelque excessive qu'elle fût ; mais comment Mr Martin peut-il le supporter, même avec son parapluie vert ? Je ne saurais le dire. Il est devenu maigre comme une grue, si vous pouvez imaginer une grue au sourire perpétuel. Pardonnez-moi, Sophie ; voici le major Hooper tout pressé de repartir. Avec tout mon amour pour vous et les enfants, votre mari très affectionné,

Jno Aubrey »

Ayant raccompagné le major, Jack revint haletant dans sa chambre où un air nullement rafraîchissant entrait en masse par les hublots ouverts. Très loin, se détachant sur une ligne de hauts palmiers agités sur la rive occidentale, il vit Stephen et Martin portant à eux deux une tortue de bonne taille. Un canot vint à couple : encore un autre visiteur arabe pour Mr Hairabedian. Par la claire-voie il entendit Mowett dire « J'aime à flâner dans les bois dénudés, Où souffle et siffle la rafale hivernale » et pour quelque raison étrange, cela lui remit en mémoire l'image de la lune de la nuit dernière — ce n'était plus la faucille surgie après Bayram, mais une tranche de melon horriblement épaisse dans le ciel, une lune grasse qui devait briller sur la galère bien avancée dans son trajet vers Mubara. « Et pourtant nous n'avons pas perdu une minute en traversant l'isthme : je n'ai vraiment rien à me reprocher sur ce point », se dit-il. Mais peut-être aurait-il dû manœuvrer l'Égyptien avec plus de tact, ou trouver un moyen plus habile, plus rapide, d'entrer en contact avec les Turcs en dépit de lui ; il retournait les possibilités dans son esprit mais le sommeil noya ses accusations, les atténuant quelque peu. « La meilleure troupe peut rater son but », dit un côté de son cerveau, et avant que l'autre ait totalement formulé la réponse « Oui, mais ce n'est pas au chef malchanceux que l'on doit confier une mission délicate et mal préparée », il s'endormit : la notion, pourtant, restait là, présente en profondeur, prête à resurgir.

Il avait acquis très tôt dans sa carrière navale le pouvoir de s'endormir instantanément à n'importe quel moment, et malgré le passage des années depuis le temps où il prenait le quart, il ne l'avait pas perdu ; il pouvait encore dormir quel que fût le vacarme et l'inconfort et il fallait encore une perturbation nautique importante pour l'éveiller. Un câble en fibre de coco traîné sur le pont accompagné de cris indiens aigus n'y suffisait pas, pas plus que le bruit de son énorme ronflement (car sa tête était tombée en arrière et il avait la bouche ouverte), pas plus que l'odeur de la cuisine turque qui arrivait en tourbillon avec le soir. Ce qui le réveilla, et le réveilla tout à fait, fut un changement de vent : il avait brusquement tourné de deux quarts ; il mollissait et venait en rafales.

Jack monta sur le pont, sur le gaillard d'arrière particulièrement encombré : ses officiers entraînèrent immédiatement vers la lisse sous le vent les Turcs et l'Arabe, qui ne comprenaient rien mais restaient dociles à bord du navire. Le bord au vent très vite dégagé, il se tint là, regardant le ciel du soir, les nuages éparpillés au-dessus de l'Afrique et la brume sur la rive arabe. Le temps allait changer, il en était certain ; et c'était aussi l'opinion d'un certain nombre de gabiers de la *Surprise*, hommes âgés ayant une immense expérience de la mer ; sensibles comme des chats à ses modifications, ils étaient pour l'instant alignés sur le passavant, et lui jetaient des regards entendus.

— Mr McElwee, dit-il en se tournant vers le pilote de la Compagnie, que pensez-vous de ceci et qu'en pense le serang ?

— Eh bien, monsieur, dit Mr McElwee, je n'ai pas été souvent au nord de Djedda ou Yambo, comme je vous l'ai dit, pas plus que le serang, mais nous pensons tous deux que cela ressemble beaucoup à une chute de vent pour la nuit, avec peut-être un égyptien demain.

Jack acquiesça. Le vent égyptien, quoique n'étant nullement la brise la plus favorable que l'on puisse souhaiter pour un chenal aussi étroit que le golfe de Suez, avec ses forts courants et ses récifs de coraux, serait du moins en arrière du travers ; et si le navire était aussi bon marin qu'on le disait, et habilement mené, ce vent pourrait le porter jusqu'à la mer relativement ouverte.

— Parfait, dit-il, je pense que nous pouvons mettre en place une ancre à jet, de sorte que si cette satanée brise a suffisamment molli à la marée haute, nous puissions nous déhaler au-delà de l'entrée du port pour ne pas perdre une minute de l'égyptien si jamais il se met à souffler.

— Docteur, dit-il quand Stephen et Martin embarquèrent après avoir passé caisse sur caisse de coraux et de coquillages, et tandis que l'aussière sortait de l'étrave de la *Niobe*, emportée par le grand canot à travers une foule de dhows et de djermes arabes, on nous promet à demi un vent égyptien.

— Serait-ce la même chose que le terrible simoun ?

— Probablement, dit Jack. J'ai entendu dire qu'il est particulièrement chaud, du moins dans ces régions. Mais le plus important est qu'il vient de l'ouest, et même un peu au nord de l'ouest ; et aussi longtemps qu'il souffle de l'arrière il peut être aussi chaud qu'il voudra.

— Aussi chaud qu'il voudra, répéta-t-il pendant qu'ils prenaient le thé dans la grand-chambre. Il ne pourrait vraiment pas faire beaucoup plus chaud ou rien ne survivrait, sauf les crocodiles. Avez-vous jamais connu une chaleur semblable, Stephen ?

— Non pas, dit Stephen.

— Nelson a déclaré un jour qu'il n'avait pas besoin d'un manteau — l'amour de son pays lui tenait chaud. Je me demande s'il le tiendrait au frais, s'il était ici ? Je suis certain que sur moi cela n'a aucun effet : je dégouline comme la machine à distiller de Purvis.

— Peut-être n'aimez-vous pas suffisamment votre pays.

— Qui le pourrait, avec l'impôt sur le revenu à deux shillings la livre et les capitaines frustrés d'un huitième de leur part de prise ?

Les premiers souffles du vent égyptien vinrent peu après l'aube. La *Niobe* était sur une seule ancre bien en dehors du port, s'étant déhalée au-delà de toutes les embarcations pendant la nuit ; la brise était tombée au calme plat pendant le quart de minuit et même avec tous les hublots et les panneaux ouverts il régnait en bas une chaleur étouffante, pourtant ces premières bouffées d'égyptien furent encore plus chaudes.

Jack, après une couple de petits sommes, était sur le pont aux premières lueurs et il vit le vent courir sur l'eau trouble agitée par la marée avec un grand soulagement du cœur, un sentiment de libération, d'espoir renaissant. Avec tant d'hommes à bord et tant de bonnes volontés, le cabestan tourna vite, arrachant l'ancre sans presque une pause ; dès que la *Niobe* fut en route, courant le plus joliment possible en dépit de la marée contraire, il découvrit que sans être en aucune manière comparable à la *Surprise* pour la race, la vitesse ou la rapidité de réaction, c'était un petit navire raide, sage, peu enclin à tomber sous le vent, du moins aux allures portantes ; et ce lui fut une grande satisfaction. Mais cette brise avait quelque chose d'étrange : non seulement sa chaleur extraordinaire comme le souffle d'un four, ou ses rafales malaisées, irrégulières, mais quelque chose d'autre qu'il ne pouvait définir. Le jeune soleil brillait très clair dans le ciel pur de l'est, déjà terriblement fort, mais là-bas, dans l'ouest, régnait une opacité et tout le long de l'horizon, sur quelque dix degrés de haut, une barre orange sombre, trop épaisse pour un nuage.

« Je ne sais vraiment pas ce que cela peut être », se dit-il. En faisant demi-tour pour descendre prendre son petit déjeuner, la première tasse de café merveilleusement revivifiante — le véritable moka, venu tout droit de ce port intéressant, qu'il avait déjà senti —, il saisit les regards de ses quatre jeunes messieurs fixés sur lui, pensifs. « Bien entendu, se dit-il, ils attendent de moi que je sache ce que c'est. Un capitaine est omniscient. »

Stephen entra chargé d'une petite bouteille.

— Je vous souhaite le bonjour, dit-il. Savez-vous quelle est la température de la mer ? Quatre-vingt-huit degrés d'après le thermomètre de Fahrenheit. Je n'ai pas encore calculé la salinité mais je suppose qu'elle est extraordinairement forte.

— J'en suis bien certain. C'est un endroit tout à fait extraordinaire. Le baromètre n'est pourtant pas encore descendu beaucoup... Je vais vous dire, Stephen, j'aimerais beaucoup que vous demandiez à Hassan ce qu'il pense de la barre dans le ciel à l'ouest. Comme il passe une bonne partie de son temps à circuler dans le désert d'Arabie sur un chameau il doit connaître le temps local. Mais ce n'est pas pressé ; finissons d'abord ce pot.

Heureusement qu'ils n'étaient pas pressés : le pot était très grand et Stephen particulièrement bavard sur le sujet des scorpions. On en avait trouvé en bas un grand nombre et les Surprises se hâtaient de les tuer. « ... très intolérants ; un scorpion n'attaque jamais sans raison ; il ne pique que si on le provoque ; peut causer un certain inconfort ou même un coma, mais il est rarement mortel ; on pourrait presque dire jamais sauf dans le cas de ceux dont le cœur fonctionne mal et qui seraient probablement condamnés de toute manière ».

— Et le pauvre Hairabedian ? demanda Jack.

— Il courra partout demain, ragaillardi par son repos, dit Stephen.

À ce moment un grain frappa la *Niobe* qui se coucha, presque engagée. Le café jaillit sous le vent, mais ils réussirent ridiculement à préserver leurs tasses vides ; et dès que le navire se redressa, Jack se remit sur pied et se fraya un chemin parmi le fatras de chaises, tables, papiers et instruments. Dès qu'il franchit la porte de la grand-chambre, il fut enveloppé d'un nuage de sable fauve — sable volant, sable par terre, sable grinçant entre ses dents — à travers lequel il aperçut vaguement une scène de confusion totale. Les voiles battaient sauvagement. La roue, en tournant comme une folle, avait brisé le bras du barreur et l'avait jeté contre la lisse, les canots en drôme s'étaient dispersés et une voile d'étai de hune fantomatique, presque arrachée à ses ralingues, flottait sous le vent. Situation critique, même si les dégâts n'étaient pour l'instant pas très graves ; les bragues des canons avaient tenu — si l'une des pièces de neuf livres avait plongé de l'autre côté dans cette embardée monstrueuse, le navire aurait pu couler immédiatement —, les écoutes avaient été larguées, préservant les mâts, et deux quartiers-maîtres avaient repris la roue. Le plus grave était la foule des Turcs horrifiés : quelques-uns couraient sur le gaillard d'avant et dans l'embelle, au milieu des tourbillons de poussière et de sable, plus encore surgissaient par les panneaux avant et central. Beaucoup de ceux qui se trouvaient sur le pont se cramponnaient au gréement courant, entravant les efforts des marins ; et si d'autres les rejoignaient, il serait impossible de manœuvrer : le prochain grain coucherait la *Niobe*, peut-être pour de bon, certainement avec de lourdes pertes en hommes — les terriens tomberaient à l'eau par dizaines.

Mowett, Rowan et le maître étaient là — Gill à moitié nu. « Faites-les redescendre ! » cria Jack, courant à l'avant les bras écartés en faisant « Houch, houch », comme s'il poussait des oies. Les Turcs, furieux combattants à terre, étaient à présent perdus, hors de leur élément ; beaucoup avaient le mal de mer et ils étaient tous terrifiés, désarmés. La compétence et l'autorité totale des quatre officiers marchant si aisément sur le pont incliné les stupéfièrent. Ils regagnèrent les panneaux en trébuchant avec maladresse et redescendirent ou retombèrent en bas. Jack avait à peine lancé l'ordre « Capots en place » qui les y maintiendrait quand il sentit dans ses oreilles le vide, une fraction de seconde avant le deuxième grain. La rafale coucha le navire qui resta fort incliné car l'égyptien était installé, irrégulier mais violent et sans pause. Se frayant un chemin vers l'arrière, les yeux presque fermés contre le sable, Jack eut le temps de se demander comment l'on pouvait respirer dans un air aussi chaud et épais, et de remercier sa bonne étoile de n'avoir pas guindé les mâts de perroquet.

Il aurait aussi pu la remercier d'avoir un équipage solide de matelots qualifiés et des officiers parfaitement professionnels — Mowett et Rowan se laissaient peut-être aller à la poésie dans le carré mais ils n'étaient que prose et autorité sur le pont en cas d'urgence. Mais même s'il en avait eu le temps, il ne l'aurait sans doute pas fait car il considérait les qualités marines comme allant de soi chez quiconque appartenait à la Navy, il en abhorrait l'absence, jugée profondément indigne sinon même perverse, et n'en appréciait que les manifestations les plus remarquables. La question toutefois ne se posa pas, car pendant les quelque vingt heures suivantes il fut totalement occupé à préserver son navire et en diriger la course.

La première et longue période fut consacrée à réduire la toile, résoudre des problèmes tels qu'assurer les espars et les canots restants, mettre en place les bras et pataras de secours, les palans de roulis, doter les canons de doubles bragues de sécurité, réparer les dégâts dans les hauts et surveiller sans cesse l'arrivée des grains, pour autant que ce fût possible dans un crépuscule de sable volant à travers une brume de poussière jaune très fine, une brume si épaisse que le soleil à midi était rouge-orangé, accroché dans le ciel comme il l'aurait été au-dessus de Londres en novembre, un mois de novembre avec une température de cent vingt-cinq degrés Fahrenheit à l'ombre.

Puis, peu avant midi, quand le petit mât de hune fendu eut été jumelé et que l'égyptien eut adopté un régime plus régulier avec moins de rafales, tout changea : il ne s'agissait plus tant de survivre que de tirer du vent le plus de distance possible, d'exploiter l'égyptien, comme se le disait Jack, une jubilation sauvage ayant succédé à la gravité intense de ces premières heures où un faux mouvement aurait pu entraîner le naufrage corps et biens. Peu de choses l'excitaient autant que de pousser un navire aux limites de ses possibilités dans un vrai coup de vent, et à présent son principal souci était de découvrir exactement combien de toile la *Niobe* pouvait porter et où il fallait l'établir : la réponse variait évidemment selon la force du vent et l'orientation de la mer, et cette variation en elle-même n'avait rien de simple du fait de la marée, forte et sans cesse changeante dans ce golfe, et de ses étranges courants vagabonds.

Mais ce n'était pas seulement le plaisir de courir qui le faisait pousser la *Niobe* à un tel rythme, sa vague d'étrave gonflant, toute blanche dans la pénombre sur babord, et montant comme une tempête de pluie salée par-dessus le gaillard d'avant tribord. Il avait constaté rapidement que quand le navire avançait vite dans l'eau, il ne dérivait presque pas ; et dans ce golfe étroit bordé de récifs, dépourvu de ports ou de baies abritées, il ne pouvait se permettre un yard de dérive. Il n'était pas non plus possible de prendre la cape si près de la côte d'Arabie, aussi devait-il obligatoirement foncer en suivant le milieu du chenal, ou plutôt un peu au vent du milieu pour autant qu'il pût en juger ; à moins, bien entendu, qu'il ne préférât virer lof pour lof, regagner la protection douteuse du port de Suez et abandonner l'expédition. Car dès l'instant où les ingénieurs français auraient atteint Mubara, ils mettraient certainement la forteresse dans un état de défense tel que le sloop de la Compagnie, avec ses pièces de neuf et sa poignée de Turcs, ne pourrait rien tenter — il fallait qu'il arrive le premier ou pas du tout.

Courir cap au sud était périlleux, mais un peu moins maintenant que la mer, ayant forci, rendait les récifs plus visibles ; il était merveilleusement secondé, avec le pilote de Moka dirigeant le navire de la vergue de misaine et lançant ses observations à Davis, l'homme ayant la plus forte voix de tout l'équipage, qui se tenait, à demi noyé, sur le gaillard d'avant et les transmettait en un rugissement ; tous les Surprises, parfaitement habitués à ses manières, le comprenaient au premier mot et se comportaient de la façon la plus marine. Pourtant il y eut quelques moments où ils se crurent perdus. Ce fut d'abord quand le navire heurta un lourd tronc de palmier à demi coulé, le frappant du taille-mer en plein milieu avec un choc qui arrêta presque la *Niobe* : trois galhaubans cédèrent, mais les mâts tinrent bon et le tronc passa sous la coque, manquant le gouvernail de quelques pouces. Ce fut ensuite au cours d'une rafale de sable particulièrement longue et aveuglante ; le navire eut un frémissement ; on entendit en bas un bruit de raclement, plus fort que la voix du vent, et dans le creux d'une vague, sur babord, Jack aperçut le reflet d'une grande longueur de son doublage en cuivre, arraché.

À partir de midi, ce fut moins dangereux. Ils couraient toujours à folle allure sous huniers et voiles basses au dernier ris, mais sur tribord la terre invisible d'Égypte était faite à présent de collines basses et pierreuses plutôt que de pur désert ; elle avait moins de sable à offrir et la visibilité s'améliora. La vie sur le pont redevint plus normale : pas d'observation méridienne possible, bien sûr, et les feux de la cuisine ne purent être allumés pour le dîner de l'équipage, mais la succession régulière des coups de cloche, de la relève à la barre et des coups de loch avait repris et Jack observa avec plaisir que le dernier indiquait douze nœuds et deux brasses, ce qui, étant donné ses formes sobres et corpulentes, était sans doute tout proche de la plus grande vitesse que l'on pût obtenir de la *Niobe* sans dommage grave ; peut-être toutefois pourrait-il lui faire gagner encore une ou deux brasses avec un diablotin de tempête.

Il y réfléchissait quand il remarqua la présence de Killick à son côté, tenant un sandwich et une bouteille de vin et d'eau avec un tube passé dans le bouchon.

— Merci, Killick, dit-il, soudain conscient d'être affamé en dépit de la chaleur impossible et du sable qu'il avait avalé, et d'être assoiffé quoique trempé d'embruns, d'écume et parfois d'eau verte passant, chaude et compacte, par-dessus la lisse.

Tout en mangeant et en buvant, il écouta vaguement les plaintes que Killick réussissait à geindre à tue-tête « ... réussirai jamais à sortir tout ce sable... y en a dans tous vos uniformes... dans tous les coffres et les placards... dans toutes les fentes... y en a dans mon oreille... » et dès qu'il eut avalé les dernières gouttes de vin, il dit :

— Mr Mowett, il faut relever le pilote et Davis : ils sont enroués comme des corbeaux. Envoyez les hommes dîner par bordée. Ils devront se contenter de rations et de ce que le commis pourra trouver, mais qu'ils aient tous leur tafia, même les punis. Je vais descendre voir comment vont les Turcs.

Les Turcs allaient étonnamment bien. Stephen et Martin étaient avec eux, assis comme eux, en tailleur, sur le plancher, à la manière raisonnable des Orientaux, calés contre le flanc du navire rembourré de tout ce qu'ils avaient pu trouver comme coussins. Ils étaient tous très calmes, assis, placides comme une troupe de chats domestiques autour du feu, ne regardant rien de particulier et n'en disant guère plus. Ils lui sourirent gentiment et certains firent des signes d'accueil avec les mains : la première impression de Jack fut qu'ils étaient tous ivres morts, mais il se souvint ensuite que les Turcs et les Arabes étaient des musulmans, qu'il n'avait jamais vu Stephen pris de boisson et que Martin buvait rarement plus d'un verre de vin.

— Nous mâchons du khat, dit Stephen en lui montrant une brindille verte. Cela a, dit-on, un effet sédatif, tranquillisant, assez comparable à celui des feuilles de coca des Péruviens. (Il y eut un peu de conversation derrière lui et il poursuivit :) Le bimbashi espère que vous n'êtes pas excessivement fatigué et que vous êtes satisfait de l'avancement du voyage.

— Soyez aimable de lui dire que je ne me suis jamais mieux senti et que le voyage se passe raisonnablement bien. Si ce vent tient jusqu'à après-demain, nous devrions rattraper le terrain perdu et avoir quelque chance d'être au sud de Mubara en temps utile pour intercepter la galère.

— Le bimbashi dit : s'il est écrit que nous devons prendre la galère et devenir incroyablement riches, nous la prendrons ; si cela n'est pas écrit, nous ne la prendrons pas. Il n'y a rien à faire pour modifier le destin, et il vous prie de ne pas vous troubler ou prendre des peines inutiles : ce qui est écrit est écrit.

— Si vous pouvez découvrir une manière civile de lui demander pourquoi dans ce cas il a amené ses hommes à bord si vite, se marchant sur les pieds dans leur hâte, soyez aimable de le faire. Sinon, dites-lui simplement qu'il est aussi écrit que le ciel aide ceux qui s'aident eux-mêmes, et priez-le d'en rester là ; vous pouvez encore ajouter que si les formules de haute sagesse sont peut-être appropriées lorsqu'un philosophe s'adresse au menu peuple, elles le sont sans doute moins lorsqu'un bimbashi parle à un capitaine de vaisseau.

Quand ses paroles, modifiées de manière appropriée, eurent été traduites par Stephen en français et par Hassan en arabe, le bimbashi dit avec un sourire placide qu'il était tout à fait satisfait de la simple solde d'un soldat et qu'il méprisait assez la richesse.

— Eh bien, mon ami, dit Jack, j'espère que ce vent tiendra pendant deux jours, ne serait-ce que pour vous donner une chance de faire la preuve de votre mépris.

Il tint effectivement tout l'après-midi, avec beaucoup plus d'ardeur qu'il n'était confortable ; et en dépit d'une très légère baisse au coucher du soleil, Jack soupa de poulet au sable, arrosé de sable et de tafia coupé, à peu près certain que l'égyptien soufflerait toute la nuit. McElwee, Gill et le serang étaient du même avis et bien qu'ils n'aient pu faire la moindre observation à travers les nuages de poussière volante, leurs estimes s'accordaient toutes pour placer la *Niobe* un peu au sud de Ras Minah, avec devant elle une belle étendue de chenal large et dégagé.

Il resta sur le pont jusqu'au quart de minuit — le plus chaud qu'il ait jamais connu — à écouter le rugissement du vent et la bonne voix profonde et forte du navire, à observer l'extraordinaire phosphorescence de la longue courbe de la mer qui s'élevait très haut à l'étrave, plongeait jusqu'au cuivre vers le milieu et se relevait à la hauteur des porte-haubans d'artimon pour se fondre à l'arrière en un sillon agité et scintillant, une ligne qui s'étendait très loin à présent dans l'obscurité car si le pont était encore largement balayé par le sable, la poussière fine créant une sorte de brume avait cessé. De temps à autre, ses yeux se fermaient tandis qu'il se tenait là debout, oscillant avec le navire, et dans ces instants la *Niobe* fonçait dans un rêve en même temps qu'une tempête de sable. Mais elle courait assez à l'aise — ils avaient ferlé les voiles basses pendant que les deux quarts étaient sur le pont et sous cette voilure réduite elle ne souffrait pratiquement pas ; les galhaubans n'étaient plus raides comme des barres de fer et le bossoir babord touchait rarement la mer.

— Veille bien, la vigie avant, lança-t-il peu après quatre coups.

La réponse vint, apportée par le vent, « Bien, monsieur », et il sut à la voix que c'était le jeune Taplow, de la grand-hune, un matelot tout à fait fiable.

— Mr Rowan, dit-il, faites-moi appeler dès qu'on apercevra les îles.

Quand il traversa le pont, la tempête le poussa par-derrière, presque aussi forte que dans ses débuts, presque aussi chaude et irrespirable qu'à midi. Mais quand il remonta en luttant des profondeurs extrêmes d'un sommeil de plomb, Calamy agitant sa bannette et criant « Les îles en vue, monsieur, les îles devant s'il vous plaît », il ne fut pas surpris de constater que le navire gîtait à peine et qu'il n'entrait pas un souffle par la claire-voie ouverte. La partie non endormie de son esprit (si réduite qu'elle fût) lui avait dit que le vent tombait. Cette information avait choisi une manière étrange de franchir la barrière de sa lassitude immense — un rêve où il chevauchait un cheval, un très beau cheval au début mais qui progressivement diminuait et rétrécissait au point qu'il devenait de plus en plus mal à l'aise et qu'il avait finalement honte, douloureusement honte, car ses pieds touchaient le sol des deux côtés et les gens dans la rue encombrée le regardaient avec indignation. Si le message à propos du vent était codé, sa signification devait lui être apparue fort clairement depuis quelque temps car il se réveilla à peu près résigné à l'état actuel des choses.

Il monta sur le pont, les yeux bouffis : effectivement, les îles étaient là, droit devant et sur l'avant de chaque côté, très claires dans le soleil levé depuis peu ; elles formaient un petit archipel gardant l'extrémité du golfe de Suez, compliquant la navigation, mais au-delà s'ouvrait la mer Rouge dans toute sa confortable largeur. L'air était encore brumeux, mais sans rien de comparable avec la veille, et après l'île de gauche il apercevait le cap marquant la limite du golfe, puis la côte au-delà, s'éloignant vers l'est, hors de vue, sur une bonne cinquantaine de milles, comme il le savait d'après la carte. Plus de côte sous le vent à craindre ; Mr McElwee s'était particulièrement attaché au chenal entre les deux îles de l'est ; la *Niobe* avait rattrapé une part étonnante de la distance perdue ; et en dehors de la brise, tout était parfait. Mais la brise était l'essentiel de l'affaire et la brise mourait, mourait. Il regarda autour de lui, reprenant ses esprits : les tribordais lavaient le pont, envoyant vers l'arrière de grandes quantités d'eau avec la pompe d'étrave pour se débarrasser de masses de boue durcie, tombée à bord sous forme de poussière et qui s'était logée dans le moindre recoin que ne balayait pas directement la mer, et les dalots crachaient des jets épais d'eau couleur sable qui rejoignaient la mer trouble et jaune. Il prenait généralement soin de ne pas s'immiscer dans les opérations de ce genre ou déranger le quart en bas, mais cette fois il dit : « En haut le monde, à guinder les mâts de perroquet. »

La *Niobe* déploya ses ailes, l'eau se remit à chanter le long de ses flancs quand elle s'inclina sous la poussée du reste de brise qui n'était pas négligeable et, aidée par la marée, elle passa assez vite entre les îles pour rejoindre la mer ouverte, vision ravissante sous ses perroquets et ses bonnettes hautes et basses.

Vision plus ravissante encore quand le soleil grimpa vers le zénith car elle portait à présent la quasi-totalité de sa garde-robe — cacatois, contre-cacatois, ailes de pigeon et quelques étranges voiles d'étai dans les hauts —, sans oublier les tauds installés de l'avant à l'arrière contre la chaleur intolérable.

Stephen fut occupé à l'infirmerie une bonne partie de la matinée, car un coup de vent d'une telle violence entraînait toujours quelques méchants coups et blessures parmi l'équipage et souvent des fractures ; cette fois il avait aussi à réparer les pauvres Turcs malmenés. Quand il en eut fini avec eux, il passa dans la cabine d'Hairabedian. Il ne fut pas étonné de la trouver vide :

le drogman avait presque totalement récupéré et il se plaignait amèrement de la chaleur et de l'enfermement. Stephen monta donc sur le gaillard d'arrière : s'il avait regardé par l'intervalle entre ce taud et le suivant, il aurait vu la vision ravissante réduite à néant ; toutes les voiles établies avec soin et bordées avec précision pendaient, molles ; le navire n'avançait plus du tout, et l'on pouvait voir les hommes qui, le jour précédent, avaient travaillé si violemment et avec tant de risques, gratter furtivement les galhaubans pour faire venir la brise et siffler doucement.

— Bonjour, docteur, dit Jack, comment vont vos patients ?

— Bonjour à vous, monsieur, ils sont aussi confortables qu'on peut l'espérer, pauvres créatures, mais l'un d'eux m'a échappé. Avez-vous vu Mr Hairabedian ?

— Oui, il courait sur le passavant tribord il y a un instant, cabriolant comme un gamin. Le voilà, juste derrière le bossoir. Non, le bossoir, cette chose qui déborde. Souhaitez-vous lui parler ?

— Non pas, puisque je vois qu'il va bien, quoiqu'il semble le seul heureux sur ce navire funèbre. Regardez comme il parle joyeusement avec William Plaice, regardez comme Plaice se détourne d'un air morose, à regretter l'absence de vent, sans doute.

— Peut-être. Peut-être ne possédons-nous pas tous la philosophie du bimbashi ; et il pourrait y avoir des Surprises qui aimeraient mieux être riches que pauvres, qui s'impatientent à l'idée que la galère nous échappe, faisant régulièrement route au nord, avec ou sans vent, pendant que nous sommes ici à mariner dans l'oisiveté. Si le grain nous avait laissé suffisamment de canots, je suis sûr qu'ils seraient dehors en ce moment même à remorquer le navire, s'ils faisaient ce qu'ils veulent.

— Je parlais avec Hassan du vent dans ces régions. Il m'a dit que l'égyptien est souvent suivi d'un calme et que la brise habituelle de nord revient ensuite.

— Il dit cela, vraiment ? Le brave homme. J'avais bien cru comprendre que tel était le cas, mais je suis tout à fait heureux de l'entendre confirmé par une telle source.

Les autres occupants du gaillard d'arrière, en dehors des hommes de barre et de gouverne, à poste fixe, s'étaient tous déplacés vers le côté babord, où ils faisaient honorablement semblant de ne pas écouter. Mais la *Niobe* était un petit navire et dans ce silence avec tout juste le doux clapotis de l'eau tranquille contre ses flancs, ils étaient obligés d'entendre, qu'ils le voulussent ou non. La brise habituelle de nord entraînait la possibilité de la richesse, et un sourire général se répandit ; dans son accès de cupidité, Williamson bondit dans les haubans d'artimon en disant à Calamy : « On fait la course jusqu'à la tête du mât ! »

— A-t-il parlé de la durée de ce calme ? demanda Jack en essuyant la sueur de son visage.

— Il a parlé de deux ou trois jours, dit Stephen, et les sourires s'effacèrent. Mais il a observé que tout était entre les mains de Dieu.

— Que diable va-t-il faire ? dit Jack en voyant le drogman ôter sa chemise et monter sur la lisse. Mr Hairabedian, lança-t-il.

Trop tard : Hairabedian l'entendit, mais il était déjà en l'air. Il plongea dans la mer chaude, opaque, sans presque faire d'éclaboussures, et nagea rapidement le long du flanc sous la surface, réapparut vers les porte-haubans du grand mât, regarda le gaillard d'arrière et se mit à rire. Brusquement son visage joyeux s'éleva — sa poitrine et ses épaules jaillirent de l'eau. On put voir une longue forme sombre en dessous de lui et tandis que son visage regardait toujours en l'air, la bouche grande ouverte émettant un cri énorme, il fut secoué d'un côté à l'autre avec une férocité inconcevable et disparut dans un grand bouillonnement d'eau. Sa tête remonta encore une fois, encore reconnaissable, et le moignon d'un bras : mais à présent, au moins cinq requins se battaient furieusement dans la mer ensanglantée et quelques instants plus tard il ne restait rien que le nuage rouge et les bêtes cherchant avidement les derniers lambeaux tandis que d'autres approchaient à toute vitesse, leurs ailerons fendant la surface.

Le silence médusé se poursuivit jusqu'à ce qu'enfin le quartier-maître ayant la gouverne toussote : le sable dans l'ampoulette était presque écoulé.

— Faut-il que je reprenne le soin, monsieur ? demanda le maître à voix basse.

— Oui, Mr Gill, faites, dit Jack. Mr Calamy, mon sextant, s'il vous plaît.

La cérémonie de l'observation méridienne se fit mécaniquement, mots et mouvements rituels, à la fin desquels Jack, d'une voix officielle et rude, dit : « Notez midi. » Quelques instants plus tard on piqua huit coups et Rowan lança : « Sifflez l'équipage au dîner. »

Le bosco siffla, les hommes se hâtèrent à leurs places, les cuisiniers de chaque table se rassemblèrent dans la cuisine où (cela paraissait incroyable) leurs morceaux de porc avaient mijoté longtemps, avec leurs pois secs puisqu'on était jeudi. Les mouvements, si souvent répétés, étaient automatiques, mais n'apportèrent pas l'appétit ; peu d'hommes mangèrent beaucoup, et ce fut en silence. L'atmosphère changea un peu avec la distribution du tafia mais il n'y eut pas de joyeuseté, pas de vieilles plaisanteries, pas de claquement d'écuelles.

Plus tard dans l'après-midi, Mowett vint voir le capitaine Aubrey et lui dit :

— Les hommes souhaitent que je dise qu'ils seraient heureux d'avoir la permission d'utiliser les lignes et les hameçons à requins : ils avaient de l'estime et du respect pour Mr Hairabedian et voudraient faire leur affaire à quelques-uns d'entre eux.

— Pas tant que le pauvre homme est encore dans leur ventre, pour l'amour de Dieu ? s'exclama Jack, et on vit clairement, aux visages des matelots qui l'écoutaient, que cela paraissait légitime et qu'ils en étaient d'accord. Non, poursuivit-il, mais ce soir au rassemblement, nous ferons un exercice de mousqueterie et ils pourront leur tirer dessus une demi-douzaine de coups chacun, s'ils veulent.

Le soleil descendit dans le ciel et un peu après l'appel du soir il se coucha en gloire au-dessus de l'Égypte, le ciel tout entier d'un écarlate somptueux, d'un pôle à l'autre, tandis que la *Niobe* pivotait doucement dans le courant, est, est-nord-est, jusqu'au nord-ouest par nord, direction d'où elle venait, et les plus brillantes étoiles commencèrent d'apparaître. Jack, ayant déterminé sa latitude décourageante par une observation au crépuscule et bu du café avec les Turcs, se retira dans sa cabine pour haleter.

— Que Dieu nous vienne en aide, Stephen, dit-il, jetant une serviette sur sa nudité quand Stephen entra. Nous pourrions être dans un hammam, un bagno, un horrible bain turc. J'ai dû perdre près de trente livres.

— Vous pourriez en perdre encore autant, dit Stephen, et comme vous êtes d'une constitution très forte, une saignée vous ferait certainement beaucoup de bien. Je vais vous tirer seize ou vingt onces : vous vous sentirez beaucoup mieux et il y aura moins de risque de coup de chaleur ou d'apoplexie, dit-il, déposant la boîte qu'il avait en main et tirant de sa poche une lancette. Celle-ci est un peu émoussée (il l'essaya sur la serrure) mais je pense que nous parviendrons finalement à percer la veine. Demain, j'affûterai toute la série, car si ce calme tient j'envisage de saigner tout le monde.

— Non, dit Jack, cela vous paraît peut-être puéril mais je n'ai vraiment pas envie de voir encore du sang aujourd'hui, le mien ou celui d'un autre. Je ne peux oublier Hairabedian. Je le regrette énormément.

— J'aurais voulu qu'on puisse le sauver, dit Stephen avec prudence. (Il hésitait et faisait tourner la boîte entre ses mains.) Je me suis occupé de ses affaires et de ses papiers comme vous me l'avez demandé, dit-il après une pause. Je n'ai pas trouvé l'adresse de sa famille dans les lettres que j'ai pu lire — la plupart étaient en arabe — mais j'ai trouvé ceci.

Il ouvrit la boîte, en retira le double fond et tendit le chelengk.

— Oh, quelle chose abominable ! s'écria Jack. Je

suis désolé. Le pauvre diable. (Il jeta l'objet dans un tiroir, se dressa et enfila une chemise et un pantalon.) Allons faire un tour sur le pont, dit-il. D'ici cinq minutes nous devrions voir cette maudite lune se lever, beaucoup plus près de la moitié que je ne le voudrais.

La maudite lune en était plus près encore le soir suivant, alors que la *Niobe* restait prise dans les doux mouvements du calme accablant, pivotant avec le courant mais sans avancer le moins du monde. Le khat du bimbashi était épuisé et avec lui sa philosophie ; il fit battre deux de ses hommes à la manière turque, avec des baguettes, et avec tant de sévérité qu'on emporta l'un d'eux, évanoui, tandis que l'autre s'en fut en titubant, le sang coulant non seulement de son dos lacéré mais de sa bouche. Le châtiment était très sauvage, même selon les normes navales, pourtant les Turcs qui l'observaient restèrent impassibles et les victimes n'émirent que quelques grognements involontaires. Cela les fit remonter dans l'opinion des Surprises et aux yeux de certains il ne parut pas invraisemblable que leur punition sanglante et bien supportée ait acheté la libération du navire, cette petite brise qui se leva presque aussitôt que le pont fut nettoyé.

Mais dans ce cas, il aurait fallu châtier au moins une douzaine de Turcs pour qu'un vent suffisant emporte la *Niobe* vers le sud à temps pour intercepter la galère, car cette brise demeura faible, désespérément faible, à peine un petit souffle. Elle leur permettait de respirer, et remplissait tout juste les voiles que l'on pouvait établir avec profit ; mais comme elle restait obstinément de l'arrière, il y en avait relativement peu — civadière, misaine et bonnettes basses, vergue de petit hunier remontée, le grand hunier et tout ce qu'on pouvait porter dans les hauts, mais rien en bas et rien du tout sur le mât d'artimon —, et même avec les tuyaux dans les hunes pour mouiller la toile qu'ils pouvaient atteindre et les seaux que l'on hissait pour les renverser sur les voiles hautes, la *Niobe* filait rarement plus de trois nœuds.

La lune avait à présent largement dépassé le premier

quartier et Jack Aubrey sentait l'amertume de la défaite monter lentement dans son cœur : la chaleur devenait plus oppressante, si possible, et la réserve marquée et peu amicale de Hassan et des officiers turcs rendait la situation encore plus déplaisante. Dès le début, ils avaient protesté contre la réduction de la voilure, mais comme il leur avait expliqué par l'intermédiaire de Stephen qu'envoyer plus de toile ne voulait pas toujours dire avancer plus vite et que dans ce cas des voilures établies à l'arrière déventeraient obligatoirement celles de l'avant, il supposait à présent que leurs regards malveillants devaient avoir une autre cause, probablement ses remarques sur la saleté des soldats. La pensée ne l'effleura pas qu'ils aient pu le croire capable de jouer double jeu jusqu'à ce que Stephen vînt le trouver par une soirée épouvantablement exaspérante et lui dise :

— J'ai promis de m'acquitter d'une commission et je serai aussi bref que possible, réduisant trois heures d'allusions délicates, de conjectures, de théories et de demi-aveux en une minute brute : Hassan soupçonne que les Égyptiens vous ont offert une forte récompense pour ne pas capturer la galère. Chacun sait, dit-il, que votre drogman recevait des messagers de Mehemet Ali ; et chacun sait, dit le bimbashi, que plus il y a de voiles, plus elles prennent de vent : cela paraît raisonnable. La proposition de Hassan est donc que vous acceptiez de lui une grosse somme pour flouer l'Égyptien. Voilà, j'ai fini.

— Merci, Stephen, dit Jack, je suppose qu'il ne sert à rien d'expliquer à nouveau les éléments de la navigation ?

— À rien du tout, mon cher.

— Je suppose donc qu'il me faudra supporter leur bouderie, dit Jack.

Mais sur ce point il se trompait. Le vent, ou ce qu'il était, passa au nord-ouest pendant la nuit, venant par la hanche de la *Niobe,* et quand Hassan et les Turcs montèrent sur le pont le lendemain ils virent en l'air autant de voiles que l'on pouvait en désirer. Ils échangèrent des regards discrets mais extrêmement entendus et Hassan vint trouver le capitaine Aubrey pour lui adresser quelques compliments en français, langue avec laquelle Jack avait du moins quelques rapports, tandis que le bimbashi faisait des observations en turc d'une voix basse et conciliante. Jack ne souhaitait pourtant pas laisser la moindre vraisemblance à leurs suppositions ; il se contenta de s'incliner puis grimpa dans la grand-hune d'où il observa la vaste étendue de bleu embrumé, vibrant de chaleur, en regardant vers le sud avec une intense nostalgie par les fentes dans le nuage de voiles. Ayant regardé tout son content, le cœur lourd et découragé, il appela Rowan et lui dit assez sèchement qu'il aimait circuler en paix sur son gaillard d'arrière, qu'il était habituel dans le service que l'officier de quart protège son capitaine des bonjours et salutations insipides des passagers n'entendant rien aux coutumes navales, et que la vergue du petit hunier n'était pas du tout aussi bien traversée qu'elle le devrait.

Un véritable nuage de voiles, et soignées avec une attention religieuse ; pourtant ils étaient encore à près de deux degrés au nord de Mubara quand la lune atteignit son plein, et le temps qu'ils puissent enfin observer l'île, c'était un astre de dix-sept jours, odieusement gibbeux, et tard levé.

C'est un jeudi après-midi que Mubara apparut enfin, bien claire dans la lumière du soleil couchant et se détachant sur le fond lointain des montagnes d'Arabie. Jack rentra aussitôt dans le vent pour rester invisible et traça avec soin sa route afin de passer entre les plus petites îles et les récifs au sud. Ils se trouvaient à présent dans une région aux cartes incertaines et, avec l'aide de deux excellents amers, McElwee et lui placèrent la *Niobe* à mi-longueur du chenal et mouillèrent par trente-cinq brasses d'eau.

Il y avait encore une possibilité que la galère ne soit pas passée. C'était une très faible possibilité, le vent de nord habituel ayant été soit absent, soit si léger qu'il n'avait pas dû la retenir ; pourtant un certain espoir plus ou moins théorique subsistait, surtout dans les esprits qui le désiraient le plus, et bien avant l'aube, le capitaine Aubrey, tous ses officiers — à l'exception du chirurgien et de l'aumônier — et la plupart du quart en bas étaient sur le pont. La nuit s'achevait, brumeuse, et une brise d'ouest-nord-ouest un peu plus fraîche chassait un nuage de vapeurs et d'exhalaisons surchauffées sur la face de la lune ; celle-ci jetait encore une lumière diffuse générale, et les plus grosses étoiles apparaissaient comme des taches orange.

La *Niobe* évitait sur son ancre, la marée courant sous le vent avec un friselis continuel ; si l'on parlait, c'était à mi-voix. Le ciel dans l'est s'éclaira peu à peu. Jack observait Canopus, reflet indistinct dans le sud, et pensait à son fils : un garçon élevé par sa mère, n'ayant que ses sœurs pour jouer avec lui, serait-il une poule mouillée ? Il avait vu des enfants plus petits que George prendre la mer. Peut-être serait-il plus sage de l'emmener pour un voyage de quatre saisons, puis de le mettre un an ou deux à l'école avant de le renvoyer dans la marine, pour qu'il ne soit pas aussi illettré que la plupart des officiers de marine, y compris son père. Sans doute quelque ami maintiendrait-il le nom de George sur ses rôles pour que le passage à l'école ne soit pas du temps perdu avant l'examen de lieutenant. Deux coups. À ce bruit, il regarda en avant ; quand il revint l'étoile avait disparu.

La pompe avant se mit à couiner et durant cette heure inconfortable où la paix de la nuit se meurt avant que le jour n'ait vraiment pris vie, les tribordais commencèrent à nettoyer le navire. Le flot d'eau et de sable avait atteint l'embelle et les pierres à briquer grinçaient sur le gaillard d'avant quand le bord du soleil apparut tout rouge à l'horizon. Calamy, assis sur le cabestan, ses pantalons roulés pour ne pas se mouiller, bondit soudain et vint tout clapotant jusqu'à Mowett qui s'écria : « Holà devant, tiens bon » puis s'approcha de Jack.

— Monsieur, dit-il en ôtant son chapeau, Calamy croit entendre quelque chose.

— Silence partout ! lança Jack.

Chacun s'immobilisa où il était, comme dans un jeu d'enfant, souvent dans des attitudes grotesques, pierres à briquer ou fauberts brandis, avec sur le visage une expression d'écoute intense ; tout là-bas, sous le vent, on entendit un chant lointain, *Ayo-huh hah, Ayo-huh hah,* qui venait par bouffées à contre-vent.

— Paré à filer le câble, dit Jack. Faites passer pour Mr Hassan et le serang.

Mais Hassan et le serang étaient déjà là et tous deux, quand il se tourna vers eux, acquiescèrent avec emphase en faisant le mouvement de tirer sur un aviron : c'était bien le chant des galériens.

D'où il venait, on ne pouvait le dire, bien que tout le monde, à l'exception des hommes se préparant à filer le câble, écoutât avec une attention extrême : quelque part dans les ombres sous le vent, c'était tout ce que l'on pouvait dire. Le soleil monta, monta, devint aveuglant, tira de l'horizon son disque tout entier ; mais la brume blanche errante voilait encore la surface de la mer. Jack était penché sur la lisse, cherchant à percer le voile ; bouche ouverte, il entendait battre son cœur, d'un bruit rauque, pantelant, bruyant. Deux voix là-haut : l'une lança « Je la vois », des barres de hune de misaine. L'autre, dans la grand-hune, cria « Ho, du pont, galère juste en arrière du travers tribord ! ».

— Mr Mowett, dit Jack, filez le câble avec une bonne bouée et faisons voile joliment. Huniers et voiles basses, tout à loisir, comme si nous étions un navire de la Compagnie en route vers Mubara dans son comportement ordinaire, après avoir mouillé pour la nuit afin de prendre nos relèvements. Pas trop d'hommes dans les hauts — le quart en bas, en bas, et les autres hors de vue. Nous ne sortirons pas les hamacs.

Il descendit chercher son télescope et jeter un dernier coup d'œil à la carte qu'il connaissait si bien ; quand il revint le câble sortait déjà par l'écubier cependant que la *Niobe* évitait sous la poussée du vent dans son petit hunier masqué. On établissait de manière délibérée et flegmatique les huniers sur le grand mât et l'artimon, et quelques hommes se préparaient à sortir sur les vergues basses.

— Où est-elle ? demanda Jack.

— Deux quarts par l'avant tribord, monsieur, dit Mowett.

En ces quelques instants, le soleil avait brûlé les vapeurs de la nuit et elle était là, beaucoup plus loin et beaucoup plus en avant qu'il ne s'y était attendu d'après le bruit, mais aussi claire que son cœur pouvait le désirer. Elle se trouvait de l'autre côté du chenal, juste au bord du récif de corail frangé de blanc, qui courait sur cinq ou six milles au nord-ouest jusqu'à la petite île de Hatiba marquant l'entrée de la longue baie étroite de Mubara, avec la ville tout au fond. Elle faisait route vers l'île, en serrant le vent, et en dépit de tout son soin pour ne pas avoir l'air pressée, pourchassée, hostile, elle semblait apeurée : les galériens avaient cessé de chanter et ils tiraient assez durement sur leurs avirons.

Deux questions surgirent aussitôt : la *Niobe* pourrait-elle doubler Hatiba, et sinon, réussirait-elle à couper la route de la galère avant qu'elle atteigne ce point ? La réponse n'était pas évidente. Tout dépendrait non seulement de la vitesse relative et des qualités marines des deux unités, mais de la force variable de la brise, du courant et de la marée : de toute façon ce serait de justesse. McElwee et le serang étaient familiers du navire ; ils savaient comment la *Niobe* serrait le vent, mais leurs visages étaient chargés de doute.

Jack s'approcha de la barre. « Voiles pleines, Thomson, gardez-les pleines », dit-il au barreur, et ensuite, comme le navire prenait de l'erre une fois les dernières voiles établies et portant, « Lofe au mieux ». Il lofa, de plus en plus près du vent, et quand les chutes au vent se mirent à frémir en dépit des boulines tendues, Jack prit la roue, la laissa tourner un peu jusqu'à ce qu'il sente la *Niobe* heureuse, dit : « Comme ça et pas plus haut ; tiens bon comme ça » et retourna à la lisse. Il fallait qu'il se décide très vite et pendant ce temps, cette route ne pouvait compromettre aucune des solutions.

Il regarda la galère. Navire long et bas, noir absolu comme une gondole vénitienne, à peu près du même noir que le flanc sud de Mubara au-delà du récif, désolation stérile et déserte de roches volcaniques escarpées ; elle faisait peut-être cent vingt pieds de la proue à la poupe, avait les étranges mâts inclinés sur l'avant des galères de mer Rouge, avec une flamme verte à queue d'aronde hissée au grand mât et deux longues vergues latines incurvées, aux voiles étroitement ferlées. Chaque mât portait une sorte de panier ou de nid-de-pie en arrière de la tête, et dans chacun une silhouette était tournée vers la *Niobe*, dont l'une avec une lunette. À quel point avaient-ils peur ? Ils nageaient dur, c'est vrai, mais près de la cabine cintrée à l'arrière qui devait abriter les officiers français, il ne voyait pas de visages européens, rien qu'une personne en pantalon bouffant cramoisi, qui marchait de long en large en s'éventant. Et à quelle vitesse allait-elle ? Difficile à dire, mais sans doute guère plus de cinq nœuds.

— Voici donc une galère, dit Martin avec beaucoup de satisfaction.

Stephen et lui étaient debout près du râtelier de mât, partageant une lunette de qualité médiocre.

— Et si je ne me trompe, elle porte vingt-cinq avirons par côté. Cela en fait l'exact équivalent du pentécontore classique : Thucydide dut voir une embarcation comme celle-ci. Quelle joie !

— Probablement. Regardez donc les avirons comme ils battent : on dirait les ailes d'un grand oiseau robuste et volant bas. Un vaste cygne céleste.

Martin rit de plaisir.

— C'est Pindare, je crois, qui fait cette comparaison, dit-il, mais je ne vois pas de chaînes : les hommes semblent libres de se déplacer.

— Hassan me dit que les galères de Mubara n'ont jamais employé d'esclaves ; et c'est là un autre parallèle avec le pentécontore.

— Eh oui, c'est vrai. La rattraperons-nous, à votre avis ?

— Quant à cela, dit Stephen, mon opinion ne vaut pas un clou. Je ferai simplement observer que votre Thucydide parle d'une galère qui alla du Pirée à Lesbos entre un midi et le suivant, ou un peu moins, ce qui représente quelque dix milles à l'heure, une allure vraiment terrible.

— Mais mon cher, le bateau de Thucydide était une trirème, si vous vous en souvenez, avec trois rangées de rames, ce qui devait certainement la propulser trois fois plus vite.

— Est-ce vrai ? Peut-être la rattraperons-nous donc. Mais si nous ne le faisons pas, et je dois dire que cette petite île minuscule semble méchamment placée pour en faire le tour, alors je ne doute pas que le capitaine Aubrey la poursuivra jusque dans le port de Mubara. Le seul ennui c'est que s'ils parviennent là les premiers, ayant été manifestement pourchassés et même attaqués, l'effet de surprise sera totalement perdu et ils pourront s'opposer à notre débarquement avec force, peut-être avec une extrême violence.

— Docteur ! lança le capitaine Aubrey, interrompant ses calculs, veuillez demander à Mr Hassan de se tenir hors de vue ainsi que tous les Turcs.

Deux solutions possibles : il pouvait foncer directement, dans l'espoir d'intercepter la galère avant Hatiba. La brise de mer allait sans doute fraîchir à mesure que la terre chaufferait, et pourrait même adonner d'un ou deux quarts, cependant que la renverse de la marée contrarierait le courant portant à l'est d'ici moins d'une heure. Mais cela serait-il assez tôt ? La galère pourrait probablement aller plus vite si elle voulait. Jusqu'à quel point ? Il en avait vu une filer dix nœuds sur une courte distance. Et si la *Niobe*, tombant sous le vent, ne réussissait pas à doubler la pointe du récif, la galère se dégagerait tout à fait, passerait la pointe puis établirait ses immenses voiles latines, plein vent arrière, pour foncer au fond de la baie et donner l'alarme à Mubara, absolument certaine d'avoir été chassée. Par ailleurs, il pouvait rester au large un certain temps, calmer les appréhensions actuelles de la galère et ouvrir l'entrée étroite pour pouvoir, un peu plus tard dans la journée (ou même de nuit), entrer calmement sous huniers, l'air nonchalant, peut-être sous couleurs françaises. Mais cela voulait dire une perte de temps et il n'avait pas eu besoin de l'amiral pour lui rappeler que la vitesse est l'essentiel de l'attaque. Il observa l'îlot lointain avec une intensité profonde, mesurant l'angle, évaluant la dérive du navire et ajoutant la poussée du courant et l'effet de l'étale prochaine. Déjà la chaleur le faisait transpirer, faisait trembler l'île, et dans un aparté exaspéré il dit pour lui-même : « Grand Dieu, quel confort d'avoir des ordres, quel confort lorsqu'on vous dit exactement ce qu'il faut faire. » Puis, élevant la voix :

— A établir les perroquets. En haut le monde, en haut.

Pendant que les hommes des vergues hautes escaladaient les enfléchures il regarda la galère avec le plus grand soin et quand les voiles se déployèrent à bord de la *Niobe*, il vit l'homme en pantalon cramoisi lâcher son éventail, attraper une longue perche à tête ronde pour battre la mesure tout en criant à l'intention des rameurs. Les avirons levèrent plus d'eau blanche et la vitesse de la galère crût presque instantanément, beaucoup plus vite que celle de la *Niobe*.

— Il ne fait aucun doute qu'ils ont très peur de nous, dit Jack.

Et il se décida à tout jouer sur l'assaut direct : si la galère était déjà consciente de ses mouvements, il ne servait à rien de rester au large.

Ayant donné l'ordre d'établir toutes les voiles possibles, il dit à Stephen :

— Peut-être devrions-nous laisser le pauvre Hassan monter sur le pont à présent que la dissimulation est inutile. Vous pouvez lui dire que tout se décidera d'ici trente minutes : et si les Turcs veulent bien se mettre le long de la lisse au vent, leur poids rendra le navire plus raide.

Cacatois et ailes-de-pigeon firent gîter la *Niobe* d'un autre bordé mais ne la poussèrent guère tout d'abord au-delà de six nœuds. La galère s'éloigna : pendant cinq bonnes minutes elle s'éloigna, puis son avance n'augmenta plus et ils foncèrent, faisant tous leurs efforts, sur la mer doucement clapoteuse, exactement à la même distance l'un de l'autre. On retourna l'ampoulette d'une demi-heure ; on piqua la cloche. Les féroces visages prédateurs garnissant la lisse de la *Niobe* ne bougèrent pas de tout ce temps, aucun homme ne dit un mot ; mais quand elle commença à gagner sur la chasse, les visages s'éclairèrent, dès les premiers yards à peine perceptibles, et ils émirent un braillement collectif.

— Les rameurs commencent à se fatiguer, dit Jack en écartant la sueur de ses yeux — le soleil le frappait en plein cependant qu'il se penchait au-dessus de l'eau —, et je ne m'en étonne guère.

Une autre encablure de gain ; à présent la marée allait tourner. La *Niobe*, en plein milieu du chenal, en profitait beaucoup plus que la chasse et commença à la rattraper rapidement. La tension monta plus encore. Il était pratiquement certain à présent que le navire ne pourrait doubler l'île, ne pourrait en faire le tour sans virer de bord — perte de temps fatale —, par contre, ses chances de couper la route à la galère avant Hatiba augmentaient de minute en minute.

Un danger apparut alors, que Jack n'avait pas prévu : très loin sur l'avant tribord de la galère il y avait un vide dans la ligne blanche du ressac, un étroit passage à travers le récif pour pénétrer dans le lagon, que la galère avec son faible tirant d'eau pouvait prendre, mais pas la *Niobe*.

Mais depuis le début leurs routes convergeaient et maintenant la galère était tout à fait à portée des pièces de neuf. « Faites passer pour le canonnier », dit-il, et quand celui-ci arriva :

— Mr Borell, je pense que vous avez dégagé les pièces de chasse ?

— Eh bien oui, monsieur, dit Mr Borell d'un ton de reproche, depuis une horloge et plus.

— Alors mettez donc un boulet devant son étrave, Mr Borell, mais pas trop près, n'est-ce pas ? N'est-ce pas ? Ne la touchez pas, quoi que vous fassiez. Ces choses légères en planches d'un pouce et demi coulent pour un rien. Et tous nos œufs sont dans le même panier.

Mr Borell n'avait nullement l'intention de couler cinq mille bourses et le stupéfiant succès de son boulet lui mit le cœur aux lèvres. Le boulet toucha l'eau six pieds devant la galère, envoyant sur son pont une grande fontaine d'eau. Cela ne l'incita pas à s'arrêter mais lui donna autre chose à penser. Dans un grand mouvement d'avirons, elle pivota instantanément et repartit vers Hatiba, tandis que l'ouverture dans le récif glissait très vite sur son arrière.

La course se poursuivit : tantôt l'un gagnait, tantôt l'autre, mais l'avantage général était pour la *Niobe*. La distance les séparant se réduisit à une portée de boulet et un peu moins, et si la galère n'avait pas été manifestement convaincue que personne n'oserait lui tirer dessus, elle aurait amené ses couleurs depuis longtemps pour éviter la destruction. Mais un navire transportant une cargaison trop précieuse pour qu'on la coule pouvait courir tous les risques à l'exception de l'abordage.

Il n'était rien que Jack préférât à une chasse en mer ; mais depuis quelque temps sa joie profonde s'amenuisait — c'était à nouveau l'histoire du cheval qui rétrécissait. Une petite voix dans le fond de son cerveau demandait : pourquoi tant d'alarme à la vue d'un navire de la Compagnie en navigation légitime ? Pourquoi avoir si facilement négligé le passage dans le récif ? Et si Pantalon cramoisi courait sans cesse d'un bout à l'autre de la passerelle entre les rameurs, tapant de sa perche et les haranguant, la vitesse réelle de la galère ne correspondait sans doute pas au labeur déployé par les avirons. Il y avait quelque chose qui n'allait pas. Il avait trompé trop d'ennemis en mer pour être facilement trompé lui-même ; et quand ils furent à portée de mousquet et que des acclamations étouffées débutèrent sur le gaillard d'avant, son malaise fut confirmé et totalement justifié par la vue d'une ligne discrète courant de la poupe de la galère à son sillage étrangement troublé.

— Mr Williamson, Mr Calamy, lança-t-il (les aspirants accoururent, visages brillants), savez-vous ce que fait un canard boiteux ?

— Non, monsieur, dirent-ils avec un grand sourire.

— Il cherche à vous leurrer. Le vanneau en fait autant quand on approche de son nid. Voyez-vous cette ligne à l'arrière de la galère ?

— Oui, monsieur, dirent-ils après avoir regardé un moment.

— Elle remorque un traînard sous l'eau, de sorte qu'ils peuvent avoir l'air de tirer sur leurs avirons comme des fous tout en nous laissant les rattraper. Là, vous voyez même l'œillet dans le sillage. Ils ont l'intention de nous entraîner au chantier de démolition. Voilà pourquoi je vais la couler. Mr Mowett : les canons tribord.

À l'instant où les sabords s'ouvrirent, Pantalon cramoisi courut à l'arrière et coupa la ligne : la galère bondit avec une vague d'étrave qui venait jusqu'à la moitié de sa longueur. Hassan traversa le pont en courant, ses robes blanches volant et son visage habituellement impassible envahi d'une expression d'urgence et d'inquiétude extrême. Stephen dit :

— Il vous exhorte à ne pas tirer sur la galère. Elle a un trésor à bord.

— Dites-lui, dit Jack, que nous sommes ici pour prendre Mubara et pas pour prendre l'argent. Nous ne sommes pas des pirates. Nous ne pouvons nous emparer de la galère de ce côté-ci de l'île — regardez à quelle vitesse elle va maintenant — et dès qu'elle en aura fait le tour elle donnera l'alarme. Mr Mowett, les couleurs turques. Mr Borell, un boulet bas sous son arrière, s'il vous plaît.

La galère tourna de quatre-vingt-dix degrés sur tribord dans sa propre longueur : elle ne présentait plus rien que son arrière et ses rangs d'avirons voletant, elle fonçait à toute vitesse vers le récif, et c'est sur cet arrière que le canonnier axa sa pièce. Il tirait d'une plate-forme stable sur une cible stable : en toute conscience professionnelle il ne pouvait manquer, et s'il l'avait fait, c'est toute la volée tribord qui eût accompli la tâche à sa place. La mort au cœur, il tira sur le cordon, s'inclina par-dessus le recul violent du canon et regarda dans la fumée tandis que les servants de la pièce raidissaient les bragues et essardaient la gueule fumante.

— Très bien, Mr Borell, lança Jack.

Du gaillard d'arrière, il avait vu le boulet toucher son but, en faisant voler le bois fragile à la flottaison ; la plupart de l'équipage l'avait vu aussi et ils émirent une sorte de grondement bas, non pas de triomphe ou de joie mais d'appréciation sobre. La galère poursuivit son chemin sur un seul coup d'aviron, parfaitement en mesure : puis le rythme se rompit, les avirons partirent dans tous les sens, abandonnés, croisés, embrouillés, et dans sa lunette, Jack vit tout l'équipage se précipiter sur les canots. Ils avaient à peine coupé les dernières amarres que la galère leur glissa sous les pieds, les laissant avec les canots à la surface de l'eau lisse. Au même instant, une batterie insoupçonnable, sur l'île en face d'Hatiba, de l'autre côté de l'entrée de la baie de Mubara, ouvrit le feu sur la *Niobe* ; mais c'était plus une expression de colère qu'autre chose, le navire se trouvant un quart de mille au-delà de la portée extrême de ses pièces.

— Rentrez dans le vent, réduisez la toile, dit Jack.

Réaction automatique pour préserver ses espars ; et tandis que le navire ralentissait, il resta là, les mains derrière le dos, à envisager le piège auquel il avait échappé et la fortune qu'il avait perdue, en même temps qu'il regardait les canots surchargés franchir le récif et se glisser dans l'eau peu profonde du lagon. Était-il plus heureux que désolé ? Se réjouissait-il ou était-il affligé ?

Dans la confusion présente il n'en savait trop rien ; il se contenta d'observer : « Même au dernier moment je n'ai pas vu les Français. Ils étaient sûrement habillés en Arabes. »

— Monsieur, dit Mowett, on voit encore la flamme de la galère. Voulez-vous que nous la prenions ?

— Certainement, dit Jack, mettez un canot à l'eau.

Son œil suivit le chemin de la galère et là, de ce côté-ci du récif, il aperçut la pomme et les deux derniers pieds du grand mât avec la flamme verte flottant à la surface.

— Non, tiens bon, dit-il, nous allons faire courir jusque-là. Et puis, pour l'amour de Dieu, mettez-nous quelques tauds en place, sans quoi nos cerveaux vont bouillir.

L'eau était extraordinairement claire. Quand ils eurent mouillé la petite ancre de bossoir, ils purent apercevoir non seulement la galère, posée bien d'aplomb sur un plateau de corail de cinquante yards de large, mais aussi l'ancre tout incrustée de quelque ancienne épave, bien plus profonde, et leur propre câble qui s'en allait dans les fonds. Les hommes étaient penchés sur la lisse, à regarder avec un regret muet.

Au dîner, Jack dit :

— Pendant que Hassan et les Turcs discutent pour savoir s'il faut ou non débarquer dans une autre partie de l'île, j'ai décidé de rester ici : il serait stupide de passer la journée à faire le va-et-vient, à virer de bord dans cette chaleur infernale. Mais j'aurais préféré choisir un autre endroit. La vue de cinq mille bourses à moins de dix brasses sous la quille me fait presque regretter ma vertu.

— À quelle vertu particulière faites-vous allusion, mon frère ? demanda Stephen, son seul invité, Mr Martin, ayant prié qu'on l'excuse — il ne pouvait avaler la moindre chose par une telle chaleur, mais serait très heureux de les rejoindre pour le thé ou le café.

— Dieu du ciel ! s'exclama Jack, n'avez-vous pas véritablement apprécié l'héroïsme de ma conduite ?

— Non point.

— J'ai délibérément rejeté une fortune en coulant cette galère.

— Mais vous ne pouviez vous en emparer, mon cher, vous l'avez dit vous-même.

— Pas sur ce bord, certes, mais avec un virement de bord rapide derrière l'île j'aurais pu la chasser jusqu'au fond de la baie et j'aurais été bien étonné qu'ils puissent nous empêcher de prendre le trésor tôt ou tard, que nous nous soyons emparés de Mubara ou pas.

— Mais les batteries étaient chargées, prêtes à tirer, et vous attendaient : vous auriez été réduit en lambeaux.

— Exactement. Mais je ne le savais pas à ce moment. J'ai donné mon ordre avec la plus pure vertu, afin que le succès de l'expédition ne soit pas compromis et que les Français et leur allié soient en toute certitude privés de leur argent. Je suis encore stupéfait de ma magnanimité.

— Le pasteur demande s'il peut venir maintenant, dit Killick d'un ton plus sec et désagréable qu'à l'habitude.

Il regarda le dos de la tête du capitaine Aubrey avec une expression très amère et fit un geste irrespectueux, en marmonnant à demi-voix le terme « magnanimité ».

— Venez, cher monsieur, venez, dit Jack en se levant pour accueillir Mr Martin. Je disais justement au docteur que notre situation est assez saugrenue : un équipage de miséreux flottant au-dessus d'une fortune, sachant qu'elle est là, voyant, pourrait-on dire, les coffres, et tout à fait incapable de les atteindre. Killick, la main sur ce café, vous m'entendez ?

— Très saugrenue, effectivement, dit Martin.

Killick apporta le pot de café qu'il posa avec un reniflement ; et après un bref silence, Stephen dit :

— Je suis un urinator.

— Vraiment, Stephen ! s'exclama Jack qui avait un grand respect pour la robe, reprenez-vous.

— Chacun sait que je suis un urinator — un plongeur, dit Stephen en le regardant fermement, et depuis ces dernières heures, j'ai ressenti une grande pression morale pour m'inciter à plonger.

C'était tout à fait vrai : personne n'avait ouvertement suggéré la chose, et après le sort d'Hairabedian nul ne pouvait décemment y faire la moindre allusion, mais il avait observé un certain nombre de conciliabules à voix basse et intercepté de nombreux regards dirigés vers sa cloche de plongée, à présent installée en drome — des regards aussi éloquents que ceux d'un chien.

— Aussi, avec votre permission, je me propose de descendre aussitôt que John Cooper aura remonté la cloche. Mon plan est d'attacher des crochets aux ouvertures dans le pont de la galère, sur lesquelles on pourra tirer pour briser les planches, révélant ce qui se trouve dessous. Mais j'ai besoin d'un compagnon, d'un matelot pour m'aider dans les manœuvres nécessaires.

— Je suis moi aussi un urinator, dit Martin, et je suis tout à fait accoutumé à la cloche. Je serai heureux d'aller avec le docteur Maturin.

— Non, non, messieurs, s'exclama Jack, vous êtes très bons — infiniment généreux — mais vous ne devez pas penser à une telle chose un instant. Considérez le danger ; considérez le sort du pauvre Hairabedian.

— Nous n'avons pas l'intention de sortir de la cloche, dit Stephen.

— Mais les requins ne risquent-ils pas d'y entrer ?

— J'en doute : et même s'ils devaient le faire, nous pourrions certainement les conduire à en ressortir avec une pique en acier, ou peut-être un pistolet d'arçon.

— C'est ça, dit Killick.

Et pour couvrir sa remarque il laissa tomber une assiette et se retira avec les morceaux.

En descendant pour partager le dîner du capitaine, Stephen avait laissé un pont morose, encombré d'hommes fatigués, profondément déçus, souffrant de la chaleur, prêts à se quereller entre eux et avec les Turcs ; à son retour il trouva des visages souriants, des regards affectionnés, une atmosphère de vacances, le rire d'un bout à l'autre, sa cloche magnifiquement remontée, prête à passer au-delà de la lisse et à descendre ; sa vitre avait été polie et à l'intérieur une série de chambrières soutenaient six pistolets chargés et deux piques d'abordage ; toute une gamme de crochets, palans, lignes et cordages étaient sagement lovés sur le banc. Mais le rire s'interrompit et l'humeur changea tout à fait quand ce qui n'était que perspective devint réalité immédiate.

— Ne devriez-vous pas attendre le soir, monsieur ? demanda Bonden comme Stephen se préparait à entrer dans la cloche.

Et il fut clair, à voir leurs visages sérieux et inquiets, qu'il parlait pour une bonne part de l'équipage.

— Balivernes, dit Stephen. Alors n'oubliez pas, à deux brasses, une pause et renouvellement de l'air.

— Peut-être devrions-nous essayer avec une couple d'aspirants d'abord, dit le commis.

— Mr Martin, veuillez vous asseoir à votre place habituelle, dit Stephen. James Ogle (à l'intention de l'homme chargé de la paire de barriques), attention de ne pas nous laisser manquer d'air.

Il n'y avait rien à craindre. Les cliquets tournaient comme pour le salut de James Ogle et la cloche n'avait pas descendu ses deux premières brasses que l'air frais était là, prêt à se libérer. Tout ce que pouvait accomplir la sollicitude inquiète était fait, et vingt tireurs choisis armés de mousquets garnissaient le bord ; mais il n'y avait pas grand-chose à faire en dehors de manœuvrer les palans, et il n'y avait pas à bord un seul homme qui ne fût malade d'appréhension quand un énorme animal, de trente-cinq à quarante pieds de long, se glissa entre le navire et la cloche, beaucoup trop profond pour une balle de mousquet. Il pivota au-dessus du verre, oblitérant la lumière.

— Ce doit être le grand carcharodon, dit Stephen en levant les yeux. Voyons ce qu'il fera de ceci.

Il tendit le bras vers le bouchon et laissa sortir une furieuse gerbe d'air usé. D'un seul mouvement rapide le requin fit tourner son énorme masse et disparut.

— J'aurais voulu qu'il reste un peu plus longtemps,

dit Martin en se penchant pour attraper le tuyau de la barrique suivante. Poggius le dit excessivement rare. (Il releva le tuyau et l'air comprimé sortit en sifflant dans la cloche, repoussant vers le bord les quelques pouces d'eau qui s'y étaient introduits.) Je crois que c'est la journée la plus claire que nous ayons connue.

— Je suis sûr que vous avez raison. Je n'ai jamais fait d'ascension en ballon, hélas, mais j'imagine que cela doit donner la même sensation immatérielle de flotter comme dans un rêve. Voici un petit *Chlamys heterodontus*.

Quelques minutes plus tard, la cloche se posait sur le pont de la galère, juste en arrière des bancs des rameurs et par-dessus le panneau arrière, dont le caillebotis avait disparu.

Le temps passa : interminable pour ceux d'en haut, très bref pour ceux d'en bas.

— Que peuvent-ils bien faire ? s'exclama enfin Jack, que peuvent-ils bien faire ? (Aucun signal de la cloche, aucun signe de vie en dehors des bulles d'air qui faisaient de temps à autre bouillonner et écumer la surface.) Comme je voudrais ne pas les avoir laissés descendre.

— Peut-être, dit Martin, après leur dixième tentative pour attacher ensemble lignes, crochets et palans, peut-être devrions-nous envoyer un message pour leur demander de faire descendre un crochet solide déjà attaché aux cordages et poulies nécessaires.

— Je ne voudrais pas leur donner à penser que je ne suis pas un parfait matelot, dit Stephen. Essayons encore une fois.

— Il y a deux jeunes requins tigres qui nous regardent à travers le verre, observa Martin.

— Sans doute, sans doute, dit Stephen agacé. Je vous supplie de faire attention, et de passer le cordage par cette boucle pendant que je la tiens ouverte.

Par la boucle ou pas, le montage ne voulut pas tenir et le honteux message, écrit avec une pointe de fer sur une petite feuille de plomb, dut être envoyé.

Un crochet parfaitement simple, parfaitement monté descendit. Le manœuvrer depuis le pont de la *Niobe* était beaucoup plus difficile, mais les hommes qui maniaient les garants n'y virent aucun inconvénient, bien que la température ait atteint cent vingt-huit degrés humides sous les tauds, et assez vite de grands morceaux du pont de la galère vinrent flotter à la surface. Il était si léger, si mince, en dehors des barrots en avant et en arrière des mâts, qu'un grappin suffisait à le démolir ; et les barrots eux-mêmes cédèrent au premier appel de l'ancre à jet de la *Niobe*. Toute la coque était à présent ouverte, et si l'eau était maintenant si trouble qu'on ne pouvait plus rien distinguer du navire, la cloche envoya un message : « Nous voyons de petits coffres rectangulaires, ou de grandes boîtes, apparemment scellés. Si vous voulez nous déplacer d'un yard vers la gauche, nous pourrons atteindre la plus proche que nous attacherons à un cordage. »

— Je n'aurais jamais cru qu'une masse aussi petite puisse être aussi lourde, dit Martin quand ils la soulevèrent pour l'amener au milieu de la cloche où la lumière était plus forte. Voyez-vous que les sceaux français, avec le coq gaulois, sont rouges alors que les sceaux arabes sont verts ?

— Effectivement, c'est merveilleux. À présent, si vous voulez l'incliner, je passerai la corde deux fois autour.

— Non, non, nous devons l'attacher par les deux bouts comme un paquet. Je voudrais que la marine utilise de la ficelle ordinaire : cette énorme corde est si raide et difficile à nouer. Pensez-vous que cette boucle va tenir ?

— Admirablement, dit Stephen. Glissons-la sous le bord et donnons le signal.

— Signal de la cloche, *à hisser*, monsieur, s'il vous plaît, dit Bonden.

— Allez-y, dit Jack, mais joliment, joliment.

La cloche n'émettait pas la moindre bulle. On put voir le coffret, d'abord vaguement, puis très clairement, qui s'élevait lentement dans l'eau ; et les matelots souriants en perçurent le poids.

— Ah, mon Dieu, le nœud glisse ! s'écria Mowett. La main dessus, la main dessus, la main... enfer et damnation !

En atteignant la surface le coffret glissa dans ses cordages et plongea, libre, tout droit sur la cloche. « S'il frappe le verre ils sont perdus », pensa Jack en suivant l'itinéraire avec une inquiétude horrifiée, tout en rugissant :

— Paré au garant du palan de la cloche — paré à manœuvrer !

La chute du coffre manqua le verre de quelques pouces, frappa la cloche avec un grand écho et atterrit près du bord.

— La prochaine fois il faudra croiser le nœud dans l'autre sens, dit Martin.

— Je ne peux pas le supporter plus longtemps, dit Jack ; je vais descendre et les amarrer moi-même. Mr Hollar, donnez-moi un peu de merlin et de bitord. Remontez la cloche.

La cloche remonta ; elle revint à bord toute dégoulinante et Stephen et Martin en sortirent, acclamés par tout le monde.

— Je crains que nous ne l'ayons pas noué assez serré, dit Stephen.

— Pas du tout, vous avez été splendide, docteur. Mr Martin, je vous félicite de tout mon cœur. Mais peut-être que cette fois je prendrai votre place. À chacun son métier, voyez-vous, et le maître coq à l'écoute avant.

Cela souleva une tempête de rires et ses compagnons tapèrent d'abondance dans le dos du coq : ils étaient de si belle humeur qu'ils se contenaient avec peine. Le capitaine Aubrey, en revanche, dut surmonter une répugnance bien réelle en entrant dans la cloche et en s'asseyant sur le banc ; son air de bonheur triomphant se transforma en sobriété et il eut toutes les peines du monde à en rester là ; il avait horreur d'être enfermé —

il ne serait pas descendu dans une mine de charbon pour tout l'or du monde — et pendant la descente il fut obligé de réprimer une très forte envie, absolument irrationnelle, de s'échapper à tout prix. Toutefois, la pause à mi-chemin, le renouvellement de l'air et la sortie de l'air usé l'occupèrent ; et quand il fut debout sur le pont de la galère, il se sentit un peu mieux — du moins il maîtrisait la situation.

— Nous sommes revenus exactement au même endroit, dit Stephen, voici celui que nous avons laissé tomber. Reprenons-le.

— Sont-ils tous comme celui-ci ? demanda Jack en regardant le coffre robuste aux extrémités profondément encastrées.

— Pour autant que je voie, ils sont tous exactement pareils. Regardez sous le rebord — il y en a toute une série qui vont vers l'avant.

— Alors utiliser un cordage est complètement ridicule. Des crochets d'élinguage pour barriques résoudront le problème en un rien de temps. Nous allons remonter et en prendre une paire. Mettons celui-ci sur le banc pour l'emporter avec nous.

Une fois de plus la cloche remonta et rentra à bord : une fois de plus l'équipage acclama, et plus fort encore. Bonden et Davis, deux hommes forts, transportèrent le lourd coffret au milieu du gaillard d'arrière.

— Faites place ! s'écria le bosco en repoussant la foule, dense, heureuse, pleine d'une attente intense, des Surprises, des Turcs et des Lascars.

Le charpentier vint par cette ouverture, apportant ses outils. Il s'agenouilla à côté du coffre, retira trois clous et souleva le couvercle.

Les visages impatients et heureux, encore plus tassés, prirent l'air étonné, stupéfait. Les plus cultivés déchiffrèrent lentement *Merde à celui qui le lit* peint en blanc sur un bloc de métal gris terne.

— Qu'est-ce que cela veut dire, docteur ? demanda Jack.

— À peu près : que celui qui lit ceci n'est qu'un imbécile.

— C'est une saloperie de lingot de plomb, s'écria Davis, saisissant le bloc avec une force terrifiante et dansant en le tenant au-dessus de sa tête, la bouche écumante, le visage noir de rage.

— Donnez-moi l'autre bout, dit Jack en lui tapotant l'épaule, et nous le jetterons par-dessus bord.

— Monsieur, dit Rowan avec hésitation, voudrions-nous acheter du poisson ?

— Je ne peux rien imaginer qui me ferait plus plaisir, Mr Rowan, dit Jack. S'il vous plaît, pourquoi posez-vous la question ?

— Il y a un bateau bord à bord, monsieur, et l'homme tient une espèce de raie avec des points rouges ; mais cela fait déjà un moment qu'il est là et j'ai peur qu'il ne s'en aille si nous ne nous occupons pas de lui.

— Achetez tout ce qu'il a et faites-le monter à bord, dit Jack. Docteur, ayez la bonté de le questionner quant à la situation dans l'île, avec Mr Hassan. Cela permettra aux Turcs de prendre une décision pour leur débarquement et nous dira où nous en sommes.

Il regagna sa cabine, et c'est là que Stephen le retrouva dans la chaleur torride de la fin d'après-midi.

— Écoutez-moi, Jack, dit-il, la position est claire. Les Français sont là depuis un mois et quatre jours ; ils ont réparé les fortifications et mis en place des batteries là où elles étaient nécessaires. Il est impossible de débarquer. Depuis une semaine ils envoient cette galère au bout du chenal sud pendant la nuit et la font remonter pendant la journée. Les pêcheurs étaient absolument persuadés qu'elle avait à son bord de grandes quantités d'argent et j'imagine que les coffrets d'origine ont été gardés à bord pour entretenir cette idée, de sorte que si nous rencontrions par hasard quelque dhow ou quelque felouque, nous entendions encore parler de trésor et tombions dans le piège.

— Nous avons été trompés comme au coin d'un bois, dit Jack, quels imbéciles nous faisons.

— Peut-être est-ce le résultat que l'on peut attendre lorsqu'on parle autant d'une expédition que l'on a parlé de celle-ci, dit Stephen, mais pourtant je suis étonné de la précision de leur information.

Chapitre sept

Pendant le retour de *Niobe* vers Suez, les brises de nord habituelles soufflèrent presque sans discontinuer ; il fallut louvoyer tout du long, virant souvent de bord deux ou trois fois par quart, et le cri « Tout le monde à virer ! » fut encore plus fréquent que l'appel des fauberts, de jour comme de nuit. De plus, ses fonds étaient à présent très sales, surtout là où son cuivre avait été arraché, ce qui la conduisait à manquer à virer plus souvent qu'il n'aurait fallu mais surtout la ralentissait terriblement, problème de quelque importance sur un navire qui avait compté se débarrasser de ses Turcs à Mubara et y refaire de l'eau douce. On rationna l'équipage, et le charnier, habituellement disponible à tous sur le pont, fut privé de sa louche : ceux qui voulaient boire devaient aspirer l'eau par un canon de mousquet démonté ; et pour que nul ne le fasse exagérément, le baril fut placé dans la grand-hune : il fallait une soif intense pour justifier l'escalade par une chaleur aussi écrasante. Cela fut jugé injuste par les Turcs, qui dirent que ni leurs pères ni leurs mères n'étaient des singes et que grimper ne leur était pas naturel, quel que pût être le cas pour les autres : les marins répondirent que comme les Turcs ne travaillaient pas, et qu'ils souillaient affreusement les poulaines, ils n'avaient pas le droit d'avoir soif ; mais l'argument manquait de conviction et la situation aurait pu dégénérer gravement si la *Niobe* n'avait pas fait escale à Kosseir où elle trouva de l'eau en abondance.

Toutefois le navire dut mouiller très loin au large, et les puits étaient assez mal placés pour les canots.

Il aurait fallu de toute manière un temps considérable pour remplir tous les barils et les charger à bord, mais cela prit plus longtemps que prévu. Ordinairement, l'air sur la mer Rouge était si humide que ceux qui s'exposaient aux rayons du soleil ne brûlaient pas, mais bouillaient, et les hommes circulaient torse nu, la plupart encore assez pâles au bout de plusieurs semaines. Mais un certain vendredi — toujours un vendredi — la brise vint de terre, l'air se fit d'une sécheresse cuisante, biscuits, cartes et livres redevinrent craquants d'un quart à l'autre et les matelots furent grillés jusqu'au rouge brique ou au violet. Un ordre interdisant à tout homme qui n'était pas déjà noir, brun ou jaune de bénéficier de la liberté de circuler sans chemise vint trop tard, et malgré l'huile d'olive dont Stephen baigna leurs dos tendres, les brûlures étaient si profondes que cela ne fit guère d'effet. L'aiguade fut donc lente mais aussi douloureuse ; et pendant qu'elle suivait son cours pénible, le bimbashi, qui n'avait jamais pardonné à Jack de s'être laissé tromper, lui montra avec beaucoup de soin et très longuement la scène d'un autre des échecs de la Royal Navy — le petit fort de cinq canons défendant la rade de Kosseir, qui avait été bombardé par deux frégates de trente-deux pièces, *Daedalus* et *Fox*, pendant deux jours et une nuit, alors qu'il était aux mains des Français. « Ils ont tiré six mille boulets, expliqua le bimbashi, en l'écrivant pour qu'il n'y ait pas d'erreur. Six mille boulets, mais ils n'ont pas réussi à prendre le fort et leur attaque a été repoussée avec la perte d'un canon et bien entendu de lourdes pertes en hommes. »

— Dites, je vous prie, au bimbashi combien je lui suis profondément obligé de son information, dit Jack à Stephen, et combien j'apprécie cet exemple de sa politesse.

Ceci dut nécessairement passer par Hassan, homme d'une éducation raffinée qui avait été mal à l'aise pendant tout le récit du bimbashi et qui à présent le parut plus encore.

Pourtant, les adieux d'Hassan furent aussi froids que ceux du bimbashi quand ils prirent congé de Jack à Suez, le Turc pour ramener ses hommes à Ma'an et l'Arabe pour regagner son désert.

— Voilà une manière bizarre de dire adieu, dit Jack, le regardant partir avec un certain regret et une légère indignation. J'ai toujours été civil avec lui, nous nous sommes toujours parfaitement entendus, je ne vois vraiment pas pourquoi il est si renfrogné.

— Ne voyez-vous pas ? dit Stephen. Il s'attendait certainement à ce que vous vous en preniez à lui, pour les sept cent cinquante bourses qu'il vous avait promises pour contrarier les projets de l'Égyptien. À ses yeux vous avez rempli votre part du marché tandis qu'il était incapable de vous remettre la moindre bourse au moment du départ, sans même parler de plusieurs centaines : il est persuadé que vous devez le mépriser, ce qui est suffisant pour rendre n'importe quel homme raide et fier.

— Je n'ai jamais accepté sa monstrueuse proposition. Je n'en ai jamais tenu le moindre compte.

— Bien sûr, mais il croit que vous l'avez fait, et c'est ce qui importe. Ce n'est toutefois pas du tout un mauvais cheval : j'ai passé une bonne partie de la matinée avec lui, pendant que vous faisiez nettoyer le navire à fond, en compagnie d'un médecin copte parlant français qu'il connaît depuis son enfance, un gentilhomme qui agira pour notre compte si nous avons encore affaire au gouverneur égyptien, un gentilhomme, de plus, ayant de très vastes relations parmi les marchands grecs et arméniens de cette région, et un appétit insatiable d'information. Demanderai-je un autre pot de cet admirable sorbet, la seule chose fraîche de la création peut-être, et vous dirai-je ce que j'ai appris ?

— S'il vous plaît.

Ils étaient assis dans la loggia au-dessus de la porte du caravansérail où Stephen avait laissé sa troupe personnelle de chameaux et qui était à présent occupé par les hommes du capitaine Aubrey. On pouvait apercevoir la plupart des Surprises sous les arcades ombreuses entourant la cour centrale où ils se reposaient après les labeurs de la matinée et contemplaient les chameaux, couchés en plein soleil, pas très loin de leurs futures charges, la cloche démontée et les nombreuses, si nombreuses caisses de coraux, coquillages et autres merveilles de la nature recueillis par Stephen et Martin. Certains avaient adopté des membres de la tribu de chiens à demi sauvages qui parcouraient les rues de Suez et Davis marchandait avec le maître d'une ourse syrienne pour l'achat de son petit. Ils avaient tous un air aimable, somnolent, paisible, mais on voyait tout au fond des pyramides de mousquets rangés à la manière navale ; et c'était peut-être ces armes autant que le chelengk de Jack qui rendaient le gouverneur égyptien beaucoup plus obligeant qu'auparavant. Ses propres troupes avaient toutes été réquisitionnées pour la campagne de Mehemet Ali et, s'il mentionna une fois les taxes portuaires, il ne s'attarda pas sur la question, de même que ses officiers des douanes n'insistèrent pas quand on leur dit que les caisses ne contenaient pas de marchandises mais des affaires personnelles et ne pouvaient être ouvertes.

Le sorbet vint, tout givré, et après en avoir bu une pinte voluptueuse, Stephen poursuivit :

— Eh bien, voyons, il semble que nos renseignements étaient justes quant à la cargaison de la galère mais faux quant au moment de son départ. Les Français étaient parfaitement au courant de nos intentions générales et même, je le soupçonne, du détail de nos mouvements, et ils avaient engagé un équipage de chrétiens abyssins qui l'amenèrent pendant le ramadan. Mais une fois les Abyssins repartis, ils continuèrent à faire circuler la galère de haut en bas de ce chenal affreux, et répandirent la rumeur que l'on transportait un autre trésor en provenance de l'une des îles du sud, afin que ce récit puisse nous atteindre. On espérait que nous prendrions la galère en chasse, parfaitement convaincus de sa valeur, et qu'elle nous conduirait dans une crique particulièrement étroite, au-delà des batteries, où l'équipage devait l'abandonner et où, nous étant précipités à son bord, nous serions capturés ou détruits.

— Voilà pourquoi ils avaient tant de canots, dit Jack. Je m'étais posé la question. (Il haleta un moment en s'éventant puis ajouta :) Killick a surpris un des hommes du gouverneur qui cherchait à ouvrir l'une des caisses scellées que Mr Martin a demandées pour ses échinodermes. Je présume que le gouverneur soupçonne que nous avons peut-être finalement abordé la vraie galère. Il a beaucoup insisté pour être invité à bord. Je me demande ce que les Turcs lui ont dit.

— Ils lui ont dit la simple vérité. Mais l'on est à présent tout à fait certain que Mehemet Ali joue double jeu avec le sultan, et naturellement les Égyptiens s'imaginent que les Turcs en font autant avec eux. Certaines personnes ici pensent que nous avons pris le trésor des Français, ou du moins une partie ; certains pensent que nous avons pris un trésor enfoui depuis longtemps dans les profondeurs ; certains pensent que nous avons pris des perles dans ces eaux où l'on sait qu'elles existent mais où aucun homme n'ose plonger ; et certains pensent que nous avons échoué ; je crois toutefois que tout bipède doué de raison dans cette ville est convaincu que la cloche avait pour objet un gain matériel. Je ne sais pas exactement où se situe le gouverneur parmi toutes ces convictions ; mais Hassan m'a averti de ne pas lui faire confiance. En dehors de toute autre chose, comme une brouille déclarée entre Mehemet Ali et la Sublime Porte est fort probable, il n'a pas à craindre le ressentiment turc s'il nous traite mal. Je dirai à Martin de prendre un soin particulier de ses échinodermes.

— Je ne dirai pas que je me fiche du gouverneur, dit Jack, ni qu'il n'a pas de dents puisqu'il n'a pas de troupes, car cela pourrait porter malheur, mais de toute manière nous serons débarrassés de lui demain. Et je dois dire, à son crédit, qu'il s'est montré tout à fait civil, et nous a rassemblé une bonne troupe de chameaux. Si j'ai bien compris ils devraient être ici à l'aube. Et dans trois ou quatre jours, si nous faisons les choses plus doucement cette fois, marchant le matin et le soir et nous reposant à midi et la nuit, et si tout va bien, nous serons également débarrassés de cet horrible pays. Nous serons à bord du charmant *Dromedary*, descendant la Méditerranée à la voile comme des chrétiens, et il ne me restera plus qu'à écrire ma lettre officielle. Dieu garde, Stephen, je préférerais être fouetté par toute la flotte.

Jack Aubrey avait toujours détesté écrire des lettres officielles, même lorsqu'il avait une victoire à annoncer : la perspective d'en écrire une qui devait rapporter un échec total, à tous égards, sans le moindre élément favorable ou circonstance atténuante — pas de prise capturée par hasard, pas d'allié valable —, le déprimait profondément.

Sa dépression s'atténua toutefois avec l'apparition d'un visiteur : le médecin copte, le docteur Simaika, venu rendre visite à Stephen et parler de politique européenne, d'ophtalmie et de Lady Hester Stanhope. Il avait apporté un panier de khat frais et tandis qu'ils le mâchaient, pour découvrir si cela parvenait vraiment à donner l'impression d'une chaleur moins forte, il dévia vers l'Égypte et l'adultère, la fornication et la pédérastie — Sodome même n'était qu'à quelques jours de marche à l'est-nord-est, derrière les puits de Moïse — sous leurs aspects les moins tragiques, et il était si drôle, si intensément amusé que Jack, sans suivre toujours tout, et en ayant souvent besoin qu'on lui explique certains points, passa une soirée fort plaisante à rire presque tout le temps. Suez lui paraissait un lieu beaucoup moins épouvantable ; la brise avait tourné, emportant la puanteur vers la mer ; la chaleur était certainement plus supportable ; et quand le secrétaire du gouverneur vint annoncer qu'à la réflexion il serait peut-être préférable que le capitaine Aubrey ne parte pas demain, il fut reçu avec une belle équanimité. Fort heureusement le docteur Simaika était encore là et la position fut très vite clarifiée : comme le gouverneur s'était vu refuser même la demi-section de gardes qu'on lui avait promise, il jugeait préférable d'avertir Tina, pour qu'une troupe de Turcs puisse revenir avec le messager, assurant au capitaine Aubrey une escorte pour la traversée du désert. Cela ne prendrait qu'une dizaine de jours et, pendant ce temps, le gouverneur aurait le plaisir de la compagnie fort appréciée du capitaine Aubrey.

— Que Dieu nous protège, dit Jack, veuillez s'il vous plaît lui dire que nous connaissons parfaitement le chemin, que nous n'avons pas besoin d'une escorte, puisque mes hommes marcheront avec leurs armes, et que malgré la profonde satisfaction que j'aurais à demeurer avec Son Excellence, le devoir m'appelle.

Le secrétaire demanda si dans ce cas le capitaine Aubrey assumerait toute la responsabilité, et ne ferait aucun reproche au gouverneur si par exemple un de ses hommes était mordu par un chameau ou si des voleurs le pillaient à l'un des puits.

— Oh oui, dit Jack, que cela retombe sur ma tête — tous mes compliments à Son Excellence, et je serais heureux que nous nous en tenions à notre accord précédent — les chameaux à l'aube.

— Les verrons-nous jamais, je me le demande, dit Jack, quand le secrétaire fut parti.

— Vous les aurez peut-être, dit le docteur Simaika avec un regard très significatif ; mais avant que sa signification pût être explicitée, le commis vint demander des instructions pour l'avitaillement et Mowett le point de vue du capitaine Aubrey sur les permissions — permissions au sens technique — cependant qu'une bagarre éclatait dans la cour, une bagarre entre Davis et l'ourse qui trouvait trop familière sa manière de la gratter sous le menton.

Le copte s'inclina et partit. Stephen descendit en hâte pour recoudre l'ourse, et Jack, ayant résolu la question des vivres, dit qu'il ne devait pas y avoir de permissions — le départ au petit matin restait possible, et il n'avait aucune envie de passer la journée à fouiller les bordels de Suez pour retrouver les égarés. L'unique grande porte du caravansérail serait fermée à clé et Wardle et Pomfret, deux vieux et vilains quartiers-maîtres, misogynes et puritains, pères grisonnants de dix-sept enfants à eux deux et parfaitement fiables quand ils étaient sobres, la garderaient.

— Pour ma part, ajouta-t-il, je dois aller voir partir la *Niobe* qui appareille au début du jusant mais je me coucherai très tôt pour le cas où les chameaux apparaîtraient.

Les chameaux apparurent, bruyants, puants, grognants ; quand la grande porte s'ouvrit ils la franchirent dans le petit jour gris ; et se faufilant entre leurs pattes, tout courbés pour passer inaperçus et guidés par Wardle et Pomfret, apparurent un nombre étonnant de Surprises qui s'étaient glissés dehors pendant la nuit, à présent pâles, fatigués, les yeux creux. Toutefois personne ne manquait et après une brève inspection, Mowett put annoncer « Tous présents et sobres, monsieur, s'il vous plaît », sans plus de fausseté qu'il n'était admissible, puisque les quelques hommes encore ivres selon les normes navales ne tombèrent qu'après l'inspection ; on les attacha tranquillement sur le dos des chameaux parmi les tentes et les sacs des matelots.

Pendant que l'on chargeait les quelques vivres restant du voyage — un peu de biscuits, un peu de tabac, le quart d'un tonnelet de rhum et quelques cercles de tonneaux que Mr Adams avait sauvés (il en était responsable jusqu'au dernier), les sacs des hommes, les coffres des officiers et les biens de Stephen —, Killick dépouilla Jack de toute sa parure, l'enferma dans son coffre et amarra celui-ci, verrouillé trois fois et couvert de toile à voile, sur une chamelle particulièrement docile et sage conduite par un homme noir à visage honnête, ne laissant à son capitaine qu'une paire de vieux pantalons de nankin, une chemise de toile, un chapeau de matelot à large bord fait de paille, une paire de pistolets courants et l'épée miteuse qu'il utilisait pour l'abordage — ces derniers accessoires devant être accrochés au coffre quand on serait sorti de la ville.

Malgré cette tenue modeste, le capitaine Aubrey prit dignement la tête, avec Mowett à sa droite, un aspirant à sa gauche et son patron de canot immédiatement derrière lui ; venaient ensuite les Surprises avec leurs officiers, d'abord gabiers du gaillard d'avant, puis gabiers de misaine, gabiers de grand mât, arrière-garde, et enfin le train des bagages. Ils quittèrent Suez en bon ordre, escortés par un nuage de chiens jaunes excités et de petits garçons ; si les matelots qui avaient démarré au pas perdirent bien vite le rythme, ils restèrent du moins en groupe reconnaissable jusqu'à ce qu'ils soient bien engagés dans le désert.

Mais il y eut ensuite un long trajet pénible dans un sable si fin qu'un homme, à moins d'avoir les pieds comme un chameau, s'y enfonçait jusqu'aux chevilles ; de plus, toute la troupe avait passé assez longtemps en mer pour perdre tout à fait l'habitude de la marche et quand Jack donna l'ordre de s'arrêter pour le petit déjeuner, la colonne n'était plus qu'une longue ligne éparpillée.

— Je vois qu'il y a certains chameaux qui n'ont rien sur le dos que des matelots ivres et quelques tentes, dit Martin. Dans l'armée, les officiers montent, en général, même dans les régiments d'infanterie.

— Il arrive qu'ils le fassent aussi dans la marine, dit Stephen, et c'est même parfois un spectacle profondément comique. Mais il y règne un sentiment ennuyeux et, je le crains, de plus en plus puissant, selon lequel, lorsqu'il faut faire quelque chose de particulièrement ardu et désagréable, comme de marcher dans un désert brûlant et sans ombre, tout le monde doit en avoir sa part, jusqu'au dernier homme. Cela me paraît stupide, incohérent, ostentatoire, inutile et illogique. J'ai souvent représenté au capitaine Aubrey que personne ne s'attend à le voir participer au nettoyage des poulaines du navire ou à bien d'autres opérations dégoûtantes, et que c'est donc fanfaronnade et futilité, orgueil et même péché, que d'arpenter volontairement le désert comme cela.

— Et pourtant — pardonnez-moi, Maturin — vous en faites autant vous-même, alors que vous avez des chameaux à vous.

— Ce n'est que couardise morale. Mon courage va augmenter quand mes chevilles vont enfler et que mes pieds se couvriront d'ampoules, et alors je monterai silencieusement ma bête.

— Nous avons chevauché, vous et moi, en venant.

— C'est parce que nous marchions la nuit, alors que chacun savait que nous passions la journée à botaniser. De plus on ne nous voyait pas.

— Comme nous avons botanisé ! Pensez-vous que nous atteindrons demain Bir Hafsa ?

— Qu'est-ce que Bir Hafsa ?

— La halte où il y avait une si belle prairie de centaurées pour les chameaux et où nous avons trouvé l'étrange euphorbe parmi les dunes.

— Et les varans, le cochevis huppé, le traquet du désert. Peut-être y arriverons-nous : je l'espère vraiment.

Pourtant il sembla un moment que cela ne serait pas possible. La troupe ne s'entendait pas bien du tout : les hommes qui avaient passé la nuit à chanter et danser étaient horriblement écœurés et quand le soleil eut un peu monté dans le ciel la chaleur fut très forte ; mais il y avait un autre élément qui n'était pas intervenu pendant leur marche vers Suez dans l'obscurité — de jour, la vaste étendue de désert, parfaitement plane dans toutes les directions, n'offrait pas d'abri à ceux qui désiraient se soulager ; et comme bon nombre des Surprises, y compris leur capitaine, étaient aussi prudes et pudibonds dans leurs actes que licencieux en paroles, cela entraînait une grande perte de temps, les hommes s'écartant pour que la distance, souvent très grande, pût préserver leur modestie. Ce fut à tel point que le groupe n'avança que de manière pitoyable le premier jour, pour atteindre un lieu nommé Shuwak, affleurement rocheux avec quelques buissons de tamaris et de mimosas à quelque cinq lieues de Suez. Mais s'ils avaient été plus loin, Stephen n'aurait jamais réussi à montrer à Jack son premier cobra d'Égypte, magnifique spécimen de cinq pieds neuf pouces qui se faufilait dans les ruines du petit caravansérail, la tête dressée et le capuchon déployé, vision fort impressionnante. De même, Martin et lui n'auraient pu conduire un chameau jusqu'aux rives du petit lac Amer, où dans les derniers rayons de lumière ils aperçurent le martin-pêcheur pie et l'outarde houbara.

Mais le lendemain la plupart des hommes avaient récupéré ; ils marchaient à présent sur un sable pierreux, plus ferme, avec un peu de végétation basse, et le parcours se fit à bonne allure. La marche fut aussi facile après la longue halte du milieu du jour et le soleil était encore à un travers de main au-dessus de l'horizon quand Bir Hafsa apparut loin devant — encore un bâtiment en ruine à côté de la piste, et trois palmiers près du puits, dans une région de dunes fixes.

— Je pense que nous ferions aussi bien de camper près du puits, dit Jack. Continuer encore une heure ne servirait pas à grand-chose, et autant souper confortablement.

— Verriez-vous une objection à ce que Martin et moi allions devant avec notre chameau ? demanda Stephen.

— Jamais de la vie, dit Jack, et je vous serais particulièrement obligé de bien vouloir nettoyer le terrain des reptiles les plus dégoûtants, pendant que vous y serez.

Le chameau en question, animal d'un assez bon naturel à longues foulées rapides, dépassa vite la colonne malgré sa double charge et les déposa dans les centaurées près des palmiers avec encore une demi-heure de soleil devant eux. Ils avaient vu deux traquets fort curieux, noirs à capuchon blanc, et ils escaladaient une dune à l'est du lieu du campement pour en voir plus quand Martin dit : « Regardez comme c'est pittoresque. » Il montrait du doigt la direction de l'ouest et là, sur une dune parallèle, se détachant en noir sur le ciel orange vif, Stephen vit un chameau et son cavalier. Il s'abrita les yeux pour ne pas être ébloui et aperçut plus bas sur le sol plat d'autres chameaux, beaucoup, beaucoup d'autres ; et non seulement des chameaux, mais aussi des chevaux. Il regarda vers le sud et vit la colonne qui marchait ou plutôt s'étirait sur un furlong, tandis que le train des bagages rattrapait rapidement les hommes, les chameaux ayant senti leur pâturage épineux.

— Je crois que nous devrions nous hâter, dit-il.

Jack montrait les lieux où devaient être dressées les tentes quand Stephen l'interrompit.

— Je vous demande pardon, monsieur, mais il y a une forte troupe de chameaux assez près dans l'ouest : quand je les ai vus pour la dernière fois de là-haut, leurs cavaliers passaient sur les chevaux, ce qui, pour autant que je le sache, est le mode d'attaque des Bédouins.

— Merci, docteur, dit Jack. Mr Hollar, sifflez le branle-bas. Et, élevant très fort la voix : « Arrière-garde, arrière-garde, holà, au pas de course, au pas de course, au pas de course ! »

L'arrière-garde se mit au pas de course et vint occuper le quatrième côté du carré formé par les gabiers du gaillard d'avant, les gabiers de misaine et les gabiers de grand mât.

— Mr Rowan, dit Jack, prenez quelques hommes et faites entrer les conducteurs de chameaux à l'abri dans cet enclos avec toutes les bêtes. Killick, mon épée et mes pistolets.

Le carré n'était pas d'une netteté militaire, et quand Jack dit « Baïonnette au canon », il n'y eut pas d'éclats, de cliquetis, de coups de pied simultanés ; mais les lames aiguës étaient là, les mousquets étaient là, et les hommes étaient tout à fait habitués à s'en servir. Le carré était petit, mais formidable : et Jack, debout au milieu, remercia Dieu de ne pas avoir tenté d'accélérer la marche en faisant charger les armes sur les animaux de bât. Toutefois, il ne fut pas aussi content en regardant les chameaux qui approchaient lentement ; son coffre était sur l'une des premières bêtes et Killick revenait déjà, mais bien que Rowan et ses hommes aient réussi à faire entrer la plupart des chameaux dans l'enclos, ils en étaient encore à frapper les traînards, et il allait lancer un appel quand il vit des cavaliers apparaître en haut de la dune de Stephen.

— Rowan, Honey, rejoignez immédiatement, lança-t-il, et ils vinrent en courant, leurs ombres longues sur le sable.

D'autres cavaliers s'étaient rassemblés et avec un cri concerté ils se précipitèrent à fond de train au bas de la colline, sur Rowan et Honey, qu'ils rattrapèrent sans peine et encerclèrent, les enveloppant, mais en les évitant à quelques pouces : un instant plus tard ils étaient passés, chevauchant furieusement sur la pente opposée où ils tirèrent sur les rênes si violemment que leurs chevaux s'arrêtèrent pile. Et là, ils restèrent immobiles un long moment, tous armés, soit de sabres, soit de très longs fusils.

Jack avait vu beaucoup de fantasias sur la côte barbaresque — les Arabes galopant à fond de train vers leur chef et ses hôtes, tirant en l'air et virant au dernier moment — et cependant que Rowan et Honey pénétraient tout haletants dans le carré, il dit :

— C'est peut-être leur manière de s'amuser. Qu'aucun homme ne tire à moins que je n'en donne l'ordre.

Il le répéta avec emphase et il y eut un grognement général d'accord, malgré le murmure du vieux Pomfret : « Drôle d'amusement. » Les hommes avaient l'air graves, mécontents, mais tout à fait compétents et sûrs d'eux. Calamy et Williamson étaient nerveux, chose bien naturelle puisqu'ils n'avaient pratiquement jamais vu encore de combat à terre, et Calamy ne cessait de jouer avec le chien de son pistolet.

Très haut sur la dune, un homme en manteau rouge leva son fusil, tira en l'air et lança son cheval dans la pente, suivi par tous les autres, tirant et criant « illa — illa — illa ».

— C'est une fantasia, dit Jack. (Et tout haut :) Ne tirez pas.

La troupe se précipita vers eux, se sépara en deux et enveloppa le carré, tourbillon et contre-tourbillon de robes voletantes, éclats d'épées dans le couchant, coups de fusil, cris incessants « illa — illa — illa » et nuage immense de poussière.

Le soleil se coucha : la poussière opaque prit un ton doré. Le cercle de cavaliers galopants se rapprocha, les cris couvrant le tonnerre des sabots. Calamy lâcha son pistolet dont l'amorce claqua. Killick bondit de sa place comme s'il était blessé, criant « Non, tu feras pas ça, salaud noir ! », et quelqu'un hurla « Ils sont partis ! ».

Ils l'étaient. Le dernier tourbillon sauvage se déroula, en droite ligne vers l'ouest, et l'on put voir que les chameaux aussi fuyaient dans la même direction, à fond de train sous le fouet de leurs conducteurs. Pendant quelques instants on les aperçut tout juste dans le bref crépuscule, puis ils s'évanouirent parmi les dunes. Tous les chameaux, sauf deux : l'un, ayant cassé sa longe, broutait paisiblement, tandis que l'autre était couché par terre, les pattes avant encore bloquées par Killick ; celui-ci, à demi enfoui dans le sable et assommé par toutes sortes de coups, avait été piétiné, frappé, foulé aux pieds mais ne semblait pas plus mal pour autant.

— Je lui ai donné son compte, à ce bougre, dit-il en regardant son poing ensanglanté.

Le silence tomba : l'obscurité venait vite. Tout était terminé. Personne n'avait été tué ou même sérieusement blessé. Par contre, ils avaient tout perdu, à l'exception des uniformes et décorations du capitaine Aubrey, de quelques papiers et instruments et de deux grandes tentes, qui étaient sur le dos de l'autre bête.

— Le mieux que nous puissions faire, dit Jack, c'est que chaque homme boive autant qu'il peut absorber, après quoi nous repartirons pour Tina, en marchant de nuit. Personne n'a besoin de nourriture par une telle chaleur, et si c'est nécessaire nous pourrons manger les chameaux. Rassemblez quelques branches et faites un feu à côté du puits.

Le tamaris sec s'enflamma et à sa lueur ils virent non pas ce que Jack avait craint — un puits à sec contenant un chameau mort depuis longtemps —, mais une quantité d'eau raisonnable. Ils n'avaient pas de seau, mais Anderson le voilier en fit un très vite, en utilisant la toile qui couvrait le coffre de Jack et la trousse de couture que renfermait le coffre ; ils puisèrent et s'abreuvèrent, puisèrent et s'abreuvèrent jusqu'à ce qu'aucun homme ne pût avaler une goutte de plus et que même les chameaux se détournent.

— Allons, tout ira bien, dit Jack, n'est-ce pas, docteur ?

— Je crois que c'est possible, dit Stephen, en particulier pour ceux d'entre nous qui respirent par le nez afin de prévenir la dispersion des humeurs humides, qui gardent dans la bouche un petit caillou et qui s'abstiennent de pisser et de bavarder inutilement ; les autres pourraient tomber le long du chemin.

Une voix puissante et forte surgit des dunes presque immédiatement après ces paroles : hou-ho, hou-ho. Cela mit effectivement fin à tout bavardage inutile, mais après une pause, il y eut beaucoup de conversations actives à voix basse, après quoi le bosco s'approcha de Mowett. Puis Mowett vint à Jack et lui dit :

— Monsieur, les hommes se demandent si l'aumônier ne pourrait pas appeler une bénédiction sur notre marche.

— Certainement, dit Jack. Une prière instante en un temps comme celui-ci est diablement plus — bien préférable et plus décente, veux-je dire, que la plupart de vos Te Deum. Mr Martin, monsieur, serait-il convenable d'organiser un bref service ?

— Oui, tout à fait, dit Martin.

Il fit quelques instants de pause pour se recueillir. Puis, d'une voix simple et sans affectation, il récita une partie de la litanie avant de leur demander de se joindre à lui pour le soixantième psaume.

Le chant mourut sur le désert éclairé par les étoiles : les terreurs de la nuit reculèrent. Jack dit :

— À présent je suis tout à fait sûr que tout ira bien — que nous atteindrons Tina et les Turcs en bonne forme.

Ils atteignirent Tina — la colline et son fort visibles pendant la moitié d'une journée torride pour la pénible dernière étape qu'ils firent en compagnie des vautours — mais ils ne l'atteignirent pas en bonne forme. Si les chameaux ne furent pas dévorés, c'est uniquement parce qu'ils étaient nécessaires pour transporter ceux dont la force avait failli, à cause de la soif, ou de la faim, ou de la chaleur extrême, ou de la dysenterie contractée à Suez, et les pauvres bêtes étaient si chargées qu'elles arrivaient à peine à tenir l'allure pourtant bien lente de la colonne, si l'on pouvait encore qualifier de colonne et non de horde mourante cette troupe muette, desséchée, ratatinée. Ils n'atteignirent pas non plus les Turcs. Très tôt la lunette de Jack lui avait montré qu'aucun drapeau ne flottait au-dessus du fort ; et quand enfin ils approchèrent assez, ils virent tous que la grande porte était fermée, qu'il n'y avait pas le moindre mouvement à l'intérieur et que le campement bédouin avait disparu, laissant une impression de stérilité définitive. Les Turcs s'étaient-ils retirés à la frontière syrienne à cause d'un conflit entre l'Égypte et la Turquie, ou étaient-ils partis en quelque expédition militaire, impossible de le dire ; d'ailleurs Jack ne s'en souciait guère. Toute son inquiétude était concentrée sur le *Dromedary.* Était-il encore là ou les avait-il abandonnés après un si long temps ? Quelque tempête ou quelque crise entre les Turcs et les Égyptiens l'avaient-elles chassé ? Coulé ?

Les collines basses de vase et les dunes de sable, le long de la côte, dissimulaient la partie proche de la baie, et la partie lointaine où ils avaient laissé le navire était aussi vide que le désert. La perspective qu'il fût parti, qu'ils fussent abandonnés sur cette plage envahie de mouches sous le soleil meurtrier, était trop horrible et il dut se forcer au calme en commençant la dernière grimpette. Pourtant c'est presque en courant à quatre pattes qu'il atteignit la crête. Il s'y tint un moment, savourant l'immense soulagement qui l'envahissait, car le navire était là, mouillé par l'avant et l'arrière assez près de terre, et ses hommes étaient dispersés dans toute la baie à bord des canots, d'où ils pêchaient.

Il se retourna et la vision de son visage heureux amena les autres au pas de course alors que jusque-là la plupart ne pouvaient faire mieux que marcher en titubant : mais tous ensemble ils ne purent réussir à lancer un appel. Ils ne purent qu'émettre quelques sons rauques et grinçants qui ne portaient pas au-delà de cent yards et quand ils agitèrent les bras, pendant longtemps les canots ne le remarquèrent pas du tout, puis se contentèrent d'agiter les bras eux aussi, de la manière la plus calme et la plus provocante.

— Tirez une volée, dit Jack.

Car si certains des hommes avaient lâché leur mousquet dans les dernières lieues intolérables, d'autres les avaient conservés. Au bruit des coups de feu, le canot le plus proche se précipita vers le navire et il parut un moment que les Dromedaries avaient pris peur, avaient peut-être supposé que Turcs et Égyptiens les attaquaient ou s'attaquaient entre eux, de sorte qu'il vaudrait mieux s'écarter plus au large, mais ce n'était que Mr Allen allant chercher sa lunette.

Rien n'aurait pu rendre les Dromedaries plus chers au cœur des Surprises que les bols de thé, les énormes quantités de vin et d'eau avec du jus de citron et la nourriture qu'ils leur prodiguèrent ; rien n'aurait pu rendre les Surprises plus chers au cœur des Dromedaries que les moments effroyables qu'ils venaient de subir, leur gratitude et l'échec de leur mission. Ils mirent cap à l'ouest dans une amitié aussi profonde que s'ils étaient de très anciens compagnons de bord, toute distinction entre marins de guerre et marins du commerce passée par-dessus bord ; et ils bénéficièrent de brises remarquablement favorables, presque aussi favorables que celle qui les avait amenés au fond de la Méditerranée, et souvent délicieusement fraîches. Chaque jour Malte se rapprochait de cent ou cent cinquante milles et chaque jour, après les deux ou trois premiers, le capitaine Aubrey faisait une tentative de rédaction de sa lettre officielle.

— Écoutez ceci, Stephen, voulez-vous ? dit-il quand ils atteignirent 19° 45' de longitude est. « Monsieur, j'ai l'honneur de vous informer que conformément à vos ordres du trois du mois dernier, je me suis rendu à Tina avec le groupe placé sous mon commandement, et de là à Suez, avec une escorte turque, où j'ai embarqué sur le sloop de la Compagnie des Indes orientales *Niobe* et, ayant finalement pris à bord le contingent turc, me suis rendu dans un temps contraire au chenal de Mubara... où j'ai complètement foiré. » La question est à présent, comment dire cela au mieux sans avoir l'air d'un parfait imbécile ?

Chapitre huit

Le *Dromedary* n'avait pas pris son mouillage depuis dix minutes que Jack Aubrey était à bord du commandant en chef, sa lettre officielle en main. Il fut reçu immédiatement et l'amiral, à son bureau, le regarda ardemment : mais le visage que vit Sir Francis n'était pas celui d'un homme ayant récemment capturé cinq mille bourses de piastres et c'est sans grand espoir d'une réponse favorable qu'il lui dit :

— Eh bien, vous voici enfin, Aubrey, asseyez-vous. Comment l'expédition s'est-elle passée ?

— Pas bien du tout, monsieur, je le crains.

— N'avez-vous pas capturé la galère ?

— Nous l'avons capturée, monsieur. Nous l'avons même coulée. Mais elle n'avait rien à bord : nous étions attendus.

— Dans ce cas, dit l'amiral, je vais terminer ce rapport pendant que j'ai encore tous les faits à l'esprit. Vous trouverez dans ce coffre quelques journaux et la dernière Navy List : elle nous est arrivée d'hier.

Jack saisit le volume familier ; il n'était pas absent depuis longtemps mais déjà des changements importants s'étaient produits. Certains amiraux étant morts, leurs places, ainsi que quelques vacances, avaient été comblées, de sorte que tout le monde avait grimpé dans la liste des capitaines de vaisseau, les premiers jusqu'à la gloire de contre-amiral, dans l'escadre bleue ou dans la jaune (c'est-à-dire promus hors escadre), selon les cas, et les autres vers un point un peu plus proche de leur apothéose. J. Aubrey avait dépassé de loin la moitié : plus loin que le nombre de nouveaux amiraux ne le justifiait, et en en cherchant la raison il constata que plusieurs capitaines plus anciens que lui étaient morts, eux aussi — une saison de fièvre aux Indes, orientales et occidentales —, et que deux avaient été tués.

« Tissu de mensonges, rien que de lamentables faux-fuyants, n'importe quoi pour rejeter le blâme sur quelqu'un d'autre, quel méprisable moins que rien », marmonna l'amiral tout en tapotant les pages du rapport pour en faire une pile bien nette qu'il rangea précisément parmi de nombreux autres.

— Vous avez vu la promotion des amiraux, Aubrey ? Elle a effectivement retiré du commandement des navires un certain nombre d'officiers qui à aucun moment de leur vie n'ont été capables de les commander ; mais je regrette d'avoir l'occasion d'observer que l'état du haut de la liste des capitaines n'est guère amélioré. Un commandant en chef ne peut accomplir quoi que ce soit avec des subordonnés incompétents.

— Non, monsieur, dit Jack avec un peu de gêne, et après une pause désagréable : Je vous ai apporté ma lettre officielle, monsieur (il la posa sur la table), et je regrette de dire qu'elle ne risque guère de vous faire changer d'avis.

— Palsambleu, dit l'amiral (c'était le seul officier actif connu de Jack à dire encore palsambleu), cela n'en finit pas. Deux, non, trois pages, écrites en tout petit et des deux côtés. Vous n'avez pas idée de tout ce que j'ai à lire, Aubrey. Je viens d'arriver de Toulon et une masse de choses m'attendaient ici. Faites-moi un précis.

— Un quoi, monsieur ? s'exclama Jack.

— Un abrégé succinct, un résumé, un condensé, pour l'amour de Dieu. Vous me rappelez un aspirant simple d'esprit que j'avais embarqué un jour à bord de l'*Ajax* par bonté pour son père. « N'avez-vous pas un peu de jugeote ? » lui demandai-je. « Non, monsieur, dit-il, je ne savais pas que l'on en aurait besoin à bord du navire, mais je m'en procurerai sans aucun doute dès que j'aurai l'occasion de débarquer. »

— Ha, ha, monsieur, dit Jack, et il se lança dans un compte rendu de son voyage qui s'acheva par : Et c'est ainsi, monsieur, qu'ayant tout foiré, si vous voulez bien me pardonner l'expression, je suis revenu avec pour seule consolation qu'il n'y ait pas de perte d'hommes en dehors du drogman.

— Manifestement le Renseignement s'est trompé, dit l'amiral, et il nous faudra en rechercher les raisons. (Une pause inquiétante.) Peut-être auriez-vous pu accomplir quelque chose en fonçant directement sur Mubara, en jetant vos Turcs à terre à l'aube et en les appuyant d'une canonnade au lieu d'attendre la galère. La vitesse est l'essentiel dans l'attaque.

Les ordres de Jack lui donnaient précisément pour instructions d'aller d'abord au chenal sud : il ouvrit la bouche pour le dire mais la referma sans un mot.

— Ne voyez là aucun reproche, toutefois. Non, non... Le fait est que j'ai quelques nouvelles déplaisantes pour vous. La *Surprise* doit rentrer à la maison pour être soit désarmée, soit vendue. Non, non, dit-il en levant la main, je sais exactement ce que vous allez dire. Je l'aurais dit moi-même à votre âge et dans votre situation. Elle est en très bon état, avec beaucoup d'années de vie utile devant elle, et n'a pas son égal en navigation. Tout cela est très vrai, même si je dois dire en passant que des réparations coûteuses risquent d'être bientôt nécessaires : et ce qui est tout aussi vrai, c'est qu'elle est très, très vieille ; elle était vieille quand nous l'avons prise aux Français au début de la dernière guerre et, d'après les normes modernes, elle est extrêmement petite et très faible, un anachronisme.

— Vous me permettrez d'observer, monsieur, que le *Victory* est encore plus vieux.

— À peine : et vous savez ce qu'il nous a coûté en réparations. Mais l'affaire n'est pas là. Le *Victory* peut encore pilonner n'importe quel vaisseau de premier rang français, alors qu'il n'y a pratiquement pas de frégates dans les marines françaises ou américaines avec lesquelles la *Surprise* puisse se mesurer à peu près sur un pied d'égalité.

C'était tout à fait vrai. Depuis bien des années la tendance était à des navires plus gros, plus lourds et à présent la frégate courante dans la Royal Navy était un vaisseau portant trente-huit canons de dix-huit livres et jaugeant bien plus de mille tonneaux, à peu près deux fois la taille de la *Surprise*. Pourtant, dans sa détresse, Jack ajouta :

— Les Américains ont leur *Norfolk*, monsieur, ainsi bien que leur *Essex*.

— Autre anachronisme ; c'est l'exception qui confirme la règle. Que pourrait bien dire la *Surprise* à leur *President* ou à n'importe laquelle des autres frégates de quarante-quatre canons, avec leurs pièces de vingt livres ? Rien du tout. Elle pourrait aussi bien s'attaquer à un vaisseau de ligne. Mais ne le prenez pas si mal, Aubrey : il y a autant de bons poissons dans la mer que l'on en sort, vous le savez.

— Oh, je ne le prends pas mal, monsieur, dit Jack, pas du tout. Il était entendu quand j'ai amené le *Worcester* que ce passage en Méditerranée n'était qu'une simple parenthèse jusqu'à ce que la *Blackwater* soit prête.

— La *Blackwater* ? dit Sir Francis, étonné.

— Oui, monsieur. J'en ai eu la promesse ferme pour la station d'Amérique du Nord dès qu'elle serait prête.

— De qui ?

— Du premier secrétaire lui-même, monsieur.

— Ah, vraiment, dit l'amiral en baissant les yeux. Je vois, je vois. Toutefois, avant que vous n'emmeniez la *Surprise* à la maison, j'ai quelques petites tâches pour elle : une incursion en Adriatique pour commencer.

Jack dit qu'il en serait fort heureux, puis :

— Mais je crains que vous ne me jugiez fort incivil, monsieur, de ne pas vous avoir félicité de votre promotion. J'ai vu que votre marque avait changé, qu'elle était rouge à la misaine, en embarquant : je vous en félicite de tout mon cœur.

— Merci, Aubrey, merci beaucoup ; quoique à mon âge ces choses-là aillent un peu de fait. J'espère que vous vivrez assez longtemps pour porter votre marque au grand mât. Dînerez-vous avec moi ? J'ai quelques personnes intéressantes qui doivent venir.

Une fois de plus, Jack dit qu'il en serait fort heureux ; et il l'était en surface, mangeant de bon cœur et buvant le bon vin de l'amiral avec une femme élégante de chaque côté et son vieil ami Heneage Dundas qui lui souriait à travers la table ; mais tandis qu'on le ramenait à son bord à travers le port, le chagrin l'envahit et faillit l'étouffer. Il avait servi à bord de la *Surprise* comme aspirant et l'avait commandée dans l'océan Indien : c'était une petite frégate difficile et capricieuse mais merveilleusement sensible, rapide et courageuse pour qui la connaissait ; elle ne lui avait jamais fait faux bond dans un cas difficile, et jamais il ne retrouverait un navire aussi marin, à toutes les allures, par brise légère ou coup de vent. L'idée qu'elle s'en irait pourrir dans quelque crique infâme, puis serait démolie, ou qu'elle puisse être vendue et dégradée pour n'être plus qu'un lamentable navire de commerce était plus qu'il ne pouvait supporter. Si cette galère avait été ce qu'elle semblait, il l'aurait rachetée lui-même pour la préserver d'un tel sort : il avait connu des navires, en particulier des navires ennemis, vendus pour des sommes assez modestes quand la Navy n'en voulait plus.

Il était peu probable aussi qu'il ait jamais l'occasion de commander un tel équipage, un équipage de matelots choisis, tous jusqu'au dernier capables de hisser, ariser et barrer, et dont il connaissait et appréciait pratiquement chacun. Il savait exactement où il en était avec les Surprises, qui savaient exactement où ils en étaient avec lui et ses officiers ; on pouvait accorder aux Surprises des libertés inconnues à bord d'un navire ayant un équipage mélangé, composé de terriens et de voleurs ainsi que d'une large proportion d'hommes recrutés de force, maussades et rancuniers, et à bon droit : un équipage ayant besoin de la perpétuelle discipline rigoureuse habituelle dans le service ; de l'entraînement répété à la prise de ris, au ferlage, au guindage des mâts de hune, à la mise à l'eau des canots et ainsi de suite, le tout adapté aux capacités des moins doués ; du contrôle rigoureux et des punitions rigoureuses presque inévitables. Jack Aubrey, bien que capitaine sévère, n'avait jamais partagé le zèle punisseur si caractéristique de tant d'officiers ; il avait horreur du fouet ; il ne pouvait jamais l'infliger en bonne conscience pour des fautes qu'il avait lui-même commises autrefois, et si, les traditions du service étant ce qu'elles étaient, il avait en son temps fait appliquer un certain nombre de douzaines de coups de fouet, il était grandement soulagé de ne pas avoir à le faire, grandement soulagé de ne pas être vertueusement indigné et perpétuellement meilleur que quiconque à bord. Le fouet n'était pratiquement jamais sorti à bord de la *Surprise* depuis qu'il en avait pris le commandement ; et si seulement son équipage avait compté un valet du capitaine un peu plus aimable, moins fruste, un cuisinier du capitaine ayant à son actif plus de deux puddings, une couple d'officiers jouant assez bien pour offrir à Stephen et lui un quatuor de temps à autre, et un poste des aspirants plus solide, il aurait affirmé qu'avant la promotion de Pullings, et avant qu'on lui ait repris tant de ses hommes, la frégate possédait le meilleur équipage de toute l'escadre, sinon de tout le service.

« Je ne leur dirai rien avant d'y être forcé », pensa-t-il quand le canot se faufila entre les allèges et qu'il vit son navire. La frégate était mouillée assez loin de l'arsenal, mais il ne fut pas surpris de voir deux lourds chalands encore amarrés à ses flancs et une troupe d'ouvriers de l'arsenal affairés autour de son arrière.

— Côté babord, dit-il à son patron de canot.

La moindre cérémonie pour sa montée à bord eût été ridicule : il était le seul homme du navire possédant à ce moment plus qu'une chemise de toile, une paire de pantalons et un vieux chapeau de paille.

— Monsieur, dit Mowett, ôtant son chapeau avec

autant de grâce que le bord cassé le lui permettait, je suis absolument désolé de vous dire que ces coquins n'auront pas calfaté le gaillard derrière l'artimon avant mardi. Vos chambres sont ouvertes à la...

— Pas de vitres dans les fenêtres de poupe non plus, s'exclama Killick d'une voix aigre et furieuse.

— Killick, moins fort, dit Jack.

— Monsieur, dit le commis, le magasinier n'a pas voulu me donner les hamacs et les matelas sur mon ordre personnel. Il s'est moqué de mes habits, a fait semblant de croire que j'avais bu, m'a demandé de raconter mon histoire de chameaux et d'Arabes à l'infanterie de marine et s'en est allé en riant.

— Et pas non plus dans les bouteilles, murmura Killick.

— Pas de hardes non plus, dit le commis. Faire cela à un commis de quinze ans d'ancienneté !

— Et puis la poste, monsieur, dit Mowett, il y a un sac pour nous mais il a été envoyé à Saint-Isidore et ils disent qu'ils sont fermés aujourd'hui à cause de la fête.

— Fermés ? dit Jack. Le diable les emporte ! Bonden, ma gigue. Killick, sautez chez Searle, prenez-moi une chambre pour les quelques jours à venir et organisez un dîner demain pour les officiers du *Dromedary*. Mr Adams, venez avec moi. (Puis, se détournant au moment de franchir la coupée :) Où est le docteur ?

— Il a emmené Rogers, Mann et Himmelfahrt à l'hôpital, monsieur.

À l'hôpital, en chirurgien consciencieux, pour voir ses patients précédents, en amener trois autres, bavarder ou même opérer avec ses collègues ; mais aussi, en agent secret consciencieux, chez Laura Fielding, tard dans la soirée.

La porte extérieure était ouverte, mais la lanterne tout au bout n'était pas allumée et en longeant le sombre passage de pierre, il pensa : « Quel coupe-gorge, vraiment : silencieux comme la mort. » À la porte, il chercha à tâtons la chaîne de la cloche, entendit en réponse le faible carillon aussitôt noyé sous les aboiements de Ponto, puis la voix de Laura demandant qui était là.

— Stephen Maturin.

— Mère de Dieu, s'écria-t-elle en ouvrant la porte, ce qui projeta un flot de lumière, comme je suis heureuse de vous revoir. (Et comme il entrait, clairement visible :) Oh, oh ! Avez-vous fait naufrage ?

— Pas du tout, dit Stephen, quelque peu agacé, car il avait emprunté à l'hôpital une paire de culottes pourpres et s'était fait raser. Trouvez-vous mon aspect peu convenable ?

— Pas du tout, cher docteur. C'est seulement que vous êtes habituellement si... si raffiné, dirai-je.

— Absolument.

— Et toujours en uniforme. Aussi ai-je été un peu surprise de voir votre habit.

— Nous l'appelons un *banyan*, dit Stephen en examinant le vêtement, jaquette lâche en toile à voile avec des rubans au lieu de boutons, confectionnée par Bonden avec le peu de toile légère dont le *Dromedary* pouvait se séparer. Peut-être, effectivement, semble-t-il un peu désespéré à terre ; peut-être. Une vieille dame fort digne, la mère du colonel Fellowes je crois, m'a donné cette pièce quand j'ai tourné le coin de la rue, en disant : « Pas pour boire, mon brave. No gin. Niente debaucho. » Mais pour le moment je n'ai rien d'autre. Une bande de voleurs noirs à cheval a pris ma cloche — qu'ils pourrissent à jamais dans les profondeurs de l'enfer — et mes collections, et tous mes vêtements, voilà ce qui s'est passé. Toutefois, en homme prudent, je n'avais pas emporté mon autre coffre avec mon bon uniforme, ce dont je me réjouis.

Ils avaient entre-temps atteint le salon et la petite table ronde sur laquelle était disposé le souper de Mrs Fielding : trois triangles de polenta froide, un œuf dur et un pot de limonade.

— Le croiriez-vous, ma chère, dit-il, s'asseyant en face d'elle et saisissant aussitôt l'un des triangles, ce bon habit que j'ai coûte onze guinées. Onze guinées : une somme vraiment effarante.

Il était embarrassé — situation rare pour lui — et parlait un peu au hasard : elle lui versa un verre de limonade et le regarda avec quelque mélancolie tendre la main vers l'œuf.

— Mais, dit-il en retirant inconsciemment la main, si j'avais été chercher toute cette splendeur à l'hôtel où je l'ai laissée et si je l'avais endossée, je n'aurais jamais eu le temps d'atteindre cette maison avec la moindre chance de vous trouver encore debout ; et j'ai jugé préférable de compromettre votre réputation en banyan, comme nous en étions convenus, que de la laisser intacte en habit superbe.

— Vous êtes vraiment très bon de vous occuper de moi et de venir si vite, dit-elle, prenant sa main et le regardant avec de grands yeux troublés.

— Pas du tout, ma chère, dit Stephen en lui rendant sa pression. Dites-moi, ces gens vous ont-ils encore tourmentée depuis mon départ ?

— Deux fois seulement. J'ai dû me rendre à Saint-Simon le lendemain et je lui ai dit que vous aviez passé la nuit avec moi. Il a été content et m'a dit que la prochaine fois j'aurais une lettre.

— Le même étranger avec l'accent napolitain — le même petit homme pâle d'âge moyen ?

— Oui ; mais celui qui m'a donné la lettre était un Italien.

— Comment va Mr Fielding ?

— Oh, il n'est pas bien. Il ne le dit pas — simplement qu'il est tombé et s'est fait mal à la main — mais il n'est pas lui-même. J'ai peur qu'il ne soit très malade : atteint au cœur. Je vais vous montrer sa lettre.

Elle était effectivement dépourvue des quelques qualités que possédaient les lettres précédentes : non pas d'élégance, car Mr Fielding n'avait pas de talent en la matière, mais plutôt de coulant, de cohésion, d'enchaînement naturel et, un peu obscurément, de l'affection qu'elles contenaient ; c'était une lettre minutieuse qui progressait cahin-caha, racontant sa chute sur les marches glacées de la cour d'exercice et le traitement aimable de l'infirmerie de la prison, et incitant Laura à faire tout ce qui était en son pouvoir pour montrer leur gratitude aux messieurs qui rendaient possible cette correspondance : ils étaient certainement en mesure d'influencer le gouvernement.

Cela ne pouvait aller, pensa Stephen en regardant les lettres formées avec soin. Le conte de la main blessée était un peu trop circonstancié et de toute manière il avait été trop souvent utilisé. Sa première impression se transforma presque en certitude : Fielding était mort et on imitait son écriture pour maintenir Laura dans la soumission. Selon la probabilité la plus forte, l'agent français de Malte était bien le Lesueur de Graham et Wray n'avait pas réussi à s'en emparer : cela valait peut-être mieux, car un Lesueur alimenté en fausses informations par Laura serait beaucoup plus utile qu'un Lesueur attaché à un poteau devant un peloton d'exécution. Mais il allait falloir l'alimenter vite, avant que la *Surprise* n'appareille, car sans consulter Sir Joseph ou l'un de ses collègues les plus proches, Stephen n'avait aucune envie de confier cette affaire à quiconque d'autre à Malte, et, bien entendu, avant que la mort de Fielding ne soit officiellement connue — dès ce moment la fonction de Laura disparaîtrait. Non seulement Lesueur ne croirait plus rien de ce qu'elle lui dirait, mais comme elle aurait le pouvoir — ce serait même dans son intérêt — de le compromettre avec toute son organisation, il l'éliminerait sans aucun doute. Elle disparaîtrait avec sa fonction.

Tout cela lui traversa l'esprit avec la plus grande rapidité sans même atteindre le niveau de la parole pendant qu'il regardait la lettre. C'était à peu près les mêmes réflexions qu'il s'était faites la première fois, mais avec à présent une bien plus grande certitude et, en raison de son sentiment très fort pour elle, un bien plus grand sentiment d'urgence. Il fit à peu près la même réponse réconfortante qu'auparavant, et leur conversation passa aux aspects techniques de ses relations avec les agents secrets. Moins prudente désormais, elle lui donna une description précise de Lesueur et de certains de ses collègues et parla de la légèreté criminelle de Basilio — il lui avait dit, par exemple, que jamais le docteur Maturin n'aurait dû aller en mer Rouge : un autre homme devait prendre sa place. De tout ce qu'elle disait, il apparut désespérément clair que certains au moins avaient commis l'erreur commune, et parfois le péché mortel, de sous-estimer le pouvoir d'une femme ; même si Lesueur ne savait pas qu'elle l'avait reconnu, elle en savait désormais tant sur son réseau qu'il ne pourrait jamais tolérer sa défection.

— Hélas, dit Stephen après une longue pause, puis son visage s'éclaira. La voici, dit-il hochant la tête vers son violoncelle appuyé au mur de l'autre côté du piano de Laura. Elle m'a beaucoup manqué au cours de ce dernier voyage.

— Vous considérez le violoncelle comme une femme, dit-elle. Il m'a toujours semblé si masculin. Voix profonde, un homme pas rasé peut-être.

— Homme ou femme, dit-il, je voudrais que vous nous fassiez un peu de café et que vous mangiez votre souper, que j'ai démoli à moitié, Dieu me pardonne, sans y penser, après quoi nous pourrons peut-être jouer la pièce que nous avons crucifiée la dernière fois.

— Homme ou femme, dit-il en tirant l'instrument de sa rude enveloppe, que d'histoires il y a entre eux.

— Que disiez-vous ? lança-t-elle de la cuisine où manifestement elle mangeait encore.

— Rien, rien, ma chère, je marmonnais, c'est tout.

Il fit tourner le violoncelle en réfléchissant à ses sentiments pour elle. Un désir très fort, bien entendu ; mais aussi de la tendresse, de l'estime, de l'affection, une amitié amoureuse portée à un degré plus élevé qu'il ne l'avait jamais connu.

Il surgit dans la rue aux premières lueurs du jour, repéra l'observateur avec une satisfaction intense et descendit tout pensif jusqu'au quai pour attendre que les dghajsas commencent à circuler. Il était convenu qu'il prendrait une chambre chez Searle, qu'elle viendrait le voir vêtue d'un domino et d'une faldetta et qu'il lui fournirait quelque chose pour mettre Lesueur en appétit. De quoi s'agirait-il ? Debout sur les marches du débarcadère il retournait dans sa tête toutes les possibilités, regardant sans le voir, mais les yeux grands ouverts, le *Worcester* dégradé, dans l'indifférence glaciale de tous ceux qui avaient servi à son bord, et déjà transformé en ponton-mâture ; à travers ses réflexions il entendait le cri familier des bateliers de Londres, « Pour monter ou pour descendre, monsieur ? », répété à intervalles réguliers. À la troisième répétition, il se reprit, regarda en bas des marches et vit les visages souriants des nageurs de la *Surprise*.

— C'est pour la barque, monsieur ? demanda Plaice, aviron de tête. Le capitaine sera là dans une minute. Bonden vient d'aller chez Searle : je suis tout étonné que vous ne l'ayez pas vu passer. Mais vous étiez perdu dans vos pensées, y a pas de doute.

— Bonjour, docteur ! s'exclama Jack apparu derrière lui, je ne savais pas que vous étiez à l'hôtel.

— Bonjour, monsieur, dit Stephen, je n'y étais pas. J'ai dormi chez des amis.

— Oh, je vois, dit Jack.

Il était content car la fatigue de Stephen justifiait et excusait la sienne, mais en même temps, il était déçu, plus déçu que content car nécessairement un Stephen fatigué n'atteignait pas le plus haut niveau de la vertu. Jack le considérait non pas tant comme un saint que comme un être exempt de tentations : il n'était jamais ivre, ni enclin à poursuivre les femmes dans les lointains ports étrangers, il allait moins encore dans les bordels avec les autres officiers, et quoique connu pour son bonheur aux cartes, il jouait très rarement ; cette défaillance commune, négligeable chez un autre homme ou chez Jack Aubrey lui-même, en prenait un aspect abominable. Ce n'est pas sans malice que le capitaine Aubrey dit, tandis que le canot traversait les brumes vaporeuses du port : « Avez-vous vu vos lettres ? Nous en avons reçu enfin tout un sac », pour dire « Diana vous a écrit, j'ai vu son écriture, j'espère que vous allez vous sentir coupable. »

— Non point, dit Stephen avec un sang-froid provocant.

Mais il n'était en fait pas du tout indifférent à l'arrivée du courrier et dès qu'il eut ses lettres il se hâta de descendre dans l'intimité de sa cabine pour les lire. Diana lui avait écrit effectivement, et même longuement pour elle, décrivant une vie sociale intense : elle voyait beaucoup Sophie, qui était venue deux fois en ville pour les dents des enfants, descendant chaque fois chez elle, à Half Moon Street, et aussi Jagiello, jeune attaché à l'ambassade de Suède qui avait été emprisonné en France avec Jack et Stephen et qui lui envoyait toute son affection, ainsi encore qu'un certain nombre d'autres amis, dont beaucoup de royalistes français. Elle disait aussi qu'elle se languissait vraiment de le voir revenir et qu'elle espérait qu'il prenait bien soin de lui. Et puis il y avait un certain nombre de communications de collègues naturalistes dans différents pays, des factures, bien entendu, et une déclaration de son homme d'affaires montrant qu'il était beaucoup plus riche qu'il ne l'avait supposé, ce qui lui plut beaucoup. Il y avait encore la lettre habituelle du correspondant anonyme qui souhaitait lui faire savoir que Diana le trompait avec le capitaine Jagiello : ils s'étaient mis à « le faire » dans l'église de Saint-Stephen, debout derrière l'autel. « Cela peut-il venir de l'esprit d'un homme ou d'une femme ? » se demanda-t-il, mais sans s'attarder sur la question car la lettre suivante était de Sir Joseph Blaine, le chef du Renseignement naval, collègue et ami de si longue date qu'il pouvait mélanger les nouvelles des sociétés savantes auxquelles tous deux appartenaient (Sir Joseph était entomologiste) avec des commentaires voilés sur différents projets et sur l'avancement de leur guerre particulière. La lettre tout entière était intéressante, mais la partie que Stephen relut avec un soin inhabituel était l'observation : « À présent mon cher Maturin aura sans aucun doute rencontré Mr Wray, notre second secrétaire à titre temporaire ». Rien que cela, rien de plus : aucune remarque sur la tâche de Wray, aucune requête à Stephen de l'aider, et une légère insistance sur le mot *temporaire*. Chez un homme comme Sir Joseph, c'étaient là des omissions significatives et, couplées avec le fait que Wray n'avait apporté aucun message personnel, elles convainquirent Stephen que, si Sir Joseph jugeait sans doute Wray capable de résoudre une affaire telle que les fuites d'informations navales à La Valette, il n'avait pas jugé bon de lui faire part de tous les secrets du département : il était en somme assez naturel qu'un officiel nommé depuis peu et peut-être provisoire (à moins qu'il ne s'agisse d'un homme aux capacités particulièrement exceptionnelles à cet égard) ne soit pas traité avec une liberté complète en matière de Renseignement, où un manque de jugement ou de discrétion par ailleurs sans importance pouvait avoir des effets si désastreux. Et puisque Wray ne bénéficiait pas de toute la confiance de Sir Joseph — puisqu'il n'avait sans doute pas été encore jugé homme aux capacités tout à fait exceptionnelles en matière de Renseignement —, il parut sage à Stephen d'imiter la réserve de son chef et de résoudre seul le cas de Mrs Fielding.

À peine était-il parvenu à cette conclusion que deux messages arrivèrent, le premier requérant sa présence à bord du *Caledonia* à dix heures quinze du matin et le second l'invitant à dîner au palais pour rencontrer Mr Summerhays, botaniste fort riche et doté d'excellentes relations, avec une note polie de Sir Hildebrand s'excusant de ce délai si court — Mr S. partait demain pour Jérusalem et regretterait infiniment de quitter Malte sans avoir entendu le docteur M. à propos des plantes du Sinaï.

Le premier de ces messages lui fut nécessairement transmis par le capitaine Aubrey, qui dit, ou plutôt beugla (les calfats de l'arsenal tapaient du marteau sur leurs têtes et les deux quarts étaient fort occupés à racler le pont que les calfats avaient déjà traité, entre l'avant et le grand mât) :

— Dix heures et quart, ma parole, il va falloir mettre la main dessus pour que vous y soyez à temps, Stephen, avec votre uniforme décent qui est à terre.

— Peut-être n'irai-je que demain, dit Stephen.

— Balivernes, dit Jack impatient.

Et il appela son valet et son patron de canot. Il fallut un peu de temps pour les trouver car eux aussi étaient à la recherche des vêtements qu'ils avaient laissés à l'arsenal dans le coffre qu'ils partageaient ; dans l'intervalle, Stephen dit :

— Mon frère, j'ai peur que la poste ne vous ait apporté de tristes, tristes nouvelles ; je vous ai rarement vu si déprimé.

— Non, dit Jack, ce n'est pas la poste : tout le monde va bien à la maison et vous envoie beaucoup d'affection. C'est autre chose. Je vais vous le dire : vous ne le répéterez à personne. (Il montra du doigt un balai dans un coin de la chambre résonante et dit :) Nous devons porter ceci en tête de mât. (Mais voyant que cela ne disait rien à Stephen, il se força à le mettre en paroles.) La *Surprise* doit être désarmée ou vendue et nous devons la ramener à la maison.

Stephen vit les larmes lui monter aux yeux et, faute d'une remarque plus appropriée, il dit :

— Cela ne vous affectera pas, professionnellement ?

— Non, du fait que la *Blackwater* sera prête très bientôt : mais je ne saurais vous dire combien cela me blesse... Killick, dit-il, s'interrompant à l'entrée du valet et de Bonden, le docteur doit être à bord du navire amiral à dix heures et dix minutes : vous savez où ses uniformes sont rangés ; il se changera dans ma chambre chez Searle. Bonden, il ira dans ma gigue, et il n'oubliera pas de présenter ses respects au gaillard d'arrière ni ses compliments au capitaine de la *Caledonia* et au capitaine de la flotte s'ils sont sur le pont. Veillez à ce qu'il embarque à pied sec.

Le docteur Maturin atteignit à pied sec non seulement le gaillard d'arrière de la *Caledonia* mais même sa grand-chambre, Bonden l'ayant littéralement porté pour monter l'échelle de coupée ; et il y trouva Mr Wray, Mr Pocock et le jeune Mr Yarrow, le secrétaire de l'amiral. Un instant plus tard, l'amiral lui-même revint en hâte des bouteilles, en se reboutonnant.

— Pardonnez-moi, messieurs, dit-il, j'ai peur d'avoir mangé quelque chose. Docteur Maturin, je vous souhaite le bonjour. L'objet de cette réunion est d'abord de découvrir comment notre Renseignement a pu être trompé à ce point à propos de l'affaire de Mubara, et en second lieu, d'envisager les mesures à prendre pour empêcher l'ennemi d'obtenir des informations sur nos mouvements ici. Mr Yarrow commencera par nous lire les passages pertinents de la lettre du capitaine Aubrey, après quoi je vous demanderai vos commentaires.

Pocock était d'avis que tout provenait du refus des Anglais de soutenir Mehemet Ali dans son projet pour se rendre indépendant de Constantinople, ce qui l'avait jeté dans les bras des Français : la date de la réponse dilatoire des Anglais — un refus, en fait — coïncidait presque exactement avec ce qui avait dû être la première notion de ce plan, manifestement destiné à s'assurer le soutien des Français et à détruire l'influence britannique en mer Rouge, beaucoup plus qu'à capturer un navire.

Wray en convint mais il dit qu'un plan de cette espèce exigeait un homme sur place, une personne payée par les Français ou les Égyptiens pour transmettre l'information et coordonner les mouvements de l'autre côté ; et il était sûr que l'homme en question était Hairabedian. Quel dommage qu'il ait été tué ; on aurait pu le conduire à faire les révélations les plus importantes. Il avait apporté les plus fortes recommandations du Résident anglais au Caire, et des témoignages dithyrambiques de l'ambassade à Constantinople, en même temps que les premières nouvelles des projets français sur

Mubara ; mais l'urgence était telle que l'on n'avait pas pris le temps de vérifier soit le message du Résident, soit les témoignages. Ils se révéleraient sans aucun doute faux, car il semblait qu'à Suez le drogman ait à plusieurs reprises fait circuler des rumeurs encourageantes quant au chargement de la galère à Massaoua, qu'il avait certainement inventées ou dont il connaissait la fausseté. Le docteur Maturin le confirmerait, pensait-il.

— Certainement, dit Stephen, mais nous trompait-il ou était-il trompé lui-même, je ne saurais le dire. Peut-être ses papiers permettront-ils de résoudre la question.

— Qu'a-t-il laissé en matière de papiers ? demanda Wray.

— Une petite boîte contenant quelques poèmes en grec moderne et un certain nombre de lettres, dit Stephen.

Et, en partie parce qu'il avait bien aimé Hairabedian, en partie parce qu'il était naturellement avare d'informations, il retint les paroles « et le chelengk du capitaine Aubrey », puis poursuivit :

— Je les ai parcourus à la requête du capitaine Aubrey, pour voir s'il avait une famille à laquelle nous ayons des nouvelles à donner ; mais les quelques textes en grec ne nous ont fourni aucune indication et ceux qui étaient en arabe ou en turc, je n'ai pas pu les lire. Je ne suis pas du tout orientaliste, hélas.

— N'ont-ils pas été perdus dans le raid bédouin ? demanda Pocock.

L'amiral se précipita hors de la pièce en marmonnant une excuse.

— Pas du tout, dit Stephen, ils se trouvaient dans le seul coffre qui ait été sauvé, le coffre du capitaine Aubrey.

Pendant qu'ils attendaient l'amiral, Pocock parla de la complication des rapports entre la Turquie et l'Égypte, et dès son retour il dit :

— Je pense que vous conviendrez, Sir Francis, que d'après le dernier rapport du Caire, il paraît certain que Mehemet Ali n'aurait jamais laissé le nouveau cheik à

Mubara plus d'un mois, à peu près, même s'il y avait été installé.

— Oh, tout à fait, dit l'amiral avec lassitude. Eh bien, la première question doit donc rester en suspens jusqu'à ce que les lettres d'Hairabedian aient été déchiffrées : passons à la suivante. Mr Wray ?

Mr Wray regrettait beaucoup de ne pouvoir à ce point annoncer autant de progrès qu'il l'aurait souhaité. À un moment, grâce à une description précise et détaillée que lui avait donnée le prédécesseur de Mr Pocock, il s'était cru sur le point de saisir un important agent français et ses collègues ; mais ou bien le professeur Graham s'était trompé ou bien l'homme en question savait qu'il avait été vu — cela n'avait rien donné.

— Toutefois, j'ai réussi à m'emparer de deux sous-fifres, personnages sans importance mais qui pourront peut-être nous conduire plus loin ; et au cours de mon enquête sur la corruption de l'arsenal j'ai découvert certains faits fort curieux. Je n'aime guère le dire déjà, mais en dépit d'un certain manque de coopération vraiment cordiale de la part des civils et des militaires, il se pourrait que je sois sur le point de découvrir la source première de cette affaire ; cependant, comme il n'est pas inconcevable que des officiers très haut placés — étonnamment haut placés — soient en cause, il ne conviendrait pas de mentionner de noms à ce stade.

— Vous avez raison, dit l'amiral, mais la question doit être réglée avant que je reparte au blocus, si du moins c'est possible. Il ne fait pas le moindre doute que l'information est transmise aux Français aussi vite ou même plus vite que la poste. Yarrow, lisez le compte rendu de nos trois derniers convois en Adriatique.

— Oui, dit Wray quand la lecture fut achevée, je suis totalement conscient de la nécessité de faire vite ; mais, comme je vous l'ai dit, je suis entravé par le manque de coopération des soldats et des civils. Je suis aussi entravé par le manque de collègues experts : comme vous le savez, monsieur, le commandement méditerranéen a toujours été très pauvre en matière de Renseignement — beaucoup plus pauvre que les Français, en ce qui concerne un Renseignement *organisé,* transmis d'un commandant en chef à son successeur. Je ne peux manifestement m'ouvrir tout entier à mes subordonnés locaux ni me fier entièrement à ce qu'ils disent ; et comme ceci est la première affaire de cette espèce que je sois amené à traiter, je suis obligé d'improviser et d'avancer pas à pas, à tâtons. Si l'un de ces messieurs, dit-il, partageant son sourire entre Stephen et Pocock, a des observations à faire, je serais heureux de l'entendre.

— Docteur Maturin ? dit l'amiral.

— Il m'apparaît, monsieur, dit Stephen, qu'un certain malentendu règne quant à mes qualifications. Par la nature des choses, j'ai une certaine connaissance de la situation politique en Espagne et en Catalogne, et j'ai pu fournir à vos prédécesseurs et à l'Amirauté des commentaires informés, ainsi que des appréciations sur les rapports qui leur étaient envoyés. Mes compétences ne s'étendent pas plus loin. Et peut-être me permettra-t-on d'observer que ces conseils, recommandations ou avis ont toujours été donnés de manière totalement volontaire mais en aucune manière dans le cadre de mes devoirs officiels.

— C'est ce que j'ai toujours compris, dit l'amiral.

— Mais cependant, poursuivit Stephen après une pause, j'ai été à un certain moment intime avec le conseiller en Renseignement de l'ancien commandant en chef, le regretté Mr Waterhouse, et nous avons souvent discuté de la théorie et de la pratique pour obtenir l'information et la refuser à l'ennemi. C'était un homme d'une vaste expérience et comme les maximes du contre-espionnage sont rarement confiées au papier, peut-être serait-il acceptable que je résume ses remarques.

— Faites, faites, je vous en prie, dit Sir Francis. Je sais que l'amiral Thornton pensait de lui tout le bien du monde.

Mais Stephen n'avait pas parlé cinq minutes que l'amiral bondit sur ses pieds et sortit en toute hâte. Cette fois il ne revint pas. Après une longue attente, son valet d'infanterie de marine vint parler à Mr Yarrow, qui envoya chercher le chirurgien du navire amiral et déclara la réunion close.

— Je pense que nous devons tous deux dîner chez le gouverneur, dit Wray à Stephen pendant qu'ils attendaient sur le gaillard d'arrière de la *Caledonia*. Voulez-vous venir à terre avec moi ? Mais c'est peut-être trop tôt : peut-être préférez-vous retourner à votre navire. Sir Hildebrand ne prendra pas place avant bien longtemps.

— Pas du tout, je serais très heureux d'aller à terre. Les moines de Saint-Simon chantent sexte et none ensemble aujourd'hui et j'ai grande envie de les entendre.

— Ah oui, vraiment ? Cela me ferait grand plaisir de venir avec vous, si vous le permettez. Ces investigations sordides m'ont occupé à tel point que j'ai à peine eu le temps d'y aller depuis une quinzaine.

— Investigations sordides, répéta-t-il quand ils sortirent de Saint-Simon, clignant des yeux dans le soleil puissant. J'avais l'intention de vous parler de certains des soupçons qui me sont venus — des gens tout à fait étonnants, on ne peut vraiment se fier à personne, *munera navium saevos inlaqueant duces*, vous savez —, mais après la pureté de ce bain de musique, je n'en ai pas le cœur. Irons-nous sous notre tonnelle jusqu'à l'heure du dîner ?

— Ce serait délicieux, dit Stephen.

Et il trouva fort agréable d'être assis dans l'ombre verte, une légère brise effaçant le plus fort de la chaleur féroce du jour, à boire du café glacé. Ce n'était pas tellement que Wray cherchât à le charmer, mais un homme parlant avec un amour désintéressé d'un sujet qu'il connaît bien — et Wray possédait une connaissance étonnante de la musique ancienne et moderne — ne peut guère manquer d'être un compagnon agréable pour une personne de mêmes goûts. Tous leurs goûts n'étaient pas les mêmes, cependant : de derrière ses lunettes vertes, Stephen observa Wray quand le jeune homme de la maison, beau jouvenceau aux manières caressantes, apporta leurs boissons, leurs cigares, leurs lumignons, puis à nouveau des lumignons inutiles, et il lui vint à l'esprit que le second secrétaire était probablement un pédéraste, ou du moins un homme qui, comme Horace, pouvait brûler pour l'un et l'autre sexes. Cela n'éveilla en Stephen aucune indignation vertueuse ; aucune indignation d'aucune espèce ; il aimait Horace et, habité de l'attitude tolérante des Méditerranéens, il avait aimé bien d'autres hommes ayant les mêmes inclinations éclectiques. Pourtant, Wray n'était pas entièrement à l'aise : dès qu'ils quittèrent la musique, il montra une certaine agitation nerveuse, demandant plus de café, d'autres cigares avant que les premiers ne soient à demi fumés — il n'était pas en forme.

— Il me semble que je dois vous abandonner, dit Stephen enfin. Je dois passer par l'hôtel pour mettre quelque argent dans ma poche.

— Peut-être devrions-nous partir tous deux, dit Wray. Mais quant à l'argent, j'en ai suffisamment sur moi — cinq livres au moins.

— Vous êtes fort bon, dit Stephen, mais j'ai dans l'idée une somme plus forte encore. On me dit que l'on joue très gros jeu au palais et comme mon homme d'affaires m'affirme que Crésus n'est rien à côté de moi, du moins pour ce qui est de ce trimestre, j'ai l'intention de me laisser aller à mon vice favori pendant une heure ou deux.

Wray le regarda mais sans pouvoir déterminer s'il parlait sérieusement : Stephen Maturin n'avait nullement l'aspect d'un joueur, pourtant il ne disait que la vérité — il aimait jouer de temps à autre, et jusqu'à la limite extrême de ses ressources. C'était une grande faiblesse, il le savait ; mais il la maîtrisait rigoureusement ; et comme il avait longuement partagé, dans une prison espagnole, la cellule d'un riche tricheur professionnel (un homme condamné au garrot non point pour filouterie, n'ayant jamais été découvert, mais pour viol), il était du moins peu probable qu'il se fasse grossièrement abuser.

Ils firent quelques pas en silence, puis Wray dit :

— Aubrey et vous logez chez Carlotta, n'est-ce pas ?

— Chez Searle, pour être exact.

— Alors je dois vous faire mes adieux, car ici je tourne à droite et vous poursuivez tout droit.

Leurs chemins se séparèrent, mais pas pour très longtemps. Ils étaient assis assez près l'un de l'autre au dîner et comme le voisin de Stephen à sa droite, Mr Summerhays, avait la tête si faible qu'il se noya dans son second verre de bordeaux, tandis que l'officier allemand à sa gauche ne connaissait ni l'anglais, ni le français, ni le latin, il eut tout le temps de regarder autour de lui. Wray s'entendait bien avec les hommes dans ce genre de réunions ; il était intelligent et amusant. Il manquait peut-être de poids et de substance, et la politique convenait sans doute à ses capacités incontestables mieux que le service du gouvernement, et certainement mieux que le Renseignement, mais indubitablement il savait se rendre agréable à des hommes aussi différents que le secrétaire financier, fort érudit, et le grossier prévôt.

Quand le dîner s'acheva, la plupart des invités — il n'y avait que des hommes, et la majorité des soldats et des civils importants de La Valette — passèrent dans la salle de jeu où Stephen, ayant raccompagné son botaniste, les rejoignit. Plusieurs messieurs fort graves étaient déjà lancés dans une partie de whist scientifique, mais la plupart étaient regroupés autour de la table de hasard, jeu de dés où Sir Hildebrand lui-même tenait la banque. Stephen observa un moment — il avait entendu parler du jeu très élevé de ces gens — mais fut tout de même surpris de voir les quantités d'argent qui changeaient de mains.

— Ne jouez-vous pas ? demanda Wray derrière lui.

— Non point, dit Stephen, j'ai promis à mon parrain de ne plus jamais toucher aux dés le jour où il me sauva d'une mauvaise affaire dans ma jeunesse, aussi me voici réduit aux cartes.

— Que diriez-vous d'une partie de piquet ?

— De tout cœur.

Maturin, quand il jouait aux cartes, n'était pas le plus aimable des mortels. S'il jouait sérieusement, il jouait pour gagner, comme s'il menait une opération contre l'ennemi ; et tout en observant scrupuleusement la lettre des règles, il s'arrangeait toujours de la manière la plus civile pour s'emparer du moindre avantage pouvant se présenter. Il jouait sérieusement à présent, ce qui n'avait rien d'étonnant étant donné la hauteur des enjeux sur lesquels ils s'étaient mis d'accord, et il avait choisi une table près de la fenêtre, où il s'était assis de manière que la lumière tombât en plein sur le visage de Wray et pas du tout sur le sien.

Il ne fut pas surpris de constater que Wray était manifestement un joueur de cartes invétéré ; le paquet semblait lui couler entre les mains quand il distribuait, et il battait comme un prestidigitateur. Il ne fut pas non plus surpris de constater qu'en dépit d'une telle pratique, Wray ignorait tout à fait le désavantage de sa position, en fait peu connu, même parmi les joueurs professionnels. Bien que Stephen fût homme de médecine, ardemment intéressé par la physiologie, il n'en avait pas la moindre idée lui-même jusqu'à son séjour dans la geôle de Teruel où Jaime, son compagnon de cellule, lui avait montré l'effet de l'émotion sur la pupille de l'œil. « C'est exactement comme un miroir derrière le dos de votre adversaire, qui vous montre sa main », disait Jaime. Et il expliquait que la pupille se contracte ou se dilate tout à fait involontairement, de manière incontrôlable, selon l'opinion de son propriétaire sur la valeur de ses cartes et la perspective d'un coup brillant ou du contraire. Plus le joueur était émotif, plus les enjeux étaient élevés, plus l'effet était manifeste ; mais cela fonctionnait dans toutes les circonstances, à condition qu'il y eût quelque chose à gagner ou à perdre. Seule difficulté, il fallait avoir d'excellents yeux pour apercevoir les changements ; il fallait beaucoup de pratique pour les interpréter ; et il fallait que l'adversaire soit bien éclairé.

Stephen avait d'excellents yeux, et il avait beaucoup de pratique, ayant utilisé cette méthode avec un effet remarquable dans ses interrogatoires ; et Wray était assis avec la lumière sereine du nord en plein visage. De plus, si Wray avait depuis longtemps appris à empêcher ses traits de trahir autre chose que la complaisance urbaine escomptée en bonne compagnie, c'était bien un homme émotif (particulièrement aujourd'hui, pensa Stephen) et les enjeux étaient vraiment très hauts. Comme à peu près tout dans ce jeu dépendait des cartes rejetées ou reprises, l'évolution de sa chance se lisait en suite rapide. Pourtant, même sans cela, Stephen n'aurait pu manquer de gagner ; la chance fut avec lui de la première à la dernière partie où il reçut les sept cœurs les plus forts, écarta trois petits carreaux, le valet et le dix de pique, et ramassa les trois as restants, un roi et le sept de pique, gâchant ainsi de fort peu le splendide point de Wray, un sept et septième au roi. Il lui infligea un repic et, Wray ayant mal jugé la dernière carte, ramassa toutes les levées et le fit capot pour couronner l'affaire.

— Il n'y a rien de satisfaisant à gagner avec une chance aussi outrageuse, dit Stephen.

— Je crois que je pourrais le supporter, dit Wray avec une bonne imitation d'un rire joyeux, tout en sortant son portefeuille. Peut-être m'accorderez-vous ma revanche un jour, si vous en avez le loisir.

Stephen dit qu'il en serait heureux, prit congé du gouverneur et s'en alla, la poitrine toute bruissante de billets de banque neufs. Laura Fielding devait venir le voir tard dans la soirée et en regagnant l'hôtel il acheta des fleurs, des pâtisseries, quelques œufs frais, une longe de porc rôti froide, un petit réchaud à alcool et une mandoline. Il disposa le tout dans le salon qu'il avait pris pour respecter les convenances, puis se fit préparer le bain de l'hôtel. Ayant trempé dans l'eau chaude un moment, il changea de linge et se fit beau, pour autant que ses maigres possibilités le lui permissent, se rasa (ce qu'il n'avait fait ni pour l'amiral ni pour le gouverneur), ajouta de la poudre sur sa perruque, brossa son habit, tout en regardant de temps à autre son miroir dans le vain espoir que quelque prodige pût transformer son reflet ; car, tout en sachant intellectuellement que ses rapports avec Mrs Fielding devaient rester parfaitement chastes, une grande partie de son être désirait qu'il en fût autrement et il avait le souffle court à l'idée de la voir bientôt.

« Bientôt » était toutefois un terme relatif et qui couvrit suffisamment de temps pour qu'il puisse redisposer deux fois les fleurs, faire tomber la longe de porc rôti froide et se convaincre qu'il y avait eu un malentendu à propos du jour, de l'heure, du lieu. Il était tout à fait morose quand un valet vint frapper à la porte en disant qu'une dame était là, qui désirait le voir.

— Faites-la monter, dit Stephen d'un ton mécontent.

Mais quand elle fut là — quand elle eut rejeté le capuchon de son immense faldetta et ôté son domino —, il sentit son ressentiment fondre comme neige au soleil. Elle ne fut pourtant pas inconsciente de son ombre furtive, ni du fait qu'elle était honteusement en retard, et fit de son mieux pour se rendre particulièrement agréable, s'émerveillant devant les fleurs, la mandoline, le bel étalage de petits gâteaux. Hélas, elle n'aurait rien pu imaginer de plus méchant ; le feu étouffé brûla d'une flamme encore plus vive. Au bout d'un moment il passa dans sa chambre, prononça très vite trois Ave et revint avec un papier qui prétendait être le brouillon rejeté d'un message codé, brutalement arrêté à cause d'une faute de chiffrage.

— Voilà, dit-il, voilà qui convaincra l'homme de vos progrès.

Elle le remercia.

— Ô, combien je l'espère, dit-elle, le visage anxieux. Mère de Dieu, je suis si inquiète.

— J'en suis certain, dit-il, d'une voix chargée de conviction.

Elle répondit :

— Je me fie entièrement à vous.

Après cela, ni l'un ni l'autre ne prononça un mot pendant plusieurs minutes jusqu'à ce que Stephen dise :

— Aimeriez-vous un œuf dur ?

— Un œuf dur !

— Exactement. J'ai pensé que nous devrions prendre une petite collation pour passer les heures à venir ; et chacun sait que les amants mangent des œufs durs pour se donner des forces. Nous devons dresser le décor, voyez-vous.

— Je serais ravie d'un œuf dur, de toute manière. Je n'ai pas eu le temps de dîner.

Laura Fielding était une jeune femme d'une constitution splendide. En dépit de son inquiétude très réelle et très profonde, elle dévora deux œufs ; puis, l'appétit venant en mangeant, elle s'attaqua à la longe de porc ; et après une pause elle se déchaîna parmi les gâteaux, un verre d'un généreux marsala en main — c'était un plaisir de la nourrir.

Et ce fut un plaisir de l'écouter quand elle prit la mandoline. Elle en jouait à la manière sicilienne, lui faisant émettre une musique geignarde, nasale, à peu près continue, qui faisait un charmant contraste avec son contralto voilé quand elle chanta une longue, longue ballade sur le paladin Roland et son amour pour Angélique.

Quoique ayant dégusté un dîner très convenable au palais, Stephen avait jugé de son devoir d'hôte de partager la collation, œuf pour œuf, tranche pour tranche ; et le pouvoir de la prière se combinant aux effets de l'abondance, l'aiguillon extrême du désir faiblit jusqu'à un niveau parfaitement supportable, de sorte qu'ils passèrent les dernières heures de leur réunion dans le calme et l'amitié, amitié quelque peu graisseuse car ils n'avaient pas de fourchettes. Ils bavardèrent, presque sans pauses, bavardage confortable, confidentiel, passant d'un sujet à l'autre pour atteindre enfin les souvenirs d'enfance et de jeunesse ; quoique fort peu sage étant jeune fille, lui dit-elle (son père avait une place sous le Grand Chambellan et à la Cour des Deux-Siciles la sagesse eût été absurde), depuis son mariage, elle n'avait jamais failli à la vertu. Il était donc d'autant plus blessant que le seul défaut de Charles Fielding fût la jalousie. Bon, beau, brave, généreux, il était tout ce que pouvait souhaiter la femme la plus exigeante, à part son caractère aussi possessif et soupçonneux que chez un Espagnol ou un Maure. Elle décrivit certaines des scènes injustifiables qu'il lui avait faites, mais ensuite, se jugeant injuste, déloyale et même méchante, elle revint beaucoup plus longuement sur ses mérites.

Stephen trouvait ses mérites abominablement ennuyeux et finalement, durant une pause où elle restait là, les yeux baissés, souriant à elle-même, pensant manifestement à des mérites d'une autre espèce, il lui dit :

— Allons, ma chère, il est temps que vous repreniez votre déguisement, ou il ne restera plus personne pour noter vos allées et venues.

Elle mit son masque et son vaste manteau à capuchon, Stephen déverrouilla la porte, ils se glissèrent sur la pointe des pieds le long du corridor et descendirent deux étages d'escaliers grinçants jusqu'au niveau où se trouvait Jack ; mais là le silence relatif fut rompu par un hurlement de douleur, des bruits confus de grondements et de bourrades et des cris : « Tiens bon, tiens bon comme ça ! » Deux silhouettes minces se précipitèrent sur le palier et bondirent tout droit par une fenêtre ouverte, et l'on vit arriver Killick avec un chandelier, hurlant : « Tout le monde, tout le monde, tout le monde, au voleur ! »

Il les dépassa en courant tandis que les portes s'ouvraient des deux côtés du couloir, mais ils le retrouvèrent dans le hall éclairé par des lanternes. Il n'avait attrapé personne, pourtant il souriait d'un triomphe mauvais.

— Il y en avait deux de ces bougres, cria-t-il aux spectateurs qui se rassemblaient ; puis, apercevant la compagne de Stephen, il ôta son bonnet de nuit et dit : « Demande pardon, madame, deux individus. »

— Ils sont partis par la fenêtre du premier étage, dit Stephen.

— Ils ne l'ont pas emporté avec eux, tout de même, dit Killick.

Et il expliqua à la compagnie que les voleurs en avaient au chelengk du capitaine Aubrey mais que lui, Preserved Killick, avait été trop malin pour eux avec ses hameçons et ses pièges à rats à double action d'une puissance particulière. L'un des individus y avait laissé un doigt et tous les deux pas mal de sang : c'était une joie à voir.

Du monde accourait encore d'en haut et d'en bas. En voyant Stephen, les officiers de marine détournèrent rapidement les yeux : par discrétion ils ne lui firent pas même un signe de tête, pourtant Laura se retira au plus profond de son capuchon — être surveillée par des agents français était une chose, être reconnue par des gens au milieu desquels elle vivait, ses amis et ceux de son difficile mari, en était une tout autre.

— Où est le capitaine Aubrey ? demanda une voix.

— En visite, dit Killick rapidement avant de recommencer son explication à l'intention des nouveaux venus.

Les voleurs avaient peut-être ramassé un peu de dentelle d'or et un peu de monnaie dans le tiroir du coffre, que y en avait pas beaucoup, le capitaine ayant mis la plus grande partie dans sa poche, et peut-être une petite boîte ou deux, mais les diamants étaient sauvés. Killick se mit à modifier son récit, augmentant le nombre de doigts arrachés et la quantité de sang ; il devint d'une prolixité insupportable ; et Stephen, prenant Mrs Fielding par le coude, la guida à travers la foule et dans la vieille nuit finissante.

— Vous n'oublierez pas samedi soir ? dit-elle quand il la laissa à sa porte intérieure, de l'autre côté de laquelle Ponto reniflait monstrueusement. Et s'il vous plaît, amenez aussi Aubrey, s'il a envie de venir.

— Il ne demandera pas mieux, j'en suis sûr. Et me permettrez-vous de vous présenter un autre ami, l'aumônier qui a fait le voyage avec nous, Mr Martin ?

— J'aimerai tous vos amis, dit-elle en lui donnant sa main, et ils se séparèrent.

— Bonjour, mon ami, dit Lesueur avec son sourire rare. Je pensais bien que vous seriez à l'heure aujourd'hui.

— Qu'est-ce à dire ? demanda Wray en colère.

— Tout va bien, dit Lesueur, même si les garçons ont failli être pris et que l'un d'entre eux a perdu un doigt. Nos inquiétudes étaient inutiles : la boîte ne contenait rien que des papiers privés. Pas la plus légère indiscrétion ; pas la plus légère trace.

— Grâce à Dieu, grâce à Dieu, dit Wray ; mais il restait de la colère mélangée à son soulagement et il poursuivit : Vous auriez pu m'envoyer un mot. Vous deviez savoir combien j'étais inquiet. Je n'avais aucun repos — je ne pouvais me concentrer. En dehors de tout autre chose cela m'a fait perdre une grosse somme aux cartes. Une simple note m'aurait épargné tout cela.

— Moins on en met par écrit, mieux cela vaut, dit Lesueur. *Litera scripta manet.* Regardez ceci.

— Qu'est-ce que c'est ?

— Le brouillon d'un message codé. Le reconnaissez-vous ?

— Amirauté B ?

— Oui. Mais l'auteur s'est trompé dans la seconde transposition, a jeté le brouillon — ou plutôt l'a mis entre les pages d'un livre — et a recommencé. S'il était allé un peu plus loin cela aurait une très grande valeur : même ainsi c'est utile. Connaissez-vous cette écriture ?

— C'est celle de Maturin.

D'après l'expression animée de Lesueur on aurait pu croire qu'il allait développer longuement le sujet mais il retint ses paroles et demanda :

— Comment s'est-il comporté à la réunion ?

— Il a été très discret, a parlé de lui-même comme

d'un conseiller occasionnel et bénévole, rien de plus, et a pratiquement dit à l'amiral qu'en tant que tel il n'avait d'ordres à recevoir de quiconque. Je pense qu'il ne fait confiance à personne à Malte. Mais en fait, il a donné son avis, en l'attribuant à Waterhouse. Vous auriez bien ri de l'entendre parler de comités restreints, de précautions avec le chiffre, de détection des espions par l'envoi de fausses informations, et ainsi de suite.

— Si cet avis venait de Waterhouse, même en partie, il est excellent. C'était un agent tout à fait exemplaire, intelligent, absolument professionnel : j'étais présent à son dernier interrogatoire. Pas le moindre espoir d'obtenir une prise quelconque sur lui. Quant à Maturin, j'ai une certaine prise, indirecte pour l'instant, mais je crains que cela ne dure pas, et dès qu'elle disparaîtra il faudra l'éliminer. Le dey de Mouaskar conviendra tout à fait, comme vous l'aviez suggéré.

— Certainement, dit Wray, et je me souviens d'avoir dit que le dey pourrait être utilisé pour faire d'une pierre deux coups. À présent j'irais jusqu'à parler d'une pierre trois coups.

— Tant mieux, dit Lesueur, mais entre-temps, vous seriez certainement bien avisé de ne pas le fréquenter autant.

— Officiellement, je ne le rencontrerai probablement plus qu'une seule fois : je n'ai aucune envie de voir un disciple de Waterhouse mettre son nez dans mes affaires ici, et je ne pense pas qu'il souhaite s'en mêler le moins du monde. Et officieusement je ne passerai selon toute probabilité plus qu'une après-midi avec lui, pour prendre ma revanche d'une ridicule série de malchances. Mais vous me permettrez de dire que je n'apprécie pas du tout cet espionnage, cette surveillance, ces conseils sur le choix de mes compagnons, ou ces airs de supériorité.

— Ne nous fâchons pas, cela ne peut mener qu'à la destruction de tous deux, dit Lesueur. Vous verrez Maturin tous les jours de la semaine si vous le souhaitez ; je vous supplie simplement de ne pas oublier qu'il est dangereux.

— Très bien, dit Wray, et ensuite, avec un peu de gaucherie : Avez-vous entendu parler de la rue Villars ?

— À propos du paiement de vos dettes de jeu ?

— S'il vous plaît de le dire ainsi.

— Je crains qu'ils ne veuillent pas aller au-delà de la somme initiale.

Comme Wray l'avait prévu, Maturin et lui se rencontrèrent à nouveau à bord du navire amiral où il fut convenu qu'Hairabedian était certainement un agent français et que, pour des raisons évidentes, ses amis ou collègues à La Valette avaient organisé le vol de ses papiers. En même temps, l'amiral avança la suggestion que peut-être le docteur Maturin pourrait être détaché au département de Mr Wray pour aider à la recherche de ces amis ou collègues ; mais la suggestion fut reçue froidement des deux côtés et il ne la poussa pas. Officieusement, ils se rencontrèrent beaucoup plus souvent ; non pas vraiment tous les jours de la semaine mais, comme la chance était encore contraire à Wray, assez souvent. Ce n'était pas que le désir de jeu intense et soudain de Stephen fût insatisfait, mais plutôt que sa cabine sur la *Surprise* était remplie de pots de peinture et sa paix à bord détruite par des coups de marteau incessants et des cris véhéments, tandis que ses compagnons naturels étaient tous affairés à des activités totalement, purement navales ; et une fois qu'il avait fait sa tournée matinale à l'hôpital, il se sentait obligé d'accorder à Wray la partie de l'après-midi qu'il ne passait pas dans les collines ou le long du rivage avec Martin. Ses soirées étaient en général consacrées à Mrs Fielding, et c'est chez elle qu'il voyait le plus souvent Jack Aubrey.

L'arsenal avait effectivement fort bien travaillé dans les intérieurs de la *Surprise* ; à leur manière tortueuse ils avaient accompli leur part du marché. Mais l'accord privé ne dépassait pas certaines réparations structurelles clairement définies et les charpentiers avaient laissé les parties les plus visibles dans un état absolument affreux : de plus, Jack n'aimait guère l'assiette du navire, la quête de ses mâts, ou l'aspect de son gréement. Il était tout à fait convaincu que si ce navire devait mourir à la Navy, il fallait qu'il le fasse en beauté, en grande beauté ; par ailleurs rien n'excluait qu'il soit obligé de livrer combat avant la fin. Tout l'équipage s'y mit donc et la soigna comme elle avait rarement été soignée auparavant. On retourna bout pour bout ses câbles énormes, on sortit la couche inférieure de barils et on réarrima toute la cale pour la mettre un peu sur le cul, son assiette favorite, on la repeignit dedans et dehors et l'on gratta ses ponts ; Mr Borell et son équipe choyèrent les canons et leurs accessoires, la soute à poudre et les boulets ; cependant que Mr Hollar, ses aides et tous les jeunes messieurs circulaient dans le gréement comme des araignées. Pour une fois, on n'était pas affreusement pressé, le capitaine de la flotte ayant assuré à Jack que la *Surprise* ne reprendrait pas la mer avant d'avoir à bord son contingent d'infanterie de marine et au moins « une raisonnable proportion » des hommes qui lui avaient été pris ; toutefois son capitaine et son premier lieutenant, qui avaient en leur temps entendu bien des promesses officielles, faisaient avancer les travaux à bonne allure. En principe, Jack détestait les ornements voyants, mais ayant le sentiment qu'il s'agissait d'un cas particulier, pour une fois dans sa vie il consacra une somme considérable à l'achat d'or en feuilles pour les ornements de la poupe et il fit appel au meilleur peintre d'enseignes de La Valette pour sa figure de proue, une dame anonyme à la superbe poitrine. Tout cela était du beau travail de marin, satisfaisant — comme il le dit aux aspirants épuisés, cela leur donnait une connaissance plus intime de la nature d'un vaisseau de guerre que des mois ou même des années de simple navigation —, et il était enfin en mesure de faire beaucoup de choses restées jusque-là à l'état d'intentions ; mais l'ensemble avait par moments un goût cruellement amer et c'est avec joie qu'il suivait son violon, porté par un surnuméraire maltais, aux soirées musicales de Laura Fielding, pour y jouer ou écouter d'autres jouer, parfois fort bien.

Il était à présent à peu près habitué à l'idée que Laura et Stephen fussent amants ; cela ne le dérangeait pas, quoiqu'il les en admirât un peu moins, mais il jugeait particulièrement injuste que La Valette continue à supposer que c'était lui, Jack Aubrey, l'heureux homme. Les gens lui disaient : « Si vous passez par hasard chez Mrs Fielding, veuillez lui dire que... », ou « Qui viendra mardi soir ? », comme si leur relation était chose établie. Bien entendu, la faute en incombait surtout à cet affreux chien, Ponto, qui l'avait accueilli avec une vaste et bruyante démonstration d'amour dans la Strada Reale encombrée, dix minutes après qu'il eut mis pied à terre ; mais il fallait aussi admettre que Stephen et Laura étaient d'une discrétion extraordinaire. Personne, en voyant Stephen à l'une de ses réceptions vespérales, n'aurait pu supposer qu'il passait le reste de la nuit là.

Wray en tout cas n'en avait pas la moindre idée. Dans les débuts de cette période, il fit en riant des allusions à peine voilées à « la bonne fortune de votre ami Aubrey, dont nous entendons tant parler ». Mais, les jours passant, il se trouva de moins en moins enclin à rire de quoi que ce fût. Son infortune n'était pas tarie, et il avait à présent tant perdu que Stephen ne pouvait décemment lui refuser une revanche continuellement renouvelée, quoique désormais le jeu l'ennuyât profondément. Malgré son immense pratique, Wray n'était pas un très bon joueur ; il pouvait se laisser abuser par le passage soudain d'une défense impassible à une attaque risquée ; et ses tentatives de tromperie, qui ne dépassaient guère une légère hésitation et des airs de dégoût affecté, étaient assez transparentes. Mais, par-dessus tout, il n'avait pas de cartes et Stephen en avait de si bonnes que le jeu devenait encore plus ennuyeux. De surcroît, un Wray inquiet, malchanceux, n'était pas un compagnon aussi amusant qu'auparavant. À mesure qu'il le connut mieux, Stephen constata que Wray était plus libertin encore qu'il ne l'avait supposé, qu'il attachait à l'argent une importance excessive, et qu'il n'était pas encombré de principes ; un homme habile, sans doute, mais avec peu de fond. Wray ne cherchait cependant pas à corriger le sort : un soupçon d'irrégularité au jeu s'était un moment attaché à son nom, et un homme dans sa position ne pouvait se permettre une seconde accusation.

Ils jouaient habituellement au club des officiers ou sous leur verte tonnelle, et c'est sous cette tonnelle qu'ils se rencontrèrent pour ce qui, d'un commun accord, devait être leur dernière partie. Depuis un certain temps, Wray attendait un versement, et comme il manquait beaucoup d'argent liquide — Stephen lui avait tout pris — il réglait ses pertes avec des billets à ordre. Il jouait cette fois sa dette tout entière, à quitte ou double, Stephen se souciant peu du résultat du moment qu'il pouvait en avoir fini assez tôt pour visiter avec Martin et Pullings une grotte remplie de chauves-souris.

Wray perdit à nouveau, de manière plus spectaculaire encore. Il passa quelque temps à vérifier son score et ses calculs, à préparer ce qu'il devait expliquer. Levant les yeux avec un sourire particulièrement artificiel, il se déclara très ennuyé d'avoir à dire au docteur Maturin qu'en raison de pertes récentes à la City, son règlement n'était pas arrivé et qu'il ne pouvait donc régler ses comptes avec lui ; il le regrettait extrêmement ; mais du moins il pouvait offrir une sorte de solution — il signerait un billet à ordre pour la somme totale dès à présent et, dans le courant des quelques prochains jours, il ferait établir un acte de rente sur la fortune de sa femme, les paiements au taux habituel étant envoyés chaque trimestre à la banque de Maturin jusqu'à ce que Mrs Wray hérite, moment où le principal pourrait être réglé sans la moindre difficulté : tout le monde savait que l'amiral avait hérité d'une noble fortune, inaliénable pour les neuf dixièmes.

— Je vois, dit Stephen.

Il n'était pas content. Ils avaient joué pour argent comptant, et il trouvait immoral de la part de Wray de s'être lancé dans cette dernière partie en sachant qu'il ne pouvait mettre l'argent sur la table s'il perdait. Stephen n'avait pas particulièrement désiré cette somme, une fois émoussée sa fièvre de jeu, mais ayant risqué son bien en toute bonne foi, il l'avait sans aucun doute gagnée.

Wray était conscient de ses sentiments.

— Y a-t-il quelque chose que je puisse faire pour dorer cette pilule ? Je possède une certaine influence en haut lieu, comme vous le savez.

— Vous admettrez, je pense, que la pilule que vous me proposez demande à être abondamment dorée, dit Stephen. (Wray l'admit tout à fait, et Stephen poursuivit :) J'ai entendu une bien vilaine rumeur au club ce matin : on disait que la *Blackwater*, quoique promise de longue date au capitaine Aubrey, avait été donnée à un capitaine Irby. Est-ce vrai ?

— Oui, dit Wray après un instant d'hésitation, ses relations parlementaires l'exigeaient.

— Dans ce cas, dit Stephen, j'attends de vous que vous fournissiez à Aubrey un navire similaire. Vous connaissez son palmarès de combat, ses prétentions tout à fait justes et son désir d'une frégate lourde pour la station d'Amérique du Nord.

— Certainement, dit Wray.

— En second lieu, je voudrais un commandement à la mer pour le capitaine Pullings, et troisièmement votre bienveillance générale à l'égard du révérend Mr Martin et votre aide si jamais il demande à être transféré d'un navire à un autre.

— Très bien, dit Wray en notant les noms. Je ferai de mon mieux. Comme vous le savez, nous manquons énormément de sloops — il y a deux fois plus de capitaines de frégate que de navires à leur faire commander —, mais je ferai de mon mieux. Quant à l'aumônier, cela ne fera aucune difficulté : il peut aller où il voudra.

Il remit son carnet dans sa poche et demanda du café.

— Je vous suis très obligé de votre complaisance, Maturin, très obligé, dit-il quand on l'eut apporté. Je pense toutefois que vous n'aurez pas très longtemps à attendre. Mon beau-père a soixante-sept ans et il est loin d'être en bonne santé.

L'amiral Harte était, semblait-il, de tendance hydropique, et si les tables de durée de vie probable des actuaires lui accordaient encore près de huit ans, il avait peu de chances de durer la moitié de cela.

Dans son agitation, Wray parlait avec une telle absence d'hypocrisie que Stephen savait à peine comment lui répondre. Il observa que certains médecins traitaient l'hydropisie avec une nouvelle préparation à base de digitale, mais que pour sa part il se montrerait très prudent à prescrire une drogue présentant un tel danger potentiel. La conversation se poursuivit en ce sens pendant un peu de temps et Stephen eut l'impression que n'importe quelle dose capable d'abréger encore la durée de vie probable de l'amiral serait accueillie de tout cœur ; mais avant que Wray ne puisse s'engager sur ce point, Pullings et Martin vinrent chercher Stephen pour l'emmener à la grotte.

— Cette grotte, ma chère, dit-il à Laura, tandis qu'ils s'installaient pour un festin de minuit dans la chambre de Stephen, cette grotte est l'une des merveilles de l'univers. J'y ai vu absolument toutes les espèces de chauves-souris méditerranéennes, et deux que je soupçonne d'être africaines ; mais elles étaient un peu timides et se sont retirées dans une crevasse, hors de portée de la corde de Pullings. Une grotte monstrueusement belle, en fait ! Dans les endroits les plus appréciés, il y avait deux pieds de crotte sur le sol ainsi qu'un grand nombre d'ossements et de spécimens momifiés. Je vous y conduirai vendredi.

— Pas vendredi, sûrement pas, dit Laura en tartinant son pain de poutargue.

— Ne me dites pas que vous êtes superstitieuse, quelle honte !

— Je le suis, certes. Je ne cracherais pas dans l'œil

d'un loup pour tout l'or du monde. Mais ce n'est pas cela. Vendredi, vous serez loin d'ici. Oh, comme vous allez me manquer.

— Êtes-vous prête à me révéler la source de votre information ?

— Madame la colonelle Rhodes m'a dit qu'un contingent d'infanterie de marine embarquait sur la *Surprise* jeudi pour appareiller le lendemain, et son frère, qui les commande, est très ennuyé car il avait un engagement pour le samedi. Et la fille du capitaine du port a dit qu'il était décidé que la *Surprise* escorterait le convoi de l'Adriatique.

— Merci, ma chère, dit Stephen, je suis fort heureux de le savoir. (Et après quelques instants de réflexion il ajouta :) Il paraîtrait naturel que nos étreintes d'adieu produisent quelque chose de particulièrement substantiel pour vos gentilshommes étrangers. Il passa dans sa chambre, choisit avec soin parmi les cadeaux empoisonnés qu'il avait préparés avec tant de sollicitude amoureuse et saisit un petit carnet en agneau blanc sale avec une agrafe. « Là, mon bon ami, se dit-il, avec un peu de chance, voilà qui devrait mettre fin à vos tours infâmes pour quelque temps. »

Chapitre neuf

À bord de la *Surprise,* la cabine du chirurgien n'eût été qu'un sombre triangle étriqué, comme une part de gâteau, si sa pointe coupée n'en avait pas fait un sombre quadrilatère étriqué. Si basse qu'un homme de taille modérée se serait cogné la tête sous le pont s'il s'était tenu droit, elle ne possédait pas dans toute sa construction un seul angle droit, mais le docteur Maturin était de taille plutôt petite et, quoique aimant raisonnablement les angles droits, il aimait plus encore un lieu que l'on ne dénudait pas chaque fois que le navire faisait le branle-bas, ce qui se produisait tous les soirs sur la *Surprise*, un lieu où ses livres et ses spécimens pouvaient demeurer en paix. Quant au manque de place, une longue habitude et l'ingéniosité de son ami le charpentier en matière de table et de bannette pliantes, et de coffres construits dans les recoins les plus invraisemblables, résolvaient le problème dans une certaine mesure ; quant à l'obscurité, Stephen avait consacré une toute petite fraction de ses gains extravagants — les gains qu'il avait effectivement reçus en élégants billets de la banque d'Angleterre — à garnir toutes les surfaces libres de feuilles du meilleur miroir de Venise, ce qui amplifiait la lumière filtrant à l'intérieur au point qu'il pouvait lire ou écrire sans chandelle. Il écrivait à présent, et à sa femme, les pieds calés contre une épontille et le dos de sa chaise contre une autre, car la frégate, louvoyant dans une courte mer de face, se comportait de manière extrêmement espiègle ; la lettre avait débuté le jour précédent quand la *Surprise*, cap sur Santa Maura où deux des navires de son convoi devaient s'arrêter, s'était vue forcée hors de sa route par le mauvais temps, forcée d'aller presque jusqu'à Ithaque.

« Ithaque elle-même, sur mon honneur. Mais toutes mes prières et celles des membres les plus lettrés de l'équipage du navire réussirent-elles à persuader cet animal de *laisser porter* vers ce lieu sacré ? Que nenni. Sans doute, il avait entendu parler d'Homère, et il avait même jeté quelque regard sur la version de son récit par Mr Pope ; mais d'après ce qu'il en savait, l'homme n'était pas un marin. Bien sûr, Ulysse n'avait pas de chronomètre, et sans doute pas de sextant non plus ; mais sans plus qu'un loch, une sonde et une vigie, un commandant à la hauteur aurait réussi à rentrer de Troie f...ement plus vite que cela. Traîner dans les ports et courir le jupon, voilà de quoi il s'agissait, le vice de toutes les marines, de Noé à Nelson. Et quant à cette histoire de matelots transformés en porcs, de sorte qu'ils ne pouvaient plus lever l'ancre ou faire voile, eh bien, on pouvait peut-être raconter cela à l'infanterie de marine ; par ailleurs il s'était comporté comme un vrai moins que rien avec la reine Didon — quoique, à bien y réfléchir, c'était peut-être l'autre bonhomme, le pieux Anchise. Mais ils étaient tous du même tonneau : les deux faisaient la paire, ni marin ni gentilhomme, et tous les deux ennuyeux par-dessus le marché. Pour sa part, il préférait de beaucoup ce qu'écrivaient Mowett et Rowan ; voilà de la poésie dans laquelle un homme pouvait trouver sa pâture, et de la vraie marine aussi ; de toute manière il était là pour conduire son convoi à Santa Maura, et pas pour aller bâiller devant les curiosités. »

Puis, sentant qu'il dénigrait un peu trop son ami (car l'animal en question était évidemment le capitaine de la *Surprise*), il écarta la feuille et se remit à écrire :

« Jack Aubrey a bien des défauts, Dieu le sait : il est persuadé que le seul objectif du marin est de conduire son navire de A à B dans le temps le plus bref possible, sans perdre une minute, si bien que la vie est une sorte de course perpétuelle, harassante, et hier encore il a refusé obstinément, mécaniquement, de se détourner un peu pour que nous puissions voir Ithaque. Mais par ailleurs (et c'est ce qui me semble essentiel) il est capable d'une magnanimité et d'une maîtrise étonnantes quand l'occasion l'exige : très supérieures à ce que l'on pourrait supposer, à voir son impatience pour des vétilles. J'en ai eu un exemple le lendemain de notre départ de La Valette. Entre autres passagers, nous transportons un major Pollock, et au dîner, ce monsieur en est venu à observer que son frère, lieutenant dans la Navy, était étonnamment fier de son nouveau navire, la *Blackwater*, et qu'il ne doutait pas qu'elle se montrerait à la hauteur de n'importe laquelle des grosses frégates américaines. "Êtes-vous certain qu'il a dit la *Blackwater*, monsieur ?" demanda Jack, surpris comme il pouvait l'être, puisque, vous le savez, on lui a promis ce navire depuis la pose de sa quille et qu'il comptait absolument le conduire à la station d'Amérique du Nord dès que ce bref passage en Méditerranée serait terminé. "Tout à fait certain, monsieur, répondit le soldat. J'ai eu une lettre de lui avec le dernier courrier qui nous est arrivé, le matin même de mon embarquement. Elle était datée de la *Blackwater* en baie de Cork et il me disait espérer atteindre la Nouvelle-Écosse avant que la lettre ne me parvienne car ils avaient une belle brise de nordet et le capitaine Irby est connu pour aimer faire courir son navire." "Dans ce cas, buvons à sa santé, dit Jack — à la *Blackwater* et à tous ceux qui naviguent à son bord." Le soir, comme nous étions seuls dans la grand-chambre et que je faisais quelque allusion à cette promesse violée, tout ce qu'il dit fut : “Oui. C’est un sacré f...u coup ; mais geindre ne sert à rien. Faisons un peu de musique.” »

C’était effectivement un sacré coup, et quand Jack se réveilla au matin, le souvenir en envahit son esprit et l’éclat du jour s’assombrit. Il avait compté sur la *Blackwater* avec une certitude totale ; il avait compté sur un emploi continu à la mer, question de toute première importance pour lui, à présent que ses affaires à terre étaient dans un état si lamentable ; et non seulement cela, mais il avait compté pouvoir emmener avec lui ses officiers et ses serviteurs, et avec un peu de chance la quasi-totalité de l’équipage de la *Surprise*. À présent tout cela s’effondrait. Toute cette organisation efficace, si bien rodée, tous les éléments d’un navire heureux et d’une machine de combat mortelle seraient dispersés, et selon toute probabilité il serait mis sur la plage. De plus, comme Mr Croker, le premier secrétaire, lui avait joué un méchant tour et même de façon déshonorante, il considérerait presque certainement le nom d’Aubrey avec hostilité dans l’avenir.

Un coup très dur, effectivement, mais bien peu l’auraient deviné à le voir raconter au major Pollock comment la *Surprise* et ses alliés avaient chassé les Français de Marga lors de son dernier passage dans ces eaux. La frégate, avec le reste du convoi sous son vent — un convoi de bonne compagnie, tenant exactement son poste dans ces eaux dangereuses —, s’était fort rapprochée de terre du côté sud du cap Stavros, vaste promontoire avançant très loin dans la mer Ionienne, et se trouvait à présent à la hauteur de la ville fortifiée, nichée au pied de ses hautes falaises qu’elle escaladait quelque peu sur des terrasses taillées dans la roche.

— Voici la citadelle, voyez-vous, dit-il le bras tendu par-dessus la mer vert pâle mouchetée de blanc, à la droite de l’église à dôme vert et au-dessus d’elle. Et là en bas, près du môle, se trouvent les deux étages de batteries qui gardent l’entrée du port.

Le soldat fit de Marga une observation longue et attentive à la lunette.

— Je l'aurais jurée totalement imprenable par mer, dit-il enfin. Ses batteries latérales suffiraient à couler une flotte.

— C'était aussi mon impression, dit Jack. Nous l'avons donc attaquée par l'autre côté. Si vous suivez la ligne du rempart derrière la citadelle vous verrez une tour carrée, à peu près au quart de la hauteur de la falaise.

— Je l'ai.

— Et derrière cela, une construction ronde en maçonnerie, comme une fontaine prodigieusement grosse.

— Oui.

— C'est là leur aqueduc — ils n'ont pas d'eau sur ce versant, elle leur vient de sources situées au-dessus de Kutali, à près d'une lieue de l'autre côté du cap. Au sommet de la falaise vous pouvez distinguer tout juste la route, ou plutôt le sentier, qui couvre le canal où circule l'eau avant de plonger dans la canalisation. C'est là que nous avons placé nos canons.

— L'autre flanc du cap est-il aussi abrupt que celui-ci ?

— Plus encore, si possible.

— Amener les canons jusque-là dut donc être une entreprise tout à fait énorme. Vous avez construit une route, je suppose.

— Non, un transporteur aérien. Nous les avons fait monter en deux fois au cabestan, jusqu'au sentier de l'aqueduc, et une fois là nous avons pu les déplacer sans trop de difficultés, d'autant que nous avions six cents Albanais et un grand nombre de Turcs pour haler sur les cordages. Après avoir installé là-haut une batterie raisonnable, nous avons tiré quelques coups de réglage dans le port puis envoyé dire au commandant français que s'il ne se rendait pas immédiatement nous serions dans la pénible nécessité de détruire la ville.

— Lui avez-vous offert d'autres termes ?

— Non. Et j'ai tout particulièrement demandé que l'on n'avance aucune condition ou contre-proposition, notre supériorité étant telle que nous ne pourrions en aucun cas les recevoir.

— Sans doute un feu plongeant d'une telle hauteur aurait été absolument meurtrier ; et il n'aurait pu vous répondre.

— Il ne pouvait pas non plus escalader les falaises pour nous attaquer. Il n'y a qu'un sentier de chèvres, comme celui qui, à Gibraltar, monte de la baie des Catalans, et mon allié turc Sciahan Bey avait des tireurs d'élite pour en couvrir chaque tournant. J'ai pourtant été surpris que la reddition nous revienne immédiatement.

— Je m'étonne qu'ils n'aient pas au moins fait mine de résister ou attendu que quelques maisons aient été démolies. C'est l'attitude habituelle, en somme.

— Cela aurait peut-être été plus décent, et cela aurait certainement fait meilleur effet à sa cour martiale ; mais nous avons ensuite appris que sa femme était en train de donner naissance et que les médecins s'inquiétaient beaucoup pour elle. Les coups de canon et la démolition des maisons n'étant pas du tout favorables, il a donc préféré ne pas faire une démonstration purement bruyante, pour aboutir de toute façon au même résultat.

— C'était sans aucun doute une décision raisonnable, dit le major Pollock d'un ton insatisfait.

— Grand Dieu, dit Jack Aubrey en rappelant ses souvenirs, je n'ai jamais vu personne d'aussi déçu que mes Albanais. Ils avaient sué comme des galériens pour hisser les canons là-haut, car une fois amenés en haut du transporteur il fallait encore les faire glisser tout au long de l'aqueduc, et pour cela nous avions des centaines de planches de quatre pouces fournies par les chantiers, à déplacer sans cesse pour répartir le poids, et puis des équipes robustes pour tirer le tout ; ils avaient transporté les boulets comme des héros, et des quantités considérables de poudre, ils s'étaient couverts d'armes de toutes sortes, et à présent il allait leur falloir remporter tout sans avoir tiré un seul coup de feu. Ils ont bien failli s'en prendre aux Turcs, pour ne pas être totalement frustrés de leur combat, et mon pope — ils en ont un très grand nombre dans ces régions, vous savez — et le bey ont dû leur taper dessus, avec des rugissements de taureaux dans l'arène. Mais enfin tout s'est terminé au mieux. Nous avons envoyé les Français à Zante, avec armes et bagages, après quoi les Margiotes nous ont donné une fête qui a duré de midi à l'aube du lendemain, les chrétiens sur une place, les musulmans sur une autre, avec toutes sortes de bonnes paroles passant des uns aux autres, et des chants et des danses chaque fois que nous étions obligés de nous arrêter de manger un moment.

Il se souvenait de l'arcade entre les deux piazzas, de la ligne ondulante de grands Albanais en jupe plissée blanche, les bras entrelacés à hauteur des épaules et les pieds animés d'un rythme parfait, de l'éclat des torches dans la nuit chaude, de la force des chants et de leur rythme insistant, du goût du vin résiné.

— Avez-vous l'intention d'y faire escale à présent ? demanda le major Pollock.

— Oh non, dit Jack, nous allons à Kutali, de l'autre côté du cap. Et si seulement cette infernale limace (avec un coup d'œil à l'avitailleur *Tortoise*, le plus lent du convoi) ne manque pas à virer une fois de plus, nous doublerons la pointe d'un bord et nous entrerons avant la tombée de la nuit ; cela vous permettra de voir l'autre bout de l'histoire. Mr Mowett, je pense que nous pouvons envoyer le signal et nous préparer à virer nous-mêmes ; mais laissez à la pauvre *Tortoise* tout le temps qu'il faudra. Peut-être un jour serons-nous vieux et gras nous aussi.

La *Tortoise*, prévenue suffisamment à l'avance, vira noblement, acclamée par tout le monde, et le convoi poursuivit régulièrement sa marche vers l'extrême pointe du cap Stavros, qu'il doubla avec un demi-mille de marge à peu près au moment où le capitaine Aubrey terminait son dîner solitaire. Jusqu'à ce que ses finances atteignent un tel degré d'incertitude, Jack avait tenu une table traditionnelle, invitant presque toujours deux ou trois de ses officiers et un aspirant ; et même à présent il recevait encore beaucoup — en dehors de toute autre chose, il jugeait de son devoir de vérifier que dans les conditions sordides du poste des aspirants, ses jeunes messieurs n'oublient pas comment se nourrissent des êtres humains — mais il le faisait plus souvent au petit déjeuner, qui demandait moins de préparation de tous côtés. Toutefois, depuis qu'il connaissait le destin de son navire, il répugnait à inviter quiconque : ils étaient tous si joyeux, à l'exception du mélancolique Gill, et lui se sentait si faux de leur dissimuler la nouvelle qui rendrait leurs jours presque aussi sombres que les siens.

Il dînait, non pas dans la salle à manger, mais tout à l'arrière, assis face à la grande fenêtre de poupe, de sorte que de l'autre côté des vitres, à une portée de biscuit, le sillage de la frégate s'en allait loin, très loin, blanc pur sur l'eau vert trouble, si blanc que les mouettes, planant et plongeant au-dessus, paraissaient toutes ternes. C'était une vision qui ne manquait jamais de l'émouvoir : la noble courbure des vitres étincelantes, sans aucun rapport avec une fenêtre terrienne, et puis la mer, dans l'un quelconque de ses innombrables aspects ; et le tout en silence, pour lui tout seul. S'il passait le reste de sa vie en demi-solde dans une prison pour dettes, il aurait du moins eu ceci, se dit-il en terminant le fromage de Céphalonie ; et cela dépassait de très loin toute récompense prévue par contrat.

La pointe du cap Stavros apparut dans le carreau inférieur tribord : falaise de calcaire gris de sept cents pieds de haut surmontée des restes d'un temple archaïque, dont une colonne était encore debout. Peu à peu le cap envahit vitre après vitre, montant et descendant avec la houle : une file de pélicans dalmates passa et disparut sur tribord ; juste au moment où Jack aurait élevé la voix, il entendit le cri de Rowan, « Paré à virer », et immédiatement après les notes aiguës et le rugissement prolongé de l'appel du bosco. Mais cela ne fut suivi d'aucune ruée de pas, en fait, d'aucun son, car les Surprises attendaient la manœuvre depuis au moins cinq minutes. Ils avaient fait virer la barque des milliers de fois, souvent dans le noir absolu, avec une vilaine mer, et on ne pouvait guère craindre qu'ils se mettent à courir en tous sens comme une troupe de terriens à pieds plats. D'ailleurs les ordres suivants furent lancés à peu près pour la forme : « Changez devant », lança Rowan, et Jack sentit le début du virement ; puis : « Changez derrière. » Les pélicans et le cap revinrent d'un mouvement régulier dans la fenêtre : la *Surprise* était debout au vent, et sans aucun doute on halait sur l'écoute pour faire descendre le point d'écoute. « Changez partout », s'écria Rowan d'une voix détachée, et l'élan augmenta, le vin de Chio dans le verre de Jack entama un mouvement centrifuge, tout à fait indépendant de la levée de la houle, jusqu'à ce que le navire s'établisse sur sa nouvelle route ; on put à nouveau entendre Rowan s'exclamer : « Davis, pour l'amour de Dieu, laissez ce foutu machin tranquille », car chaque fois que la *Surprise* virait et brassait ses vergues, Davis donnait à la bouline de petit hunier un coup supplémentaire, pour faire plus net à son idée ; et comme c'était un homme d'une force horrible avec une mauvaise coordination, il lui arrivait d'arracher carrément la patte avec l'œil.

— Killick, lança Jack, reste-t-il encore du gâteau de Santa Maura ?

— Non, plus du tout, dit Killick de tout près.

Il avait manifestement la bouche pleine mais cela ne dissimulait pas son triomphe mauvais. Quand le capitaine dînait dans la grand-chambre, son valet devait porter les plats plusieurs yards plus loin dans les deux sens, ce qui le mettait en colère.

— Monsieur, ajouta-t-il après avoir avalé.

— Eh bien, tant pis, dit Jack, apportez le café. (Puis, au bout de quelques minutes :) Allez-vous venir ?

— Que je viens, pas vrai ? s'exclama Killick, en apportant le plateau, courbé comme s'il peinait sur une distance extraordinaire, un désert sans limite.

— Le narguilé est-il prêt, au cas où les officiers turcs

viendraient à bord ? demanda Jack en se versant une tasse.

— Il est prêt, oui, monsieur, dit Killick, qui avait fumé une bonne partie de la matinée, avec Lewis, le cuisinier du capitaine. Mais j'ai cru de mon devoir de l'essayer, comme ça, et le tabac est un peu bas. Faut-il en remettre ?

Jack acquiesça.

— Et où en sont les coussins ?

— Ne vous inquiétez pas, monsieur, j'ai vidé les bannettes du poste et le voilier est au travail. Les coussins sont prêts, et aussi les bonbons à la menthe.

On les trouvait à Malte ; ils étaient extrêmement populaires dans la Méditerranée orientale et avaient comblé bien des pauses gênantes dans les ports grecs, balkaniques, turcs et levantins.

— Voilà qui me rassure. Eh bien, à présent, d'ici cinq minutes, je voudrais voir Mr Honey et Mr Maitland.

C'étaient les membres les plus âgés de son maigre poste des aspirants ; promus seconds maîtres depuis un temps déjà considérable, ils étaient tout à fait capables de prendre le quart — jeunes gens aimables, marins, ce n'étaient pas des phénix ni l'un ni l'autre, mais des officiers dans la bonne moyenne en perspective. Les perspectives, c'était là l'ennui. Pour devenir officier il fallait qu'un jeune monsieur passe d'abord l'examen de lieutenant, et ensuite il fallait que quelque chose ou quelqu'un persuade l'Amirauté de lui remettre un brevet de lieutenant et de le nommer sur un navire, sans quoi il pouvait demeurer aspirant tout le reste de sa vie navale. Jack avait connu beaucoup de « jeunes messieurs » de quarante ans et plus. Il ne pourrait sans doute pas grand-chose pour eux à la deuxième étape, mais rien en tout cas ne pourrait être fait avant qu'ils aient franchi la première, et là du moins il pouvait les aider.

— Entrez, dit-il en pivotant. Entrez et asseyez-vous.

Ni l'un ni l'autre ne se sentait coupable d'un crime vraiment abominable, mais ni l'un ni l'autre ne souhaitait tenter le sort par une confiance excessive et ils s'assirent docilement, avec des expressions prudentes et respectueuses.

— J'ai regardé le rôle, poursuivit Jack, et j'ai constaté que vous êtes tous les deux à peu près à la fin de votre servitude.

— Oui, monsieur, dit Maitland, j'ai servi mes six années pleines, toutes en vrai temps à la mer, monsieur ; et il ne manque que deux semaines à Honey.

— Exactement, dit Jack, et il me semble que vous seriez bien avisés d'essayer de passer l'examen de lieutenant dès que nous regagnerons Malte. Deux des capitaines du jury seront des amis à moi, et si je ne veux en aucun cas dire qu'ils vous manifesteront une faveur déplacée, du moins ils ne vous massacreront pas, ce qui est beaucoup lorsqu'on est anxieux, et la plupart des gens sont anxieux lors d'un examen. Je sais que je l'étais. Si vous attendez d'être à Londres, vous trouverez une situation beaucoup plus effrayante. De mon temps c'était le seul endroit : il fallait aller au Navy Office pour passer l'examen, même si cela imposait d'attendre des années et des années, pour être revenu de Sumatra ou de la côte de Coromandel.

Il revit une fois de plus la magnificence glaciale de Somerset House en ce premier mercredi du mois, le vaste hall circulaire avec trente ou quarante jeunes gens dégingandés, empruntés, serrant leurs certificats, chacun accompagné d'une troupe de parents, parfois fort imposante et presque toujours hostile à l'égard des autres candidats ; le portier appelant les noms deux par deux ; la montée des marches, l'entrée de l'un pendant que le second attendait près de la rampe blanche circulaire, tendant l'oreille pour entendre les questions ; les larmes sur le visage du gamin qui sortait quand l'autre entrait.

— Alors qu'ici, voyez-vous, c'est plus une affaire de famille.

— Oui, monsieur, dirent-ils.

— Je ne crains pas qu'ils vous mettent en échec sur les qualités marines, poursuivit-il. Non. C'est la navigation qui pourrait vous prendre tous deux à contre. Quant à ceci, dit-il (en saisissant les devoirs des jeunes messieurs, les travaux que les aspirants jeunes et vieux devaient remettre au soldat en sentinelle à la porte de la chambre, chaque jour, dès qu'ils avaient fixé la position du navire à la méridienne), ceci va très bien, et il se trouve que vos calculs sont d'une précision raisonnable. Mais ils sont faits de manière expérimentale et je crains bien que si l'on vous posait quelques questions délicates de théorie — et les capitaines qui font passer l'examen y sont de plus en plus portés — vous seriez en difficulté. Honey, supposons que vous connaissiez la dérive du navire et sa vitesse d'après le loch, comment trouvez-vous la correction angulaire à apporter pour déterminer la route réelle ?

Honey, l'air affolé, dit qu'il pensait pouvoir le déterminer, monsieur, si on lui donnait du papier et un peu de temps. Maitland en dit à peu près autant : la règle était dans Norie.

— Je pense que vous y parviendriez, dit Jack, mais le fait est que si vous tombez sur un tyran on ne vous permettra pas de regarder dans Norie, on ne vous donnera ni temps ni papier. Vous devez être capable de réciter immédiatement que le rapport entre la vitesse du navire et le sinus de l'angle de dérive est le même qu'entre la dérive et le sinus de l'angle de correction. Comme je ne pense pas que nous aurons beaucoup à faire sur cette mission, si vous voulez bien venir ici tous les après-midi nous essaierons de polir votre navigation dans ses détails les plus raffinés.

Après leur départ il nota quelques points particulièrement délicats traitant d'ascension oblique et d'ascension droite — des points qui avaient surgi quand il avait bavardé avec « Sextant » Dudley, un capitaine scientifique fort méprisant à l'égard des simples marins et qui pourrait bien figurer dans le jury d'examen au côté des proches amis de Jack, puis il monta sur le pont. La *Surprise* était déjà vers le milieu de la baie de Kutali, glissant au vent de son convoi comme un cygne particulièrement élégant accompagné d'une bande d'oisons communs, et dans certains cas plutôt sales. Tous ses passagers observaient la scène et, bien qu'il la connût à fond, Jack retrouva dans leur admiration une partie de son premier étonnement : la vaste courbe de la baie, remplie de petites embarcations et de trabaccolos, la ligne prodigieuse du rivage montagneux plongeant tout droit dans l'eau profonde, la ville fortifiée toute tassée montant du port à quarante-cinq degrés et brillant au soleil — toits roses, murs blancs, remparts gris pâle, dômes de cuivre vert — et, au-delà, les montagnes, plus hautes encore, leurs flancs parfois nus, parfois assombris de forêts, et leurs pics accrochés dans les minces nuages d'un blanc vaporeux.

— À présent, monsieur, dit-il au major Pollock, vous pouvez voir où nous avons commencé. À l'angle du môle, là-bas, nous avons mis en place un énorme massif double de retenue et nous avons fait passer une ligne au-dessus des remparts inférieurs, au-dessus de la ville moyenne et jusqu'à la citadelle même. Nous l'avons étarquée raide comme une corde de violon et, avec des étançons en place juste avant et juste après le passage des endroits les plus délicats, les canons sont montés là-haut, simple comme bonsoir madame. Ce fut la première étape. Je ne peux vous montrer la seconde très clairement d'ici parce que le monticule derrière le château dissimule le terrain, mais là où cela remonte, dans la partie verdoyante bombée, en bas de ces falaises claires, voyez-vous ? on aperçoit la ligne de l'aqueduc souterrain qui suit les contours du terrain. Mais à présent que j'y pense, je devrais peut-être vous donner avant tout quelques indications sur l'aspect politique. Il était assez complexe.

— Je vous demande pardon, monsieur, dit Mowett, mais je crois que le bey a quitté la côte.

— Pardieu, si vite, dit Jack saisissant sa lunette. Mais c'est que vous avez raison, et il y a ce cher pope avec lui. Commencez le salut. C'étaient eux mes alliés dans cette affaire, dit-il à Pollock comme le canonnier se hâtait vers l'arrière avec son pique-feu rougi, et je crois qu'il va me falloir vous abandonner un peu, d'autant que je vois une demi-douzaine d'autres canots prêts à les suivre.

Le salut de la *Surprise* n'était pas achevé que les Turcs se mirent à tirer d'une batterie située un peu au sud de la ville basse ; ils s'étaient fort bien équipés aux dépens de l'artillerie française de Marga, en canons et en munitions, et avec tout l'enthousiasme des Turcs ils envoyaient parfois un boulet ricocher sur l'eau parmi les bateaux de pêche. Quelques minutes plus tard, les chrétiens de la citadelle, qui s'étaient pourvus mieux encore, se joignirent à la fête avec leurs pièces de douze livres. Une lourde fumée dériva sur Kutali, d'en haut et d'en bas : les montagnes renvoyaient les échos à travers la baie ; et dans les intervalles on entendait le craquement plus sec des mousquets, pistolets et carabines de chasse. La *Surprise* était particulièrement populaire auprès des Kutaliotes, qu'elle avait préservés de deux beys rapaces et tyranniques et auxquels elle avait fourni les moyens de conserver ce qui était en fait leur indépendance. Il ne s'agissait pas de bienveillance désintéressée : c'était la conséquence de sa campagne contre les Français, mais le résultat était exactement le même, ainsi que l'amitié.

Les souverains virtuels de ce petit État montèrent à bord avec de grands sourires dans toute la cérémonie du sifflet des boscos, de l'infanterie de marine présentant armes, des officiers tête nue dans leurs meilleurs uniformes, et du grondement du tambour ; Sciahan Bey, guerrier turc trapu, large d'épaules, grisonnant et couturé, se précipita vers Jack les bras écartés et l'embrassa sur les deux joues, immédiatement suivi par le père Andros : cela plut tant aux Surprises qu'ils émirent une acclamation universelle, quoique discrète.

— Où est le Pullings ? demanda le père Andros en italien, tout en cherchant autour de lui.

Sur le moment, Jack ne put se rappeler comment l'on disait « fait capitaine de frégate » en italien, aussi tentat-il le grec. « Promotides », dit-il en pointant vers le ciel. Mais voyant qu'ils prenaient un air choqué, attristé, et que le prêtre se signait à la manière orthodoxe, il tapota ses épaulettes, criant : « Non, non. Lui capitano — pas morto — elevato in grado » et, élevant la voix : « Docteur Maturin ! Faites passer pour le docteur. »

Durant cette pause, le prêtre appela une petite fille pétrifiée qui se tenait debout à l'étrave du canot, sans oser s'asseoir, amidonnée, frisée et poudrée au point de n'avoir presque plus figure humaine, et chargée d'un bouquet de fleurs aussi grand qu'elle. Ce fut une tâche délicate que de l'amener à bord car elle résistait passionnément à tout mouvement tendant à la séparer des fleurs, ou qui pût risquer de froisser sa robe écarlate bien raide ; mais enfin, ce fut fait et, les yeux fixés sur le père Andros, elle débita son compliment à Jack, et à la fin lui tendit son bouquet, non sans répugnance. Pendant tout cela, la *Surprise* avait mouillé son ancre et le grand hunier cargué révéla le docteur Maturin dans les barres traversières, situation extraordinairement élevée pour lui. Il avait passé une bonne partie de l'après-midi assis sur la plate-forme large et confortable de la grand-hune, dans l'espoir de voir un aigle tacheté, aussi nommé aigle criard, l'une des grandes merveilles de cette côte, et sa patience avait été récompensée par la vision de deux de ces oiseaux, jouant ensemble et volant si bas qu'il avait presque pu les regarder dans les yeux ; mais le hunier lui bouchait la vue et, animé de l'énergie combinée de la frustration et du ravissement, il s'était lentement hissé jusqu'à cette éminence, le regard constamment tourné vers le ciel. De là, des barres traversières, il avait effectivement une superbe vision des oiseaux ; mais ils avaient disparu depuis longtemps, montant de plus en plus haut dans le ciel en tournant jusqu'à se perdre enfin parmi les nuages effilochés ; et depuis lors il était horriblement tracassé par la nécessité de redescendre. Plus il contemplait le vide, plus il lui semblait impossible d'avoir jamais réussi à atteindre ces infâmes barres traversières, et plus il se cramponnait convulsivement au pied du mât de perroquet et à tous les cordages disponibles. Il savait que s'il se laissait pendre, instantanément, avec une résolution ferme et virile, peut-être les yeux fermés, ses pieds chercheurs trouveraient probablement une prise ; mais cette certitude ne lui servait pratiquement à rien — elle ne conduisait à aucune action décisive, rien qu'à des réflexions sans fin sur l'imbécillité de la volonté humaine et la nature réelle du vertige.

Jack, suivant le regard significatif de son lieutenant à la fin de la cérémonie des fleurs, saisit aussitôt la situation. Il embrassa la petite fille, passa le bouquet à son patron de canot et dit :

— Bonden, grimpez là-haut : amarrez ceci à la pomme du grand mât et, en redescendant, montrez au docteur la manière la plus commode pour atteindre le pont. Mes compliments, et je serais heureux de le voir dans la chambre.

Quand Stephen atteignit le pont, celui-ci était couvert de Kutaliotes de toutes sortes, catholiques, orthodoxes, musulmans, juifs, Arméniens, coptes, souriants et chargés de cadeaux, et d'autres arrivaient encore en petits canots. Et quand il atteignit la chambre, elle était envahie de la fumée odorante du tabac de Céphalonie ; le narguilé glougloutait au milieu et le capitaine Aubrey, le père Andros et Sciahan Bey étaient assis autour sur des coussins ou, pour être plus exact, sur tous les oreillers de la *Surprise* hâtivement couverts de pavillons de signaux, à boire du café dans des tasses en Wedgwood. Ils l'accueillirent cordialement, et même affectueusement, et lui donnèrent une embouchure d'ambre pour fumer.

— Nous tombons merveilleusement bien, dit Jack. Si je ne me trompe, les gens du bey ont débusqué un ours monstrueux, et nous le chasserons demain.

> « C'était effectivement un ours monstrueux, ma chérie », écrivit le capitaine Aubrey dans une lettre datée « *Surprise,* au large de Trieste », « et si seu-

lement nous avions été un peu plus braves vous en auriez eu la peau. Il était aux abois, adossé à un rocher, se dressant à sept ou huit pieds de haut — les yeux lançant des éclairs, la bouche rouge écumante, le poil dressé —, il ressemblait beaucoup à l'amiral Duncan, et nous aurions pu le tirer sans peine. Mais non, non, s'écria Stephen, un ours est gentilhomme et doit être tué à l'épieu. Tout à fait juste, dîmes-nous, et nous le priâmes de nous montrer comment. Point du tout, dit-il, il voulait simplement veiller à ce que l'ours ne soit pas insulté : l'honneur de le tuer revenait manifestement à un homme de guerre, et non à un homme de paix. Nous ne pouvions vraiment le nier, mais la question était : quel homme de guerre ? Je pensais que le bey devait avoir la préséance, étant d'un rang plus élevé ; il répondit que c'était sottise — les bonnes manières lui imposaient de laisser place à un étranger. Pendant que nous discutions ainsi, l'ours se remit à quatre pattes et s'enfonça tranquillement dans un petit vallon buissonneux à côté du rocher, endroit diablement difficile pour lui faire son affaire. Finalement, quelque bonne âme suggéra que Sciahan et moi l'attaquions ensemble. Nous ne pouvions vraiment refuser, mais je vous assure que nous prîmes notre temps pour nous glisser parmi ces buissons infernaux, accroupis, cramponnés à nos épieux, plongeant le regard dans les ombres profondes et nous attendant à voir la brute charger d'une seconde à l'autre — il était aussi massif qu'un cheval de trait, quoique plus bas sur pattes. Les seuls chiens encore vivants à ce moment étaient les prudents, restés derrière nous, et nous les fîmes attacher pour que leur vacarme ridicule ne nous empêche pas d'entendre l'ours. Et nous voilà nous faufilant, écoutant de toutes nos oreilles ; je n'ai jamais eu si peur de ma vie. Puis Stephen se mit à piailler "Il est parti !", à crier et agiter son chapeau : l'ours était déjà à deux furlongs et montait tout droit le flanc de la montagne, comme un énorme lièvre. Nous avons été obligés de le laisser là, j'en ai peur, car il fallait que je regagne le navire. Mais Grand Dieu, mon cœur, combien cette journée, même avec une meute bien médiocre, m'a allégé le cœur ! Et de même un petit combat la nuit suivante : nous étions encalminés, au large de Corfou, quand le Français très entreprenant qui commande l'île, un général Donzelot, a fait sortir bon nombre de bateaux pour essayer de s'emparer d'un ou deux des navires du convoi. Ils n'ont pas réussi, et personne n'a été sérieusement blessé, mais cela nous a fait une nuit animée et dans son agitation l'un des navires marchands nous a abordés quand la brise s'est levée, emportant notre bâton de foc ; nous sommes donc assez heureux d'avoir atteint la paix relative de ces eaux, où quantité de nos amis sont là pour nous protéger : trois frégates et au moins quatre sloops ou bricks. Nous venons tout juste d'arriver et je ne les ai pas encore tous vus : Hervey, l'officier de marine le plus élevé en grade, est allé surveiller Venise et reviendra demain. Mais Babbington est là avec la *Dryad* et il m'a invité à dîner avant même que nous ayons mouillé. Il y a aussi le jeune Hoste. Il a fait des merveilles — c'est un officier très actif — et je voudrais pouvoir l'aimer mieux, mais il y a en lui quelque chose de Sydney Smith, quelque chose d'un brin théâtral et autosatisfait ; et puis il brûle un nombre effarant de petites prises, ce qui ne lui apporte rien et ne nuit pas aux Français mais ruine les pauvres infortunés qui les possèdent et les mènent. Cela est strictement entre nous, ma chérie, ne le répétez à personne. Harry Cotton est ici aussi, avec la *Nymphe*. Il était à terre quand nous sommes arrivés mais son chirurgien est venu — vous vous souviendrez de lui, j'en suis sûr, Mr Thomas, ce monsieur si bavard qui est passé voir Stephen quand il demeurait avec nous — pour prier le docteur Maturin de lui prêter la main dans une opération particulièrement délicate ; et il m'a dit qu'il existe à présent une poste terrestre passant par Vienne qui est à peu près sûre, du moins pour le moment. La situation dans ces régions est très confuse : les commandants français locaux sont des hommes capables, énergiques, pleins de ressources et il me semble parfois que nos alliés... mais peut-être vaut-il mieux que j'abandonne ce sujet. D'ailleurs, ma chérie, je dois aussi abandonner cette lettre car je viens d'entendre arriver le grand canot de Harry Cotton avec son vieux patron enroué grinçant "*Nymphe, Nymphe*" comme une orque asthmatique. »

À bord de la *Nymphe* même, le docteur Maturin, se penchant sur le visage jaune, luisant, horrifié, de son patient, lui dit :

— Voilà : tout est terminé. Si Dieu veut, vous irez très bien. (Et aux compagnons de l'homme, presque aussi blafards et horrifiés que leur ami :) Vous pouvez le détacher maintenant ; vous pouvez le *larguer*.

— Merci, monsieur, dit le patient dans un murmure quand Stephen ôta le morceau de cuir rembourré coincé entre ses dents du fond. Merci beaucoup de toutes vos peines.

— J'avais lu votre description de l'opération, bien entendu, dit le chirurgien du *Cerberus*, mais je ne m'attendais pas à une telle prestesse. Cela aurait pu être un tour de presti-presti — de passe-passe.

— J'admire votre courage, monsieur, dit le chirurgien du *Redwing*.

— Venez, messieurs, dit Mr Thomas, je crois que nous avons tous bien mérité un petit rafraîchissement.

Ils se rendirent dans le carré vide où Mr Thomas leur offrit une bouteille de tokay.

— Mon patient suivant, dit-il après qu'ils eurent un peu bavardé de Malte et du blocus de Toulon, est un cas tout à fait courant de balle errante, une balle de pistolet reçue voici quelques années et qui cause à présent une certaine douleur par suite de récentes épreuves physiques. Elle est logée juste au bord externe du *levator anguli scapulae* et ne présente aucun intérêt particulier pour un chirurgien philosophe, si ce n'est qu'elle est logée dans un cadre fort romantique.

— Vraiment ? dit Stephen, voyant qu'on attendait quelque remarque qu'aucun des autres ne semblait prêt à faire.

— Oui, monsieur, dit Thomas avec beaucoup de satisfaction. Peut-être me permettrez-vous de commencer au commencement ?

Cela paraissait une requête raisonnable mais ses amis, qui connaissaient Mr Thomas, qui avaient déjà entendu toute l'histoire et qui avaient vu le docteur Maturin effectuer sa cystotomie suprapubique, finirent leur tokay et prirent congé ; et même Maturin n'émit que le plus faible sourire d'assentiment.

— Eh bien, voilà, il y a quelque temps, nous étions au large de Pola, cap au sud-est avec brise légère de nord ou à peu près, très tôt le matin, ou peut-être devrais-je dire tard la nuit — avant que l'on ait appelé les hommes hors quart de toute manière ; et en passant j'observerai qu'il est assez badin de les appeler hors quart, plus badin, pourrait-on dire, que de qualifier le maître, le commis et le chirurgien de non-combattants. Je sais bien que lorsque j'étais aide-chirurgien sur la vieille *Andromeda,* ou assistant chirurgien, comme nous disons aujourd'hui, et d'ailleurs c'est beaucoup plus convenable, « aide » ayant une certaine connotation bonhomme et familière qui ne convient nullement à un membre d'une profession d'érudition — je sais bien que je participais aux coups de main ou aux expéditions le long de la côte à bord du yawl — j'ai eu deux fois le commandement du yawl ! — ou avec le grand canot, plus souvent que la grande majorité des aspirants de vaisseaux de ligne. Mais, comme je vous le disais, ou en tout cas comme j'avais l'intention de vous le dire, cette heure entre la nuit et le jour est absolument le meilleur moment, à condition qu'il n'y ait pas un vent très fort car, croyez-moi, tout ce qui dépasse une brise à perroquets les chasse infailliblement, le meilleur moment pour prendre ces poissons qu'ils appellent scombri dans ces régions et que je considère comme proches parents de notre maquereau, quoiqu'ils soient d'une chair beaucoup plus délicate ; et j'étais là avec ma canne par-dessus le couronnement, pêchant dans le sillage avec un morceau de couenne de bacon découpée en forme de lançon — certains disent que l'on peut les prendre en plus grand nombre avec de la flanelle rouge mais j'en tiens pour ma couenne de bacon. Attention, ajouta-t-il en levant un doigt, elle doit être bien détrempée. Mais lorsqu'elle a passé vingt-quatre heures à macérer, lorsqu'elle est vraiment souple, rien ne vaut cette couenne douce, blanche et onctueuse pour attirer les plus grosses bêtes. J'étais donc là avec le lieutenant d'infanterie de marine à mes côtés, tout à fait prêt à prendre le petit déjeuner du carré — simplement grillés, sur un gril bien chaud et bien huilé, c'est ce qu'il y a de mieux, je vous l'assure : les sauces compliquées et les épices multiples gâchent leur vraie saveur — mais, quoi qu'il en soit, avant que j'aie eu même la moindre touche, Norton s'écria « Chope », ou peut-être « Chut » — quelque chose de ce genre. Norton, j'aurais dû vous le dire, était le lieutenant d'infanterie de marine : William Norton, d'une famille du Westmorland, apparentée aux Collingwood. « Ecoutez, me dit-il, n'est-ce pas de la mousqueterie ? »

C'était bien de la mousqueterie et, après un compte rendu exact de ce que l'officier de quart avait dit — son scepticisme initial et sa conviction croissante — et de la manière dont la *Nymphe* avait viré, Mr Thomas fit monter très lentement le soleil à l'horizon oriental pour révéler un houri qui venait manifestement tout juste de capturer le petit canot qu'il prenait en remorque. La frégate le prit aussitôt en chasse, et avec d'autant plus de zèle que la lumière croissante montrait des uniformes français à bord du houri. Mais il apparut très vite que la chasse, qui pouvait serrer le vent de plus près que la *Nymphe* avec son gréement carré, réussirait à doubler le cap Promontore alors que la frégate n'y réussirait pas — en bref, que le houri allait s'échapper. Là, Mr Thomas s'égara dans des considérations touchant à la navigation — gréement longitudinal opposé au gréement carré, les diverses combinaisons que l'on pourrait essayer avec profit, la force réelle des moulins à vent, mesurée par un de ses amis — et l'attention de Stephen vagabonda jusqu'à ce qu'il entende les mots :

— Mais, pour abréger une longue histoire, sa trinquette tomba alors qu'il était à une encablure de la pointe — il se mit immédiatement debout au vent, bien entendu — et il y avait un bonhomme qui bondissait sur le pont comme un diable à ressort, cognant sur les gens à droite et à gauche. Je ne vis pas les tout derniers instants car le capitaine m'appelait avec cette véhémence inutile, oppressante, que tant de marins affectent, en me priant de débarrasser le pont de mon matériel — entre parenthèses, je vous dirai que je lui ai donné le lendemain une belle dose, une dose fort confortable, quand il dut prendre médecine : je me suis fait un *point* d'honneur d'ajouter deux pointes de coloquinte à sa potion noire, ha ha ha ! Coloquinte toujours, et forte colique aqueuse. N'êtes-vous pas amusé, mon cher monsieur ?

— Très amusé, collègue.

— Mais quand je remontai sur le pont, tandis que nous étions à la cape et que notre canot revenait du houri capturé, il était là, riant de toutes ses dents et saluant ses amis, tout le long de la lisse, qui l'acclamaient.

— De qui donc parlez-vous, collègue ?

— Quoi, mais du diable à ressort, bien entendu. Il riait de toutes ses dents parce qu'il avait échappé aux Français, et il saluait ses amis sur le gaillard d'arrière parce qu'il avait servi à bord de ce même navire avant d'être capturé. Il avait été autrefois troisième lieutenant de la *Nymphe* et il restait à bord bien des gens qui avaient été ses compagnons. Voilà ce qui est si romantique, ne voyez-vous pas ? Echappé aux Français, ayant pris la mer à bord d'un petit canot dans l'espoir de trouver la frégate anglaise dont il avait entendu dire qu'elle croisait au large du cap, repris par une patrouille ennemie alors qu'il apercevait nos huniers se détachant sur le ciel, lorsqu'il avait été sauvé, au tout dernier moment, il avait découvert que son sauveteur était son propre navire, ou celui qui l'avait été. J'aurais dû vous dire que c'était lui qui avait coupé la drisse du houri, faisant descendre sa trinquette d'un coup. Sauvé par son propre navire ! Si cela n'est pas romantique, je ne sais pas ce qu'est le romantisme.

— Effectivement, Bevis de Hampton ne lui arrive pas à la cheville. Et c'est là le monsieur sur lequel nous devons opérer ? J'en suis heureux. J'ai toujours constaté qu'un homme en bonne forme se guérit plus vite qu'un autre ; et bien que cette balle errante ne m'apparaisse pas comme la plus grave des interventions, il est toujours préférable d'avoir toutes les chances de son côté.

— Oui, certes, dit Thomas d'un ton de doute, et peut-être aurais-je dû opérer plus tôt, quand il était si joyeux ; mais depuis quelques jours il est très abattu — mélancolie profonde et maussade ; voudrait se pendre — parce que quelque idiot, au courant de tous les commérages de La Valette comme nous tous, a jugé bon de lui dire qu'il était... (Thomas fit une pause et lança à Stephen un regard éloquent) de lui dire que sa femme n'avait pas été tout à fait sage — vous, entre tous, savez de quoi je veux parler — et avec qui. Mais j'espère que cette petite saignée pourra apporter avec elle la résignation : après tout, la même infortune est échue à bien d'autres hommes et la plupart y ont survécu.

Le sens de ce que voulait dire Thomas échappait à Stephen, fait qui le laissait totalement indifférent.

— L'avez-vous quelque peu préparé ? dit-il.

— Oui : trois drachmes de mandragore sur un estomac vide.

— Mandragore... commença Stephen d'un ton un peu méprisant.

Mais un valet d'infanterie de marine lui coupa la parole en entrant.

— Les compliments de Mr Fielding, dit le soldat, et il demande pourquoi il n'est pas encore découpé. Il dit qu'il attend à l'infirmerie depuis une horloge et plus.

— Dites-lui que nous descendons à l'instant, dit Mr Thomas. Qu'avez-vous contre la mandragore, collègue ?

— Rien du tout, dit Stephen. Est-ce bien de Mr *Charles* Fielding que vous parliez ? Le lieutenant Charles Fielding, de la Navy ?

— Eh quoi, oui. Je vous l'ai dit, ne vous en souvenez-vous pas ? Charles Fielding, le mari de la dame au chien qui aime tant le capitaine Aubrey. Alors vous ne l'aviez pas flairé ? Vous n'aviez pas saisi ce que je voulais dire ? Comme c'est drôle. Mais chut, pas un mot.

Ils pénétrèrent dans l'infirmerie et là, debout dans la forte lumière tombant de la claire-voie, devant un hublot, se tenait un grand homme sombre et lourd qui aurait pu sortir tout droit du tableau dans la chambre de Laura : il portait même un semblable pantalon rayé. Mr Thomas fit les présentations habituelles et Fielding répondit civilement « Comment allez-vous, monsieur ? » avec une courbette, mais à l'évidence son attention était ailleurs. À l'évidence, aussi, la mandragore de Mr Thomas, ou le rhum dont il avait pu disposer, avait fait un effet considérable ; la voix était épaisse, les paroles un peu confuses. Stephen n'avait jamais vu aucun homme venir joyeusement à la table, au coffre ou à la chaise du chirurgien ; même les plus braves reculaient devant l'incision délibérée subie de sang-froid, et la plupart des marins ajoutaient ce qu'ils pouvaient à la dose officielle. Pourtant, Mr Fielding ne s'était pas laissé aller à toute extrémité, comme le faisaient bien des patients en ayant les moyens ; il était totalement maître de lui et quand il eut ôté sa chemise, il accepta qu'on lui lie les bras — « Car si vous deviez sursauter involontairement nous risquerions de plonger une lame dans une artère ou de trancher un nerf important » — de bonne grâce, et s'assit, le visage fermé, l'air obstiné, les mâchoires serrées.

La balle était plus profond que Thomas ne l'avait supposé et si, tout le temps qu'ils travaillèrent sur son dos, Fielding n'émit guère qu'un ou deux grognements, quand elle fut extraite il respirait fortement et suait d'abondance. Une fois recousu et ses bras libérés, Thomas regarda son visage et lui dit :

— Vous devez rester ici bien tranquillement pendant quelque temps. J'enverrai l'infirmier vous tenir compagnie.

— Je serais heureux de tenir compagnie à Mr Fielding, dit Stephen. Quand il sera remis, j'aimerais beaucoup l'entendre raconter comment il a échappé aux Français.

Le café chaud et fort remit assez vite Mr Fielding. Après la seconde tasse, il tendit le bras vers son habit, sortit de sa poche une tranche de pudding froid aux raisins et la dévora sans attendre.

— Je vous demande pardon, dit-il, mais j'ai été si affamé depuis quelques mois que j'ai besoin d'avoir quelque chose à manger à portée de main.

Puis, élevant la voix pour appeler l'infirmier, il lui dit d'apporter la flasque qu'il trouverait dans sa cabine. L'infirmier était un être âgé, autoritaire, de grande réputation médicale au premier pont, et comme l'alcool était interdit dans l'infirmerie il hésita en regardant Stephen ; mais le visage sombre de Fielding prit aussitôt une expression plus sombre encore, extrêmement dangereuse, et sa voix le son de celle d'un lieutenant tyrannique du genre carne, de ceux dont le coup pouvait suivre l'ordre en une fraction de seconde — c'était manifestement un homme aux passions violentes. La flasque apparut et, après l'avoir proposée à Stephen, Fielding avala d'abord une bonne gorgée, puis une seconde.

— Ce sera tout pour le moment, dit Stephen en reprenant la flasque. Nous ne pouvons autoriser une autre perte de sang. Vous êtes extrêmement affaibli.

Votre voyage a été long et très éprouvant, je n'en doute pas.

— En ligne droite cela ne représentait pas une très grande distance, dit Fielding, je suppose qu'un courrier à cheval pourrait la couvrir en moins d'une semaine. Mais comme nous allions, nous dissimulant le jour et nous faufilant la nuit, en général par les sentiers ou à travers champs et perdant souvent notre chemin, cela nous a pris bien plus de deux mois. Soixante-seize jours pour être exact.

Il parlait sans grand intérêt, et s'interrompit, comme s'il n'avait pas envie de poursuivre. Ils restèrent quelques minutes assis en silence, la frégate roulant doucement et le reflet de la mer éclairée par le soleil scintillant au plafond. Deux mois et demi, pensa Stephen : cela coïncidait exactement avec la première des lettres qui avait mis Laura si mal à l'aise, la première des fausses lettres.

— Mais quant aux épreuves, dit enfin Fielding, oui, ce fut un voyage éprouvant. À peu près rien à manger que ce que nous pouvions braconner ou voler, et même pas cela dans les montagnes. Et puis l'humidité et le froid... Wilson est mort quand nous avons subi deux jours de tempête de neige dans le Trentin, et le pied de Corby a gelé au point qu'ensuite il ne pouvait plus que sautiller. J'ai eu de la chance, probablement.

— Si cela ne vous est pas désagréable, j'aimerais beaucoup entendre ne serait-ce que le plus bref récit de votre évasion, dit Stephen.

— Très bien, dit Fielding.

Il était enfermé, raconta-t-il, dans la forteresse pénale de Bitche, lieu réservé aux prisonniers de guerre indisciplinés ou à ceux qui avaient tenté de s'échapper de Verdun, et pour la plupart du temps seul en cellule, car au cours de sa tentative d'évasion il avait tué un gendarme. Mais un incendie dans une partie du château et les réparations subséquentes l'avaient conduit dans la même cellule que Wilson et Corby, et comme c'était une période de grand désordre — le commandant de la forteresse venait d'être remplacé — ils avaient décidé d'essayer à nouveau. Au cours de leurs tentatives précédentes, tous trois séparément avaient cherché à atteindre les ports de la Manche ou de la mer du Nord : cette fois ils avaient l'intention d'aller dans l'autre sens, vers l'est, vers l'Autriche et ensuite l'Adriatique. Il fallait faire très vite, pendant que les ouvriers et leur matériel étaient encore dans le château, et Corby, le plus âgé, un chef naturel et qui connaissait bien l'allemand, abandonna la prudence habituelle et dit à bon nombre des autres officiers que tous trois allaient s'évader. Certains se révélèrent très serviables, et leur fournirent des cartes approximatives, une lunette de poche, une boussole assez précise, un peu d'argent et, surtout, des morceaux de tissu ou de corde pour ajouter à ceux qu'ils avaient déjà. Pendant que les autres prisonniers créaient une diversion dans la cour intérieure, très tard par une soirée sombre et menaçante, tous trois étaient passés par-dessus le mur extérieur et après leur départ leurs amis avaient remonté la corde et l'avaient cachée. Ils avaient toute une nuit d'avance et avaient fait route vers le Rhin le plus vite possible, visant les ponts de bateaux qui assuraient la liaison avec la route de Rastatt. Ils n'y étaient arrivés que vers midi, bien plus tard qu'ils ne l'espéraient ; mais ils avaient eu ensuite une chance extraordinaire. Cachés dans un petit bois, à surveiller l'entrée du pont pour voir comment les sentinelles se comportaient, ils avaient vu une procession religieuse passer le long du sentier au-dessous d'eux, une procession formée de plusieurs groupes de quelques centaines de personnes, portant des branches vertes et chantant. Les premiers porteurs de bannières avaient commencé à traverser le pont, et les marins, se coupant quelques branches, avaient glissé en bas du talus jusqu'au sentier et s'étaient joints à la foule, chantant de leur mieux et prenant l'air fervent. Bien peu s'étaient rendu compte de leur présence — c'était la réunion de plusieurs villages — et quand quelqu'un leur parlait, Corby répondait et les autres chantaient. Ils avaient franchi le pont avec encore une autre troupe de chanteurs derrière eux et Corby était entré dans la ville où il avait acheté du pumpernickel et du bœuf séché. Ils avaient à ce moment un air assez respectable avec leurs habits bleus en bon état, débarrassés de toutes les marques distinctives ; mais, au retour, Corby avait été interrogé, heureusement par un jeune conscrit très simple, facile à impressionner et à tromper, de qui il avait appris que l'on recherchait trois officiers anglais. Ils étaient donc restés strictement cachés dans les bois pendant une bonne semaine, sans bouger avant la nuit ; et à la fin de cette période, à force de mauvais temps, de dormir à la dure, et de glisser et tomber dans la boue d'une centaine de ruisseaux, ils avaient vraiment l'air de vagabonds suspects. Ils avaient un rasoir et se tenaient assez propres mais cela ne servait à rien — tous les chiens leur aboyaient après et si par chance ils rencontraient quelque paysan, les salutations de Corby n'éveillaient qu'un regard étonné, mal à l'aise. Ils n'osaient pas s'approcher des villages. Ainsi, la longue et lente marche vers le sud et l'est se poursuivit, bien plus lente qu'ils ne l'avaient escompté ; ils vivaient de ce qu'ils pouvaient trouver — navets crus tirés des champs, pommes de terre, blé vert, très peu de gibier —, semaine après semaine, jusqu'à ce qu'ils soient terriblement affaiblis, surtout qu'il pleuvait presque tout le temps. Ils étaient parfois poursuivis, une ou deux fois par des gardes-chasse mais presque toujours parce qu'ils avaient pillé un poulailler ou parce qu'une patrouille avait appris leur présence, et Fielding parlait de leur peur perpétuelle, des expressions féroces, traquées, qui leur devinrent très vite habituelles, presque constantes, et de leur haine sauvage, non seulement pour leurs poursuivants mais pour quiconque pouvait avoir une possibilité de les trahir : une fois ils avaient été tout près de tuer une couple d'enfants qui avaient buté dans leur cachette. Il dit que cette haine envahissait leurs relations mutuelles, rendant leurs désaccords très dangereux et renforçant si possible la tristesse profonde des dernières semaines de leur trajet ; et il parlait avec des sentiments que Stephen n'aurait jamais attendus de ce visage sombre, apparemment insensible.

— Je m'émerveille que vous ayez pu le supporter, observa-t-il quand Fielding atteignit le point où ils avaient découvert qu'ils étaient perdus et où, après deux jours de pénible circulation dans une montagne dénudée, sans rien du tout à manger, ils avaient regardé au fond d'une vallée et vu, non pas le poste autrichien qu'ils attendaient, mais le drapeau tricolore flottant sur l'Italie occupée par les Français : une étroite vallée sans arbres avec un fort sur une éminence au milieu et pas un village, pas une ferme isolée, pas un chalet d'été de berger et aucune possibilité de retraite.

— En ce qui me concerne, dit Fielding, j'étais soutenu par... par un sentiment particulier, et j'aurais marché deux fois plus loin, si mes pieds m'avaient porté. Je crois qu'il en était de même pour les autres et quand je pense à toutes les épreuves qu'ils ont supportées en vain, sur mon honneur je ne vois pas de justice au monde. On ne saurait croire que leurs épouses étaient toutes deux des putains.

— Qu'est-il arrivé à Mr Corby ?

— Il a été tué... massacré. Nous avons été poursuivis par une patrouille de cavalerie, trois jours tout juste avant la fin, alors que nous étions sur la côte, en vue des navires. Il ne pouvait pas courir et les soldats l'ont littéralement mis en pièces, bien qu'il ne fût pas armé. J'ai plongé dans un marécage, dans les roseaux épais et dans l'eau jusque-là. (Il fit une pause, puis ajouta d'une voix plate :) Je suis resté seul. Je ne leur ai pas porté chance. Sauf du point de vue professionnel, il aurait peut-être mieux valu que je reste à Bitche ; et même de ce point de vue... De toute manière, je ne me hâte pas de rentrer à Malte pour trouver un navire.

À ce moment, Fielding parlait presque pour lui seul, pourtant Stephen sentit que quelque réponse était nécessaire.

— J'ai eu l'honneur d'être présenté à Mrs Fielding,

dit-il, et elle a eu l'extrême amabilité de m'inviter à ses soirées musicales.

— Ah oui, dit Fielding, c'est une grande musicienne. C'est peut-être là qu'est le problème. Je suis incapable de jouer *God Save the King* au pipeau.

Le capitaine Aubrey et le capitaine Cotton, de la *Nymphe,* avaient été aspirants ensemble, et non seulement aspirants, mais jeunes garçons, inscrits sur les rôles du vieux *Resolution* comme valets du capitaine — des galopins, sans la moindre utilité. Ils ne faisaient guère de cérémonie à douze ans, et n'avaient pas beaucoup renforcé la formalité mutuelle en s'élevant dans la hiérarchie ; à présent, Jack, ayant conduit son ami en bas, fut étonné de voir sur son visage une expression contrainte, furtive, gênée, penaude.

— Eh bien, Harry, dit-il, qu'est-ce qui t'arrive, tu es malade, tu es fâché ?

— Oh non, dit le capitaine Cotton avec un sourire artificiel, pas du tout.

— Alors qu'est-ce qu'il y a ? On dirait que tu t'es fait pincer à falsifier les rôles ou à aider les ennemis du roi.

— Eh bien, à dire vrai, Jack — à te dire la vraie vérité, le fait est que j'ai pour toi des nouvelles diablement déplaisantes. Charles Fielding, qui était prisonnier à Verdun et ensuite à Bitche — Charles Fielding, qui a été un moment troisième lieutenant de la *Nymphe* et ensuite second lieutenant du *Volage* — s'est évadé. Nous l'avons retrouvé au large du cap Promontore il y a quelques jours et il est à notre bord en cet instant.

— Évadé, il s'est évadé ? s'exclama Jack. Ma parole, c'est tout à son honneur ! Evadé de Bitche ! Dieu me bénisse, quel coup de maître. J'en suis profondément heureux. Dis-moi, quelle est ta mauvaise nouvelle ?

— Quoi, dit Cotton, devenu tout rouge et l'air plus embarrassé que jamais. Je croyais... tout le monde disait... on pensait généralement que toi et Mrs...

— Oh, à cause de ce maudit chien ! s'exclama Jack

tout riant. Non, non. Il n'y a rien de vrai dans tout cela. Rien que des bêtises, hélas, un simple commérage de La Valette. Non, non, bien au contraire : je serais très heureux de le ramener vers elle. Nous repartons demain, il suffit donc qu'il embarque à n'importe quel moment avant notre départ et je lui offrirai le plus rapide trajet vers Malte qui se puisse faire. Je lui mets un mot immédiatement, dit-il en se tournant vers son bureau.

La réponse à son mot revint de la *Nymphe* peu avant que Stephen n'entre dans la grand-chambre.

— Vous voilà, Stephen, dit Jack. Je suppose que vous savez que le mari de Laura s'est évadé et qu'il est à bord de la *Nymphe*.

— Je le sais, dit Stephen.

— Eh bien, c'est absolument ridicule, dit Jack, il semble que quelque imbécile maudit lui ait dit que j'étais l'amant de sa femme. Cotton était là il y a un instant et me l'a dit. Je l'ai nié aussitôt, bien entendu, et pour que ce soit encore plus convaincant j'ai aussitôt envoyé un mot proposant de ramener immédiatement Fielding à La Valette, sans quoi il ne pourra y être avant un mois. Je n'ai pas eu le temps de vous consulter, dit-il avec un coup d'œil anxieux vers le visage de Stephen, mais de toute manière c'était nécessaire — c'était le moins que je puisse faire, et il fallait le faire immédiatement. Je lui ai offert de loger dans ma salle à manger, ce qui m'a paru assez convenable, mais voici sa réponse.

— Vous avez eu tout à fait raison, j'en suis sûr, dit Stephen en prenant le papier. Et il n'y avait aucune nécessité au monde de me consulter, mon cher. Il arrive que vous interprétiez mal mes actes. Aucune nécessité, aucune, murmura-t-il en lisant : *Mr Fielding remercie le capitaine Aubrey de sa lettre de ce jour mais regrette de ne pouvoir profiter de l'invitation qu'elle contient. Il espère toutefois une rencontre avec le capitaine Aubrey à Malte avant que ne s'écoule un temps considérable.* Je le regrette extrêmement, dit-il (et Jack, quoique le connaissant bien, n'aurait pu dire ce qu'il avait en tête ou sur quoi portaient ses regrets extrêmes). J'ai opéré ce monsieur ce matin et j'ai parlé avec lui un certain temps ensuite, dit Stephen au bout d'un moment. Et si la meilleure chose, et de loin, serait évidemment pour lui de revenir avec nous, je ne pense pas que la persuasion pourrait avoir la moindre utilité. Bien au contraire, en fait. Mais je peux être assuré, n'est-ce pas, que nous serons nécessairement les premiers à atteindre La Valette avec les nouvelles de l'évasion de Mr Fielding ?

— Certainement. Nous aurons avec nous cette horrible barcasse de Babbington, aussi ne pourrons-nous probablement pas envoyer de cacatois ni même de perroquets sur la route, mais malgré tout, rien d'autre ne repartira d'ici avant le prochain convoi.

Il y eut un silence ; tous deux étaient très loin. Jack avait livré quelques duels en son temps, mais il ne les avait pas aimés, et il les aimait encore moins aujourd'hui où il s'agissait presque toujours de pistolets, en général plus meurtriers que l'épée. Cela lui paraissait idiot, et même scandaleux : il ne souhaitait pas le moins du monde faire de Laura une veuve, et moins encore infliger cela à Sophie.

— Le canot est bord à bord, monsieur, s'il vous plaît, dit Bonden de sa forte voix de matelot, secouant le silence de la chambre.

— Le canot ? dit le capitaine Aubrey, tiré brutalement de sa méditation.

— Eh bien oui, Votre Honneur, dit Bonden poliment, que vous devez manger votre dîner avec le capitaine Babbington à bord de la *Dryad* d'ici cinq minutes.

Chapitre 10

Les dauphins ravissaient Stephen Maturin plus que toute autre créature marine et, dans le canal d'Otrante, il y en avait des dizaines. Une troupe en particulier accompagnait le navire depuis la fin de sa visite à l'infirmerie, et il ne se lassait pas de les regarder, perché le plus en avant possible, appuyé contre la tiède figure de proue, les yeux plongés dans la mer. Les dauphins remontaient à toute vitesse le long du côté babord, côté soleil, sautaient tous ensemble avant de traverser et de plonger pour aller jouer dans le sillage, puis revenaient : parfois ils se grattaient contre le flanc de la frégate ou même son taille-mer avant de faire demi-tour, mais en général ils bondissaient, et on voyait leurs figures aimables hors de l'eau. La même troupe, avec deux animaux particulièrement gras et abondamment pointillés, était déjà apparue plusieurs fois ; il en connaissait la plupart et s'était convaincu qu'eux-mêmes avaient conscience de sa présence. Il espérait en être reconnu, et même aimé, et chaque fois que les animaux surgissaient il leur faisait signe.

Les dauphins n'avaient pas grand effort à faire, car par cette jolie brise la *Surprise* filait à peine cinq nœuds cap au sud-sud-ouest sous voilure aisée, tandis que, loin sous le vent, sa conserve, la malheureuse *Dryad,* peinait pour garder son poste sous à peu près toute la toile qu'elle pouvait porter. À eux deux, les navires couvraient une étendue de mer aussi large que possible car la probabilité était forte de rencontrer des corsaires ennemis dans le sud de l'Adriatique et le nord de la mer Ionienne (des navires anglais non accompagnés et même de petits convois avaient été méchamment malmenés), cependant qu'un vaisseau de guerre français ou vénitien n'était nullement hors de question, pas plus qu'un navire marchand, prise grasse et licite. La *Dryad,* avide de gloire et de gains comme n'importe quel sloop de la Navy, était aussi lourde et lente à s'élever, quoique petite et basse, et subissait péniblement la longue houle qui venait battre son avant tribord, signe certain de tempête en Méditerranée orientale. Parfois ses voiles basses déventaient lorsqu'elle plongeait dans un creux, parfois, en se remplissant à la montée, elles la faisaient buter dans le haut de la vague, de sorte que l'eau verte balayait son gaillard d'avant, son embelle et jusqu'à la chambre du capitaine. La *Surprise,* en revanche, s'élevait à la lame comme un cygne sauvage ; quelquefois, quand la houle montait très haut et que le navire descendait très bas, Stephen voyait ses dauphins nager là-haut dans la masse d'eau solide et transparente comme s'il observait à travers la paroi de quelque réservoir incommensurable. Il était à son poste depuis que le soleil était parvenu à mi-chemin du brillant ciel oriental, parfaitement à l'aise, tantôt plongé dans ses réflexions, tantôt content de regarder ; le beaupré, juste au-dessus de sa tête, craquait doucement au roulis et sous la traction de la trinquette, et la brise tiède le caressait : il était resté là pendant l'observation méridienne et tout le vacarme — appel des hommes à dîner et voix perçante du fifre annonçant le tafia —, et il y serait resté indéfiniment si on ne l'avait pas appelé. Il avait depuis longtemps décidé de ce qu'il ferait pour résoudre la situation créée par la réapparition de Fielding : malgré l'avance qu'aurait la *Surprise* sur la nouvelle, mieux vaudrait agir très vite. Il serait obligé de tout révéler à l'amiral et à Wray, ce qui, bien que regrettable, n'était qu'un faible prix à payer pour épingler tous les agents français importants présents à Malte. Laura donnerait rendez-vous à son homme, et il serait bien étonnant qu'il ne les conduise pas au reste. Mais avant même qu'ils ne soient tous coffrés, il faudrait qu'elle soit transportée dans quelque lieu sûr car un peu du menu fretin des Maltais mécontents s'échapperait probablement ; il avait déjà mis au point une formule qui la disculperait aux yeux de l'amiral, et n'avait pas à craindre une moralité très rigide de la part de Wray. Cette décision appartenait au passé : pour le présent, il s'adonnait entièrement au plaisir immédiat et intense de cet air tiède, étonnamment scintillant, de cette lumière brillante, des bonds rythmiques du navire dans la mer propre et bleu-vert. Le soleil avait passé le zénith ; il était descendu de deux travers de main dans l'ouest et la voile d'étai lui offrait une ombre agréable quand Calamy vint à l'avant vêtu d'une chemise à jabot toute propre, les cheveux bien brossés, et lui dit :

— Comment, monsieur, que se passe-t-il ? Vous n'avez certainement pas oublié que vous devez recevoir joyeusement le capitaine ?

— Et comment suis-je supposé recevoir joyeusement le capitaine, pour l'amour de Dieu ? demanda Stephen. Dois-je lui faire des grimaces à travers un collier de cheval, proposer des devinettes et des énigmes, faire des farces ?

— Venez, monsieur, dit Calamy, le carré reçoit le capitaine à dîner et vous n'avez que dix minutes pour vous changer. Il n'y a pas une minute à perdre. (Et tout en conduisant Stephen vers l'arrière, il ajouta :) Je suis invité aussi. N'est-ce pas amusant ?

Ce fut amusant, quoique pour commencer le capitaine se montrât particulièrement silencieux — pas morose, mais motus. Assis à la droite de Mowett, il éprouvait un sentiment de perte étonnamment poignant. Pullings lui manquait énormément et quand il regardait les rangées de visages qu'il connaissait bien, qu'il aimait, qu'il estimait — quand il les regardait en sachant que cette société serait dispersée dans quelques semaines —, il éprouvait violemment l'impression que sa voie atteignait un tournant, se trouvait entre deux saisons, en quelque sorte, les certitudes de l'une ayant perdu toute validité pour l'autre. Sans être imaginatif, depuis quelque temps déjà il ressentait un sentiment indéfinissable de chaos succédant à l'ordre, de désastre imminent, et cela l'opprimait.

Pour se réconforter, il se dit que la vie du service était faite de séparations continuelles, que les groupes à bord des navires ne cessaient de se rompre. Ils servaient ensemble pour un armement, pour le meilleur ou le pire, puis l'on désarmait le navire et les voilà séparés : bien sûr, si le capitaine se voyait accorder un autre commandement très vite, il pouvait emmener avec lui plusieurs de ses officiers, ses aspirants, ses serviteurs ; mais la séparation était trop souvent générale ; ce n'en serait qu'une de plus, après bien d'autres, d'un degré différent puisqu'il aimait plus encore ce navire et ses compagnons, mais pas d'une autre espèce. Il s'en persuada de plus en plus à mesure que progressait l'excellent repas. Dans leur ignorance heureuse, avec ce temps splendide sur leurs têtes, ses hôtes étaient particulièrement joyeux ; et ils avaient acquis avec Maclean, leur nouvel officier d'infanterie de marine, un merveilleux maître de maison. La bonne chère et le bon vin firent insensiblement leur effet ; sans être particulièrement brillante, la conversation était si aimable qu'il aurait fallu un homme beaucoup plus sombre que Jack Aubrey pour ne pas se plaire à cette réception, à cette compagnie. On ôta la nappe, la table se couvrit de coquilles de noix, et bien peu se joignirent au chœur avec plus d'enthousiasme que Jack quand on demanda à Calamy : « Chantez-nous donc *Nelson à Copenhague* », qu'il entonna avec la superbe assurance née de trois verres de bordeaux et d'un de porto, d'une voix claire de soprano contrastant agréablement avec les voix profondes de ses aînés quand ils reprirent :

Dans le tonnerre du canon et des bombes,
Dans le tonnerre nous avons canonné.

Et Maclean n'eut pas d'auditeur plus attentif quand il annonça :

— Sans vouloir aucunement me mettre en concurrence avec Mr Mowett ou Mr Rowan — je n'ai pas la moindre prétention au génie original en matière de poésie —, puisque j'ai l'honneur d'être le responsable de cette table, peut-être me permettra-t-on de réciter un morceau composé par un ami à moi, un Écossais, à propos de la gelée de cassis.

« Certainement », crièrent certains, « absolument ». D'autres lancèrent « Écoutez-le, écoutez-le » ou encore « La jolie gelée des jaloux ! ».

— Gelée de cassis pour le petit déjeuner, vous me comprenez bien, dit Maclean, qui poursuivit :

Les tasses étant remplies, voici que je saisis
(L'amour de la gelée fait frémir mes narines)
La cuiller et le pot, et sur une tartine
J'étale en couche épaisse cette exquise ambroisie
Qui recouvre bientôt l'appétissante tranche
De ce pain de froment à la chair douce et blanche...

Il s'interrompit en voyant Williamson, le jeune monsieur de quart, entrer en hâte et s'approcher de la chaise du capitaine.

— S'il vous plaît, monsieur, dit Williamson, la *Dryad* signale qu'un navire vient de doubler le cap Sainte-Marie, en route vers l'est : l'*Edinburgh,* à son avis.

C'était bien l'*Edinburgh*, un soixante-quatorze massif commandé par Heneage Dundas. Leurs routes convergeaient lentement et quand ils mirent à la cape dans la houle, Jack se fit conduire à bord pour lui demander de ses nouvelles : Heneage allait tout à fait bien mais il aurait été mieux encore, beaucoup mieux, s'il avait capturé le corsaire français poursuivi l'après-midi même jusque sous les canons de Tarente, un joli navire de vingt canons à flancs bleu ciel pourchassé depuis l'aube et qui lui avait finalement échappé. En dehors de cela, il avait toutes sortes de nouvelles : le golfe du Lion avait connu deux coups de vent épouvantables, l'escadre du blocus avait été méchamment malmenée et chassée au sud jusqu'à Mahon, où quelques navires étaient encore, pour se faire réparer le plus vite possible. Les Français n'étaient pas sortis en masse, mais l'on pensait que quelques-uns s'étaient échappés : certains doutes subsistaient sur leur nombre et leur force, et même sur le fait. Mais il n'y en avait pas du tout sur la querelle énorme entre le commandant en chef et Harte. Les causes en étaient diversement exposées, mais les faits étaient sûrs : Harte rentrait à la maison. Dundas ne savait pas s'il avait été relevé, s'il avait amené sa marque de ses propres mains et l'avait piétinée comme certains l'affirmaient, s'il s'était fait porter malade ou si on le renvoyait en disgrâce ; mais Dundas était absolument certain que l'Angleterre était bien sa destination.

— Et puisse-t-il y rester longtemps, dit-il. Je n'ai jamais connu un pire commandant de navires, d'hommes ou de lui-même. Mais même si on lui offre un poste, ce qui pourrait bien arriver étant donné ses relations avec Andrew Wray, je ne suppose pas qu'il reviendra jamais à la mer, à présent qu'il est si diablement riche. Mon cousin Jelks, qui comprend ces choses, m'a dit qu'il possède la moitié de Houndsditch, ce qui lui rapporte au moins huit mille par an.

Après avoir refusé et forcé tout l'après-midi, le vent, pendant la nuit, se fixa au nord-ouest et se mit à souffler assez fort, de sorte qu'après la retraite Jack fit descendre les mâts de perroquet sur le pont. Peu avant le lever de la lune il envisagea de prendre un second ris dans les huniers, moins en raison de la force du vent que parce qu'il soufflait en travers de la houle et levait une mer croisée qui provoquait des plaintes même de la *Surprise*. Mais ç'aurait été du travail en pure perte : avant même que la lune ne sorte de l'horizon, la vigie d'avant beugla « Voile en vue ! Voile par l'avant tribord. Deux quarts sur l'avant tribord » : c'était bien lui, le corsaire français de l'*Edinburgh*. Jack largua immédiatement son premier ris et, avec une promptitude égale, le corsaire fit route vers l'abri de Tarente et ses énormes canons. Mais la

Dryad était à son vent ; en réponse aux fusées bleues de la *Surprise* elle envoya toute la toile possible et coupa au Français la route de la terre. Elle poursuivit de cette manière héroïque pendant un temps considérable, les deux navires chassant le corsaire rapide comme une couple de lévriers ; et si finalement la *Dryad* perdit son bâton de foc et son grand mât de hune, emportés par-dessus bord dans un envol spectaculaire, à ce moment le Français ne pouvait plus virer. Il se trouvait droit sous le vent de la *Surprise*, à peine à plus de deux milles, faisant route au sud vers la lointaine côte barbaresque, à toute allure.

Les deux adversaires s'installèrent désormais dans une chasse classique, chacun des capitaines utilisant le moindre tour de main maritime, la plus subtile modification de réglage ou de barre pour accélérer. Le corsaire disposait du léger avantage de pouvoir choisir son allure favorite, avec la brise trois quarts en arrière du travers, alors que la *Surprise* le préférait par la hanche ; mais la frégate avait un équipage capable de sortir ou rentrer des voiles un peu plus vite ; elle fonçait donc ainsi sur la mer brillamment éclairée par la lune, à douze et même treize nœuds, projetant largement l'eau blanche, dans une brume d'embruns, avec un équipage intensément éveillé. Le corsaire jeta son eau douce par-dessus bord ; puis vinrent ses canots, l'un après l'autre ; ses ancres de bossoir ; et enfin ses canons. Comme la brise mollissait légèrement il commença à prendre un peu d'avance, gagnant un quart de mille entre deux heures et trois heures du matin. La *Surprise* réduisit l'écart en pompant vingt tonnes d'eau douce et en alignant tous les hommes disponibles le long de la lisse au vent pour rendre le navire un peu plus raide ; et quand le vent força de nouveau, de sorte que la chasse ne pouvait plus conserver ses bonnettes — elles s'en allèrent avant qu'on ait eu le temps de les rentrer — alors que la frégate le pouvait encore, l'avance du corsaire se mit à diminuer peu à peu. Aux premières lueurs du jour, la *Surprise* était à portée de mousquet mais le Français continuait à courir, espérant contre toute probabilité que la frégate perde un espar. À bord de la *Surprise,* on estimait en général qu'il exagérait quelque peu ; que ce n'était qu'obstination et vantardise ; et qu'il fallait le mettre à la raison, avec un tour mort, sans quoi les feux de la cuisine ne pourraient jamais être allumés et le petit déjeuner serait en retard. Jack surprit bien des regards significatifs, bien des sourcils levés et des mouvements de tête inquisiteurs vers les pièces de chasse, dégagées depuis longtemps et dont Mr Borell renouvelait avec ostentation l'amorce. En réponse à une remarque, Mowett lui dit :

— Monsieur, je m'inquiète pour les ponts. C'est le jour d'une remise en état complète de l'avant à l'arrière et si ce bonhomme...

Une masse d'eau verte projetée vers l'arrière à hauteur de tête lui coupa la parole, mais Jack savait fort bien ce qu'il lui aurait dit. Se protégeant les yeux des embruns et tenant d'une main ferme un galhauban raide comme une barre de fer tandis que la frégate se cabrait dans la mer, il regarda à travers les vagues le corsaire en fuite, belle vision avec le moindre pouce carré de toile établi et l'écume si épaisse tout autour de la coque qu'elle était noyée dans une brume.

— Très bien, dit-il, nous allons lui donner un coup de canon. (Élevant la voix :) Mr Borell, un coup de semonce pour lui indiquer que nous sommes pressés, s'il vous plaît. De semonce, mais pas trop loin.

— De semonce mais pas trop loin, bien monsieur, répondit le canonnier.

Et après une pause consacrée au calcul et remplie d'une attente agréable, Long Tom Turk cracha son boulet avec son habituel aboiement bourru et décidé. Un trou apparut dans chacun des huniers de la chasse, du côté tribord ; le petit hunier déjà tendu à craquer se déchira aussitôt ; le corsaire rentra dans le vent et amena ses couleurs. Le cuisinier de la *Surprise* et ses aides se hâtèrent vers la cuisine en grommelant.

Ce coup de canon solitaire fut tout ce que Stephen

sut de la chasse, et même ce bruit, le navire n'ayant pas battu le branle-bas, fut attribué par lui à quelque caprice nautique, peut-être un salut, et il se rendormit ; de sorte que lorsqu'il monta enfin sur le pont, de mauvaise humeur parce qu'il avait dormi trop longtemps — aucun bruit habituel de pierres à briquer pour le réveiller, pas de hurlements, pas de cris, pas de battement rythmé des pompes —, il fut absolument stupéfait de trouver la frégate en panne, avec un autre navire sous son vent et des canots allant de l'un à l'autre. Il ne répondit pas aux bonjours mais resta là, les yeux plissés, et s'écria au bout d'un moment :

— Ce n'est pas la *Dryad.* Il a trois mâts.

— Impossible de rien cacher au docteur, dit Jack qui, se retournant vers lui, poursuivit : Toutes mes félicitations de cette prise ; nous l'avons capturée dans la nuit.

— Le petit déjeuner est honteusement en retard, dit Stephen.

— Venez boire une tasse avec moi, dit Jack, et je vous raconterai la chasse.

Ce qu'il fit, longuement et de manière un peu fastidieuse ; avec le café, la civilité était revenue à Stephen qui l'écouta avec toutes les apparences de l'attention. Mais quand Jack ajouta : « J'ai rarement vu un navire aussi rapide, au portant : elle sera certainement rachetée par le service. Rowan la ramènera dès que nous aurons envergué un nouveau petit hunier », il reprit tout à fait vie et demanda :

— Y a-t-il la moindre possibilité qu'il atteigne Malte avant nous ?

— Oh non, dit Jack, absolument pas, à moins que nous ne fassions la rencontre d'un ennemi ou que nous poursuivions une autre prise éventuelle.

Stephen hésita puis dit à voix basse :

— Il est d'une grande importance que la nouvelle de l'évasion de Fielding ne soit pas connue à La Valette avant que j'y parvienne.

— Je vois, dit Jack, assez froidement. Eh bien, je peux y veiller.

— Et la *Dryad* ?

— Je ne pense vraiment pas que vous ayez à vous en inquiéter. Elle a perdu son mât de grand hunier et son bâton de foc et, avec le vent tel qu'il est, je doute qu'elle ait pris beaucoup d'avance. De plus, notre course de cette nuit n'était pas vraiment hors de la route normale : tout juste sud-est au lieu de sud-sud-ouest. Nous ne risquons guère de la voir avant d'avoir passé au port au moins deux jours.

Stephen considérait son ami comme infaillible pour tout ce qui concernait les navires et la mer, et bien que la *Surprise* eût à subir des vents contraires, il garda l'esprit tranquille jusqu'à leur entrée, tard dans l'après-midi d'un dimanche oppressant, orageux, dans le Grand Port, un port particulièrement pauvre en vaisseaux de guerre. Il remarqua avec une inquiétude réelle l'absence du navire amiral du commandant en chef ; et deux minutes plus tard, avec un choc qui lui coupa le souffle, il vit la *Dryad* au mouillage. Elle était environnée de bateaux de provisions, de dghajsas, et sous ses yeux l'un de ses cotres, remplis de permissionnaires en tenue de terre, s'écarta de son flanc. Les Dryads acclamèrent la vision de la prise — cette prise dont ils auraient leur part — et les Surprises acclamèrent en réponse ; et quand la *Surprise* se glissa vers la jetée Thompson où elle devait décharger ses prisonniers, il y eut quantité d'échanges de bons mots à propos de l'aspect actuel du sloop et de la lenteur du retour de la frégate. Stephen jeta autour de lui un regard anxieux à la recherche de Jack mais le signal appelant le capitaine de la *Surprise* était apparu quelques minutes après qu'il eut hissé son numéro et il était en bas, en train de se changer.

— Mr Mowett, dit-il à travers cet aimable vacarme, appelez, s'il vous plaît, et demandez depuis combien de temps ils sont là.

Depuis vendredi soir. Cela donnait toute la journée du samedi et la plus grande partie du dimanche pour que les officiers, au moins, débarquent. Sans s'excuser le moins du monde, Stephen entra en trombe dans la chambre où Jack enfilait sa meilleure paire de culottes blanches et lui dit :

— Ecoutez-moi, je dois aller immédiatement à La Valette, pouvez-vous m'emmener ?

Jack, avec un coup d'œil sévère, répondit :

— Vous connaissez les règles du service : pas de permission avant que le capitaine ait fait son rapport. S'agit-il d'une exception que vous puissiez invoquer à juste titre ?

— C'en est une, sur mon honneur.

— Très bien, dans ce cas. Mais je dois vous dire qu'avec un tel signal il est très probable que nous serons renvoyés en mer dès que nous aurons fait aiguade.

— Certainement, dit Stephen d'une voix absente.

Il se précipita vers sa cabine pour y chercher un pistolet et, dans son coffre de médecin, un couteau de chirurgie lourd et bref.

Le débarcadère Nix Mangiare dans le crépuscule montant ; Stephen sauta du canot. Il se précipita le plus vite possible à travers la foule lente vers le palais, vers les quartiers de Wray au palais. Mais la nouvelle que Wray se trouvait en Sicile réduisit à néant tous ses plans et toutes ses idées — les détruisit entièrement, de sorte que sur le coup il ne sut plus que faire. C'était une situation extrêmement dangereuse, délicate, et il ne savait à qui se fier. Les paroles de Wray quant à ses soupçons lui revenaient en mémoire : ce *navium duces* pouvait s'appliquer à n'importe quel personnage haut placé. Il progressait contre la marée humaine remplissant la Strada Reale en direction de Floriana quand Babbington, Pullings et Martin, tous un peu éméchés, lui barrèrent la route sous un lampadaire doré et lui dirent que la pluie allait venir — des grains, des coups de vent — et qu'il devait rester avec eux — ils s'en iraient chez Bonelli et feraient la fête toute la nuit, chantant jusqu'à l'aube. Son regard froid et reptilien les pétrifia ; leur jovialité mourut ; ils le laissèrent passer.

Comme il tournait dans la rue de Laura, l'éclair si longtemps attendu déchira le ciel, instantanément suivi par un coup de tonnerre absolument énorme, comme si le firmament lui-même s'était fendu, et quelques instants plus tard par une tempête d'énormes grêlons qui rebondissaient jusqu'à hauteur de taille. Avec une foule d'autres personnes il se réfugia sous la porte extérieure dc Laura : bien qu'à peu près certain que la surveillance avait été levée, il était heureux de cette bousculade, de cette cohue, de cette obscurité qui auraient rendu tout à fait vaine la vigilance la plus étroite. Un déluge de pluie suivit la grêle, faisant fondre l'épaisse couche blanche et envahissant les ruisseaux d'un grondement continuel. Elle s'arrêta tout à coup et au bout d'un moment les gens s'en allèrent, levant haut les pieds pour éviter les flaques ; mais des nuages bas couraient encore sur la lune, les éclairs scintillaient au-dessus de Senglea et ce n'était certainement pas terminé.

Stephen pénétra dans le passage. Pour quelque raison obscure il avait la conviction que Laura Fielding n'y était pas, et quand il parvint à la porte, elle était effectivement fermée ; en frappant il ne déclencha d'ailleurs pas les aboiements et les reniflements habituels. C'était une porte dont la serrure se fermait d'elle-même, et Laura s'était enfermée dehors si souvent qu'elle gardait une clé cachée dans un interstice entre deux pierres : Stephen laissa courir ses doigts sur le mur pour la trouver et entra.

La cour était emplie de l'odeur de la pluie d'orage, de la terre mouillée, des feuilles de citronnier meurtries par la grêle : au-delà des arches il entendait l'eau couler encore dans la citerne. Contre le mur à droite, le pavage avait été ôté et un bref rayon de lune lui montra un monticule surélevé, sans doute une nouvelle platebande, quoique assez haute : il y avait des fleurs dessus, à présent écrasées par l'orage. Pour le reste, tout était comme d'habitude. Très haut sous le porche la petite lampe brûlait toujours devant la niche de saint Elme ; ni la pluie ni la grêle ne l'avaient touchée ; la porte de la maison, comme d'habitude, n'était pas verrouillée ; et dans la chambre de Laura une autre lampe, bleue cette fois, brillait entre le portrait de Charles Fielding et Notre-Dame de Consolation. L'endroit était net, bien rangé et totalement habité, comme si elle n'était partie que depuis une heure à peine : il y avait à côté de la lampe un vase de fragiles hélianthèmes dont pas un pétale n'était tombé. Il s'assit avec un sentiment de soulagement si fort que pendant un moment le relâchement de la tension le laissa tout faible.

Il n'alluma pas de lumière, en partie parce que le briquet à amadou de Laura était notoirement inefficace, en partie parce qu'une fois ses yeux accoutumés à la faible lueur bleue il y voyait assez bien. De là où il était assis, il distinguait sans difficulté le portrait et il examina un instant cet homme redoutable, malheureux, passionné. « Laura seule pourra se charger de lui », pensa-t-il, au moment où toute une série d'éclairs, accompagnés par un long et terrifiant coup de tonnerre, comme si toute la flotte de Méditerranée saluait, semblaient faire jaillir Fielding de son cadre. La pluie reprit ; il s'approcha de la fenêtre du salon, observant sa chute à la lumière intermittente des éclairs : le nouveau monticule se désintégrait sous l'averse, la terre et les fleurs ravagées glissaient vers la porte. « Cela ressemble beaucoup à une tombe », observa-t-il, en retournant s'asseoir au piano de Laura. Ses doigts errèrent sur le clavier, jouant tout seuls. Déterminer les mesures à prendre ne servait à rien tant qu'il n'avait pas vu Laura et appris comment la situation se présentait ; pourtant, son esprit parcourut toute la gamme des possibilités diverses, à maintes reprises, jusqu'à ce qu'au cours d'une pause dans la pluie, il entende la petite cloche fêlée des Franciscains, quelque part dans le fouillis aveugle des toits, au-delà de la cour, sonner complies.

Mécaniquement d'abord, puis avec une intention réelle, il récita la prière pour la protection pendant l'obscurité de la nuit ; puis il commença à jouer une version rudimentaire du Premier Psaume dans le mode dorien. Mais cela n'allait pas très bien, et de toute manière le piano n'est pas l'instrument du plain-chant. Il retomba dans le silence et resta là un long moment, le corps tout détendu. La pluie tombait toujours, parfois violente, parfois simplement régulière, mais à présent la citerne était pleine à ras bord et ne faisait plus de bruit. Le seul son traversant la cour solitaire et silencieuse était la chute des gouttes ; pendant une période particulièrement calme, un étrange grattement métallique à la porte extérieure lui frappa l'oreille : en regardant par la fenêtre il vit briller une lumière sous le linteau. Le bruit encore, répété trois fois, très discret, mais peu courant et qu'il avait déjà entendu : quelqu'un crochetait la serrure. On ne forçait pas la porte au pied-de-biche, on crochetait la serrure.

Il attendit qu'elle soit ouverte — ouverte avec soin, lentement, sans aucun des craquements habituels — et avant qu'ils n'aient étouffé leur lanterne sourde, il aperçut deux hommes, un grand, un petit. Ils firent une pause d'un instant avant de traverser en courant, sur la pointe des pieds, la pluie et la cour inondée, et Stephen s'enfonça silencieusement dans la maison jusqu'au large banc dans l'embrasure de la fenêtre de la chambre de Laura. Les rideaux non tirés pendaient de chaque côté ; ils ne couvraient pas une très grande surface mais, à en croire son expérience, on ne soupçonnait que rarement une telle cachette.

Après une approche silencieuse ils entrèrent dans la chambre, éclairant çà et là.

— Elle n'est pas encore rentrée, dit l'un d'eux en français, le rayon de sa lanterne sur le dessus-de-lit intact.

— Va voir dans la cuisine, dit l'autre.

— Non. Elle n'est pas encore rentrée, dit le premier en revenant. Mais la réception devrait être terminée depuis des heures.

— C'est la pluie qui la retarde.

— Faut-il l'attendre ?

Le plus petit des deux hommes, assis sur le sofa, ôta complètement le cache de sa lanterne, la posa sur la table basse en cuivre et regarda sa montre :

— Nous ne pouvons nous permettre de rater Andreotti, dit-il. Si elle n'est pas revenue à l'heure où il atteindra Saint-James, il faudra envoyer une paire d'hommes de confiance. Vers les trois ou quatre heures du matin, quand on sera sûr qu'elle est là. Elle ne peut pas rester toute la nuit chez le Commendatore, bon Dieu.

Dans la lumière renforcée, Stephen reconnut Lesueur d'après les descriptions de Graham et de Laura : un homme dur. Puis, avec un choc particulièrement violent, il reconnut le compagnon de Lesueur : Boulay, un civil assez haut placé dans le personnel administratif de Sir Hildebrand. Il abandonna l'idée de s'assurer de Lesueur avec son pistolet et de l'autre avec son couteau : Boulay avait beaucoup trop de valeur pour qu'il l'élimine sans plus de manières. À moins que les choses ne tournent mal, il fallait le préserver.

— Beppo et l'Arabe ? suggéra Boulay.

— Non, pas Beppo, dit Lesueur avec impatience. Il y prend beaucoup trop de plaisir. Comme je vous l'ai dit, je veux que ce soit fait rapidement. Proprement, pas d'histoires.

— Il y a Paolo : très sérieux, consciencieux et fort comme un bœuf. Il a été garçon boucher.

Lesueur ne répondit pas tout de suite, et Stephen sentit bien qu'il détestait tout cela.

— L'idéal, dit-il enfin, aurait été de la trouver endormie.

Puis, pendant un long moment, tous trois restèrent immobiles à écouter la pluie.

Une conversation décousue s'établit un moment entre Boulay et Lesueur, mais Stephen en apprit beaucoup moins qu'il n'avait espéré. Un certain Luigi détournait la plupart de l'argent envoyé à Palerme, et on suggéra différents plans pour le confondre ; mais ni l'un ni l'autre ne parlait avec beaucoup d'inquiétude ou de conviction et manifestement les neuf dixièmes de leur attention étaient fixés sur la porte extérieure dont ils attendaient l'ouverture. Stephen saisit tout de même que Boulay était des îles de la Manche, qu'il avait des parents à Fécamp ; que Lesueur souffrait d'hémorroïdes ; et qu'il y avait deux autres organisations françaises présentes à Malte, l'une coopérative, l'autre relativement hostile, ni l'une ni l'autre de grande importance. Il devint évident aussi que les deux hommes étaient venus directement de Città Vecchia sous le déluge, c'est pourquoi ils ne soupçonnaient nullement le retour de la frégate, et ignoraient totalement que Stephen pût être à La Valette.

La Valette à cette période était dans la position étrange d'avoir un bureau d'amiral commandant le port, mais pas d'amiral commandant le port. L'officier de marine le plus ancien, auquel Jack Aubrey faisait rapport, était un capitaine de vaisseau d'un certain âge dénommé Fellowes, officier guindé, compassé, qui avait servi la plus grande partie de son temps à terre. Ils se connaissaient à peine et la rencontre fut très formelle.

— Il est regrettable que la *Surprise* ne soit pas arrivée deux jours plus tôt, dit Fellowes, le commandant en chef (avec une inclinaison de tête révérente) a retardé son départ jusqu'au soir dans l'espoir de la voir. Toutefois, je suis chargé de vous remettre ces ordres, de répondre à toute question pouvant en surgir au mieux de mes capacités, et d'ajouter certaines instructions verbales. Peut-être serait-il préférable que vous les lisiez immédiatement.

— S'il vous plaît, monsieur, dit Jack, saisissant la feuille tendue. « *Au capitaine Jack Aubrey, frégate de Sa Majesté* Surprise. *Par Sir Francis Ives, K.B., vice-amiral de l'escadre rouge, etc. etc.*, lut-il. *Considérant que Mr Eliot, consul de Sa Majesté à Zambra, m'a représenté que Son Altesse le Dey de Mouaskar a présenté les exigences les plus extravagantes, injustes et inadmissibles au gouvernement de la Grande-Bretagne, mêlées à des expressions inamicales, et même à des menaces d'hostilité, s'il n'obtient pas les sommes d'argent qu'il prétend recevoir au début du mois suivant :*

« Vous êtes par les présentes requis et sommé de vous

présenter devant Zambra et de vous efforcer d'avoir une rencontre avec Mr le Consul Eliot, et de vous concerter quant à l'exécution des mesures appropriées que la situation peut exiger ; de procéder à obtenir une audience du Dey et expliquer avec fermeté le caractère déraisonnable de ses exigences et l'exposition de son commerce et de sa marine à l'annihilation, s'il est assez imprudent pour commettre le moindre acte d'hostilité contre les personnes ou les propriétés des sujets de Sa Majesté ; d'exposer les actes et les intrigues des agents français et des marchands juifs qui conduisent le commerce de Mouaskar et Zambra ; ou d'embarquer Mr le Consul Eliot, sa suite et ses bagages, ainsi que tous sujets britanniques et leurs biens qui pourraient souhaiter faire leur retraite.

« Lors de votre conférence avec le Dey il sera absolument nécessaire de garder votre sang-froid, même s'il manifeste la passion la plus violente et la plus indécente, mais de ne pas céder aux positions absurdes qu'il pourrait imposer ni d'admettre que les navires de Sa Majesté aient à une quelconque occasion commis une rupture de neutralité ; et, ayant constaté toutes remontrances inefficaces et si Son Altesse persiste dans ses exigences exorbitantes et exécute les menaces notifiées à Mr le Consul Eliot, en infligeant une insulte quelconque au drapeau de Sa Majesté ou par toute autre violation flagrante des traités subsistant entre les deux gouvernements, vous aurez à faire savoir à Son Altesse que dès l'instant où un tel acte d'hostilité serait commis sur son ordre, la guerre sera déclarée entre la Grande-Bretagne et Mouaskar, et que vous avez mes instructions pour punir l'injustice et la témérité de Son Altesse en saisissant, brûlant, coulant ou autrement détruisant tout navire battant les couleurs mouaskarines ; et de bloquer les ports de Son Altesse, et de couper court à tout commerce et navigation entre eux et les ports des autres nations ; et ayant accompli l'objet de votre mission, vous viendrez sans perdre de temps me faire rapport sur les événements à Gibraltar. »

— Avez-vous des questions ? demanda Fellowes.

— Je ne crois pas, monsieur, dit Jack, cela m'apparaît comme une mission tout à fait précise.

— Dans ce cas je dois vous dire que, pour l'aspect politique, vous prendrez l'avis du docteur Maturin et que pour votre trajet jusqu'à Zambra vous naviguerez de conserve avec le *Pollux*, portant l'amiral Harte. Il n'est pas envisagé que l'amiral prenne la moindre part aux négociations : en dehors de toute autre considération, un navire de ligne et un officier supérieur donneraient au dey et aux autres souverains locaux un sentiment exagéré de leur importance et conduiraient à des conséquences indésirables. Mais la connaissance de sa présence dans ces eaux peut avoir une influence favorable. De plus, il est probable que certains Français soient sortis de Toulon dans le récent coup de vent, et un soutien mutuel pourrait être nécessaire.

— L'amiral Harte est-il au courant du fait que seule la *Surprise* conduira les négociations ?

Leurs regards se croisèrent, chacun sachant que Harte avait la mauvaise réputation de vouloir toujours intervenir, et que sa fortune récemment héritée avait beaucoup augmenté sa conviction d'être le seul à savoir.

— Je crois, dit Fellowes, et, après une pause significative : Voici quelques notes sur la situation à Mouaskar établies par Mr Pocock pour l'information du docteur Maturin. Avez-vous le rapport sur l'état de votre navire ?

— Oui, monsieur, dit Jack, prenant les notes et lui passant le résumé qui faisait apparaître le nombre actuel des hommes à bord de la *Surprise*, son état de navigabilité et les quantités de poudre et de boulets, de vivres et de provisions de toutes sortes.

— Vous manquez d'eau, observa Fellowes.

— Oui, monsieur, dit Jack, nous avons dû vider toute la première couche de barils pour capturer notre prise. Mais si vous souhaitez que nous partions immédiatement, nous pourrons très bien faire aiguade à Zambra :

aucune difficulté — le point d'eau est parfaitement accessible.

— Ce serait peut-être la meilleure solution : *Pollux* doit appareiller très tôt demain matin. Vous connaissez Zambra, Aubrey ?

— Oh, Grand Dieu oui, monsieur, j'étais troisième lieutenant de l'*Eurotas* quand il s'est échoué sur les Frères, à l'intérieur de la baie. Il nous a fallu longtemps pour l'en tirer et nous avons dû attendre des vivres venant de Mahon, de sorte que lorsque les travaux étaient arrêtés, le maître et moi avons relevé le moindre pouce de la partie nord et une bonne partie du reste. L'aiguade est merveilleusement pratique, une source au pied d'une falaise sur le rivage même, à un jet de biscuit des canots.

— Parfait. Faisons donc comme cela. Je vois aussi que vous êtes un peu à court d'hommes : à la demande particulière de Sir Francis, j'ai récupéré un certain nombre des matelots qui avaient été pris à la *Surprise* pendant les réparations.

— Je vous en suis très obligé, monsieur, dit Jack, pour qui ce fait eût représenté une bénédiction inestimable si seulement son navire et son équipage n'avaient pas été destinés à la destruction sous quelques semaines.

— Pas du tout. Ils vont embarquer dans l'instant : vous êtes amarré à la jetée Thompson, bien entendu ? Juste ciel, ajouta-t-il d'une voix non officielle, comme une pluie toujours plus forte attaquait furieusement la fenêtre, quel déluge ! Vous resterez souper avec ma fille et moi, Aubrey ? Ce n'est pas une nuit à mettre un homme ou une bête dehors.

Enfin, enfin, Lesueur dit qu'ils ne pouvaient plus attendre.

— Il faudra que ce soit Paolo. Je le regrette, d'une certaine façon. Vous devez insister sur la rapidité — efficace, efficace et sans douleur, comme l'éclair.

Les portes se refermèrent derrière eux : Stephen désarma son pistolet et rangea son couteau. Quelques minutes plus tard, si peu de minutes qu'ils auraient presque pu se rencontrer dans la rue, Laura rentrait. Il entendit la porte émettre son grincement habituel, vit la lanterne briller sous le porche et elle-même remercier les gens qui l'avaient accompagnée, ct elle fut là, courant à travers la cour, un manteau sur la tête.

— Laura ! lança-t-il.

— Stephen ! s'exclama-t-elle, rejetant le manteau pour l'étreindre. Oh, comme je suis heureuse de vous voir ! La *Surprise* est-elle arrivée ? Je n'en savais rien... comment êtes-vous entré ? ah oui, la clé, bien sûr ! Et vous êtes resté assis dans le noir ? Venez, allumons et mangeons un œuf dur tous les deux.

— Où est Ponto ? demanda-t-il quand ils furent dans la cuisine. (Instantanément son visage passa du bonheur et de la surprise à la douleur et au chagrin.) Il est mort, dit-elle, et ses larmes surgirent. Il est mort tout à coup ce matin et le charbonnier m'a aidée à l'enterrer dans la cour.

— Où était Giovanna ?

— Elle a dû se rendre à Gozo. Elle était très étrange... effrayée.

— Écoutez-moi, ma chère. Votre mari s'est évadé de sa prison : il est hors de leurs pattes depuis près de trois mois déjà. Voilà pourquoi ses lettres étaient si décalées — falsifiées, bien sûr, vous voyez ? Il est à bord de la *Nymphe,* au large de Trieste, en ce moment même.

— Il n'est pas blessé ? Il va bien ?

— Tout à fait bien.

— Merci, mon Dieu, merci, mon Dieu, merci, mon Dieu. Mais pourquoi... ?

— Écoutez-moi, dit Stephen, écartant sa question d'un geste. La *Dryad* est arrivée de l'Adriatique avant nous : son évasion est connue. Les agents français savent que la nouvelle vous parviendra à tout moment et que dès lors ils n'auront plus aucune prise sur vous. Ils ont l'intention de vous mettre dans l'impossibilité de les trahir. Ils ont déjà tué votre chien et envoyé votre servante à Gozo. Ils étaient là ce soir et ils reviendront.

Avez-vous un ami avec une grande maison et beaucoup de serviteurs chez qui vous pourriez aller tout de suite ? Allons, ma chère, reprenez-vous. Le Commendatore ?

Elle s'était assise et le regardait à présent : elle comprenait à peine.

— Non, dit-elle enfin, il vit avec juste une vieille servante. Il est pauvre.

En fait, elle avait peu d'amis intimes à La Valette ; pas un seul à la porte duquel elle pût frapper à cette heure tardive de la nuit. Et Stephen ne disposait pas de refuge confidentiel à terre.

— Venez, ma chère, dit-il. Prenez quelques affaires pour la nuit et enveloppez-vous d'une faldetta. Nous devons nous rendre à bord très vite.

Dès qu'il entreprit de se frayer un chemin le long de la jetée Thompson, contre le vent et la pluie, cramponné d'une main à son chapeau et de l'autre à son manteau tout gonflé, le capitaine Aubrey remarqua que les fenêtres de poupe de la *Surprise* étaient éclairées : sans doute Killick profitait-il de son absence pour gratter ou polir à sa manière insensée, bien qu'il fût tard. La pluie redoubla et il franchit la passerelle en courant, se mit à l'abri et resta quelques instants à reprendre souffle et à secouer l'eau de son chapeau et de son manteau. Les lanternes lui montrèrent Mowett, Killick et Bonden, tous l'air étonnamment contents d'eux-mêmes, et un certain nombre de membres du quart de mouillage, tout souriants aussi.

— Le docteur est-il à bord ? demanda-t-il.

À son grand soulagement on lui répondit affirmativement. Mais il fut étonné quand Mowett ajouta :

— Il est dans votre grand-chambre, monsieur, avec une visite.

Il fut étonné, car en dépit de leur étroite amitié, Stephen ne pénétrait jamais dans la grand-chambre sans qu'on l'en prie, sauf lorsqu'il naviguait en tant qu'invité, ce qui n'était pas le cas. Il fut plus étonné encore, en ouvrant la porte de la grand-chambre, de voir Mrs Fielding assise dans son fauteuil. Le bas de sa personne évoquait un rat noyé et ses cheveux mouillés pendaient, mais son visage était absolument éclatant de bonheur. L'assassinat avait à tel point fait partie de son enfance et de sa jeunesse sicilienne qu'elle le comprenait beaucoup plus clairement que ne l'aurait fait une Anglaise et elle avait été terrifiée, totalement terrifiée, pendant les derniers instants passés dans le piège mortel et solitaire de sa maison et tout au long de leur trajet hésitant à travers la ville, trempés, molestés sous les portes par des soldats et des marins ivres, sans cesse persuadés d'entendre derrière eux des pas déterminés ; à présent elle était en sécurité, entourée par deux cents hommes affectueux, puissants, et si elle n'était pas sèche, du moins elle avait chaud ; à présent, surtout, elle avait le temps de se rendre compte qu'elle possédait à nouveau un mari, un homme qu'elle aimait passionnément malgré tous ses défauts, et dont elle craignait depuis deux mois qu'il ne fût mort. Stephen lui avait un peu parlé de l'état d'esprit fâcheux de Fielding ; mais elle connaissait bien Charles, elle ne doutait pas un instant de pouvoir résoudre la situation dès qu'ils se retrouveraient ; et pour l'instant tout ce dont elle avait besoin pour être à nouveau parfaitement heureuse, c'était de le revoir. Rien d'étonnant à ce que son éclat rivalisât avec celui de la lampe.

— Bonsoir, Jack, dit Stephen en se levant du bureau du capitaine où il écrivait. Vous me pardonnerez cette intrusion, mais comme j'amenais ici Mrs Fielding, elle a été absolument trempée et j'ai jugé la grand-chambre plus convenable que le carré. J'ai pris sur moi de lui promettre, en votre nom, de la conduire à Gibraltar.

Jack regarda son visage vanné, hagard, saisit le signal urgent dans son regard et, avec à peine une pause, répondit : « Vous avez fort bien fait. » Et s'inclinant devant Laura : « Nous serons ravis de vous avoir, madame. » Il éleva la voix en une version atténuée de son appel habituel pour Killick, puis ajouta :

— Transportez mes affaires dans la cabine de Mr Pullings. Mrs Fielding prendra ses quartiers ici : sortez-lui des serviettes propres et le savon parfumé ; Bonden raccrochera la bannette un pied plus bas. Portez les bagages dans le rouffle.

— Il n'y a pas de bagages, monsieur, murmura Killick derrière sa main. Rien qu'un petit sac.

— Eh bien, dans ce cas, dit Jack, jetant un regard discret à la petite mare qui s'était formée sous les pieds de Laura, chauffez et préparez une chemise de nuit propre en flanelle, des bas de laine et ma robe de chambre en laine — en laine, vous m'entendez ? — et la main dessus, la main dessus. Il faut vous changer sans tarder, madame, dit-il à Laura, sans quoi vous allez attraper la petite mort. Aimez-vous les toasts au fromage ?

— Beaucoup, monsieur, dit-elle avec un sourire.

— Toasts au fromage donc, Killick, et bière chaude : nous ne voulons pas que notre invitée meure entre nos bras. À présent, madame (avec un coup d'œil à sa montre), il vous faut enfiler des vêtements chauds et secs, quoique rudes ; et dans dix minutes nous aurons l'honneur de manger avec vous des toasts au fromage : ensuite vous irez tout droit au lit car nous appareillons à l'aube et vous n'aurez pas beaucoup le temps de dormir avant que le vacarme ne vous réveille.

Un vaisseau de guerre où l'on ne peut se retirer dans la grand-chambre du capitaine n'est pas un lieu pour la confidence, bon nombre de cloisons étant de bois mince ou même de toile ; pourtant, dans la petite cabine de Pullings (que personne n'avait occupée depuis sa promotion), Jack dit :

— Stephen, cette affaire est-elle gréée bien carré ?

— Carré comme Pythagore, mon frère, et je vous suis très obligé de la manière élégante dont vous avez accueilli notre invitée.

— Comment avez-vous su que nous partions pour Gibraltar ?

— Comme la fille du capitaine du port le savait, la

nouvelle s'était répandue chez toutes ses connaissances féminines dans l'île, Laura comprise.

— Monsieur, dit Killick entré en hâte et s'adressant à Stephen, est-ce que je peux sortir l'objet doré pour la dame ?

— Faites, Killick, dit Stephen. Bien sûr, il faut un peu mieux qu'un miroir pour se raser.

L'objet en question était un nécessaire de toilette d'une extravagante ingéniosité que l'on pouvait aussi utiliser comme lutrin, lavabo, table de backgammon et bien d'autres choses. C'était un présent de Diana à Stephen, habituellement rangé dans un étui de toile à voile cirée, car beaucoup trop coûteux et délicat pour l'usage ordinaire à bord.

— Grand Dieu, Stephen, dit Jack soudain frappé par le souvenir de sa fougueuse cousine, ce serait le diable à payer et pas une goutte de brai pour expliquer tout cela à Diana.

— Pensez-vous que mes motifs puissent être soupçonnés ?

— Je suis mortellement certain qu'ils seraient soupçonnés, même si vous parliez avec la voix des anges. Réfléchissez, Stephen : vous amenez à bord la plus jolie femme de Malte, en plein milieu du quart de minuit — une personne que l'on a vue quitter votre chambre chez Searle la nuit où les voleurs...

— S'il vous plaît, Votre Honneur, dit un mousse tout excité et les yeux écarquillés, Killick dit que c'est prêt.

Ce n'est qu'au petit déjeuner le lendemain que Stephen constata à quel point Jack avait évalué avec justesse l'opinion du navire. Il était dans cet état d'esprit particulièrement lucide qui découle d'une grande tension et du manque de sommeil — il avait passé ce qui restait de la nuit à rédiger à l'intention de Wray et de Sir Francis des comptes rendus de la situation étudiés avec soin et particulièrement secrets, tous deux dans les codes appropriés, et tous deux envoyés avec leur double au bureau de l'amiral commandant le port pour la transmission la plus urgente possible, avant que la *Surprise* ne quitte son amarrage. Il avait longuement hésité à propos du gouverneur. Mais, ayant vu un homme de son personnel chez Laura, un homme qui pourrait fort bien ouvrir la lettre, il avait jugé préférable de ne rien lui dire. Wray devait de toute manière être revenu mercredi, même si la dépêche de Stephen ne voyageait pas assez vite pour le faire rentrer plus tôt ; et si la disparition de Laura risquait sans doute de provoquer une certaine inquiétude parmi les Français, il aurait probablement encore la possibilité de donner un bon coup de balai. Elle n'était en aucun cas la première jeune femme à s'enfuir avec un amant à l'approche de son mari, et l'inquiétude ne déboucherait pas sur des mesures drastiques.

Il observa donc ses compagnons au petit déjeuner. Une certaine contrainte pouvait être attribuée à la présence de leur capitaine, inhabituelle à cette heure du jour ; mais un malaise très réel persista après son départ. Stephen y détecta de l'embarras, quelque admiration ou plutôt une nouvelle sorte de respect et, de la part de Gill en tout cas, un certain degré de désapprobation morale ; tout en buvant son café il soupira de n'avoir rien mérité de tout cela.

Après un coup d'œil rapide à son infirmerie heureusement vide, tandis que l'infirmier jouait de la cloche sur le pont pour ceux qui se sentaient pâles ou malades, et jouait en vain, Stephen se retira avec une fiole de teinture de laudanum et les notes de Pocock sur le dey de Mouaskar. De celles-ci il apprit que le dey était le souverain d'un État petit mais assez puissant, théoriquement sujet du sultan de Turquie mais en fait aussi indépendant qu'Alger ou même plus ; et bien que Mouaskar fût la capitale traditionnelle, la principale résidence du dey était à Zambra, le port par où transitait tout le commerce du pays ; que les agents français étaient très actifs... d'une activité inhabituelle... d'un succès inhabituel... sur ce, il s'endormit.

Laura et lui dormirent toute la journée, malgré les différents dîners servis à bord et malgré le bruit du vent, de la mer et des manœuvres du navire ; et cela suscita certains commentaires égrillards de l'avant à l'arrière. Stephen dormit plus longtemps qu'elle, mais quand enfin il surgit sur le pont, il découvrit qu'il arrivait à temps pour une soirée si parfaite qu'elle semblait justifier tous les mauvais temps ; écoutes à peine bordées et sous voilure aisée, la *Surprise* glissait dans la mer. Et quelle mer, douce, irréelle, illimitée, d'une infinité de teintes subtiles et nacrées confondues, avec par là-dessus un vaste ciel pur. C'était l'une de ces journées où l'horizon n'existe pas ; impossible de dire à quel endroit dans cette brume perlée la mer rencontrait le ciel, et cela augmentait le sentiment d'immensité. La brise, juste en arrière du travers, chantonnait doucement dans le gréement, l'eau glissait le long des flancs du navire avec un aimable clapotis, le tout composant une sorte de silence marin. Mais cette impression d'éloignement total, d'isolation, changea quand il regarda vers l'avant : à deux encablures se trouvait le *Pollu*x, un vieux vaisseau de soixante-quatre canons, usé, fatigué, l'un des derniers de sa classe ; tout usé et fatigué qu'il fût, c'était pourtant une noble vision sous ses hautes pyramides de voilures, ses vergues exactement croisées, sa vaste enseigne flottant sous le vent, et toute la géométrie complexe des courbes et des lignes droites éclairées par le soleil bas sur son avant tribord.

— Monsieur, dit Calamy à son côté, Mrs Fielding souhaite vous montrer Vénus.

— Vénus, vraiment ? dit Stephen.

Et, à sa surprise, il vit que non seulement Calamy portait sa chemise à jabot, mais qu'il s'était lavé la figure, cérémonie généralement réservée aux invitations à dîner ou aux dimanches où l'on gréait la chapelle. D'ailleurs, en gagnant l'arrière où Mrs Fielding était assise dans le fauteuil de Jack tout près du couronnement, il constata que la plupart des officiers portaient leur habit d'uniforme, qu'ils étaient tous rasés et tous présents.

— Venez voir, s'exclama-t-elle en agitant la plus

petite lunette de Jack. Elle est juste à gauche de la grand-vergue. Une étoile en plein jour ! Saviez-vous qu'elle ressemble à un croissant de lune, mais petit, si petit ?

— Je connais peu de choses sur Vénus, dit Stephen, sauf qu'il s'agit d'une planète inférieure.

— Oh, fi, s'écria-t-elle.

Le commis, l'officier d'infanterie de marine et Jack firent nombre de remarques galantes et parfois même spirituelles. Mowett et Rowan, toutefois, dont on aurait pu s'attendre qu'ils brillent d'un éclat particulier, restèrent muets, souriants, le regard lointain, et gloussant tout bas, jusqu'à ce que le quartier-maître à la gouverne lance à la sentinelle, d'une voix forte et officielle : « À tourner l'ampoulette et piquer la cloche. »

Ces paroles et le double coup bien net rappelèrent Mowett à son devoir et il dit :

— Pour la retraite, monsieur, souhaitez-vous que l'on fasse un branle-bas complet aujourd'hui ?

Chaque soir de sa vie sous le commandement du capitaine Aubrey, la *Surprise* avait fait le branle-bas, au sens complet du terme, comme si elle allait vraiment au combat, toutes les cloisons de ses cabines disparues, les grands canons en batterie, et tous les effets du capitaine rangés dans la cale. Mais cela impliquerait nécessairement de troubler le fragile équilibre de Mrs Fielding ; après un instant de réflexion, Jack dit :

— Peut-être pour ce soir nous contenterons-nous de sortir et rentrer les canons avant ; ensuite, si *Pollux* arise ses huniers ou change ses perroquets, nous pourrons en faire autant.

En fait, la *Surprise* ne fit pas une seule fois le branle-bas au cours des six jours de son trajet vers Zambra, six jours de la plus agréable navigation que Jack ait jamais connue. Sans la présence du vieux et lourd *Pollux* elle aurait accompli le trajet en deux jours de moins peut-être, et tout le monde à bord l'aurait amèrement regretté. Ces six jours, sous de douces brises tièdes et paisibles, sur une mer aimable et (leur vitesse étant réglée sur celle du *Pollux*) sans la moindre trace de ce sentiment d'urgence épuisant qui gâche tant de voyages maritimes — ces six jours auraient pu être extraits du temps ordinaire, ne pas appartenir au calendrier courant : ce n'était pas exactement des vacances car il y avait beaucoup à faire ; mais pour une fois les Surprises avaient une minute et même un bon nombre de minutes à perdre ; quoique cela ne fût pas le seul élément, et de loin, ni même le principal.

Ils consacrèrent certaines de ces minutes à l'ornement de leur personne. Williamson, surpassant Calamy, se lava la plus grande partie du cou en plus du visage et des mains, geste impressionnant car ils ne possédaient à eux deux qu'une seule cuvette d'étain de neuf pouces et pratiquement pas d'eau douce ; et tous deux apparurent en chemise propre tous les jours. C'est d'ailleurs l'ensemble du gaillard d'arrière qui devint une vitrine exemplaire d'uniformes, comme celui du *Victory* quand Saint-Vincent le commandait — les pantalons de toile, les jaquettes rondes et les chapeaux de paille courants à coiffe basse et bord large pour protéger du soleil laissant place aux culottes, ou du moins aux pantalons bleus, aux bottes et à des habits bleus corrects avec chapeau réglementaire, tandis que les matelots d'avant endossaient fréquemment les gilets rouges réservés au dimanche et de splendides mouchoirs de cou levantins. Jurons profanes, blasphèmes et imprécations (interdits de toute manière par le second article du Code de justice navale) furent abandonnés ou modifiés et l'on s'amusa beaucoup d'entendre le bosco s'écrier « Oh toi... espèce de maladroit ! » quand un matelot nommé Faster Doudle, qui regardait Mrs Fielding à l'arrière, laissa tomber de la grand-hune un épissoir, manquant de peu transpercer le pied de Mr Hollar. Les punitions, c'est-à-dire le fouet, furent également abandonnées ; et si cela n'avait pas grande conséquence sur un navire qui voyait si rarement sortir le chat de son sac, le sentiment général de détente et d'indulgence aurait pu nuire grandement à la discipline de la *Surprise* si elle n'avait pas possédé un équipage exceptionnel. Elle avait toujours été un navire heureux ; à présent elle l'était plus encore ; et il apparut à Stephen qu'une jeune femme vraiment jolie, d'un excellent naturel mais tout à fait inaccessible, renouvelée à intervalles déterminés, avant que la familiarité ne pût s'installer, serait une addition très valable aux effectifs de n'importe quel vaisseau de guerre.

Presque tous les soirs, les hommes dansaient et chantaient sur le gaillard d'avant très tard dans le premier quart, tandis que, jusqu'à une heure beaucoup plus avancée de la nuit, Jack et Stephen jouaient dans la chambre ou sur le gaillard d'arrière, ou écoutaient avec les autres Mrs Fielding chanter, en s'accompagnant sur la mandoline de Honey.

Elle avait été très vite invitée à dîner au carré et quand on comprit qu'elle regrettait de ne rien avoir à se mettre, pas moins de trois de ces messieurs lui envoyèrent avec leurs compliments les plus respectueux des longueurs de la fameuse étoffe soyeuse et cramoisie de Santa Maura, où la *Surprise* s'était récemment rendue : des étoffes destinées initialement à leurs mères, sœurs ou épouses, et dont elle se fit une robe fort seyante, Killick et le voilier cousant les ourlets pour qu'elle soit prête à temps. On la considéra avec une admiration forte et affectueuse, et bien qu'on crût en général qu'elle s'était enfuie avec le docteur, le peu de condamnation morale qui se manifestait à bord était dirigé vers lui plutôt que vers elle. Même Mr Gill, puritain, mélancolique et renfermé, répondit « Trois jours seulement, hélas, si cette brise tient » quand elle lui demanda combien de temps il leur faudrait pour atteindre le cap Raba, terme de la première partie de leur voyage.

Durant l'avant-dernier de ces jours, alors que les navires conservaient à peine assez d'erre pour gouverner, Jack fut invité à dîner à bord du *Pollux*. Il le déplora, les dîners à bord de son propre navire étant beaucoup plus agréables, mais il n'avait pratiquement pas le choix, et dix minutes avant l'heure, il descendit dans son grand canot, tiré à quatre épingles, des boucles d'argent de ses souliers au chelengk de son chapeau, son équipage superbement vêtu de toile bleu clair et blanc neigeux.

Il trouva aussi bien le capitaine Dawson, qu'il connaissait à peine, que l'amiral Harte, qu'il connaissait trop bien, en grande forme : Dawson était plein de remords de ne pas avoir invité Aubrey plus tôt mais son cuisinier avait été malade, « terrassé par un crabe perfide qu'il avait mangé juste avant de quitter La Valette. Il est remis à présent, je suis heureux de le dire : nous commencions à être vraiment las de la chère du carré ».

Il était remis, mais il avait célébré l'événement en s'enivrant et le repas suivit un cours étrange et chaotique, avec de longues pauses puis l'apparition de cinq plats tous ensemble, et des excentricités telles qu'une île flottante décorée d'une carotte crue.

— Je vous présente vraiment toutes mes excuses pour ce dîner, dit Dawson vers la fin.

— Vous le pouvez, assurément, monsieur, dit Harte. Ce fut un fort mauvais dîner, et abominablement mal servi. Trois canards pour un même plat ! Comment peut-on imaginer chose pareille !

— Voilà un porto d'une qualité exceptionnelle, dit Jack, je doute d'en avoir jamais bu de meilleur.

— Moi oui, dit Harte. Mon beau-fils, Andrew Wray, a racheté la cave de Lord Colville et il y avait dans un des casiers un porto devant lequel ceci semblerait tout juste bon pour les aspirants, une bouteille échappée de l'auberge Keppel's Head. Non que celui-ci ne soit très bon, très bon à sa façon.

Très bon ou pas, il en but une grande quantité ; et comme ils restaient là assis autour de la bouteille, il devint extrêmement curieux de la mission de Jack. Jack demeura évasif, vague, et aurait réussi à s'en tirer sans plus que le conseil de « donner un coup de pied au cul du dey — lorsqu'on a affaire à des étrangers, et plus encore avec des indigènes, il faut toujours leur donner du pied au cul », s'il n'avait pas eu le malheur de mentionner son aiguade. Harte la lui fit décrire avec beaucoup de précision à trois reprises et dit qu'il irait peut-être y jeter un coup d'œil : cette connaissance pouvait toujours se révéler utile. Jack l'en dissuada avec toute la fermeté possible et, dès qu'il le put, se leva pour prendre congé.

— Avant que vous ne partiez, Aubrey, dit Harte, je voudrais vous demander une faveur. (Il tira une petite bourse de cuir manifestement préparée à l'avance.) Quand vous irez à Zambra, veuillez, s'il vous plaît, racheter un ou deux esclaves chrétiens avec ceci. Des marins anglais de préférence, mais n'importe quel pauvre bougre fera l'affaire. Chaque fois que je touche la côte barbaresque je réussis habituellement à en récupérer une couple, trop vieux pour travailler ; et je les dépose à Gibraltar.

Jack, qui connaissait Harte depuis qu'il était lieutenant, ne l'avait jamais surpris à faire quelque chose de bien, et ce nouvel aspect du personnage ajouta à l'irréalité de ces derniers jours. Une irréalité exquise en dépit d'un fort sentiment de « dernière fois » et même de fatalité, se dit-il comme le canot le ramenait ; mais il ne trouvait pas le moyen d'en exprimer la nature par des mots. La musique s'en rapprocherait plus : il pourrait le définir plus exactement avec un violon sous le menton, le définir, du moins, à sa satisfaction. Le mouvement lent, ravissant mais menaçant, d'une partita qu'il jouait parfois lui courait dans la tête tandis qu'il regardait la *Surprise*. Elle lui était aussi familière qu'un navire peut l'être mais du fait de ses réflexions, ou par quelque artifice de la lumière, ou peut-être parce qu'il en était ainsi dans la réalité, sa nature aussi avait changé ; elle était un navire de rêve, un navire qu'il connaissait à peine, et elle suivait une route tracée depuis longtemps, droite, étroite, comme le fil d'un rasoir.

— Faites le tour, dit-il à Bonden.

Et l'observant à présent avec l'œil prosaïque d'un marin, il constata qu'elle naviguait parfaitement d'aplomb alors qu'il la préférait légèrement sur le cul.

Les quelque vingt tonnes qu'il ajouterait à l'aiguade y mettraient bientôt remède.

Ils aperçurent le cap Raba au petit matin, un matin sinistre d'ailleurs, avec un baromètre en baisse, un vent qui refusait vers l'ouest, des nuages bas et la pluie menaçante. Mais, qu'il plût ou non, Mowett, premier lieutenant zélé, avait décidé que la *Surprise* se ferait honneur à Zambra et les hommes se mirent à l'œuvre sous un parfait déluge d'eau de mer pour faire disparaître le dernier grain des cent livres de sable qu'ils venaient d'utiliser pour gratter les ponts ; ils entreprirent ensuite de sécher tout ce qu'ils venaient de mouiller et de polir tout ce qu'ils avaient terni. Un peu avant que cette cérémonie n'atteigne son point culminant, le capitaine apparut sur le pont pour la seconde fois, jeta un coup d'œil circulaire à la mer et au ciel et dit :

— Mr Honey, à *Pollux,* s'il vous plaît : *demande l'autorisation de m'éloigner*.

Wilkins, le quartier-maître des signaux, s'y attendait depuis quelque temps, de même que son collègue à bord de *Pollux,* et la demande et la réponse s'élevèrent avec une rapidité extraordinaire, en même temps qu'un ajout fort civil de la part de *Pollux* : *Bonne chance*.

La *Surprise* fit route vers la terre, et le vaisseau de ligne — car c'était son classement officiel, malgré sa faiblesse au regard des normes courantes — vira pour se mettre en place et circuler de long en large comme convenu, au cas où la frégate reviendrait avant le lendemain. Lentement la côte se précisa dans le sud, et Jack appela les jeunes messieurs comme il le faisait habituellement à l'approche d'un mouillage nouveau pour eux. À cette heure de la matinée et par ce temps, il était peu probable que l'on voie Mrs Fielding, et tout le monde était en vêtements de travail, mouillé et apparemment gelé pour la plupart. Williamson, particulièrement sordide dans une blouse en laine de Guernesey enduite de graisse, avait aidé le bosco à suiffer les chouquets des mâts de hune ; mais il avait dûment apporté le compas azimutal, car le capitaine Aubrey allait certainement leur demander de relever divers amers quand il les aurait expliqués.

— Là, par l'avant babord, dit-il avec un mouvement de tête vers un haut cap sombre dont les falaises abruptes tombaient droit dans la mer, c'est le cap Raba, et il vous faut le doubler de loin en raison du récif qui le prolonge d'un demi-mille. Et droit devant, à peu près à deux lieues dans l'ouest-sud-ouest, c'est Akroma. (Ils regardèrent attentivement le lointain promontoire, fort semblable au premier si ce n'est qu'une fortification le couronnait, tout en haut côté mer.) Derrière le cap Akroma, c'est la baie Jedid, assez ouverte mais avec un fond de bonne tenue par quinze brasses d'eau et une île habitée de lapins, qui coupe les vents d'ouest et de nord-ouest — refuge bien utile si le vent est très fort et que vous ne pouvez doubler Akroma. Mais ce n'est en aucun cas un mouillage aussi grand ou aussi bon que cette baie plus proche vers laquelle nous allons à présent, la baie de Zambra, entre Raba et Akroma.

La brise avait fraîchi avec le lever du soleil à peu près invisible, et la *Surprise*, que ne retenait plus la lenteur du vieux *Pollux*, filait nettement plus de huit nœuds avec le vent à deux quarts de l'arrière : le cap Raba passa rapidement en arrière et ils ouvrirent la baie de Zambra, noble plan d'eau, plus profond que large, golfe découpé de nombreux éperons et promontoires, orienté au sud et pénétrant d'à peu près dix ou douze milles dans les terres. La frégate amena le vent par le travers et courut plus vite encore vers le rivage ouest de la baie.

— Vous ne pouvez encore voir Zambra, dit Jack, la ville est nichée dans le coin sud-est. Mais vous pouvez voir les Frères. Descendez au sud, à deux milles de la pointe d'Akroma, jusqu'à ce que vous atteigniez un petit cap couronné d'un palmier. Un rien au-delà on aperçoit quatre rochers en ligne, séparés d'à peu près une encablure. Ce sont les Frères.

— Je les vois ! s'exclama Calamy.

Et Williamson ajouta :

— Ils sont exactement au sud-ouest par ouest.

— Vous les verriez mieux si la brise était forte de nord-est et si elle avait eu le temps de lever une mer vigoureuse. Il y a un récif entre eux, recouvert d'à peine deux brasses d'eau, et dans la houle de nord-est, il apparaît en blanc. Mais en général tout semble assez tranquille, comme ceci. Les Maures de ces régions n'en tiennent aucun compte, mais nous nous y sommes posés quand j'étais à bord de l'*Eurotas*, qui calait dix-huit pieds six à l'arrière. D'une manière générale, il est toujours sage de penser que l'eau est peu profonde entre des rochers posés en ligne comme ceux-ci. Mr Mowett, dit-il en s'interrompant, puisque nous avons si bien marché, il vaudra mieux faire aiguade avant d'aller jusqu'au port. Nous ne voulons pas y arriver trop tôt, et de toute manière je pense qu'il pleuvra dans la journée, donc nous allons nous en débarrasser. Le point d'aiguade se trouve sur la côte est, dans la crique derrière ces trois petites îles.

Cela dit, il se retourna pour regagner la grand-chambre mais, s'arrêtant avec la main déjà sur la poignée, il plongea vers le carré.

Il y trouva Stephen, l'air maussade et négligé — rien n'aurait pu persuader Jack de l'innocence de son ami en ce qui concernait Mrs Fielding mieux que cette barbe de trois jours, cette vieille perruque —, et qui lui dit :

— Si cette femme ne présente pas une invitation plus chrétienne d'ici deux minutes, je boirai ceci — montrant du doigt le café du carré, faible, insipide et à peine tiède. Elle nous a invités à boire du chocolat avec elle. Du chocolat, à cette heure de la matinée, sainte mère de Dieu. Honte à elle.

Killick entra, le visage encore paré de son aimable sourire de grand-chambre, et déclara :

— La dame dit qu'il y aura bien sûr du café si les messieurs le préfèrent.

Les messieurs le préféraient, bien sûr, et ils restèrent à boire tasse sur tasse, selon leur insupportable habitude, jusqu'à ce qu'un changement dans les mouvements du navire indiquât à Jack qu'ils approchaient de terre. Il monta sur le pont et guida la frégate derrière les îles vertes, jusqu'à la petite crique avec sa plage de sable où il mouilla tout juste une ancre de bossoir tant ils étaient bien abrités. Il descendit à terre avec le premier canot de barils vides et, pour la première fois de la matinée, se trouva au contact de ce sentiment d'un autre monde, comme parallèle, ce sentiment qui l'avait habité si fort depuis quelques jours. C'est la familiarité extraordinaire de l'aiguade qui l'avait rappelé. Il n'était pas venu ici depuis près de vingt années d'une activité incessante et pourtant il connaissait la moindre pierre de l'ancien chaperon tout usé et même le parfum précis de fraîcheur et de verdure quand il se pencha sur le bassin.

Mais embarquer vingt tonnes d'eau, baril après baril, exigea beaucoup d'attention et d'énergie : et comme c'était l'une des tâches que Jack n'entendait pas déléguer, ni lui ni personne n'eut le loisir de se perdre en introspection consciente, d'autant plus qu'une pluie légère s'établit bientôt par le nord-ouest, en rafales, rendant encore plus lente et plus difficile la manipulation des lourds barils glissants.

Depuis quelque temps déjà le *Pollux* se rapprochait de l'ouverture de la baie, comme chacun l'avait prévu ; maintenant, sous l'effet de sa regrettable tendance à dériver et de la curiosité de Harte, il se trouvait de fait à l'intérieur de la ligne joignant les deux caps : en panne sous le vent d'Akroma, il exerçait son équipage à guinder les mâts de perroquet. Techniquement, il était à l'intérieur de la baie, et il lui faudrait virer lof pour lof ou vent devant pour en sortir, mais il respectait encore tout juste sa promesse puisqu'il restait hors de vue de Zambra ; pourtant sa présence irritait les Surprises.

— Si Mr Fouineur continue comme cela, il leur faudra tirer deux bords, l'un sur l'autre, pour en sortir, dit Mowett à Rowan.

Tandis qu'ils parlaient, la forteresse en haut du cap Akroma tira un canon. Le son porté par le vent leur parvint clairement à travers la vaste étendue d'eau et tous les hommes qui n'étaient pas trop affairés levèrent

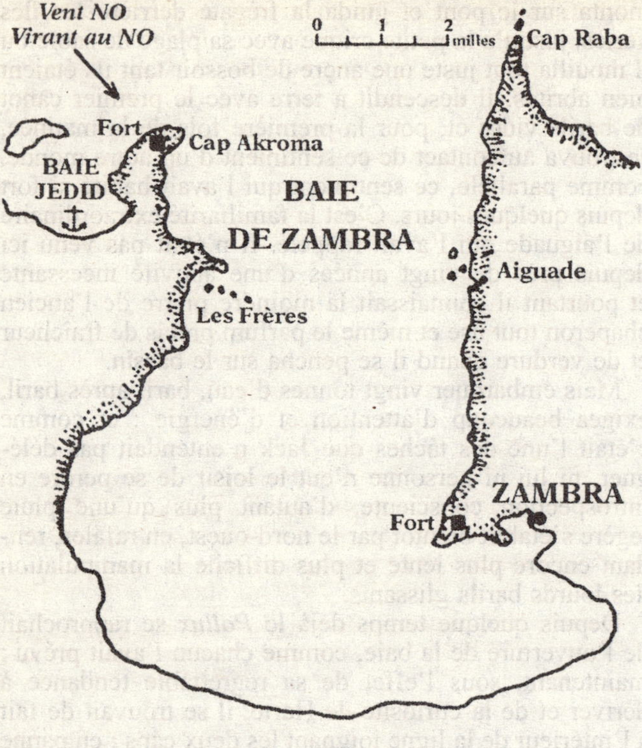

la tête. Mais il ne se passa rien ; et comme la chaloupe vint bord à bord avec un chargement de barils aussitôt après, ils ne tardèrent pas à baisser la tête.

Pourtant, cela parut étrange à Jack, le fort ne portant aucun drapeau, et il regardait encore le cap à la lunette quand un gros navire doubla la pointe venant de la baie Jedid. Un vaisseau de guerre, un deux-ponts, quatre-vingts canons, battant les couleurs turques et une cornette de commodore : il était suivi de près par deux frégates, l'une de trente-huit ou quarante canons, l'autre plus légère, peut-être de vingt-huit. Il eut à peine le temps de le voir et de constater que la grosse frégate doublait le commodore sur babord, puis les couleurs turques descendirent, remplacées par les françaises, et le deux-ponts tira de ses canons avant sur le *Pollux*. Le *Pollux* se mit vent arrière — ce qu'il y avait de vent sous l'abri du cap — mais en deux minutes le grand Français le rangea bord à bord, presque vergue à vergue, et commença à le bombarder de volées complètes, tandis que la grosse frégate passait sur le flanc inactif du commodore et se positionnait en travers de l'avant du *Pollux*. Avant même qu'elle entame son feu d'enfilade meurtrier, la *Surprise*, abandonnant chaloupe, ancre et câble, surgissait de sa crique, envoyant toute la toile en même temps qu'elle faisait le branle-bas.

Le *Pollux* était exactement au vent, et à moins qu'il ne pénètre dans la baie d'un ou deux milles, la *Surprise* aurait à virer deux fois pour l'atteindre, d'abord un peu avant les Frères, ensuite à la hauteur du fort d'Akroma. Neuf milles à couvrir, et bien peu de temps pour le faire. Mais la brise avait fraîchi ; la *Surprise* filait déjà dix nœuds ; le *Pollux* tirait à présent à un rythme frénétique et il disposait de caronades de trente-deux livres sur ses gaillards d'avant et d'arrière. Pour autant qu'on pût voir dans la fumée dense issue de la bataille, il avait encore tous ses mâts, et tiendrait peut-être jusqu'au moment où Jack pourrait s'approcher et soit le débarrasser du feu de la grosse frégate, soit prendre en enfilade la poupe du deux-ponts. La petite frégate française ne paraissait pas très active ; elle tournait dans les environs, tirant de temps à autre un boulet mais sans faire grand dommage, et ne semblait pas très pressée d'intervenir.

— Voile d'étai de grand perroquet, dit-il.

Quand l'écoute fut bordée, la *Surprise* gîta un peu plus loin ; son bossoir babord, ses porte-haubans babord étaient déjà couverts d'écume ; l'eau blanche courait sur toute la longueur de la lisse ; pourtant elle accélérait de minute en minute.

— Tenez bon, braves mâts, murmura-t-il, et tout haut : Foc en l'air.

Le pont s'inclina comme le toit d'une maison ; Jack resta là, solidement accroché du bras droit au hauban arrière d'artimon. Mowett était à ses côtés, et un aspirant pour les messages ; deux solides quartiers-maîtres, Devlin et Harper, à la barre, et le maître derrière eux, à la gouverne ; les servants des canons, à l'exception des régleurs de voiles, à leur poste avec officiers et aspirants ; l'infanterie de marine et les tireurs en place ; et tout ce monde observait obstinément le combat rugissant, serré, la fumée noire et les éclairs orange.

Le moment était presque venu de virer. Jack jeta un coup d'œil aux Frères à un demi-mille, et vit Stephen escalader laborieusement l'échelle de descente : le poste de combat du docteur Maturin était dans l'amphithéâtre mais il s'y rendait rarement avant que l'on ne commence à tirer.

— Comment va Mrs Fielding ? demanda Jack, très fort, par-dessus le bruit de l'eau.

— Très bien, je vous remercie. Vertu romaine. Fortitude.

— Attention ; tenez-vous à Davis. Nous allons virer.

Jack saisit le regard de Gill et hocha la tête.

— Paré à virer ! s'écria le maître.

Et dans un grand mouvement souple, la *Surprise* vira de bord, pivotant dans sa longueur comme un cotre.

Plus vite, toujours plus vite, babord amures ; à présent, des tourbillons de vent leur apportaient le remugle de la poudre ; Jack dit :

— On dira ce que l'on voudra de l'amiral, mais personne ne l'a jamais accusé de lâcheté. Grand Dieu, comme le *Pollux* se bat.

— Monsieur, dit Mowett la lunette à l'œil, sa misaine est partie.

Comme il parlait, un caprice du vent balaya la fumée et ils virent le *Pollux*, éclopé, incapable de laisser porter, mais tirant toujours avec une superbe régularité. Un instant plus tard, la grosse frégate, en réponse à un signal du deux-ponts, faisait porter et mettait cap au sud, suivie par l'autre, pour intercepter la *Surprise*.

— Docteur, dit Jack, il est temps pour vous de descendre. Tous mes compliments à Mrs Fielding, et je crois qu'elle serait mieux dans la cale. Veuillez lui montrer le chemin.

À présent que les frégates étaient sorties de la fumée, il les observa avec beaucoup d'attention. La plus proche, comme il le supposait, était un navire de trente-huit canons, très bien construit et rapide ; mais avec ses mille tonneaux, elle ne serait sans doute pas aussi agile que la *Surprise*. La seconde, comme la sienne, était une frégate de vingt-huit canons mais toute ressemblance s'arrêtait là — large, avec l'avant camus, elle était presque certainement d'origine hollandaise.

— La barre au vent d'un demi-quart, dit-il.

— La barre au vent d'un demi-quart, bien monsieur.

Quand il serait à portée, le premier des Français ferait une embardée pour envoyer à la *Surprise* une volée, et normalement la *Surprise* mettrait la barre au vent toute pour éviter le feu. Mais avec ce demi-quart à peine perceptible à sa disposition, il pourrait lofer un brin, et non seulement éviter la volée mais peut-être s'écarter avant que l'ennemi n'ait le temps d'en préparer une autre. Peut-être. Tout dépendait de ce qu'allait faire le second navire. Ce serait une affaire périlleuse que de passer les deux à la fois. Pourtant, il fallait le faire. Comme s'ils avaient deviné ses intentions, les deux ennemis changèrent de route, l'une des frégates un peu sur tribord, l'autre un peu sur babord pour le prendre entre elles.

Jack était excessivement tendu, excessivement vivant ; un petit fragment de son esprit se souvint cependant de ce que Stephen lui avait dit de la formule *A Dieu vat*, utilisée par les Français pour l'ordre du virement de bord : cela voulait aussi dire en langage ordinaire *c'est un risque à prendre, à la grâce de Dieu*. « C'est à peu près cela pour nous », se dit-il en regardant là-bas les deux-ponts qui se bombardaient encore avec une fureur terrible : sous ses yeux le banc de fumée s'ouvrit, éclata par le milieu d'où s'éleva un éclat énorme, un vaste jet de flammes parsemé d'objets noirs qui montaient, montaient, le tout couronné de fumée blanche. Le *Pollux* venait de sauter ; avant même que l'éclair immense ne soit éteint, le grondement de l'explosion de sa soute les atteignit, secouant la mer et les voiles. Le mât de misaine du commodore français était également passé par-dessus bord, mais l'explosion, la pluie d'espars et de vastes pièces de bois ne l'avaient pas coulé.

— Paré à virer de bord, dit Jack.

Puisqu'il n'avait plus le *Pollux* à aider, il devait faire de son mieux pour sauver la *Surprise* et ses hommes ; et tenter de se forcer un passage entre les deux frégates n'était certainement pas le meilleur moyen.

Il ne doutait pas le moins du monde qu'avec cette supériorité écrasante les Français n'aillent l'attaquer jusqu'à Zambra, et ce n'était pas pour gagner l'abri d'un port neutre qu'il faisait route au sud-sud-ouest, vers le cap surmonté d'un fort qui s'interposait entre la ville et lui, protégeant l'entrée du port.

Appuyé à la lisse, il ajusta sa lunette sur le deux-ponts français. De temps à autre des grains de pluie lui brouillaient la vue mais sa certitude qu'il était gravement endommagé ne faisait que croître. Les canots qui lui restaient étaient à l'eau, et construisaient avec des espars un radeau ou une sorte d'échafaudage ; ils avaient déjà porté des lignes à l'avant et à l'arrière. Aussi longtemps qu'il se tenait hors de portée de ses pièces de trente-deux encore utilisables, il n'avait sans doute pas grand-chose à craindre de celui-là. Quant aux frégates, c'était une autre affaire ; il réussirait sans doute à venir à bout de l'une et de l'autre séparément, quoiqu'il pût être difficile d'échapper à une frégate de trente-huit bien menée, placée au vent dans une baie confinée. Mais les deux à la fois...

Il les étudia avec l'attention la plus concentrée, avec un jugement de spécialiste parfaitement froid, impartial ; et il se convainquit de plus en plus que la grosse frégate, quoique navire élégant et bon marcheur, était menée de manière consciencieuse, raisonnable, mais sans plus — un capitaine, un équipage ayant vécu plus longtemps au port qu'en mer par tous les temps. Ils n'étaient pas chez eux sur ce navire ; un manque de coordination dans ses manœuvres, une lenteur, une certaine hésitation montraient qu'ils n'étaient pas habitués à travailler ensemble. Il lui apparut qu'ils n'avaient pas un grand sens de la mer. Mais cela ne voulait pas dire que leurs canons ne seraient pas fort bien servis, à la manière habituelle des Français, ni que le poids de métal de sa volée ne dépassait pas de très loin la sienne. Quant à la plus petite, elle avait un commandant plus habile mais elle était lente ; déjà très loin en arrière quand la *Surprise* parvint à la hauteur du fort. En arrière, mais au vent : c'était là le diable. Toutes deux avaient l'avantage du vent.

Il ne fut pas surpris que le fort ouvre un feu inefficace ; dès l'apparition de l'escadre française il avait été convaincu que le dey était leur allié. Mais cela lui donnerait une excuse plausible pour faire ce qu'il avait en tête.

Il s'écarta et repartit au près vers la rive ouest, poussant une fois de plus la *Surprise* aussi fort qu'elle voulait bien le supporter. Jamais il n'avait fait à ce point corps avec son navire. Dans la brise un peu plus légère au fond de la baie elle pouvait porter une quantité de toile prodigieuse ; il savait exactement combien, et il la lui donna ; elle se comportait comme un pur-sang, s'écartant largement du gros Français qui avait viré à peu près au même moment et suivait à présent une route parallèle, à deux milles sur la hanche tribord de la *Surprise*, tirant de temps à autre un boulet de sa pièce de chasse. La rive ouest s'approchait, où plusieurs bateaux de pêche posaient leurs filets : de plus en plus près à cette vitesse folle, et sans arrêt le cerveau de Jack travaillait sur les possibilités offertes, la force du vent, la dérive — suite de calculs régulière, à peine consciente.

Dans le silence, Jack lança : « Paré à virer. Et quand je donnerai l'ordre, sautez comme l'éclair. » Encore cent yards ; deux cents. « La barre dessous ! » cria-t-il.

Une fois de plus la frégate vira avec une grâce parfaite et fonça vers le nord, remontant la côte ouest en direction des Frères et du cap juste au-delà. C'est alors qu'apparut tout l'avantage du vent : en dépit du virement rapide de la *Surprise* et de sa vitesse plus grande, les Français avaient moins de distance à couvrir — ils étaient comme des chevaux de course à la corde, la *Surprise* courant loin à l'extérieur ; à moins qu'elle ne se mette à la côte, il semblait bien qu'ils allaient lui couper la route avant les Frères ou, passant entre les récifs, l'épingler contre le cap au-delà.

Un silence de mort régnait à bord, cependant que les quatre Frères et leurs trois passages s'approchaient très vite et que les deux navires français se précipitaient. Au cours de ce long bord bien droit, la plus grosse des frégates avait eu le temps d'envoyer beaucoup de toile, à présent elle courait aussi vite que la *Surprise* ou même plus ; et pour ne pas se ralentir, elle ne tirait plus. La grosse frégate faisait route vers le passage du milieu, ce qui la conduirait au bout du cap avant la *Surprise* : elle serait là, en panne, volée parée, quand la *Surprise* remonterait le long du promontoire. La frégate de vingt-huit suivait le sillage de la *Surprise* pour lui couper la route si, ayant franchi le premier des passages, elle essayait de revenir en arrière.

La grosse frégate était à présent à un demi-mille, par le travers tribord, et s'approchait très vite. Jack réduisit moins la toile que la vitesse, en choquant discrètement les écoutes, en lofant un peu trop. Les hommes étaient habitués à ses manœuvres, pourtant ils avaient un air très grave quand le Français parvint à leur hauteur puis les dépassa, cependant que le passage entre le premier et le second rocher se rapprochait encore et que derrière lui le mur du cap se profilait, très haut et menaçant dans la pluie. En passant, le Français leur lança une lointaine volée mais, au lieu de la rendre, Jack s'exclama « Paré à réduire la toile ! » et s'approcha pour prendre la barre.

Le Français fonçait toujours, jetant une superbe vague d'étrave, fonçait dans le passage milieu : et il s'échoua avec une force incroyable, tous ses mâts abattus d'un coup sur l'avant et sous le vent. Sa conserve aussitôt lofa et repartit très vite vers la rive est.

— Silence partout ! rugit Jack par-dessus les acclamations. Carguez, carguez, masquez le grand hunier.

Quand la *Surprise* eut suffisamment ralenti il la fit passer doucement, non par le premier passage, mais par une fente profonde entre le premier des Frères et la falaise elle-même, un passage si étroit que les vergues raclèrent des deux côtés.

— Brassez et changez derrière, dit-il.

Et la *Surprise*, reprenant de l'erre avec le vent par le travers, fit route vers la mer ouverte.

Quand elle se dégagea du cap derrière les Frères, un voile de pluie balaya la baie, venant du nord-nord-ouest, un voile gris, épais, qui noya les rives des deux côtés et calma l'exubérance sur le pont. Les hommes cessèrent de se taper l'un l'autre dans le dos, de se serrer la main, de crier « On l'a mis dedans, ce vieux salaud — on l'a bien eu — Dieu tout puissant, as-tu déjà vu un truc comme ça ? ». Pourtant, c'est avec des visages rougis, brillants, des yeux ardents qu'ils regardaient leur capitaine quand la pluie fut passée, laissant un ciel tout bleu au-dessus du cap Akroma.

Il était debout bien planté près du couronnement, jambes écartées, balayant de sa lunette la baie d'un bout à l'autre. Le premier éclat sauvage du triomphe s'était calmé mais ses yeux gardaient une belle flamme de piraterie tandis qu'il retournait les possibilités dans son esprit.

— Faites passer pour le docteur, dit-il au bout d'un moment. (Et quand le docteur arriva :) Ecoutez, voici la situation (avec un hochement de tête vers le mille et demi de mer grise agitée où le deux-ponts français restait immobile) : *Pollux* a coulé, sauté — coulé, évidemment — mais il avait d'abord joliment malmené le Français.

Il lui passa la lunette et Stephen aperçut la semi-épave, ses sabords milieu défoncés, son mât de misaine disparu, l'eau jaillissant de ses dalots.

— Et l'explosion a fait beaucoup de dégâts — quelques assemblages disjoints entre barrots et serres, je dirais. Il a des lignes de l'avant à l'arrière ; il est bas dans l'eau, très enfoncé de l'avant et je suis convaincu qu'il ne bougera pas aujourd'hui, quoi que nous fassions.

Stephen fit courir sa lunette sur les épaves noircies couvrant un demi-mille de mer.

— Cinq cents hommes, en une seconde, sainte Mère de Dieu.

— À présent, regardez les Frères, dit Jack après une brève pause. C'est leur grosse frégate, démâtée, posée sur le récif du passage milieu. Elle s'est échouée si dur, si loin qu'elle n'en sortira jamais. Cela ne vaut même pas la peine que nous allions la brûler.

— C'est son équipage qui débarque dans les canots, je suppose, dit Stephen.

— Exactement. Et à présent (le bras tendu) regardez au fond de la baie, sa pauvre petite conserve qui fuit à toutes jambes vers Zambra : un Hollandais, je suppose, enrôlé de force dans la marine française, et qui n'a aucune envie de verser son sang pour un tas d'étrangers. Vous avez la situation bien en tête ?

— Que sont tous ces bateaux là-bas ?

— Des pêcheurs, et d'autres, qui sortent pour piller tout ce qu'ils pourront trouver sur l'épave.

— Et ce... ce, cette unité là-bas avec deux mâts ?

— C'est notre chaloupe. Nous l'avons laissée quand nous avons filé le câble : Honey nous rejoindra avec l'ancre de bossoir et l'aussière.

— Dans ce cas, je pense que tout est clair.

— Parfait. Alors ayez la bonté de me donner votre opinion, votre opinion politique, à propos du plan suivant : nous courons vers Zambra sans perdre une minute, attaquons ce misérable harenguier hollandais et le fort qui nous a tiré dessus et, les ayant pris, nous envoyons dire au dey qu'à moins que son gouvernement ne présente instantanément des excuses pour l'insulte faite à notre drapeau, nous brûlerons tous les navires qui se trouvent dans son port. Cela réglé, nous pouvons rencontrer Mr le Consul Eliot. Pensez-vous que ce soit un bon projet ?

— Non, monsieur, je ne crois pas. Il est évident que le dey était complice de ce piège tendu avec soin et comme son fort a tiré sur la *Surprise* il considère manifestement que nous sommes déjà en état de guerre. D'après tout ce que je sais, c'est un homme particulièrement sanguinaire, colérique, et je pense qu'une attaque à ce stade, dans l'état d'excitation actuel, aurait certainement pour résultat la mort de Mr Eliot. Et avec un deux-ponts français dans la baie, nous manquons de temps pour des pourparlers, même s'il est obligé de rester au mouillage un certain temps. Ce plan m'apparaît malsain politiquement, non seulement pour ces raisons mais pour bien d'autres, et je vous prie de bien vouloir l'abandonner. Dans les circonstances présentes, aucun conseiller politique sain d'esprit ne pourrait vous conseiller autre chose que de vous éloigner avec la plus grande célérité et d'aller chercher d'autres instructions ainsi que des renforts.

— Je craignais bien que vous me disiez cela, dit Jack avec un regard de regret vers Zambra. Pourtant, il est souvent utile de rentrer le foin pendant que le fer est chaud, voyez-vous... Mais bien évidemment nous ne devons pas tuer Mr Eliot. Et ce serait pousser un peu loin mes ordres que de mettre la ville à sac. (Il fit un ou deux tours jusqu'au grand mât, revint, éleva la voix pour donner l'ordre de se rapprocher de la chaloupe, puis avec sa gaieté habituelle il ajouta :) Vous avez tout à fait raison : ce sera Gibraltar, avec la plus grande célérité. Et puisque la pluie a cessé, et que nous n'aurons pas de combat, nous devons tirer cette pauvre Mrs Fielding de la cale.

Ils s'étaient écartés de l'intimité du couronnement et Jack parlait d'une voix forte et assez générale pour ne pas être indécente, dans cette atmosphère particulière et spécialement amicale de détente après la tension extrême : Williamson s'écria : « Je vais aller la chercher, monsieur », et Calamy : « Je sais exactement où elle est, monsieur, s'il vous plaît, laissez-moi y aller. »

Elle parvint sur le pont juste au moment où la *Surprise* masquait son grand hunier pour que la chaloupe s'accroche au porte-hauban. On lui avait parlé du sort du *Pollux* et elle avait l'air extrêmement grave : elle espérait que le capitaine Aubrey n'y avait pas perdu d'amis — pour sa part elle ne connaissait personne à bord, quoique son mari, ajouta-t-elle avec un regard un peu dubitatif, ait servi quelque temps sous les ordres du pauvre amiral Harte. Les paroles convenables furent prononcées, et même ressenties en dépit de l'ambiance de victoire qui prédominait ; mais elles ne purent être exprimées très longuement en raison de la nécessité de rentrer la chaloupe, manœuvre qui exigea nombre de coups de sifflet et d'ordres bruyants.

En fait, le capitaine Aubrey avait l'impression que l'on bavardait plus qu'il n'était habituel ou désirable ; et même une fois la chaloupe soigneusement rentrée et calée sur son ber, le bavardage se poursuivit, toujours entrecoupé d'une histoire de cercles. Quand il eut expliqué à Mrs Fielding la position de la frégate sur le récif à présent lointain, il vit Mowett qui attendait comme pour lui parler, et derrière lui le commis, l'air furieux, et derrière le commis, Honey, l'air morose.

— Mr Mowett ? dit-il.

— Je vous demande pardon, monsieur, dit Mowett, mais Mr Adams désire faire savoir, avec le plus grand respect, que ses cercles n'ont pas été récupérés.

— Quatre paquets de cercles à un shilling et neuf pennies, et deux paquets à un demi-shilling et un demi, dit le commis comme s'il prêtait serment. Remis au tonnelier pour les barils supplémentaires et qui n'ont pas été récupérés par Mr... qui n'ont pas été récupérés par quelqu'un.

Mowett poursuivit :

— Il suggère que si nous devions passer à proximité des îles il ne faudrait que quelques instants à la yole pour les récupérer.

— Tous les cercles sont sous la responsabilité du commis, dit Mr Adams, s'adressant toujours à l'univers plutôt qu'à une personne en particulier. Et l'administration m'a fait des vérifications très dures, trois fois pendant le dernier trimestre.

— Mr Mowett, dit Jack, si ces cercles étaient faits d'or pur, ils resteraient quand même à terre jusqu'à ce que nous revenions de ce côté. Il n'y a pas une minute à perdre. Mr Gill, tracez la route pour Gibraltar, s'il vous plaît, et envoyons toute la toile qu'elle pourra porter.

— Mes cercles, dit le commis.

— Vos cercles sont parfaits, Mr Adams, dit Jack, mais ils ne tiennent pas la comparaison avec une possibilité de prendre ces deux Français au nid, si nous avons un peu de chance avec la brise. Oui, Killick, qu'y a-t-il ?

— La chambre de la dame est remise en état, monsieur, s'il vous plaît, et j'ai fait un pot de café.

Jamais personne n'avait remis la chambre en état ni produit un pot de café aussi vite pour Jack ; mais il n'allait pas chercher querelle à la chance et comme le navire, sortant de la baie, gîtait sous toute la force du vent de nord-nord-ouest, il dit :

— Je ne voudrais pas tenter le sort, mais à ce rythme et avec la brise qui tourne si joliment au nord, nous pourrions être à Gibraltar mardi matin — c'est toujours un jour de chance —, aussi je commencerai ma lettre officielle dès ce soir.

Si l'amiral lui donnait un vaisseau de ligne avec un capitaine moins ancien que lui — les noms d'une demi-douzaine lui traversèrent l'esprit — la prise possible et même probable des deux Français le remettrait sur la bonne voie, la voie de l'emploi, d'un bon commandement, d'une frégate de quarante canons pour la station d'Amérique du Nord.

— Je vais la faire chaude et forte, dit-il avec un sourire heureux.

— Et je vais écrire, dit Laura Fielding, je vais écrire tout de suite à Charles et le prier de venir me chercher. Je lui dirai combien vous avez été bon avec moi, et il sera si heureux de vous rencontrer : dès que nous aurons passé quelques moments ensemble, il sera tellement heureux de vous rencontrer.

Stephen ajouta, mais pour lui seul : « Moi aussi je vais écrire une lettre. Le contenu des ordres de Jack n'était pas connu de plus de huit ou peut-être neuf hommes ; et si cela ne permet pas à Wray de mettre la main sur le chef de ces Judas, c'est que le diable y est. »

prendre ces deux Français au lit si nous avons un peu de chance avec la brise. Oui, Killick, qu'y a-t-il ?

— La chambre de la dame est remise en état, monsieur, s'il vous plaît, et j'ai fait un pot de café.

Jamais personne n'avait remis la chambre en état ni produit un pot de café aussi vite pour Jack ; mais il n'allait pas chercher querelle à la chance et, comme le navire sortait de la baie, gîtant sous toute la force du vent de nord-nord-ouest, il dit :

— Je ne voudrais pas tenter le sort, mais à ce rythme et avec la brise qui tourne si joliment au nord, nous pourrons être à Gibraltar demain matin — c'est toujours un jour de chance — aussi je commencerai ma lettre officielle dès ce soir.

Si l'amiral lui donnait un vaisseau de ligne avec un capitaine moins ancien que lui — les noms d'une demi-douzaine lui traversèrent l'esprit — la prise possible et même probable des deux frégates le remettrait sur la bonne voie, la voie de l'emploi, d'un bon commandement, d'une frégate de soixante canons pour la station d'Amérique du Nord.

— Je vais la faire chaude et forte, dit-il avec un sourire heureux.

— Et je vais écrire, dit Laura Fielding, je vais écrire tout de suite à Charles et le prier de venir me chercher. Je lui dirai combien vous avez été bon avec moi, et il sera si heureux de vous rencontrer ; dès que nous aurons passé quelques moments ensemble, il sera tellement heureux de vous rencontrer.

Stephen ajouta, mais pour lui seul : « Moi aussi je vais écrire une lettre. Le contenu des ordres de Jack n'était pas connu de plus de huit ou peut-être neuf personnes ; et si cela ne permet pas à Wray de mettre la main sur le chef de ces Judas, c'est que le diable y est. »

Coups du sort en haute mer

Patrick O'Brian

"Fortune de guerre"

(Pocket n° 11050)

Jack Aubrey et Stephen Maturin ont échappé de peu aux périls de l'île de la Désolation. On les retrouve aux Indes orientales quand le devoir les rappelle à Londres. Les voici à nouveau embarqués dans un voyage qui prendra vite des allures de tragédie quand, sur les mers que parcourent les deux hommes, les États-Unis et l'Angleterre vont se livrer une guerre sans merci…

Mission très spéciale en mer Baltique

Patrick O'Brian

"La citadelle de la Baltique"

(Pocket n° 11226)

Malgré les dangers, Jack Aubrey et son comparse Stephen Maturin auraient sûrement mieux fait de rester à Halifax ! La mission qu'ils se voient confier à leur retour en Europe s'annonce des plus délicates. Il s'agit de prendre coûte que coûte le contrôle de la forteresse de Grimsholm, "la citadelle de la Baltique", dont la garnison est constituée de troupes catalanes, fidèles de l'empereur Napoléon.

Sanglante odyssée en Méditerranée

Patrick O'Brian

"Mission en mer Ionienne"

(Pocket n° 11268)

Jack doit retourner combattre la flotte française sur la mer qui vit ses premiers faits d'armes, la Méditerranée. Bien sûr, Stephen Maturin est du voyage. Les temps ont changé et les coups de main de jadis ont fait place à des batailles d'une telle âpreté que les deux hommes sont ravis de se voir confier une mission en mer Ionienne. Mais la Grèce mythique et ses îles enchanteresses peuvent aussi devenir le lieu de tous les dangers…

Sanglante odyssée en Méditerranée

Patrick O'Brian

Mission en mer Ionienne
(Pocket n° 10947)

Jack doit retourner combattre la flotte française sur la mer qui vit ses meilleurs faits d'armes, la Méditerranée. Bien sûr Stephen Maturin est du voyage. Les temps ont changé et les coups de main de jadis ont fait place à des batailles d'une telle âpreté que les deux hommes sont ravis de se voir confier une mission en mer Ionienne. Mais la Grèce mythique et ses îles enchanteresses peuvent aussi devenir le lieu de tous les dangers.

ÉGALEMENT CHEZ POCKET
LITTÉRATURE GÉNÉRALE

ABGRALL JEAN-MARIE
La mécanique des sectes

ALBERONI FRANCESCO
Le choc amoureux
L'érotisme
L'amitié
Le vol nuptial
Les envieux
La morale
Je t'aime
Vie publique et vie privée

ALLÈGRE CLAUDE
Toute vérité est bonne à dire

ANTILOGUS PIERRE/ FESTJENS JEAN-LOUIS
Guide de self-control à l'usage des conducteurs
Guide de survie au bureau
Guide de survie des parents
Le guide du jeune couple
L'homme expliqué aux femmes
L'école expliquée aux parents

ARNAUD GEORGES
Le salaire de la peur

ARNAUD BERNARD
La passion créative

BARJAVEL RENÉ
Les chemins de Katmandou
Les dames à la licorne
Le grand secret
La nuit des temps
Une rose au paradis

BARRAULT MARIE-CHRISTINE
Le cheval dans la pierre

BERBEROVA NINA
Tchaïkovski

BERNANOS GEORGES
Journal d'un curé de campagne

BESSON PATRICK
Le dîner de filles
L'orgie échevelée
La Titanic

BLANC HENRI-FRÉDÉRIC
Combats de fauves au crépuscule
Jeu de massacre
Démonomanie

BOISSARD JANINE
Marie-Tempête
Une femme en blanc
La maison des enfants

BORDONOVE GEORGES
Vercingétorix

BORGELLA CATHERINE
Marion du Faouët, brigande et rebelle

BOTTON ALAIN DE
Petite philosophie de l'amour
Comment Proust peut changer votre vie
Le plaisir de souffrir
Portrait d'une jeune fille anglaise

BOUDARD ALPHONSE
Mourir d'enfance
L'étrange Monsieur Joseph

BOULGAKOV MIKHAÏL
Le Maître et Marguerite
La garde blanche

BOULLE PIERRE
L'épreuve des hommes blancs
La planète des singes
L'énergie du désespoir

BOURIN JEANNE/DEFORGES RÉGINE
Entre femmes

BOVÉ JOSÉ
Le monde n'est pas une marchandise

Bragance Anne
Anibal
Le chagrin des Resslingen

Brialy Jean-Claude
Le ruisseau des singes

Burgess Anthony
L'orange mécanique
Le testament de l'orange
L'homme de Nazareth

Buron Nicole de
Chéri, tu m'écoutes ?
Mon cœur, tu penses à quoi ?

Buzzati Dino
Le désert des Tartares
Le K
Un amour

Carr Caleb
L'aliéniste
L'ange des ténèbres

Carrière Jean
L'épervier de Maheux
Achigan
L'indifférence des étoiles

Carrière Jean-Claude
La controverse de Valladolid
Le Mahabharata
La paix des braves
Simon le mage
Le cercle des menteurs
Entretiens sur la fin des temps

Cesbron Gilbert
Il est minuit, docteur Schweitzer

Chang Jung
Les cygnes sauvages

Chalon Jean
Le lumineux destin d'Alexandre David-Néel
Chère Marie-Antoinette
Journal de Paris 1963-1983
Journal d'Espagne 1973-1998

Chateaureynaud G.-O.
Le congrès de fantomologie
La faculté des songes

Chazal claire
L'institutrice
À quoi bon souffrir ?

Chimo
J'ai peur
Lila dit ça

Cholodenko Marc
Le roi des fées

Clavel Bernard
Le carcajou
Les colonnes du ciel
1. La saison des loups
2. La lumière du lac
3. La femme de guerre
4. Marie Bon Pain
5. Compagnons du Nouveau Monde

La grande patience
1. La maison des autres
2. Celui qui voulait voir la mer
3. Le cœur des vivants
4. Les fruits de l'hiver

Jésus, le fils du charpentier
Malataverne
Lettre à un képi blanc
Le soleil des morts
Le seigneur du fleuve
L'espagnol
Le tambour du bief
Les petits bonheurs
Le Royaume du Nord
1. Harricana
2. L'or de la terre
3. Miserere *(à paraître)*
4. Amarock *(à paraître)*
5. L'angélus du soir
6. Maudits sauvages

Collet Anne
Danse avec les baleines

Comte-Sponville André/ Ferry Luc
La sagesse des Modernes

Condé Maryse
Ségou
1. Les murailles de la terre
2. La terre en miettes

La colonie du Nouveau Monde
Désirada
La migration des cœurs
Le cœur à rire et à pleurer

Courrière Yves
Joseph Kessel

Cousteau Jacques-Yves
L'homme, la pieuvre et l'orchidée
La lampe de sagesse

Dalaï-Lama
Samsara
Le monde du bouddhisme tibétain
Guérir la violence
La voie de la félicité
Puissance de la compassion

Decaux Alain
L'abdication
C'était le xxe siècle
1. De la Belle Époque aux années folles
2. La course à l'abîme
3. La Guerre absolue
4. De Staline à Kennedy

Histoires extraordinaires
Nouvelles histoires extraordinaires
Tapis rouge

Deniau Jean-François
La Désirade
Mémoires de 7 vies
1. Les temps nouveaux
2. Croire et oser

Deviers-Joncour Christine
Opération bravo

Ecole de Brive
Un jour de bonheur

Evans Nicholas
L'homme qui murmurait à l'oreille des chevaux
Le cercle des loups

Faulks Sebastian
Charlotte Gray

Fitzgerald Scott
Un diamant gros comme le Ritz

Forester Cecil Scott
Aspirant de marine
Trésor de guerre
Retour à bon port
Pavillon haut
Le seigneur de la mer

France Anatole
Crainquebille
L'île des pingouins

Franck Dan, Vautrin Jean
Les aventures de Boro
La dame de Berlin
Le temps des cerises
Les noces de Guernica
Mademoiselle Chat

Gallo Max
Napoléon
1. Le chant du départ
2. Le soleil d'Austerlitz
3. L'empereur des rois
4. L'immortel de Sainte-Hélène

La Baie des Anges
1. La Baie des Anges
2. Le Palais des fêtes
3. La Promenade des Anglais

De Gaulle
1. L'appel du destin
2. La solitude du combattant
3. Le premier des Français
4. La statue du commandeur

Bleu, Blanc, Rouge
1. Mariella
2. Mathilde
3. Sarah

Genevoix Maurice
Beau François
Bestiaire sans oubli
La forêt perdue
Le jardin dans l'île
La Loire, Agnès et les garçons

Giroud Françoise
Alma Mahler
Jenny Marx
Cœur de tigre
Cosima la sublime

Grèce Michel de
Le dernier sultan
L'envers du soleil – Louis XIV

La femme sacrée
Le palais des larmes
La Bouboulina
L'impératrice des adieux

Halimi Gisèle
Fritna
Le lait de l'oranger

Hamilton Jane
La carte du monde

Hermary-Vieille Catherine
Un amour fou
Lola
L'initié
L'ange noir

Hirigoyen Marie-France
Le harcèlement moral

Jacq Christian
L'affaire Toutankhamon
Champollion l'Égyptien
Maître Hiram et le roi Salomon
Pour l'amour de Philae
Le Juge d'Égypte
1. La pyramide assassinée
2. La loi du désert
3. La justice du Vizir

La reine soleil
Barrage sur le Nil
Le moine et le vénérable
Sagesse égyptienne
Ramsès
1. Le fils de la lumière
2. Le temple des millions d'années
3. La bataille de Kadesh
4. La dame d'Abou Simbel
5. Sous l'acacia d'Occident

Les Égyptiennes
Le pharaon noir
Le petit Champollion illustré
La pierre de lumière
1. Néfer le silencieux
2. La femme sage (*à paraître*)
3. Paneb l'ardent (*à paraître*)
4. La place de vérité (*à paraître*)

Janicot Stéphanie
Les Matriochkas

Joyce James
Les gens de Dublin

Kafka Franz
Le château
Le procès

Kaufmann Jean-Claude
Le cœur à l'ouvrage
Corps de femmes, regards d'hommes
La femme seule et le Prince charmant

Kazantzaki Nikos
Alexis Zorba
Le Christ recrucifié
La dernière tentation du Christ
Lettre au Greco

Kennedy Douglas
L'homme qui voulait vivre sa vie
Les désarrois de Ned Allen

Kessel Joseph
L'armée des ombres
Le coup de grâce
Pour l'honneur

Lainé Pascal
Anaïs Mue

Lamy Michel
Les Templiers

Lapierre Alexandra
L'absent
La lionne du boulevard
Fanny Stevenson
Artemisia

Lapierre Dominique
La cité de la joie
Plus grands que l'amour
Mille soleils

Lapierre Dominique et Collins Larry
Cette nuit la liberté
Le cinquième cavalier
Ô Jérusalem
... ou tu porteras mon deuil
Paris brûle-t-il ?

Lê Linda
Les trois Parques

Lesueur Véronique
Nous, les infirmières

Levi Primo
Si c'est un homme

Lewis Roy
Le dernier roi socialiste
Pourquoi j'ai mangé mon père

Loti Pierre
Pêcheur d'Islande

Lucas Barbara
Infirmière aux portes de la mort

Mallet-Joris Françoise
La maison dont le chien est fou
Le rempart des Béguines
Sept démons dans la ville

Manfredi Valerio
Alexandre le Grand
1. Le fils du songe
2. Les sables d'Ammon
3. Les confins du monde

Mauriac François
Le sagouin

Michener James A.
Alaska
1. La citadelle de glace
2. La ceinture de feu

Mexique

Milovanoff Jean-Pierre
La splendeur d'Antonia
Le maître des paons
Russe blanc
Presque un manège

Mimouni Rachid
De la barbarie en général et de l'intégrisme en particulier
Le fleuve détourné
Une peine à vivre
Tombéza
La malédiction
Le printemps n'en sera que plus beau
Chroniques de Tanger

Miquel Pierre
Le chemin des Dames

Mitterrand Frédéric
Les aigles foudroyés
Destins d'étoiles
Lettres d'amour en Somalie
Mémoires d'exil

Moggach Deborah
Le peintre des vanités

Monteilhet Hubert
Néropolis

Montupet Janine
La dentellière d'Alençon
La jeune amante
Un goût de miel et de bonheur sauvage
Dans un grand vent de fleurs
Bal au palais Darelli
Couleurs de paradis
La jeune fille et la citadelle

Morgièvre Richard
Fausto
Sex vox dominam
Cueille le jour

Nakagami Kenji
Mille ans de plaisir

Naudin Pierre
Cycle d'Ogier d'Argouges
1. Les lions diffamés
2. Le granit et le feu
3. Les fleurs d'acier
4. La fête écarlate
5. Les noces de fer
6. Le jour des reines
7. L'épervier de feu

Nin Anaïs
Henry et June (Carnets secrets)

O'Brian Patrick
Maître à bord
Capitaine de vaisseau

La « Surprise »
L'île de la Désolation
La citadelle de la Baltique
Expédition à l'île Maurice
Mission en mer Ionienne

ORBAN CHRISTINE
Une folie amoureuse
Une année amoureuse de Virginia Woolf
L'âme sœur
L'attente

PEARS IAIN
Le cercle de la croix

PEREC GEORGES
Les choses

PERRIN ERIC
Vidocq

PEYRAMAURE MICHEL
Henri IV
1. L'enfant roi de Navarre
2. Ralliez-vous à mon panache blanc !
3. Les amours, les passions et la gloire

Lavalette, grenadier d'Égypte
Suzanne Valadon
1. Les escaliers de Montmartre
2. Le temps des ivresses

Jeanne d'Arc
1. Et Dieu donnera la victoire
2. La couronne de feu

PICARD BERTRAND, BRIAN JONES
Le tour du monde en 20 jours

PURVES LIBBY
Comment ne pas élever des enfants parfaits
Comment ne pas être une mère parfaite
Comment ne pas être une famille parfaite

QUEFFELEC YANN
La femme sous l'horizon
Le maître des chimères
Prends garde au loup
La menace
Noir animal

REVEL JEAN-FRANÇOIS
Mémoires
La grande parade

REVOL NICOLAS
Sale prof !

REY FRANÇOISE
La femme de papier
La rencontre
Nuits d'encre
Marcel facteur
Le désir
La brûlure de la neige

REYNAERT FRANÇOIS
Nos années vaches folles

RICE ANNE
Les infortunes de la Belle au bois dormant
1. L'initiation
2. La punition
3. La libération

RIFKIN JEREMY
Le siècle biotech

RIVARD ADELINE
Bernard Clavel, qui êtes-vous ?

ROBERTS MONTY
L'homme qui sait parler aux chevaux

ROUANET MARIE
Nous les filles
La marche lente des glaciers
Les enfants du bagne

SAGAN FRANÇOISE
Aimez-vous Brahms…
… et toute ma sympathie
Bonjour tristesse
La chamade
Le chien couchant
Dans un mois, dans un an
Les faux-fuyants
Le garde du cœur
La laisse
Les merveilleux nuages
Musiques de scènes
Répliques

Sarah Bernhardt
Un certain sourire
Un orage immobile
Un piano dans l'herbe
Un profil perdu
Un chagrin de passage
Les violons parfois
Le lit défait
Un peu de soleil dans l'eau froide
Des bleus à l'âme
Le miroir égaré
Derrière l'épaule...

Saint-Exupéry Consuelo de
Mémoires de la rose

Salinger Jerome-David
L'attrape-cœur
Nouvelles

Sarraute Claude
Des hommes en général et des femmes en particulier
C'est pas bientôt fini !

Saumont Annie
Après
Les voilà quel bonheur
Embrassons-nous

Sparks Nicholas
Une bouteille à la mer

Steinberg Paul
Chroniques d'ailleurs

Stocker Bram
Dracula

Tartt Donna
Le maître des illusions

Thibaux Jean-Michel
Pour comprendre l'Égypte ancienne
Pour comprendre les celtes et les gaulois
Pour comprendre la Rome antique
Le roman de Cléopâtre

Troyat Henri
Les semailles et les moissons
1. Les semailles et les moissons
2. Amélie
3. La Grive
4. Tendre et violente Elisabeth
5. La rencontre

La ballerine de Saint-Pétersbourg

Valdés Zoé
Le néant quotidien
Sang bleu *suivi de* La sous-développée
La douleur du dollar
Café nostalgia

Vanier Nicolas
L'odyssée blanche

Vanoyeke Violaine
Une mystérieuse Égyptienne
Le trésor de la reine-cobra

Vialatte Alexandre
Bananes de Königsberg
Chronique des grands micmacs
Dernières nouvelles de l'homme
L'éloge du homard et autres insectes utiles
Et c'est ainsi qu'Allah est grand

Villers Claude
Les grands aventuriers
Les grands voyageurs
Les voyageurs du rêve

Waltari Mika
Les amants de Byzance
Jean le Pérégrin

Wells Rebecca
Les divins secrets des petites ya-ya

Wickham Madeleine
Un week-end entre amis
Une maison de rêve

Wolf Isabel
Les tribulations de Tiffany Trott

Wolfe Tom
Un homme, un vrai

Xénakis Françoise
« Désolée, mais ça ne se fait pas »

Achevé d'imprimer sur les presses de

BUSSIÈRE

GROUPE CPI

à Saint-Amand-Montrond (Cher)
en octobre 2001

POCKET - 12, avenue d'Italie - 75627 Paris Cedex 13
Tél. : 01-44-16-05-00

— N° d'imp. 15578. —
Dépôt légal : octobre 2001.

Imprimé en France

Patrick O'Brian

Patrick O'Brian est né en Irlande en 1914. Romancier, traducteur (on lui doit notamment les traductions en anglais de Joseph Kessel, de Jean Lacouture et de Simone de Beauvoir), il est également auteur de biographies (Picasso, Joseph Banks) et d'essais linguistiques.
Il publie son premier roman, *Testimonies*, en 1952. Quelques années plus tard, il écrit en six semaines *The Golden Ocean*, un roman inspiré par l'expédition de l'amiral Anson dans le Pacifique en 1740. C'est en 1969, avec *Maître à bord*, qu'il inaugure les aventures maritimes du capitaine britannique Jack Aubrey et du médecin Stephen Maturin, sur fond de guerres napoléoniennes. Cette grande saga admirablement documentée, qui compte vingt volumes, l'a rendu célèbre dans le monde entier.
Passionné par l'histoire naturelle et la mer, Patrick O'Brian a appris à naviguer dans la tradition de la marine à voile des XVIIIe et XIXe siècles. Il a passé une grande partie de sa vie dans le sud de la France.
Patrick O'Brian est décédé à Dublin en janvier 2000.

